Alwin Meyer

Mama, ich höre dich

Alwin Meyer

Mama, ich höre dich

Mütter, Kinder und Geburten in Auschwitz

Steidl

Inhalt

Angela Orosz-Richt (geborene Bein) wurde um den 21. Dezember 1944 in Auschwitz-Birkenau geboren.

Die in Auschwitz befreiten Babys und kleinen Kinder kannten die Vorstufen des Todes oft besser als das Leben. Unruhig und verzweifelt sind manche bis heute, weil sie nicht wirklich wissen und sich ständig fragen: »Wer bin ich?«, »Lebt meine Mutter noch?«, »Wo ist meine Schwester?«, »Wurde mein Vater tatsächlich vergast?«

Die Häftlingsnummer, am linken Unterarm, Oberschenkel oder Po eintätowiert, ist oft genug das Einzige, was Auskunft gibt: Auschwitz.

Die befreiten Mädchen und Jungen waren nur noch Haut und Knochen. Manche wussten nichts über ihre Herkunft. Fast alle waren Waisen. Sie trauten oft keinem Menschen mehr. Erwachsene waren für sie wie Kinder ohne jede Lebenserfahrung.

Überleben ist noch nicht leben, ist Zwischenzustand, bedeutete Leben lernen. Die befreiten Kinder mussten lernen, wieder jung zu werden, um wie die anderen Menschen altern zu können.

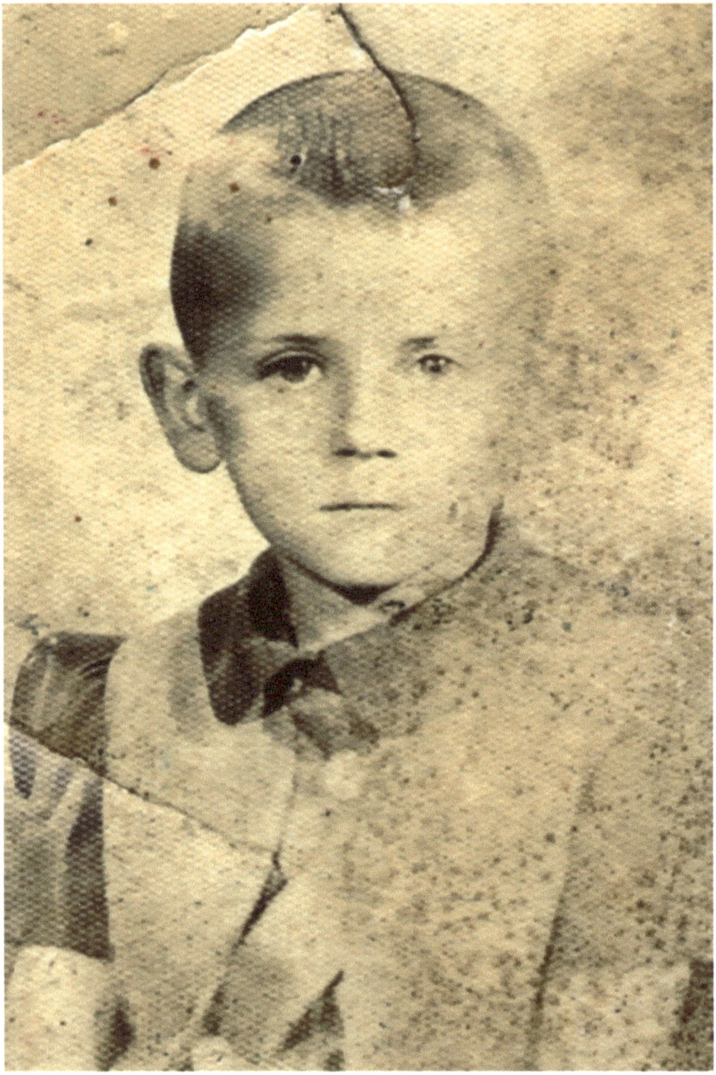

Bogdan Chrześciański im Alter von drei Jahren in Warschau. »Am 7. Januar 1945 kam ich in Auschwitz-Birkenau auf die Welt.«

Einleitung

Über die grausamen Verbrechen in Auschwitz ist vieles berichtet worden. Wenig bekannt ist die Geschichte der Kinder, vor allem die der Babys geblieben, die unter unvorstellbaren Bedingungen im größten Vernichtungslager Nazi-Deutschlands geboren wurden. Schwangere Frauen wurden in der Regel nicht in das Lager eingeliefert, sondern sofort getötet. Neugeborene und ihre Mütter, die am Leben blieben, waren große Ausnahmen. Überlebenschancen hatten insbesondere die Babys, die in den letzten Wochen, vor allem in den letzten Tagen vor der Befreiung, in Auschwitz auf die Welt kamen.[1]

Besonders die kleinen Kinder hatten nach ihrer Befreiung keinerlei Verhältnis zu den Dingen des täglichen Lebens. Sie kannten sie nicht. Tische dienten ihnen als Sitzgelegenheiten, Stühle als Wurfgeschosse, Essbestecke als Musikinstrumente. Sie wussten nicht, wie sie sich waschen sollten. Spiele waren ihnen fremd. Einige konnten gar nicht richtig gehen, bewegten sich nur im Gleichschritt fort, so wie sie es von den Lagerappellen gewohnt waren. Manche konnten sich nicht einmal an Mutter und Vater erinnern. Die Kinder waren auffallend reizbar. Ihre Stimmungen schwankten stark. Gegenüber ihrer neuen Umgebung verhielten sie sich lange misstrauisch. Wenn sie jemand verließ, setzten einige jüngere Kinder das mit dem Tod gleich – eine Erfahrung, die sie im Lager täglich hatten machen müssen.

Die Lebensfreude und Lebenslust neu oder wieder zu gewinnen, schien schwierig bis unmöglich. Alles konnte ständig ans Lager erinnern: Beim Ausziehen wurde automatisch die Kleidung nach Läusen abgesucht. Der Anblick von Uniformen löste Angst aus. Wer nicht genau hinsah oder wem es unmöglich war, in Richtung eines Uniformierten zu schauen, meinte immer, einen SS-Mann vor sich zu haben. Ein Gang durch ein Metalltor, das an die Tore der einzelnen

Lagerabschnitte in Auschwitz-Birkenau erinnerte, ließ Panik entstehen. Der Klang einer unbekannten Sprache erinnerte an das Lager: Vielleicht kann ich den Befehl nicht verstehen und deshalb nicht ausführen, was den Tod bedeutet. Beim Haareschneiden kamen die Erinnerungen an die kahlgeschorenen Köpfe im Lager zurück. Metallgeschirr zu benutzen war unmöglich geworden – ebenso wie in langen Schlangen zu stehen. Zum Arzt gehen zu müssen löste Panikreaktionen bei den Kindern und Jugendlichen aus, die selber für medizinische Experimente im Lager missbraucht worden waren. Beim Reisen mit der Eisenbahn hatte man sofort die Deportationszüge vor sich.

Die Mädchen und Jungen lebten längere Zeit in Furcht, dass ihnen etwas entrissen wird: vor allem Essen und Kleidungsstücke. Essen zu verstecken gehörte zu ihrer Überlebensstrategie. Sie verteidigten es, als ginge es um ihr Leben. Denn im Lager hatte jeder noch so kleine Besitz einen unmessbaren Wert gehabt. Jeder kleine Kanten Brot hatte für ein, zwei oder mehr Tage das Weiterleben ermöglicht. Auch verdorbenes Essen durfte nicht weggeworfen werden. Entsprechende Forderungen von Erwachsenen, die nicht im Lager gewesen waren, wurden mit ungläubigen Blicken und entsprechenden Gedanken quittiert: »Ihr habt keine Ahnung vom wirklichen Leben!« Manche Kinder und auch Jugendliche vermieden zunächst jede Arbeit. Sie mussten mit ihren Kräften haushalten. Im Lager hatten sie gelernt: »Nur bei guter Gesundheit kann ich überleben.« Außerdem sagten sie sich: »Wir haben schon genug für die Deutschen gearbeitet.« Sich an die Regeln dieser Welt zu gewöhnen fiel schwer. Im Lager hatten sich alle geduzt. In der Freiheit war das anders. Offenbar waren äußere Höflichkeitsformen manches Mal wichtiger als wirkliche Anteilnahme und Herzlichkeit. Dabei genügte es doch, Essen und ein Dach über dem Kopf zu haben und zur Schule gehen zu können.

Viele Kinder hatten das Vertrauen in und zu den Menschen verloren. Und da war die Scham, von den schlimmen Erlebnissen mitunter nicht wirklich erzählen zu können. Andere, die keine Lager-

Diese Kinder wurden am 27. Januar 1945 in Auschwitz-Birkenau befreit.

erfahrung hatten, hielten sie sowieso schon für »merkwürdig« und würden sie für noch »komischer« halten, wenn sie darüber berichteten. Wirklich verstanden fühlten sich die Kinder insbesondere von Menschen, die auch in Auschwitz oder anderen Lagern gewesen waren. Deshalb knüpften sie vor allem untereinander Kontakte. Ohne viele Worte verstanden sie sich oft sofort. Vor allem in den Nächten wurde Auschwitz wieder zur Realität: sich erinnern müssen, wie der Hunger den Magen umdreht. Sich erinnern müssen an die Kälte, die das Knochenmark durchdringt. Sich erinnern müssen an den Gestank von verbranntem Fleisch. Sich erinnern müssen an die Se-

Gedenksteine im ehemaligen Lager.

lektionen durch die SS, die einem Mutter und Vater, Schwester und Bruder, Großmutter und Großvater, Tanten und Onkel, Freundin und Freund nehmen. Angst davor haben, dass die eigene Nummer aufgerufen wird. In solchen Augenblicken spüren sie erneut den in Auschwitz allgegenwärtigen, jeden Augenblick drohenden Tod.

Als die Verfolgungen der in diesem Buch zu uns sprechenden Kinder von Auschwitz begannen, waren sie Säuglinge beziehungsweise Kinder im Alter von ein bis 13 Jahren. Als sie Sklavenarbeit leisten mussten oder zum ersten Mal in ein Zwangs-Ghetto beziehungsweise Lager eingesperrt wurden, waren sie alle im Kindesalter. Als sie in das Vernichtungslager Auschwitz oder in eines der Außenlager transportiert wurden, waren drei im Jugendalter, alle anderen 15 Jahre und jünger. Neun dieser Kinder wurden 1943, 1944 und 1945 in Auschwitz-Birkenau geboren.

- Mehr als 1,3 Millionen Menschen wurden zwischen 1940 und 1945 nach Auschwitz deportiert. Darunter waren mindestens 1,1 Millionen Juden. Sie kamen unter anderem aus Ungarn, Polen, Frankreich, aus den Niederlanden, aus Griechenland, aus der Tschechoslowakei, aus Belgien, Deutschland, Österreich, Jugoslawien, Rumänien, Belarus, der Ukraine, Russland, Litauen, Lettland, Italien, Norwegen und Luxemburg.[2]
- Das Lager Auschwitz bestand vor allem aus drei Hauptteilen: Auschwitz I, auch »Stammlager« genannt, Auschwitz-Birkenau, zweiter und größter Teil, und aus Auschwitz III (Monowitz), wo die IG Farbenindustrie AG (Hauptsitz Frankfurt am Main) unter anderem durch als Sklavenarbeiter eingesetzte Häftlinge des Konzentrationslagers Auschwitz ein Werk zur Herstellung von synthetischem Gummi (»Buna«) und Treibstoffen errichtete. Hinzu kamen mehr als vierzig Außenlager unterschiedlicher Größe wie Blechhammer, Kattowitz oder Rajsko.
- Auschwitz-Birkenau war maßgeblich der zentrale Ort, an dem die Vernichtung der europäischen Juden stattfand. Mindestens eine Million jüdische Babys, Kinder, Jugendliche, Frauen und Männer ließen Deutsche verhungern, wurden von ihnen mit Giftspritzen direkt ins Herz getötet, durch pseudomedizinische Verbrechen ermordet, wurden erschossen, totgeschlagen oder vergast.[3]
- Zwischen 70.000 bis 75.000 Polen, 21.000 Sinti und Roma, 14.000 sowjetische Kriegsgefangene und 10.000 bis 15.000 Entrechtete vieler Sprachen wurden in Auschwitz ermordet.[4]
- Mindestens 232.000 Säuglinge sowie Kinder und Jugendliche im Alter bis einschließlich 17 Jahren wurden nach Auschwitz verschleppt. Allein 216.000 waren Juden, 11.000 Sinti und Roma, mindestens 3.000 waren Polen, mehr als 1.000 Belarussen, Russen, Ukrainer sowie Kinder und Jugendliche anderer Nationen.[5]
- Am 27. Januar 1945 konnten in Auschwitz lediglich 750 Kinder und Jugendliche im Alter von unter 18 Jahren befreit werden. 521 waren 14 Jahre und jünger,[6] darunter ungefähr sechzig Neugeborene, von denen mehrere kurze Zeit später an den Folgen von Auschwitz starben.[7]

Jürgen Rolf Loewenstein am Tag seiner Einschulung in den 1930er Jahren. »Ich war ein echter Berliner Junge.«

»Uns war sehr bange«

Robert Joschua Büchler kam am 1. Januar 1929 im westslowakischen Topoľčany zur Welt. Zu diesem Zeitpunkt hatten in der 110 Kilometer von Bratislava entfernten Stadt etwa 12.000 Menschen ihr Zuhause. Ungefähr jeder fünfte Einwohner war Jude. »Die Vorfahren meines Vaters lebten seit ungefähr 200 Jahren in der Stadt. Meine Mutter kam aus dem dreißig Kilometer entfernten kleinen Dorf Oslany. Die Großmutter hatte Verkaufsstände auf dem Marktplatz in Topoľčany und auf den Plätzen der umliegenden Ortschaften. Das war ein richtiger Familienbetrieb. Von den dreizehn Kindern meiner Großeltern waren fünf Schneider so wie mein Großvater. Alles was verkauft wurde, stellten sie selber her. Als ich schon etwas älter war, half ich beim Verkauf. Das mochte ich sehr, das war eine große Attraktion für mich.«

Jürgen Loewenstein war ein echter Berliner Junge, der bei seinen Großeltern Berthold und Agathe Sochaczewer wohnte. Als die Nazis sie der Wohnung »verwiesen«, zogen sie ins Scheunenviertel im Zentrum Berlins, und zwar in die Grenadierstraße 4a (heute Almstadtstraße 49). »In der Grenadierstraße wohnten vor allem Juden, die aus Polen gekommen waren. Die meisten waren kleine Händler, Schneider oder Schuster. Überall gab es kleine Stuben, die als Synagogen dienten. Umgangssprache war Jiddisch.«

Für den Jungen änderte sich alles radikal Mitte der 1930er Jahre. Er sah zum ersten Mal einen Aufmarsch der »braunen Kolonnen«. Mit Fackeln, grölend und singend, marschierten sie durch seine Straße. Er öffnete das Fenster und konnte deutlich hören, was gesungen wurde: »Wenn das Judenblut vom Messer spritzt, geht's noch mal so gut.« Diese Zeilen sind ihm nie mehr aus dem Kopf gegangen. Seine Großmutter hatte sie mit angehört. Als das Nazilied noch nicht ganz verklungen war, riss sie ihn weg, schloss schnell das Fenster und sagte: »Jürgen, sieh dir diese Menschen genau an: Das sind deine

Feinde. Vergiss das niemals.« – »Damals hörte meine Kindheit auf. Ich war noch keine acht Jahre.«

LYDIA HOLZNEROVÁ begegnete 1937 im tschechischen Sudetengebiet, das im Herbst 1938 von deutschen Truppen besetzt werden würde, erstmals einem Nazi. Ihre Familie befand sich zur Erholung in einem Kurort, durch den eines Tages junge NSDAP-Anhänger mit Trommeln und Pfeifen marschierten. »Also, das nicht! Wir fahren nach Hause«, war der Kommentar ihres Vaters. »Warum denn?«, fragte die Siebenjährige. »Und damals haben mir die Eltern erklärt, dass sich wahrscheinlich etwas in unserem Leben ändern wird.« Immer häufiger diskutierten Emil und Růžena Holzner, ob sie emigrieren sollten. »Ich blieb immer von solchen Gesprächen verschont. Ich wurde immer hinausgeschickt.« Lydia erinnerte sich daran, dass ihre Eltern ihre sieben Jahre ältere Schwester Věra in Sicherheit bringen wollten. Doch ihre Schwester wollte sich nicht wegschicken lassen. Sie sagte: »Ich bin hier zu Hause. Das ist meine Heimat, und hier bleibe ich.«

YEHUDA BACON war zehn Jahre alt, als deutsche Truppen seine tschechische Heimatstadt Ostrava im März 1939 besetzten. Wie wenig der Junge und andere Kinder kurz vor dem Beginn des Zweiten Weltkrieges auf das vorbereitet waren, was auf sie und ihre Familien zukommen sollte, bezeugt ihr Verhalten beim Einmarsch der deutschen Truppen: »Bei der Einfahrt der Panzer standen wir Kinder am Straßenrand und haben bei jeder Gelegenheit die Panzer angefasst, denn wir hatten zu Hause gehört, dass es Kartonpanzer waren. Außerdem machte die feierliche Stimmung – wie es uns schien – und das Meer der Hakenkreuzfahnen auf uns einen tiefen Eindruck.« Nicht einmal im Traum hätte Yehuda vermutet, welche schreckliche Realität schon bald den Alltag nicht nur seiner Familie bestimmen sollte.

Damals marschierten deutsche Truppen auch im tschechischen Kutná Hora ein: Frühmorgens wurde die zehnjährige DAGMAR FANTLOVÁ von ihrem Vater Julius geweckt, und er sagte zu ihr: »›Wir haben die Republik verloren.‹ Dabei weinte er. Das war für mich etwas ganz Außerordentliches. Denn ich hatte meinen Vater noch nie weinen gesehen.« Dagmar stand auf und ging zur Schule. Dort war es wie immer. »Nur schlechtes Wetter hatten wir.« Als sie mittags nach Hause kam, erzählte ihr Vater von der Fahrt zu einem Patienten. Er fuhr mit seinem Auto auf der linken Seite. »So ist man damals noch bei uns gefahren.« Eine deutsche Kolonne kam ihm entgegen. Die fuhr rechts. Sie hielten ihn an und sagten ihm, dass er auf der rechten Straßenseite fahren müsse. Dagmars Vater kam »tief erschrocken« nach Hause.

Jiří Steiner erinnerte sich zeit seines Lebens mit Schrecken an den Einmarsch der deutschen Soldaten (am 15. März 1939) in seine Heimatstadt Prag. Er und sein Zwillingsbruder Zdeněk waren zehn Jahre alt. Mit ihrer Mutter Jana waren sie allein zu Hause. Sie schauten auf die Straße, versteckten sich hinter den Gardinen, »damit man uns nicht sehen konnte«. »Mama begann zu weinen, und uns war sehr bange.«

Ende 1941 oder Anfang 1942 wurden die Juden im polnischen Sławków in einem Ghetto konzentriert. Von 18 Uhr bis sechs Uhr früh herrschte strikte Ausgangssperre. Der 14-jährige Janek Manela Mandelbaum war in tiefer Sorge um seine Mutter. Sie versuchte, stark zu sein, sich um seinen Bruder und ihn zu kümmern: »Aber sie war aufs Äußerste beunruhigt – vor allem wegen meines Vaters und meiner Schwester«, die bei Verwandten wohnte. Auf ihren Vater hatte die Familie seit Sommer 1939 vergeblich gewartet. Er war bei ihrer Abreise in den Süden Polens in der Hafenmetropole Gdynia bei Gdańsk zurückgeblieben, hatte jedoch bald nachkommen wollen. – Eines Tages in der zweiten Juniwoche 1942 in Sławków, fünf Uhr früh: Es hämmerte an ihre und die Türen der anderen Juden: »Juden raus! Ihr habt fünf Minuten!« Schließlich wurde Janek von seiner Mutter und seinem Bruder getrennt. »Das war der schlimmste Moment in meinem Leben.«

Robert Joschua Büchler, der die jüdische Volksschule im slowakischen Topoľčany besuchte, durfte im September 1940 nicht mehr auf das örtliche Gymnasium gehen. Mit Beschluss vom 13. Juni 1939 hatte die slowakische Regierung jüdischen Schülern den

Besuch von öffentlichen Schulen verboten.[1] Die jüdischen Kinder durften nur noch jüdische Volksschulen oder Klassen besuchen. Die Jüdische Gemeinde in Topoľčany beschloss, die eigene Volksschule auf acht Klassen aufzustocken. Doch 1942 wurde das Schulgebäude beschlagnahmt. Der Unterricht hörte zunächst auf, wurde später jedoch – »für die von den Nazi-Aktionen verschont gebliebenen wenigen jüdischen Kinder« – im jüdischen Altersheim wieder aufgenommen. 1944 kam dann das endgültige Aus.[2]

Thessaloniki (Griechenland), 12. März 1943, es war ungefähr elf Uhr: Deutsche Militärpolizei forderte zahlreiche Juden der Stadt auf, ihre Sachen zu packen. HEINZ SALVATOR KOUNIO war 15 Jahre alt. Die Soldaten brachten ihn, seine ein Jahr ältere Schwester Erika sowie seine Eltern Helena und Salvator zunächst in den Stadtteil Baron Hirsch, in dem bereits viele Juden lebten, und der sich in der Nähe des Bahnhofs befand. Sonntag, 15. März: Um zwei Uhr nachts mussten sie sich auf deutschen Befehl hin auf dem zentralen Platz im Ghetto einfinden. Insgesamt waren sie ungefähr 2.800 Menschen:[3] Babys, Kinder, Jugendliche, Frauen und Männer. Zwei Stunden lang geschah nichts, Anspannung und Unruhe wuchsen mit jeder Minute. »Die Mütter versuchten, ihre weinenden Kinder zu beruhigen. Die Männer starrten nervös in die Dunkelheit.« Dann »hörten wir die Befehle bezüglich unserer Deportation«. In Fünferreihen mussten alle zum Bahnhof marschieren. »Da standen diese geschlossenen Viehwaggons.« Sie mussten mit ihrem spärlichen Gepäck, mehr war ihnen zur Mitnahme nicht erlaubt worden, in den Waggon klettern. »Es wurde enger und enger. Es waren so viele Menschen, dass wir uns nicht hinsetzen oder hinlegen konnten. Nicht einmal für fünf Minuten.«

Als kleiner Junge hörte GÉZA SCHEIN die Erwachsenen vom Krieg reden. Die Scheins lebten auf der ungarischen Donau-Insel Csepel. Um die Jahreswende 1943/44 verbreitete sich in der Familie die Nachricht, dass Deutsche Juden aus anderen Ländern Europas in Konzentrationslager abtransportierten. Diskussionen begannen. Sollte die Familie so wie andere auch in die USA oder nach Südamerika auswandern? Doch sie fühlte sich nicht unmittelbar bedroht. Bis zum 19. März 1944, als deutsche Truppen das Land okkupierten. Im Mai kamen »ungarische Gendarmen« und forderten die Familie auf, die Sachen zu packen und mitzukommen. Der elfjährige Géza wurde im Juli mit seinen Eltern und Großeltern mütterlicherseits in einen Viehwaggon gepfercht.

Für Familie Bacon aus dem tschechischen Ostrava setzte sich der Zug – wie für viele andere jüdische Familien – im September 1942 in Bewegung. Sie wurden zunächst im Lagerghetto Theresienstadt eingesperrt. In dem Transport befanden sich der 13-jährige YEHUDA BACON, sein Vater Isidor, seine Mutter Ethel und seine 19-jährige Schwester Hanne. Rella, Yehudas zweite Schwester, war 1939 nach Palästina ausgewandert. Vor dem Abtransport herrschte bei ihnen, wahrscheinlich in allen Familien, die verschleppt werden sollten, Chaos. Da sie nicht mehr als fünfzig Kilogramm Gepäck nach Theresienstadt mitnehmen durften, fragte sich die Familie zum Beispiel: Was sollen wir mitnehmen? Wo sollen wir unser Eigentum verstecken? Wird diese oder jene Frau uns später die Sachen wieder zurückgeben? Sie badeten zum letzten Mal in ihrer Wohnung, legten sich in ihre Betten und fragten sich: Wo und worauf werden wir morgen schlafen? Am nächsten Morgen zog Yehuda alle seine neuen Sachen an, und das doppelt und dreifach. Drei Paar Strümpfe, zwei Hemden, Sweater, Wintermantel. Und überall hatte der Junge besondere Taschen, in denen er alles Mögliche verwahrte.

Wenn im Zug einer der deutschen Wachsoldaten vorbeikam, mussten alle aufstehen und die Kopfbedeckung abnehmen. 1947 protokollierte Yehuda Bacon in seinen Notizen die Szene so: »Was ist hier los? Wie heißt du? Joachim Krummholz. Batz, batz. Wie? Joachim Israel Krummholz. Wie? Du weißt es nicht? Bumm. Stinkjude Israel Krummholz, verstanden?! Jawohl, ich heiße Stinkjude Israel Krummholz. Hier können wir ersticken, geh die Fenster aufmachen! Wehe, wenn jemand die Fenster aufmacht, verstanden?! Hast du Wasser? Ich halt das schon nicht mehr aus.«

ELSE SCHMIDT[4] kam vor ihrem ersten Geburtstag in die Hamburger Pflegefamilie von Auguste und Emil Matulat. Ihre leibliche

Mutter ist Sintizza, wie das Mädchen Jahre später erfahren sollte. Als Else sieben Jahre alt war, wurde sie gegen vier Uhr morgens von ihrer Pflegemutter geweckt. »In unserem Haus sah ich zwei mir unbekannte Männer in langen Ledermänteln stehen. Sie verlangten, ich solle mit ihnen kommen. Mein Pflegevater war nicht zu Hause. Er war Hafenarbeiter und hatte Nachtschicht. Das war im Frühjahr 1943.« Die Männer stiegen mit Else in die Straßenbahn und brachten sie zu einer großen Halle, die sich im Hafen befand. »Dort waren schon viele Sinti und Roma.« Alle sollten nach Auschwitz-Birkenau deportiert werden. Eine der leiblichen Töchter von Auguste und Emil Matulat fuhr so schnell sie konnte zum Hafen, um ihren Vater zu Hilfe zu holen. »Mein Pflegevater ist sofort zu dieser Halle gegangen. Es gelang ihm irgendwie, mich freizubekommen«, was eine sehr, sehr große Ausnahme war. Auf dem Rückweg sagte Emil Matulat zu Else: »Vergiss das Ganze schnell wieder.«

Heinz Salvator Kounio befand sich im März 1943 mit seiner Schwester Erika und seinen Eltern Helene und Salvator Kounio in einem Viehwaggon-Zug, der erstmals, nachdem sie in Thessaloniki abgefahren waren, nicht weit von der Grenze zwischen Griechenland und Serbien stoppte. Stunden um Stunden mussten sie warten. Die ganze Nacht und noch den folgenden Tag. Bis zur Dämmerung. Obwohl vor allem die kleinen Kinder ständig »nach Wasser, Wasser schrien«, wurden die Waggontüren nicht geöffnet. Auch die viel zu kleinen Eimer, in denen sie ihre Notdurft verrichten sollten und »die viele aufgrund der Enge gar nicht erreichen konnten«, wurden nicht geleert. »Es war schrecklich. Die vielen Fragen, die einem durch den Kopf sausten und unbeantwortet blieben. Die Alpträume in der Nacht. Die unaufhörlichen und alles durchdringenden Schreie der jüngeren Kinder.«

Am 5. September 1943 wurde die aus Prag stammende Familie Steiner in Viehwaggons verladen. »Immer sechzig bis siebzig Personen samt Gepäck in einem Waggon.« Nach drei Tagen kamen sie in Auschwitz an: Die Zwillingsbrüder Jiří und Zdeněk Steiner, gemeinsam mit ihren Eltern Jana und Pavel. Als sie auf dem Bahn-

Dagmar und ihre drei Jahre jüngere Schwester Rita. Zusammen mit Mutter Irena und Vater Julius Fantl wurden sie 1943 nach Auschwitz deportiert. Nur Dagmar überlebte.

hof standen, ohne dass die Türen geöffnet wurden, flog plötzlich ein kleines Päckchen durch die Luke. Sie waren erschrocken. Als sie es auspackten, befand sich darin ein Stück Salami. »Es war von einem deutschen Soldaten, der den Transport begleitet hatte.« Dann holte sie die SS brutal aus den Waggons. Sie wurden in zwei Gruppen geteilt: Frauen, Mädchen und kleine Kinder auf eine Seite, Männer und größere Jungen auf die andere Seite. In Fünferreihen mussten sie in einer langen Kolonne antreten. Angetrieben durch Stockschläge der SS mussten die jüdischen Kinder, Frauen und Männer gut drei Kilometer marschieren. Dann sahen sie hinter Stacheldrahtzäunen Menschen in gestreiften Anzügen, ohne Haare. Zuvor hatte es geheißen, sie müssten irgendwo im eigenen Land »irgendeine Arbeit verrichten«. Nun befanden sie sich in Auschwitz-Birkenau.

Mitte Dezember 1943: Die Familie Fantl zog, so wie andere jüdische Familien, viele Kleidungsstücke doppelt an. Als Gepäck durften sie jeweils zwanzig Kilogramm mitnehmen. In der Ecke des Viehwaggons stand ein Eimer, in den sie ihre Notdurft verrichten mussten. DAGMAR FANTLOVÁ war inzwischen 14, ihre Schwester Rita elf Jahre alt. Als der Transport in Auschwitz eintraf, schaute jemand hinaus und sagte: »Wir sind in Auschwitz.« Diesen Namen hatte Dagmar schon einmal irgendwo gehört, wusste aber nicht, was sich dahinter verbarg. »Ein schreckliches Gefühl« kroch in dem Mädchen hoch. Auch YEHUDA BACON und seine Familie kamen erneut in Viehwaggons, die versiegelt wurden: »Wie die Versiegelung eines Lebendigen in einem Sarg«. Sie wurden wie »Vieh« behandelt, »das zum Schlachten gebracht wurde«.

Eines Tages im April des Jahres 1944 hieß es im slowakischen Vel'ký Meder: »Alle Juden müssen sich melden, alle werden weggeschickt.« Zu Fuß mussten die Juden von Vel'ký Meder zum Bahnhof marschieren, der am Rand der Stadt lag. Unter ihnen befand sich der 15-jährige EDUARD KORNFELD. Etwas abseits vom Eingangsgebäude wartete ein extra bereitgestellter Zug auf sie. »Nur wenig haben wir mitnehmen dürfen, etwas Kleidung und Lebensmittel.« Alles andere hatten sie zurücklassen müssen: Geschäfte, Höfe, Häuser, Möbel,

Kühe, Hühner, Ziegen. Der Zug brachte sie in das rund dreißig Kilometer entfernte Komárno. Die Juden wurden mit der jüdischen Bevölkerung der Umgebung sowie den übriggebliebenen Juden von Komárno in die Festung der Stadt aus dem 16. Jahrhundert eingesperrt. »Insgesamt müssen das um die 4.000 Menschen gewesen sein. Dort gab es kein Entkommen mehr. Es gab nichts zum Essen, keine Betten, nichts. Wir mussten auf dem nackten Boden schlafen.« Nur einmal am Tag kam ein Feuerwehrauto, und sie durften sich Wasser holen.

Ab Mitte Juni 1944 wurden die von und nach Komárno gebrachten Juden in zwei Transporten verschleppt. Darunter befanden sich auch zwei Onkel Eduards mit ihren Familien. »Der eine hatte sechs Kinder, der andere acht.« Nur eines der Kinder sollte am Leben bleiben. Stehend fuhren sie in dem »völlig überfüllten Viehwaggon«. Im rund 350 Kilometer entfernten Košice machte der Zug einen Halt auf dem Bahnhof der Stadt. Unter Bewachung durften sie austreten. Eduard sah eine Chance zu fliehen, wollte sich schnell unter die Menschen dort mischen. Noch einmal, zuvor hatte er bereits einen Versuch in Vel'ký Meder unternommen, forderte er das zwei Jahre jüngere jüdische Mädchen, in das er sich so sehr verliebt hatte, auf: »Komm, lass uns irgendwie untertauchen.« Aber sie wollte noch immer nicht. Also blieb Eduard bei ihr.

26. Juni 1944: Die noch nicht deportierten jüdischen Kinder, Frauen und Männer im ungarischen Békéscsaba wurden »einwaggoniert«. »Zuvor waren die meisten schon mit unbekanntem Ziel abtransportiert worden.« 85 bis 95 Menschen kamen in einen Viehwaggon. »Mit einem Eimer Trinkwasser und einem Eimer für die Notdurft.« In dem Transport befanden sich neben dem 14-jährigen Gábor Hirsch sieben nahe Verwandte: seine Mutter Ella (48 Jahre), seine Großmutter Gizella (81), seine Tante Malvin (40) mit ihrem Sohn Tibor (15), seine andere Tante Rozsi (33) mit ihren Söhnen József (sieben) und dem erst drei Monate alten Baby Péter. »In unserem Waggon sind während der Fahrt Menschen gestorben. Wie viele? Ich weiß es nicht.«

Seinen und den zwölften Geburtstag seines Zwillingsbruders Ferenc konnte Otto Klein nie vergessen. Sie hatten herausgefunden, dass im Haus eines christlichen Nachbarn im ostungarischen Hajdúböszörmény der Radiosender BBC gehört wurde. Der englische Hörfunksender strahlte mehrmals täglich Nachrichten aus. Eines der Fenster des Hauses grenzte an das Ghetto und war außen mit Brettern vernagelt worden. Doch wenn die Nachbarn »absichtlich, wie ich annehme«, das Fenster nach innen offen ließen, drangen Geräusche und Stimmen durch die Bretter nach draußen. Es war der 7. Juni 1944, als Otto und Ferenc ihre Ohren an die vernagelten Fenster pressten. Sie hörten die Nachricht von der tags zuvor angelaufenen erfolgreichen Invasion der Alliierten in der Normandie. Sie machten sich große Hoffnungen: »Würde der Krieg bald beendet sein?«

Mitte September 1944 im slowakischen Topoľčany: Robert Joschua Büchler war 15, seine Schwester Ruth elf Jahre. »Wir wussten, dass auch wir früher oder später an die Reihe kommen.« Der Junge hatte schon oft gesehen, dass Verwandte und Schulfreunde verschwanden. »Was mich störte war: ›Warum müssen wir die Letzten sein?‹ Es wurde gesagt, ›die Juden würden in Arbeitslager kommen‹.« Robert stellte sich das Lager so vor, wie er es über die Lager der Goldsucher in Alaska gelesen hatte. Er machte sich keine besonderen Sorgen. So fanden Robert, seine Schwester Ruth und andere Kinder die »Reise« anfangs »noch amüsant«. »Wir lagen auf dem Stroh, das auf dem Boden verstreut war.«

Nachdem der Zug ungefähr 24 Stunden unterwegs war, fanden die Jungen das alles nicht mehr so komisch. Es regnete aufs Dach. Alle waren müde. Es war eng im Waggon. Und immer, wenn der Zug anhielt, sprangen alle auf und drängten sich zu der kleinen mit Stacheldraht verschlossenen Öffnung, die sich nahe des Waggondaches befand. Irgendjemand stieg auf einen Koffer, blickte hinaus und berichtete, was zu sehen war. Und jeder fragte sich: »Sind wir da?« Die Tür wurde aufgerissen. Robert spürte »frische feuchte Luft«. Ein SS-Mann mit einem Totenkopf auf dem Helm »bellte uns an«: »Alles

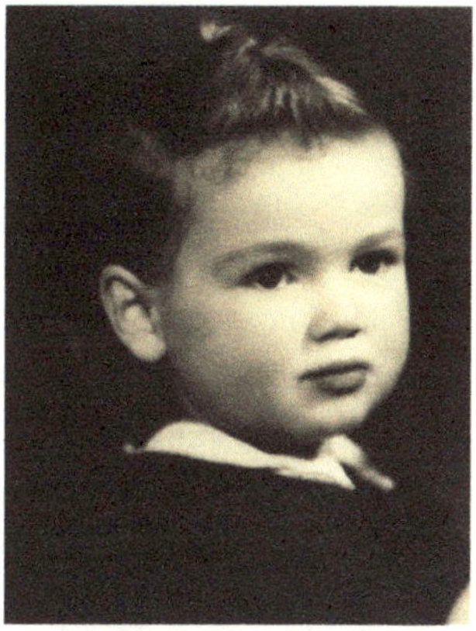

Eva Umlauf (geborene Hecht) wurde am 19. Dezember 1942 im Lager Nováky geboren.

aussteigen! Das Gepäck bleibt im Wagen!« Sie befanden sich »mitten in der Hölle« von Auschwitz-Birkenau: Robert und sein Vater Josef Büchler kamen in eine der Holzbaracken des ehemaligen »Zigeuner-Familienlagers«. Eineinhalb Monate zuvor waren die dort zu diesem Zeitpunkt noch befindlichen letzten 4.200 bis 4.300 Sinti und Roma vergast worden.[5]

Agi und Imro Hecht waren am 15. Juli 1942 aus dem slowakischen Trenčín, ihrem Wohnort, zunächst in das Lager Žilina und von dort am 17. Oktober ins Lager Nováky deportiert worden. Es war eine der Zwischenstationen für slowakische jüdische Kinder, Frauen und Männer in die Vernichtungslager – unter anderem nach Auschwitz-Birkenau. Agi Hecht war schwanger. An einem bitterkalten Tag, am 19. Dezember 1942, kam ihre Tochter Eva Hecht auf die Welt. Das fast zweijährige Mädchen und ihre Eltern wurden aus dem Lager Sereď, in das sie in der Zwischenzeit »verlegt« worden waren, am 2. November 1944 nach Auschwitz-Birkenau transportiert. Ohne Selektion, die Vergasungen hatte die SS wahrscheinlich gerade eingestellt, wurden sie in das Lager eingewiesen. Eva sah ihren Vater zum letzten Mal. Es folgte die äußerst schmerzhafte Aufnahmeprozedur mit Tätowierung. »Ich wurde ohnmächtig. Als ich wieder regelmäßig atmete und die normale Gesichtsfarbe zurückgekehrt war, brannte auf meinem Arm die Nummer A-26959.«[6]

»Der oberste Zweck war Vernichtung«

Im Oktober 1939 wurde die von Nazi-Deutschland okkupierte polnische Stadt Oświęcim unter dem deutschen Namen Auschwitz in das Deutsche Reich »eingegliedert«. Zwischen 19 Uhr abends und sechs Uhr morgens durfte sich niemand mehr draußen aufhalten. Bei Zuwiderhandlung drohte Erschießung. Alle Juden, die älter als zehn Jahre alt waren, mussten am linken Arm eine weiße Binde mit dem Davidstern tragen. Die jüdischen Geschäfte und Fabriken wurden gesperrt, von deutschen Truppen völlig ausgeplündert und kurze Zeit später den jüdischen Besitzern weggenommen. Auch alle Wertgegenstände aus Synagogen und jüdischen Haushalten wurden beschlagnahmt. Juden durften ihre Berufe nicht mehr ausüben. Stattdessen mussten sie Zwangsarbeit leisten. Eine der Folgen war die völlige Verarmung der jüdischen Bevölkerung von Oświęcim innerhalb kurzer Zeit.[1]

Schon lange bildeten Juden die Mehrheit der Bevölkerung von Oświęcim. 1939 lebten zwischen 7.000 und 8.000 jüdische Kinder, Frauen und Männer in der Stadt, was einem Bevölkerungsanteil von gut 58 beziehungsweise 66 Prozent entsprach.[2] – Juden waren seit fast 500 Jahren in Oshpitzin ansässig, wie Oświeçim auf Jiddisch heißt. Zahlreiche Synagogen und Gebetshäuser waren in dieser Zeit entstanden. Die Große Synagoge wurde bereits Ende des 16. Jahrhunderts gebaut. Infolge eines großen Stadtbrandes wurde sie 1863 zerstört, jedoch schon bald noch prächtiger wieder aufgebaut. Mindestens 1.000 Gläubige fanden darin Platz.[3] – Deutsche Besatzer brannten die Große Synagoge in der Nacht vom 29. auf den 30. November 1939 nieder. Die den jüdischen Friedhof umgebende Mauer ließen sie abtragen und bauten auf dem Friedhof einen Bunker und einen Luftschutzraum. Einen Teil der Grabsteine schafften die Nazis zum Fluss Soła, damit sie mit ihren Pferden zum Tränken einfacher zum Wasser gelangen konnten. Andere Grabsteine wurden für den Straßenbau verwendet.[4]

Im April 1940 fiel die Entscheidung der NS-Behörden, am Rande der Stadt, rund zwei Kilometer von der Altstadt entfernt, ein Konzentrationslager für zunächst 10.000 Häftlinge zu installieren. Von Auschwitz aus sollten die dorthin verschleppten Polen auf die bereits bestehenden Konzentrationslager im »Reichsinneren« verteilt werden.[5] Auf dem Gelände des zukünftigen Lagers standen bereits sowohl gemauerte Gebäude als auch Holzbaracken, die zuvor unter anderem von der polnischen Armee genutzt worden waren.[6]

Für die Säuberung des Areals und erste Reparaturen setzten die deutschen Besatzer zunächst rund zwanzig in der Nähe wohnende polnische Arbeiter, insbesondere aber 300 Juden aus der Stadt ein. In der zweiten Maihälfte des Jahres 1940 wurden dreißig als kriminell kategorisierte Häftlinge aus dem Konzentrationslager Sachsenhausen nach Auschwitz gebracht. Sie erhielten die Nummern 1 bis 30 und sollten in den Arbeitskommandos der Häftlinge als verlängerter Arm der SS fungieren. Einige Tage später trafen weitere 39 von einem deutschen Kapo geführte polnische Entrechtete aus dem Konzentrationslager Dachau in Auschwitz ein. Es handelte sich zumeist um junge Männer, Gymnasiasten, die ursprünglich aus Łódź stammten. Zur Einzäunung des Lagers hatte das »Kommando« einen Waggon Stacheldraht mitgebracht. Auschwitz I, das »Stammlager«, entstand.[7]

Am 14. Juni 1940 traf der erste große Transport in Auschwitz ein. 728 Polen, politische Häftlinge aus dem Gefängnis in Tarnów, wurden eingeliefert, darunter viele junge Männer.[8] Einer von ihnen war Kazimierz Albin, Gymnasiast aus Krakau, 17 Jahre. Er wurde Häftling Nummer 118. Bei dem Versuch, über die Grenze in die Slowakei zu kommen, um sich in Ungarn beziehungsweise in Frankreich der sich neu formierenden polnischen Armee anzuschließen, war er von der SS festgenommen worden. Es folgten Verhöre, Schläge und blutige Folter. Viele der Häftlinge waren Studenten und Oberschüler. Sie hatten sich wie Kazimierz Albin dem polnischen Widerstand gegen die deutschen Okkupanten angeschlossen.[9]

Mit unheimlichem Gebrüll und Schlägen wurden sie in Auschwitz »empfangen«. Zum Beispiel SS-»Hauptsturmführer« Fritsch ließ keinen Zweifel daran, was der eigentliche Zweck des Konzentrationslagers Auschwitz war: »Junge und Gesunde haben hier nicht

Jerzy Adam Brandhuber: »Eine Schüssel Suppe.« In Auschwitz »wusste man am Morgen nicht, ob man am Abend noch leben, und abends wusste man nicht, ob man noch den nächsten Morgen erleben würde.«

länger als drei Monate zu leben, Priester einen Monat, Juden zwei Wochen. Der Weg aus dem Lager führt nur über den Schornstein des Krematoriums.«[10] – Nach dem Transport von Mitte Juni 1940, in dem sich Kazimierz Albin befand, folgten in den nächsten Wochen weitere Verschleppungsaktionen aus den südlichen Gebieten Polens nach Auschwitz. Weitere große Transporte mit 1.666 beziehungsweise 1.705 Entrechteten trafen am 15. August und 22. September aus Warschau in Auschwitz ein.[11]

Bevor Auschwitz zu der Mordstätte der europäischen Juden durch Deutsche wurde, war es ein Konzentrationslager vor allem für Polen.[12] Bei den zunächst hier festgesetzten Menschen handelte es sich oft um Angehörige der Eliten der polnischen Gesellschaft: um Anwälte, Ärzte, Künstler wie Bronisław Czech, Xawery Dunikowski oder Mieczysław Kościelniak, Lehrer, Offiziere, Pfadfinder, Politiker, Wissenschaftler …[13] – Menschen also, die in der Lage waren, Widerstand gegen die deutschen Okkupanten zu organisieren.

Die Lebensbedingungen für die Häftlinge waren bereits in der Frühphase des Lagers so angelegt, dass keiner der Verschleppten Auschwitz lebend wieder verlassen konnte. Der polnische Historiker und langjährige Mitarbeiter der Gedenkstätte Auschwitz-Birkenau, Franciszek Piper, fasst seine jahrzehntelangen Forschungsergebnisse mit den Worten zusammen: »Der oberste Zweck und das primäre Ziel des Konzentrationslagers Auschwitz von seiner Errichtung im Frühjahr 1940 bis zum letzten Tag seines Bestehens im Januar 1945 war Vernichtung. Alle anderen Aufgaben und Ziele, wie etwa die Ausbeutung der Arbeitskraft der Häftlinge, der Raub der Habe der Opfer, die Nutzung der Leichen oder die Durchführung von medizinischen Experimenten, waren demgegenüber von sekundärer Bedeutung.«[14]

Im Verlauf des Jahres 1941 beschlossen die Nazis, Auschwitz I für 30.000 Menschen zu erweitern. Außerdem sollte rund drei Kilometer vom »Stammlager« entfernt auf dem Gebiet des Dorfes Brzezinka, jetzt Birkenau genannt, Auschwitz II, ein Lager für 100.000 Menschen entstehen. Spätere Planungen sahen für Auschwitz-Birkenau einen Ausbau für 200.000 Menschen vor.[15] Die Errichtung von Auschwitz I hatte zur Folge, dass die in der Umgebung lebende polnische Bevölkerung, darunter viele Juden, »ausgesiedelt« wurde. Dieser Prozess fand mit der Errichtung von Auschwitz-Birkenau seine gewaltsame Fortsetzung: Mehrere Dörfer wurden komplett entvölkert.[16]

Josef Jakubowicz, 13-jähriger Spross einer ortsansässigen jüdischen Familie, wurde zwangsverpflichtet. Er musste beim Abriss des eigenen Dorfes helfen, in dem seine Familie ein Haus besaß. In Brzezinka hatten zuvor rund 1.500 Einwohner gelebt. Der Ort bestand aus Bauernhöfen und der Schule. Vor der Aussiedlung war es »üblich, dass die jüdischen Kinder neben der regulären Schule auch noch die jüdische Schule besuchten. Vormittags hatten wir normalen Unterricht und nachmittags von drei bis sieben Uhr hebräische Schule, also Religion und hebräische Sprache. [...] In Auschwitz gab es auch ein jüdisches Gymnasium, eine Privatschule. Sie umfasste

Holzbaracke vom Typ »Pferdestall« in Auschwitz-Birkenau. Diese war ursprünglich für 52 Pferde konzipiert worden. Bis zu 1.000 Kinder, Frauen und Männer, manchmal auch mehr, mussten darin hausen.

vier Klassen, man konnte sie bis zum Lyzeum besuchen. Die Oberstufe musste man dann in Kattowitz oder Krakau ablegen, wo man das Abitur machen konnte.«[17]

Anfang April 1941 wurden über 5.000 Juden von Oświęcim zwangsweise in Transporte gesteckt, die sie nach Sosnowiec, Będzin und Chrzanów brachten. Hier mussten sie in Ghettos hausen. Von dort wurden im Verlaufe vor allem der Jahre 1943 und 1944 die bis dahin noch am Leben gebliebenen Juden unter anderem in das Vernichtungslager Auschwitz-Birkenau deportiert. Sehr wenige der ehemaligen jüdischen Einwohner der Stadt sollten die Shoah überleben. Die Eltern von Josef Jakubowicz, ein Großvater, seine drei Schwestern – zwei von ihnen verheiratet –, deren Männer und Kinder wurden alle ermordet. Nur Josef Jakubowicz wurde im April 1945 aus dem Konzentrationslager Bergen-Belsen befreit.[18]

Auch waren katholische Polen von der Deportation bedroht. Die Einwohnerzahl der Stadt halbierte sich infolge der Verschleppungen im Frühjahr 1941 auf ungefähr 7.600 Einwohner. Davon waren etwa neunzig Prozent Polen sowie zehn Prozent Deutsche und »Deutschstämmige«. Bis Oktober 1943 sollten mehr als 6.000 »Reichsdeutsche« ihren Wohnsitz nach Auschwitz verlegen. Durch Industrialisierung einhergehend mit »Germanisierung« sollte die Bevölkerung im »Idealplan« vom Januar 1943 gar auf 70.000 bis 80.000 Menschen anwachsen. Das entvölkerte und beschlagnahmte Gebiet umfasste eine Fläche von vierzig Quadratkilometern. Das »Interessengebiet« wurde zum »Sperrgebiet« erklärt.[19]

Ungefähr 10.000 sowjetische, als »Kriegsgefangene« deklarierte Jugendliche und Männer sollten das Lager Birkenau bauen. Ab Juli 1941 wurden sie nach Auschwitz deportiert und im »Stammlager« ab Oktober in einem abgetrennten Areal untergebracht. Unter diesen Gefangenen befanden sich 18 Jugendliche im Alter von 16, 17 und 18 Jahren sowie ein 15-jähriger Junge und zwei im Alter von elf Jahren. Die sowjetischen »Kriegsgefangenen« wurden fast alle ermordet. Am 1. März 1942 waren nur noch 945 von ihnen am Leben. Insgesamt kamen bis Ende Januar 1942 infolge von Erschießungen, Hunger, Erhängen, unmenschlich schwerer Arbeit, Krankheiten, Prügel, Erfrierungen und »Probevergasungen« mit dem Giftgas Zyklon B in Block 11 (zu diesem Zeitpunkt Block 13) und im Krematorium I des »Stammlagers« insgesamt 20.500 im Konzentrationslager Auschwitz registrierte Menschen ums Leben.[20]

Auschwitz-Birkenau wurde zu dem Ort der zentralen Vernichtung der europäischen Juden durch Deutsche. Jüdische Kinder und ihre Familien wurden hierher seit den ersten Monaten des Jahres 1942 aus einem einzigen Grund verschleppt: Sie waren Juden. Schon in den ersten Transporten nach Auschwitz befanden sich Kinder, vor allem in den Transporten aus der Slowakei. 656 jüdische Jugendliche und Kinder wurden allein im Zeitraum vom 17. April bis 17. Juli 1942 nach Auschwitz-Birkenau verschleppt. Und in den weiteren Transporten aus der Slowakei waren viele Mädchen und junge Frauen. So trafen am 25. März 999 Jüdinnen aus Poprad im Lager ein: 116 im Alter von 16 und 17 und ein Mädchen im Alter von 14 Jahren.[21]

Die Massenvergasungen mit Giftgas begannen im Frühjahr 1942 – in Auschwitz-Birkenau zunächst in zwei umgebauten Bauernhäu-

Yehuda Bacon: »Muselmann«. So wurden die halb verhungerten Menschen im Lager genannt. Sie waren dem Tod näher als dem Leben.

sern mit Gaskammern: Bunker 1 (wegen der Ziegelsteinwände von den Entrechteten das »Rote Häuschen« genannt) und Bunker 2 (der wegen der verputzten Außenwände das »Weiße Häuschen« hieß). – Jüdische Häftlinge, das »Sonderkommando«, mussten zunächst die Leichen in Massengräbern verscharren, später diese wieder ausgraben und sie auf Holzstößen beziehungsweise in dafür ausgehobenen Gruben verbrennen. Dabei wurde das Leichenfett aufgefangen und zur Entfachung des Feuers verwendet. Mehr als 100.000 Leichen wurden von September bis Ende November 1942 ausgegraben. Die Asche der verbrannten Menschen wurde abgefahren und in die Weichsel und Soła gekippt. Die Spuren der Massenvernichtung sollten verwischt werden.[22]

Schließlich nahmen zwischen März und Juni 1943 vier weitere für den Massenmord errichtete Krematorien mit den darin befindlichen Gaskammern den »Betrieb« auf. Die Öfen hatte die Firma Topf und Söhne aus Erfurt eingebaut. In den insgesamt fünf Krematorien konnten jetzt innerhalb von 24 Stunden 4.756 Leichen verbrannt werden. Aussagen von Häftlingen des »Sonderkommandos« zufolge konnte die »Verbrennungsleistung« der Krematorien jedoch auf etwa 8.000 Leichen pro Tag »gesteigert« werden.[23]

Ab 1942 endeten die Transporte der zur Massentötung vorgesehenen Menschen auf einem Gleis beim Güterbahnhof, etwa zwei Kilometer von Auschwitz-Birkenau entfernt. Ab Mai 1944 führte ein Gleis direkt in das Lager und brachte die verschleppten Menschen bis in die Nähe der Krematorien II und III.[24] Hier nahmen vor allem SS-Ärzte die Selektionen vor. Sie alle dienten »nahezu ausschließlich der Ausrottung der Häftlinge«. Aber auch Apotheker, Sanitäter und Zahnärzte nahmen Selektionen vor.[25] Die nach ihrer Meinung zur »Arbeit Tauglichen« und deshalb vorläufig am Leben gelassenen wurden von den Alten und Invaliden, von Schwangeren und Kindern getrennt. Nach willkürlichem Ermessen stufte man etwa achtzig Prozent der Menschen, aber auch nach wie vor ganze Transporte als »arbeitsunfähig« ein. Unter Bewachung wurden die Menschen zu Fuß oder auf Lastwagen von der SS zu einem der Krematorien gebracht, wo sie sich ausziehen mussten. Unter dem Vorwand, geduscht zu werden, brachte man sie in als Duschräume getarnte Gaskammern, wo die Eingeschlossenen durch das eingeworfene Giftgas Zyklon B einen ungefähr zehn bis zwanzig Minuten dauernden qualvollen Erstickungstod erleiden mussten. Ihre Leichen mussten vom »Sonderkommando« in den Krematorien und in ausgehobenen Erdgruben verbrannt werden.[26]

Das Furchtbarste vom Furchtbaren, die Arbeit in den Krematorien mit den Vergasungsanlagen sowie an den Scheiterhaufen und Verbrennungsgruben, mussten die Männer des »Sonderkommandos« unter Zwang der SS »ausführen«. Dabei handelte es sich um Juden, die von den anderen Häftlingen in Auschwitz-Birkenau

See in Auschwitz-Birkenau, vollgeschüttet mit der Asche von unzähligen getöteten Neugeborenen, Kindern, Frauen und Männern.

streng isoliert untergebracht waren. Die SS zwang die Männer des »Sonderkommandos« unter Todesandrohung, den toten Frauen die Haare abzuschneiden, den Vergasten die Goldzähne herausbrechen und die Leichen nach möglicherweise versteckten Wertsachen zu durchsuchen. Danach mussten sie die Ermordeten zu den Verbrennungsöfen schleppen und in die Öfen schieben und schließlich, immer den eigenen Tod vor Augen, die nicht vollständig verbrannten Knochen zertrümmern, die Asche abfahren und in die Flüsse Soła und Weichsel kippen – immer unter von der SS ausgeübter psychischer und körperlicher Gewalt.[27]

»Wir [vom Sonderkommando] waren die einzigen«, so Jaacov Gabai (Häftlingsnummer 182569), »die die Tragödie der Juden mit eigenen Augen sahen.«[28] Als Zeugen der Massenvernichtung und »Geheimnisträger« wurden Männer des »Sonderkommandos« regelmäßig ermordet und durch andere Häftlinge ersetzt.[29] So blieben von den ungefähr 2.000 jüdischen Männern des »Sonderkommandos« lediglich etwa 110 am Leben.[30]

Auch der erst 14-jährige Yehuda Bacon aus dem tschechischen Ostrava sah das Innere der Krematorien mit eigenen Augen. Er war in Auschwitz-Birkenau dem »Rollwagen-Kommando« zugeordnet. Anstatt Pferde zogen Kinder und Jugendliche die Wagen. Sie mussten Decken, Wäsche, Holz und auch Asche der verbrannten Kinder, Frauen und Männer transportieren. Sie kamen im Lager herum.

Eines Tages sollten sie von den Krematorien Holz zum Heizen in das »Männerlager« holen. Es war Winter, und einer der Häftlinge vom »Sonderkommando« für die Krematorien sagte zu ihnen: »Jungs, weil ihr so schnell aufgeladen habt, könnt ihr euch ein bisschen wärmen, geht in die Gaskammer. Jetzt ist niemand da.« Einige der Kinder gingen in die Gaskammer im Krematorium II. Der Junge fragte die Häftlinge vom »Sonderkommando«, was »in den Krematorien vor sich [geht]?«: »Erzählen Sie es mir doch! Vielleicht komme ich einmal heraus, und dann werde ich über euch schreiben.« Die Entrechteten des »Sonderkommandos« lachten und sagten: »Niemand von uns kommt hier heraus«, zeigten ihm und den anderen Kindern und Jugendlichen aber trotzdem »den Ort der Vernichtung«.

Mit der Neugier von Kindern sahen sie sich alles ganz genau an. Yehuda Bacon: »Wir gingen in die Entkleidungskammer, und dort waren Haken mit Nummern.« – Der Junge fragte: »Was geschieht in dieser Kammer?« – Die vom »Sonderkommando« erklärten: »›Da müssen sich die Leute entkleiden.‹ Und einer der SS-Männer sagt zu den für die Vergasung bestimmten Menschen: ›Schneller, die Suppe wird kalt. Die wartet schon auf euch.‹« – Yehuda Bacon: »Die Menschen waren doch sehr hungrig nach der oft tagelangen Fahrt.« – »Dann«, so die vom »Sonderkommando«, »fährt der SS-Mann fort: ›Merkt euch genau die Nummer und bindet schön die Schuhe zusammen, dass ihr nach der Dusche eure Sachen wiederfindet.‹« – Und »als sie entkleidet waren«, so Yehuda Bacon, »wurden sie weitergejagt in die Gaskammern«. – Später gingen sie noch auf das Dach des Krematoriums und »sahen dort einen Deckel«. – »Den hebt der SS-Mann an«, erklärten die Häftlinge des »Sonderkommandos« den

Auschwitz-Birkenau Ende Januar 1945. Aus dem Lager konnten lediglich 521 Kinder, die 14 Jahre und jünger waren, befreit werden. Darunter waren auch Neugeborene und kleine Kinder.

Kindern und Jugendlichen, »und der SS-Mann schüttete rein das Giftgas Zyklon-B«. – Mit dem Rollwagen-Kommando« war Yehuda öfters im Krematorium Nummer III. »Wir mussten auch die Asche der Ermordeten und Verbrannten aufladen und mitnehmen. Die haben wir damals auf die vereisten Wege im Frauenlager gestreut.«

An der Rampe mussten sowohl die ins Lager eingelieferten als auch die zur Ermordung vorgesehenen Menschen ihre Koffer zurücklassen. In großen Magazinen, die sich insbesondere in einem Barackenkomplex in der Nähe des »Stammlagers« befanden, sowie in dreißig Baracken in Auschwitz-Birkenau, ließ die SS das geraubte Hab und Gut sortieren und aufbewahren. Von den Entrechteten wurden diese Magazine »Kanada« genannt, weil sie die gewaltige Masse der geraubten Güter als »Symbol des Reichtums« mit dem Land Kanada verbanden. Die SS bezeichnete diese Magazine als »Effektenkammern« oder »Effektenlager«. In der Regel hatten mehrere hundert Häftlinge diese Sklavenarbeit zu verrichten. Während die Anzahl der Transporte, vor allem mit Kindern, Frauen und Männern aus Ungarn, in den Monaten Mai bis Juni 1944 zunahm, bestand das »Kanada-Kommando« aus bis zu 2.000 Frauen und Männern.[31]

Der Besitz der Ermordeten wurde an verschiedene Dienststellen der SS, der Wehrmacht wie auch an die deutsche Bevölkerung verteilt. Wertgegenstände, dazu zählten auch die den Ermordeten ausgebrochenen Goldzähne, wurden an die Deutsche Reichsbank weitergeleitet. Die abgeschnittenen Haare aus elf anderen Konzentrationslagern verkaufte die SS zum Preis von fünfzig Reichspfennigen pro Kilo zum Beispiel an eine Filzfabrik; aus ihnen wurden unter anderem Garn oder Haarfilzstrümpfe hergestellt. Bis Februar 1943 waren aus den Vernichtungslagern Auschwitz und Majdanek schon 824 Eisenbahnwaggons mit geraubten Textilien und Ledererzeugnissen verschickt worden.[32] Und im Zeitraum vom 1. Dezember 1944 bis zum 15. Januar 1945 wurden 99.922 Stücke Kinder-, 192.652 Frauen- und 222.269 Männerbekleidung nach Nazi-Deutschland versandt.[33]

Die in Auschwitz-Birkenau vorläufig am Leben gelassenen Menschen wurden von der Rampe überstellt in eine der sogenannten Saunas, die sich in mehreren Lagerabschnitten befanden, oder in die »Zentrale Sauna«, die im Nazijargon »Entwesungs- und Desinfektionsanlage« hieß. Diese befand sich in unmittelbarer Nähe der Massenvernichtungsanlagen im Bunker II sowie der Krematorien IV und V.[34] – In den »Saunas« wurden die Menschen gezwungen, sich auszuziehen. Falls bei größeren Transporten der Platz nicht ausreichte, mussten sie sich draußen ihrer Kleidung entledigen, auch bei tiefen Minusgraden. Noch möglicherweise am Körper getragene Wertsachen und Geld wurden ihnen abgenommen. Alle Haare, auch die Schamhaare, wurden entfernt, oft mit stumpfen Scheren, was zu sehr schmerzhaften Verletzungen führte. Danach wurden sie mit zu kaltem oder zu heißem Wasser geduscht. Anschließend bekamen sie neue Bekleidung zugeteilt, die oft verschmutzt, verlaust, zu groß oder zu klein war. Schließlich bekamen die Verschleppten eine Nummer, meist in den linken Unterarm, eintätowiert.[35] Diese Nummer ersetzte fortan den Namen. Für die »Herrenmenschen« waren sie keine Menschen mehr. Wurden sie von einem SS-Mann gerufen, mussten sie antreten, sechs Schritte vor ihm strammstehen und sich zum Beispiel wie folgt melden: »Häftling 20034 meldet sich gehorsam zur Stelle.«[36]

Die »Entwesung« und »Desinfektion« der vorläufig am Leben gelassenen geschah in großer Eile. Befehle und Kanonaden von Beschimpfungen auf Deutsch prasselten auf die Häftlinge ein, die oft nichts verstehen konnten. Dabei wurden sie von der SS und den sogenannten Funktionshäftlingen geschlagen.[37] Manchmal wurden in den »Saunas« erneute Selektionen durchgeführt und auch Schwangere, die bisher unentdeckt geblieben waren, in die Gaskammern geschickt.[38]

Für Heinz Kounio, Vater Salvator, Mutter Hella und Schwester Erika schlossen sich am 12. März 1943 die Waggontüren in Thessaloniki. »Nach vielen rauen Tagen erreichten wir Auschwitz-Birkenau am 20. März.«

Kinder aus vielen Ländern

Ab 1940 wurden Kinder und Jugendliche aus vielen Ländern nach Auschwitz deportiert. Das geht aus Originaldokumenten der NS-Lagerbehörden hervor, illegal von Entrechteten angefertigten Abschriften von Meldungen und Listen, Vermerken und anderen Schreiben sowie zahlreichen Aussagen ehemaliger Häftlinge. Schon in einem ersten großen Transport aus dem polnischen Tarnów von Mitte Juni 1940 befand sich eine größere Anzahl von Oberschülern. Diese Jungen waren wahrscheinlich 15 Jahre oder älter. Die unvollständig erhalten gebliebenen Namenslisten enthalten nämlich nicht das genaue oder gar kein Geburtsdatum. In diesem Transport befanden sich auch Mitglieder einer Jugendgruppe, die illegal Flugblätter gegen die deutschen Besatzer verteilt und Nachrichten der alliierten Rundfunkstationen weitergegeben hatten.[1]

Am 15. August 1942 trafen mit einem Transport aus dem in der Nähe von Kattowitz gelegenen Sosnowiec ungefähr 2.000 jüdische Kinder, Frauen und Männer in Auschwitz ein. Nach der Selektion bekamen 75 Frauen die Nummern 17147 bis 17221, und 27 Männer die Ziffern 59018 bis 59044 eintätowiert. Die anderen etwa 1.898 Menschen wurden in den Gaskammern getötet.[2]

Am 28. Oktober 1942 kamen mit dem ersten Transport aus dem Lagerghetto Theresienstadt 1.866 Juden – Kinder, Frauen und Männer – im Lager an. Theresienstadt war, wie sich herausstellen sollte, für die meisten der dort inhaftierten rund 150.000 Menschen die Vorstufe zu ihrer Ermordung.[3] Nach der Selektion wurden 215 Männer und 32 Frauen als Häftlinge in das Lager eingewiesen und mit den Nummern 71060 bis 71274 (Männer) beziehungsweise 23275 bis 23306 (Frauen) registriert. Die übrigen 1.619 Menschen wurden in den Gaskammern ermordet.[4]

Ende November 1942 begann die deutsche Besatzungsmacht mit der Aussiedlung der polnischen Bevölkerung im Raum Zamość, im heutigen Südosten Polens. Etwa 110.000 Menschen, darunter rund 30.000 Kinder, mussten »deutschen Kolonialisten« weichen.[5] –

Mit zwei Transporten, am 13. und 16. Dezember 1942, trafen 718 Kinder, Frauen und Männer aus Zamość in Auschwitz ein. Am 5. Februar 1943 kam ein weiterer »Transport mit Polen und Juden, die aus der Region Zamość ausgesiedelt worden sind« ins Lager, heißt es im »Kalendarium der Ereignisse im Konzentrationslager Auschwitz-Birkenau«: »Der Transport umfasst 1.000 Menschen. Nach der Selektion werden 282 Männer, die die Nummern 100096 bis 100337 erhalten, sowie 301 Frauen, die die Nummern 34289 bis 34589 erhalten, als Häftlinge in das Lager eingewiesen. Die übrigen 417 Menschen werden in den Gaskammern getötet.«[6] Weitere Kinder aus den drei Transporten wurden am 21. Januar und 23. Februar 1943 »abgespritzt«. Die 41 Jungen waren acht, neun, 13 und bis zu 17 Jahre alt.[7]

532 jüdische Kinder, Frauen und Männer aus Norwegen erreichten am 1. Dezember 1942 das Lager. Nach der Selektion wurden 186 Männer, die die Nummern 79064 bis 79249 erhielten, als Häftlinge in das Lager eingewiesen. Die anderen 346 Menschen wurden vergast.[8] – Eine der Ermordeten war Kathe Lasnik, 15 Jahre jung. Fünf Tage zuvor war sie in Oslo verhaftet worden. Zusammen mit ihren Eltern Elias und Dora Lasnik und ihrer Schwester Anna hatte man sie im Hafen von Oslo auf das deutsche Truppentransportschiff »Donau« getrieben. Das brachte die Familie und die anderen Deportierten nach Stettin. Von dort ging es mit dem Zug nach Auschwitz.[9]

In diesem Transport befand sich auch der bald 21-jährige Kai Feinberg mit seiner Mutter, seinem Vater, seiner Schwester, seinem Stiefbruder und vielen Verwandten.[10] Er hat Auschwitz überlebt. Im Januar 1946 berichtete er, dass »ohne Ausnahme alle Frauen und Kinder unseres Transportes auf direktem Weg, cirka zwanzig Minuten nach ihrer Ankunft in Birkenau, in der Gaskammer verschwanden.«[11] Die zurückbleibenden Männer wurden von »einem SS-Arzt flüchtig abgemustert, und die älteren Männer und die schwächlicheren wurden wiederum von den kräftigeren abgesondert.« Die als vorläufig »arbeitsunfähig betrachteten Männer erlitten dasselbe Schicksal« wie die Frauen und Kinder. »Unter diesen war auch

Nach der Befreiung wurde im ehemaligen Lager unter anderem der leere Koffer von Peter Perls aus Hamburg gefunden. Im Oktober 1944 war er nach Auschwitz deportiert und im Alter von 13 Jahren ermordet worden.

mein fünfzehnjähriger Stiefbruder.«[12] – Espen Søby hat die Lebensgeschichte von Kathe Lasnik in seinem Buch »Kathe – Deportiert aus Norwegen« rekonstruiert. Darin wird auch der Abschiedsbrief des Mädchens, den sie ihrer Klasse noch hatte schreiben können, wie folgt zitiert: »Danke für alles: Nun werden wir uns nicht mehr sehen. Heute Nacht wurden wir verhaftet.«[13]

Im März 1943 wurde die Sinto-Familie Adler aus dem »Zigeunerlager« Kruppstraße in Frankfurt am Main, in das sie im Herbst 1942 eingewiesen worden war, mit Viehwaggons abtransportiert. HERBERT ADLER war 14 Jahre jung. »Sechzig bis achtzig Personen wurden in einen Wagen gestopft.« Sie bekamen etwa zwei Tage lang weder zu essen noch zu trinken. »Dann wurde unterwegs mal angehalten. Wir bekamen etwas Brot und Wasser. Aber es gab keine Möglichkeit auszutreten. Jeder muss aber mal. Das haben wir dann im Waggon gemacht. Das ging nicht anders.« In Auschwitz-Birkenau kamen sie geschlossen in einen Lagerabschnitt, ohne Selektion, was ungewöhnlich war. Herbert bekam die Nummer Z-2784 auf den linken Unterarm tätowiert.

Am 20. März 1943 erreichten 2.800 jüdische Kinder, Frauen und Männer in Viehwaggons aus Thessaloniki (Griechenland) unfreiwillig Auschwitz.[14]

Unter ihnen befand sich Heinz Salvator Kounio. Er war 15 Jahre alt. Der Junge hatte gerade begonnen, sich ein zukünftiges Leben vorzustellen. »Meine Seele war noch unbeschädigt. Das sollte brutal zerstört werden.« – Noch in der ersten Nacht wurde Heinz von seiner Mutter und Schwester getrennt, sein Vater blieb bei ihm. Im Wesentlichen mussten sie von ein wenig Brot und einer kargen Suppe ihr Dasein fristen. Oft legten sie sich hungrig schlafen, besser gesagt, sie versuchten es unter den extrem menschenfeindlichen Umständen.

Heinz Salvator dankte Gott jeden Tag, dass er und sein Vater den neuen Tag erleben durften. Auf der anderen Seite war der Junge verzweifelt. Denn er und seine Mithäftlinge hörten oder sahen täglich widerliche Dinge. Und immer wenn der Appell länger als gewöhnlich dauerte, war sein Herz wie erstarrt. In solchen Momenten fragte er sich: »Wird es wieder eine Selektion geben? Werde ich aussortiert? Mein Vater? Oder werden wir beide gleichzeitig für die Gaskammer bestimmt?« Um Platz für »unverbrauchte, frische« Menschen zu schaffen, verging nämlich kein Tag ohne neue Selektionen. Heinz überlebte insgesamt sieben Selektionen. Bei der letzten war er aufgrund der Hungerrationen und Lebensumstände völlig ausgezehrt und schwach. »Voller unbeschreiblicher Angst.«

Am 7. Oktober 1943 wurden 1.196 jüdische Kinder und 53 Betreuer aus Theresienstadt »überstellt« und noch am selben Tag in Auschwitz-Birkenau vergast. Diese Kinder kamen am 24. August 1943 aus dem Ghetto in Białystok (Polen) nach Theresienstadt. Zu diesem Zeitpunkt umfasste die Gruppe noch etwa 1.200 Kinder. Izio Trofimowski, das jüngste Kind, war kaum vier Jahre alt. Auf dem Weg nach Theresienstadt wurden zwanzig erwachsene Begleiter und drei Frauen mit ihren Kindern nach Auschwitz umgeleitet und dort vergast. Die nach Theresienstadt gelangten Kinder wurden, streng getrennt von den anderen Insassen des Lagers, in speziellen

Baracken außerhalb des Ghettogeländes untergebracht. Die SS teilte 53 Betreuerinnen und Betreuer, die sich bereits in Theresienstadt befanden, den Kindern zu.[15]

H.G. Adler, der im Februar 1942 in das Lagerghetto Theresienstadt und im Oktober 1944 nach Auschwitz deportiert worden war, erinnerte sich – als Chronist für die Ereignisse in Theresienstadt – nach seiner Befreiung: »Bald nach ihrer Ankunft wurden die Kinder, die in ihrer Heimat Białystok bereits das ganze Judenleid im Osten erfahren hatten, gruppenweise ins Desinfektionsbad geführt, wo sich beängstigende Szenen abspielten. Die Kinder wussten von Gaskammern und wollten die Baderäume nicht betreten, sie schrien verzweifelt: ›Nicht, nicht! Gas!‹«[16] In Białystok hatten die Kinder gehört, es gäbe Gaskammern, die als Duschräume getarnt seien. Häftlinge, die aus dem Todeslager Treblinka geflohen waren, hatten diese Nachricht im Ghetto von Białystok bekanntgemacht.[17]

In Theresienstadt verbreitete sich trotz aller Geheimhaltung das Gerücht, die Kinder aus Białystok seien für eine »Austauschaktion« vorgesehen. Ihr Ziel sei Palästina oder die Schweiz. Dafür sprach, dass die Kinder doppelte Mahlzeiten, neue Schuhe und Anziehsachen bekamen. Und die Tatsache, dass die 53 Betreuerinnen und Betreuer sich schriftlich verpflichten mussten, »keine Gräuelgeschichten zu verbreiten«. Die Kinder erholten sich sichtlich. Nach sechs Wochen stand für sie und ihre Betreuerinnen und Betreuer die Zwangsabreise bevor. Aber anstatt ins Ausland, ging ihr Transport am 5. Oktober 1943 direkt in die Gaskammern von Auschwitz-Birkenau. Offenbar hatte zu keinem Zeitpunkt vonseiten Nazi-Deutschlands die Absicht bestanden, die jüdischen Kinder am Leben zu lassen.[18]

21. April 1944: Mit einem Transport aus Hamburg trifft das achtjährige Sinti-Mädchen Else Schmidt in Auschwitz-Birkenau ein.[19] Ihr Hamburger Pflegevater Emil Matulat hatte ein Jahr zuvor die Deportation des Mädchens noch erfolgreich verhindern können. Jetzt ist Else ganz allein. Die Türen des Viehwaggons werden in Auschwitz aufgerissen. »Empfangen« werden das Mädchen und die

anderen Deportierten mit ohrenbetäubendem Gebrüll: »Schnell, schnell, schnell!« Der Viehwaggon ist sehr hoch. Runterzuspringen traut sich Else nicht. Wäre sie ohne Koffer gewesen, hätte sie sich auf die äußerste Kante des Waggons setzen und runterspringen können. »Das ging aber wegen des Koffers nicht. Ich hatte Angst, der Koffer würde, wenn ich ihn herunterwarf, hart auf den Boden aufkommen, dabei aufplatzen: und meine säuberlich darin von meiner Pflegemutter liebevoll eingepackte beste Kleidung würde auf den dreckigen Boden fliegen.« Das Mädchen »war voller Angst«, was erwartete sie hier? Niemand half ihr. Schließlich sprach eine Sintizza sie an und sagte zu ihr: »Lass den Koffer stehen.« All die schönen Sachen blieben da, auch die so sehr von ihr geliebten weißen Skistiefel. Später sah sie, wie ein anderes Mädchen diese trug. – Was folgte, waren »Sauna«, Desinfektion und Tätowierung. »Zum ersten Mal sah ich nackte Erwachsene, schämte mich sehr.« Auch Else musste sich splitternackt ausziehen, ihre Kleider auf einen Haufen mit den Kleidern der anderen Entrechteten legen. Nach der Desinfektion suchte sie in dem Kleiderhaufen lange nach den eigenen Sachen, fand sie aber nicht. Nichts bekam sie wieder. Es blieben ihr nur ein durchlöcherter Schlüpfer und ein dünnes Sommerkleid.

Robert Joschua Büchler berichtete über seine Ankunft in Auschwitz-Birkenau im Herbst 1944: »Männer in gestreifter Häftlingskleidung stiegen in den Waggon. Mein Vater stand neben mir bewegungslos in der Mitte des Waggons. Plötzlich flüsterte mein Vater einem der Burschen zu: ›Junge, sag mal, wo sind wir eigentlich?‹ Der Bursche musterte meinen Vater und dann flüsterte er ihm zu: ›Im Konzentrationslager.‹ Mein Vater hielt ihn am Ärmel fest: ›Wie heißt das Lager?‹ Der Bursche schwieg. Er zögerte, doch dann hörte ich ihn in das Ohr meines Vaters flüstern: ›Hast du je von Auschwitz-Birkenau gehört?‹ Seine Hand, die mich hielt, fing an zu zittern. So kannte ich meinen Vater gar nicht.« – Jetzt erinnerte sich Robert: Kurz bevor sie abgeholt wurden, waren Postkarten von zwei jüngeren Brüdern seines Vaters aus dem »Arbeitslager Birkenau« bei ihnen zu Hause angekommen. Während es Juden in Auschwitz sonst verboten war zu schreiben, mussten sie es zu bestimmten Zeiten auf Befehl der SS sogar. Sie mussten sinngemäß schreiben: »Mir geht es gut!« Als Absenderangabe war vorgeschrieben: »Arbeitslager Birkenau bei Neu-Berun.« Der Name Auschwitz sollte nicht vorkommen, auch nicht im Poststempel. Die Karten wurden in Berlin abgestempelt.[20] Zur Täuschung der in den Heimatorten noch zurückgebliebenen letzten Juden. Auch sie sollten später nahezu noch alle deportiert werden.

Die 14-jährige Dagmar Fantlová traf mit einem Zwangstransport, in dem sich auch ihre jüngere Schwester und ihre Eltern befanden, am 16. Dezember 1943 in Auschwitz ein. Zu Fuß mussten sie vom Güterbahnhof in Auschwitz nach Birkenau gehen. Es war dunkel. Sie kamen in eine der für Birkenau typischen Holzbaracken, die ursprünglich für 52 Pferde[21] konzipiert worden waren, in denen bis zu 1.000 Häftlinge hausen mussten. Dagmar kam in das sogenannte »Theresienstädter Familienlager«. Das Gepäck musste zurückbleiben. »Verschiedene Leute aus dem vorherigen Transport kamen zu uns. Eine Frau wollte, dass ich ihr meinen Pullover gebe. Ich weiß nicht mehr, ob es eine Bekannte meiner Mutter war, aber wir gaben ihr verschiedene Sachen.« Sie mussten in einen anderen Block zum Tätowieren gehen. Als sie dort in einer langen Schlange warteten, kam eine Bekannte zu Dagmars Mutter und sagte: »Wissen Sie schon, dass Frau Reitmanová Witwe ist?« Irena Fantlová erschrak. Es war von ihrem Bruder die Rede. »Aber das hatte die Frau nicht gewusst.« Er war bereits im September 1943 mit einem Transport von Theresienstadt nach Birkenau verschleppt worden.

Dagmar bekam die Nummer 70788 eintätowiert. Als sie aus der Baracke traten, sagte jemand zu ihnen: »Wer schon eine Nummer hat, der bleibt im Lager.« Sie wussten nicht, was das bedeutet. Danach mussten alle in die »Sauna«. Eine Frau sagte: »Hoffentlich kommt ihr wieder zurück.« Das war unverständlich für die Neuankömmlinge. In der »Sauna« dauerte es lange. Dagmar hatte Durst. »Ich trank aus einem Wasserhahn. Und dann sah ich die Aufschrift: ›Trinken verboten – Seuchengefahr‹.« Sie mussten alles ausziehen. Stattdessen bekamen sie Kleidung, die eher Lumpen glich. Dagmars

Absender: FANTL DAGMAR
19.5.1929
ARBEITSLAGER
BIRKENAU BEI
NEU-BERUN
DEUTSCHES REICH

Postkarte

FRAU FANY HOLICKÁ
BEI BÄCKER BENEŠ
KUTTENBERG
HUSSTRASSE
BÖHMEN.

Liebste Fanynko! 8.1.44.
Wir sind alle hier beisammen und gesund.
Tante dankt für die Päckete, besonders für das Gebäck
und alle fertigen Esswaren. Deutschlads und Nejezchlebová
besuchen uns täglich. Wir denken mit Sehnsucht an
alle. Was macht Tante Jani, Strýhal und Lukas? Sie sollen
uns oft schreiben. Auch Du liebste Fanynko schreibe so
oft wie früher wir erwarten alle Nachrichten mit Sehnsucht
Ich wohne mit Mutti u. Ita beisammen. Tonny sehen wir
oft auch mit Vater sind wir täglich.
Mit Sehnsucht erwarten wir von Jani u.
Euch allen Nachricht. Recht viele Küsse
Danka 19.5.1929

Während es Juden in Auschwitz sonst verboten war zu schreiben, mussten sie es zu bestimmten Zeiten auf Befehl der SS sogar, insbesondere im »Theresienstädter Familienlager«. Sie mussten sinngemäß schreiben: »Mir geht es gut!«, so haben es unter anderem Dagmar Lieblová (geborene Fantlová) und Yehuda Bacon berichtet. Damit versuchten die Nazis die Legende von »der Umsiedlung der Juden« aufrechtzuerhalten. Dagmar schrieb an Fany Holická, das ehemalige Dienstmädchen ihrer Großeltern. Sie unterzeichnete mit »Danka«, ihrem Kosenamen. Die Postkarte blieb erhalten.

Mutter »meldete« sich bald nach ihrer Einlieferung ins »Familienlager« zum Austragen der Toiletten-Kübel. Wer das machte, bekam etwas mehr Suppe. »Ich habe ihr mehrmals am Tag geholfen. Das war sehr unangenehm. Aber ich habe es getan.«

Auch Dagmar musste Postkarten mit unverfänglichem, positivem Inhalt schreiben. Die Schriftstücke wurden von der SS zensiert und im Zweifelsfall nicht versandt. – Die Karte, die Dagmar am 8. Januar 1944 an Fany Holická, das ehemalige Dienstmädchen ihrer Großeltern, schrieb, erreichte die Adressatin und blieb bis heute erhalten: »Wir denken mit Sehnsucht an alle. Was macht Tante Janu Stryhal und Cukrs? Sie sollen oft schreiben, auch Du, liebste Fanynka. Wir erwarten alle Nachrichten mit Sehnsucht. Ich wohne mit Mutti und Ita [Kosename ihrer Schwester] beisammen [...]. Auch mit Vater sind wir täglich [zusammen]. Mit Sehnsucht erwarten wir von Janu und Euch allen Nachricht. Recht viele Küsse.«

Lydia Holznerová war gerade 14 Jahre alt geworden, als Deutsche sie gemeinsam mit ihrer sieben Jahre älteren Schwester Vera, Mutter Růžena und Vater Emil Ende 1943 nach Auschwitz verschleppte. Freunde hatten ihrem Vater, er war Direktor der Schule von Hronov, einer kleinen Stadt im tschechischen Ostböhmen, vor dem befürchteten Einmarsch deutscher Truppen am 15. März 1939 geraten: »Gehen Sie weg! Bleiben Sie nicht hier!« Darauf hatte Emil Holzer immer wieder gesagt: »Ich kenne die Deutschen. Das ist ein Kulturvolk. Die werden sich schon nicht so schlimm benehmen.«

In Auschwitz-Birkenau wurde die Familie Holzner auch ins »Theresienstädter Familienlager« getrieben. Lydia klagte ihrer Mutter eines Tages ihr Leid: »Ich habe Hunger.« – »Was soll ich tun? Du weißt, dass ich dir nicht helfen kann. Geh und trink etwas Wasser.« Gegen Abend kam eine Frau auf Lydia zu und schimpfte mit ihr: »Komm nie wieder mit einer solchen Bitte zu deiner Mutter. Sie hat Sorgen genug. Das ist zu viel.« Einmal erzählte die 14-Jährige ihrer Mutter, dass sie gesehen hatte, wie ein verzweifelter Mann »in den elektrischen Zaun ging«. – »Das ist kein Held«, antwortete die

Essnapf aus Auschwitz-Birkenau. Auch für die Kinder gab es ausschließlich Hungerrationen.

Mutter. »Heldentum ist, zu leben und zu überleben.«

Ihre Mutter, Růžena Holznerová, musste in Birkenau verschiedene Arbeiten verrichten, zu denen ihr sechzigjähriger Ehemann nicht mehr in der Lage war. »Er hat die Verhältnisse in Birkenau kaum ertragen können. Zuerst baute er geistig, dann körperlich ab. Binnen einer sehr kurzen Zeit alterte er zum Greis.« Er wurde im Juli 1944 in Auschwitz vergast.

Ein Name, der in den Schilderungen der wenigen überlebenden Kinder immer wieder auftaucht, ist Fredy Hirsch. Er hatte sich schon als Häftling im Lagerghetto Theresienstadt als Leiter der »Jugendfürsorge« für die Kinder eingesetzt. Auch in Auschwitz-Birkenau unternahm er alles, was in seiner Macht stand, um die Haftbedingungen der Kinder zu verbessern. Auf seine Initiative war vor allem zurückzuführen, so haben es unter anderem Dagmar Lieblová und Lydia Holznerová geschildert, dass Kleinkinder unter Aufsicht einiger Frauen im Block 29 und Acht- bis Sechzehnjährige im Block 31 des »Theresienstädter Familienlagers« tagsüber untergebracht werden durften. Von einem »Madrich«, einem Erzieher, waren sie in Gruppen zusammengefasst. Er erzählte ihnen unter anderem Geschichten, brachte ihnen Mathematik bei und sang Lieder mit ihnen. Fredy Hirsch war es irgendwie gelungen, für den Block

Else Schmidt (Mitte) mit ihrer Adoptivmutter Auguste Matulat und deren Töchtern in Hamburg. Das achtjährige Mädchen wurde der Familie weggenommen und nach Auschwitz-Birkenau verschleppt.

31 eine kleine »Bibliothek« einzurichten, obwohl es in Auschwitz verboten war, Bücher zu besitzen. Die Auswahl war sehr klein. Die Kinder lasen die Bände mehrmals: H. G. Wells' »Die Weltgeschichte«, ein Buch über Einführung in die Psychoanalyse, »Die Traumdeutung« von Sigmund Freud und ein paar Kinderbücher. Tagsüber durften jetzt auch Dagmar und Lydia in einen der »Kinderblocks« gehen. Eine ihrer Betreuerinnen war Lydias Schwester Věra.

Die Realität des Lagers blieb keinem Kind verborgen. Auch der achtjährigen Else Schmidt nicht. Sie bekam die Nummer Z 10540 auf ihren linken Unterarm tätowiert. Else kam ins »Zigeuner-Familienlager«: »Ich war völlig auf mich alleine gestellt. Ich kam in Auschwitz-Birkenau ja ohne Familie an. Alles war furchtbar. Ich verstand gar nichts von dem, was mit mir und um mich herum geschah.« – Was Else sah und erlebte, hatte sie noch nie zuvor erlebt oder gesehen. »Ich kam doch aus einem guten Haushalt.« Sie, die heute Else Baker heißt und in der Nähe von London lebt, erinnert sich auch jetzt noch ganz genau daran: »Die Baracken waren furchtbar voll. So viele Menschen hatte ich noch nie auf einmal gesehen. Manche waren ganz mager, sahen wie richtige Skelette aus und hatten ganz tiefe Augen.« Das Mädchen fühlte sich »unendlich verlassen und allein«. »Das waren doch alles Fremde für mich. Meine Verstörung bekamen einige Sinti-Frauen mit. Sie holten Wanda.« Die junge Frau war ein sogenannter Funktionshäftling, also auch eine Gefangene, die von der SS für bestimmte Aufgaben »eingesetzt« wurde, was in der Regel einherging mit etwas besseren Haftbedingungen, aber keine Gewähr für das Überleben war. – Wanda Fischer, so ihr Name, sagte zu Else: »Komm jetzt mit.« Das machte das Mädchen. Sie sei weder ängstlich noch zutraulich gewesen. »Ich fühlte nichts. Ich war in einem ganz tiefen Schockzustand. Wanda nahm mich mit in ›ihre‹ Baracke. Sie kümmerte sich um mich. Ohne die Hilfe von Wanda hätte ich nicht überlebt. Schon alleine der Schock hätte mich getötet. Im Lager Birkenau traf ich auch meine leiblichen Geschwister, die ich wissentlich zuvor noch nie gesehen hatte.«

Am 2. und 3. August 1944 wurde das »Zigeuner-Familienlager« mit der Ermordung von 4.200 bis 4.300 Kindern, Frauen und Männern »aufgelöst«.[22] Else wurde zusammen mit ihrer zweijährigen leiblichen Schwester Rosemarie einige Stunden zuvor am 2. August im Viehwaggon nach Ravensbrück transportiert. »Nur wir beide blieben am Leben. Meine anderen Geschwister und meine Mutter wurden, wie ich später erfahren habe, alle ermordet.«

Else, alle Kinder und Jugendlichen in Auschwitz befanden sich Tag und Nacht in höchster Alarmbereitschaft. Sie wussten: Jedes Verhalten konnte drakonische Strafen nach sich ziehen, konnte den sofortigen Tod bedeuten. Alle wussten: Du musst mächtig auf der Hut sein! Das wusste auch der 15-jährige Eduard Kornfeld, der im Sommer 1944 aus dem slowakischen Veľký Meder nach Auschwitz-Birkenau verschleppt wurde. Als er den Viehwaggon an der Bahnrampe im Lager Auschwitz-Birkenau verlassen hatte, »stand da die

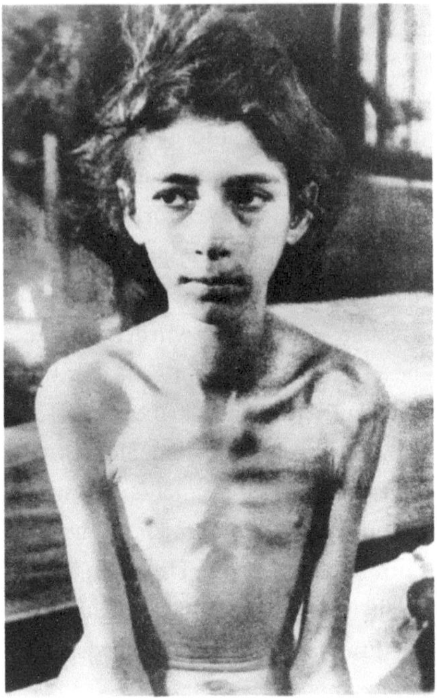

Judith Rosenbaum wurde mit ihrer Zwillingsschwester Ruth Anfang Juni 1944 aus Ungarn in das Vernichtungslager deportiert. Beide erlebten die Befreiung. Ruths Füße, erfroren vom Strafestehen im Winter, mussten amputiert werden. Ruth starb am 23. März 1945.

SS mit Gewehren und Hunden«. Es sei alles »so organisiert« gewesen, dass er sich nur auf sich selbst habe konzentrieren können. Er habe »höllisch« aufpassen müssen, was passieren würde. Zudem war er »extrem eingeschüchtert«. Das Unwahrscheinliche geschah: Er wurde für die »gute Seite« bei der Eingangsselektion bestimmt. Eduard Kornfeld fragte sich zeit seines Lebens: »Warum bin ich nicht sofort ins Gas geschickt worden? Ich war doch einer der Jüngsten im Waggon! Vielleicht weil ich verhältnismäßig groß war? Oder weil ich damals noch blonde Haare hatte?« Dazu hellblaue Augen.

Während der üblichen Aufnahmeprozedur in einem der »Sauna«-Gebäude wurden sie am ganzen Körper rasiert: »Sie rissen die Haare mehr aus, als dass sie rasierten, zogen brutal am Geschlecht.« Einige von ihnen bluteten. Von anderen Häftlingen, die schon länger im Lager waren, wurde dem Jungen eine Hose, eine gestreifte Jacke, eine

Mütze zugeschmissen. Aber keine Unterwäsche. Nur die eigenen Schuhe durfte er behalten. Einer von ihnen sagte: »Entschuldigung, die Hose ist zu klein!« – »Als Antwort bekam er einen Peitschenschlag vom SS-Mann. Daraufhin fingen wir an, die Anziehsachen untereinander zu tauschen. Nackt und schweigend. Nur wenige Minuten hat das gedauert. Trotzdem wurde weiterhin wild auf uns eingeprügelt. Das war also Auschwitz-Birkenau.«

Ihre Aufgabe vom frühen Morgen bis zum Abend sei gewesen: »›Mützen auf – Mützen ab, Antreten‹ – Schläge – ›Kniebeugen‹ – ›Auflösen‹ – Schläge. Immer wieder, zehnmal, zwanzigmal … Immer auf derselben Stelle. Oft stundenlang. Tag für Tag.« Zweimal am Tag mussten sie bei jedem Wetter draußen »diese Prozedur, diese Appelle« über sich ergehen lassen. Ob die Sonne brannte, es regnete oder bitterkalt war, spielte keine Rolle. Hinzu kamen »Probeappelle«, die auf Anhieb klappen mussten oder es setzte »fürchterliche Schläge«.

Miteinander gesprochen haben sie nur, wenn sich niemand mit ihnen beschäftigte. »Sonst war das verboten.« Der Junge wusste intuitiv immer schon, wer vor, neben oder hinter ihm stand. Das war überlebenswichtig. »Viele starben sehr schnell an Hunger. Auch in unserem Block. Tagein, tagaus musste ich das mit ansehen.« Als Eduard schon ein paar Tage im Lager war, nahm er einen »Riesenkamin« in der Nähe des »Zigeunerlagers« wahr – »aus dem nicht Rauch, sondern Feuer kam«. Irgendjemand erzählte ihm: »Das ist die Bäckerei.« Ein paar Tage später traf er jemanden, den er aus der Slowakei kannte und der ihm erzählte: »Ich bin fast im Kremmi gelandet, habe aber Glück gehabt.« – »Was ist das – Kremmi?« – »Krematorium, weißt du das nicht? Dort werden die Menschen in einer großen Kammer vergast, dann werden sie verbrannt.« – »Hm, ich habe gedacht, das ist die Bäckerei. Ich habe gehofft, dort arbeiten zu können. Ich habe Hunger.«

Ständig gab es Selektionen. Dann hieß es: »Blocksperre!« Sie mussten sofort, innerhalb von ein paar Minuten, in ihre Holzbaracken verschwinden. Wenig später wurde die Tür aufgerissen: »Antreten!«, schrie ein SS-Mann. Diesmal waren sie »dran«. Eduard war bewusst: »Jetzt geht es um Leben und Tod!« Sie mussten nach draußen und »Appell« stehen. »Mengele und viele SS-Männer mit Maschinengewehren standen schon da.« Zehn Reihen mit ungefähr jeweils 110 bis 120 Jungen waren aus Eduards Block gebildet worden. Fünf Reihen standen auf einer, die anderen fünf Reihen auf der gegenüberliegenden Seite.

»Alle mussten sich ausziehen. Viel hatten wir ja nicht an. Wir zogen die Jacke aus und ließen die Hose runter. Mengele nahm sich jede Reihe der anderen Seite vor. Aus ungefähr 100 Jungen nahm er jeweils zehn heraus. Die Ausgesuchten durften ihre Sachen nehmen und zurück in die Baracke gehen. Die anderen mussten auf der Lagerstraße antreten und wurden von der SS bewacht. Aber niemand wusste, wer ins Gas geht und wer nicht. Trotzdem wollte ich es herausfinden: ›Wo ist Leben, wo ist Tod.‹ Im Laufe der Zeit bekam ich einen tierischen Instinkt. Ich kam zu dem Schluss, dass diejenigen, die auf dem Weg standen, ins Gas gehen würden. ›Was mache ich jetzt?‹, fragte ich mich. Das war ein ganz fürchterliches, unbeschreibliches Gefühl. Ich beobachtete weiter intensiv die andere Seite. Viele beteten. Jeder, so wie ich, wusste, worum es ging. Mit fünfzehn sterben? ›Ich werde wahnsinnig. Nein! Ich will leben!‹«

Der Junge wollte »etwas tun«, aber er wusste nicht was. Er versuchte, sich zu konzentrieren, um seine letzten Energiereserven zu mobilisieren. Eduard stand in der vorletzten Reihe. »Und dann: Mengele geht an mir vorbei, nimmt mich nicht heraus. Schon war er bei meinem Nebenmann. In diesem Moment packte mich eine übergroße innere Kraft, ein unbeschreiblicher Lebenswille. Plötzlich drehte sich Mengele noch einmal um, macht diese eine Handbewegung, dass ich heraustreten soll. Noch einen Jungen namens Holzmann wählt er aus meiner Reihe aus. Aus der letzten Reihe niemand mehr.« Und da ist noch eine Szene, die Eduard Kornfeld sein Leben lang mit sich herumtrug: »Das ist mein Bruder«, hat einer angefangen zu weinen. Und weil sein Bruder nicht zu ihm durfte, hat er gerufen: »Ich möchte mit ihm zusammen gehen.«

Ruth und Robert Büchler wurden im Alter von elf und 15 Jahren nach Auschwitz deportiert. Ruth überlebte nicht.

Der SS-Mann fragte, »obwohl es uns nicht erlaubt war, die ›Herrenmenschen‹ anzusprechen, den Jungen: ›Wer ist dein Bruder?‹ – ›Der!‹ – ›Also gut, stellt euch in die Reihe dort.‹ Sie wurden beide für das Gas bestimmt.«

Zwischen dem 12. August und 17. September 1944 wurden in vier Transporten aus dem Durchgangslager in Pruszków bei Warschau 13.720 Polen[23] – Kinder, Frauen und Männer – ins Lager Auschwitz eingeliefert. Sie waren nach dem Ausbruch des militärischen Warschauer Aufstandes (1. August bis 2. Oktober 1944) verschleppt worden.

Überlebt hat unter wenigen anderen Jadwiga Matysiak (geborene Sztanka): Im September 1944 wurde sie zusammen mit den Eltern und einer Schwester nach Auschwitz-Birkenau transportiert. Das Mädchen war zweieinhalb Jahre alt. Sie bekam die Nummer 84876 tätowiert. »Die Mutter, meine Schwester und ich wurden in das Frauenlager gebracht. Nach einiger Zeit bekamen wir die Nachricht, dass die Jungs und der Vater in das Konzentrationslager Schömberg [ein Außenlager von Natzweiler-Struthof, dort und in dessen Außenlager Dautmergen kamen insgesamt 1.774 Häftlinge ums Leben[24]] transportiert worden waren.

Während des Aufenthalts in Birkenau wurde ich oftmals von der Mutter getrennt und zu einem sogenannten Revier [›Häftlingskrankenbau‹] geschickt. Ich hatte dort viele Krankheiten, unter anderem Keuchhusten, Masern, Scharlach und Ruhr. Auf dem Körper habe ich Spuren, die auf Phlegmone [eine sich diffus ausbreitende eitrige Entzündung der Weichteile, einhergehend mit Fieber] hindeuten. – In Birkenau waren wir bis Ende Januar 1945, bis man uns nach Leipzig und später nach Berlin transportierte. Während des Aufenthalts im Lager war meine Mutter schwanger. Mein jüngster Bruder Ryszard wurde [im Lager] Berlin[-Köpenick] am 26. März 1945 geboren.« Jadwiga Matysiak war im Januar 1945 gemeinsam mit Mutter und Schwester von Auschwitz-Birkenau in das KZ-Außenlager von Sachsenhausen in Berlin-Köpenick »verlegt« worden.[25]

»Befreit wurden wir Ende April 1945. Nach der Befreiung kehrten wir nach Warschau zurück. Mein Vater und meine Brüder waren noch nicht da. Wir hatten keine Informationen über sie. Die Mutter war krank; sie hatte eine offene Wunde am Bein und ein Geschwür an der Brust. Sie lag sehr lange mit Fieber. Die Nachbarn haben uns drei Kinder, so gut es ging, betreut. Im Mai 1945 kamen die Brüder zurück, leider ohne Vater. Es stellte sich heraus, dass er am 24. Dezember 1944 im Lager Schömberg ermordet worden war. Meine Mutter blieb mit fünf Kindern allein zurück. Meine minderjährigen Brüder, der 17-jährige Henryk und der 15-jährige Jerzy, mussten eine Beschäftigung suchen, um die Mutter und die jüngeren Geschwister zu ernähren. Meine Schwester, die damals 13-jährige Irena, betreute uns, die zwei Jüngsten. Die Brüder und die Schwester gingen gleichzeitig zur Abendschule.«[26]

Warschau, der Geburtsort von Jadwiga Matysiak, war bis zum Einmarsch deutscher Truppen Ende September 1939 eine pulsierende Metropole auch des jüdischen Lebens. In der polnischen Hauptstadt befand sich bis zu diesem Zeitpunkt die größte jüdische Gemeinde Europas. Nach dem Überfall auf Polen und während der deutschen Besatzung wurde im Herbst 1940 das Warschauer Zwangs-Ghetto installiert.[27]

Überall im besetzten Europa begingen Deutsche zahllose Massenmorde. Daran erinnert auch das Mahnmal (Teilansicht) für die in Kaunas (Litauen) getöteten Kinder. Allein 1,5 Millionen jüdische Kinder wurden ermordet. Der israelische Schriftsteller David Grossman schreibt: »Jedes Kind stand am Anfang eines Lebens. Jedes einzelne war eine ganze Welt.«

In das Ghetto hatten die deutschen Besatzer vor allem die Juden Warschaus eingesperrt, aber auch jüdische Kinder, Frauen und Männer aus anderen Teilen Polens sowie unter anderem aus der Tschechoslowakei und aus Deutschland.[28] Im März 1941 befanden sich zwischen 445.000 und 490.000 Juden in dem abgeriegelten Ghetto.[29] Darunter waren im Januar 1942 etwa 100.000 Kinder unter 14 Jahren.[30] Damit war Warschau das größte Zwangs-Ghetto im von Deutschland besetzten Europa.[31]

Die Eingeschlossenen hungerten und mussten pausenlos um ihr Leben bangen. Fast 100.000 Juden starben an den unmenschlichen Bedingungen bis zum 21. Juli 1942. Anschließend wurden aus dem Warschauer Ghetto ungefähr 329.000 Juden allein in das Vernichtungslager Treblinka transportiert. Und zwar zwischen dem 22. Juli und 2. Oktober 1942 sowie von Januar bis Mitte Mai 1943. Nahezu alle hierher verschleppten jüdischen Babys, Kinder, Frauen und Männer wurden meist innerhalb weniger Stunden in den Gaskammern von Treblinka ermordet.[32]

Als die SS Mitte Januar 1943 mit der zweiten Deportationswelle begann, stellten sich ihnen bewaffnete jüdische Kämpfer entgegen. Dieser erste Aufstand in der polnischen Hauptstadt, der Aufstand im Warschauer Ghetto, das Symbol des jüdischen Widerstandes, mündete schließlich Mitte April 1943 in eine jüdische Volksrevolte. Die Kämpfe dauerten fast einen Monat, viele Tausend Juden fielen ihnen zum Opfer. Mehrere Zehntausend wurden wiederum festgenommen und erschossen, in »Arbeits-« und vor allem in Vernichtungslager transportiert.[33]

Von Beginn an hatte es im Warschauer Ghetto vielfältige Formen des Widerstandes gegeben, die schließlich in den bewaffneten Aufstand münden sollten. Eine Form des Widerstandes ist ganz eng verknüpft mit dem Historiker Emanuel Ringelblum. Er war der Leiter des Untergrundarchivs »Oneg Schabbat« im Warschauer Ghetto. Ab 1940 hatte er zusammen mit einer kleinen Gruppe von Freunden und Kollegen begonnen, Material über das Schicksal der polnischen

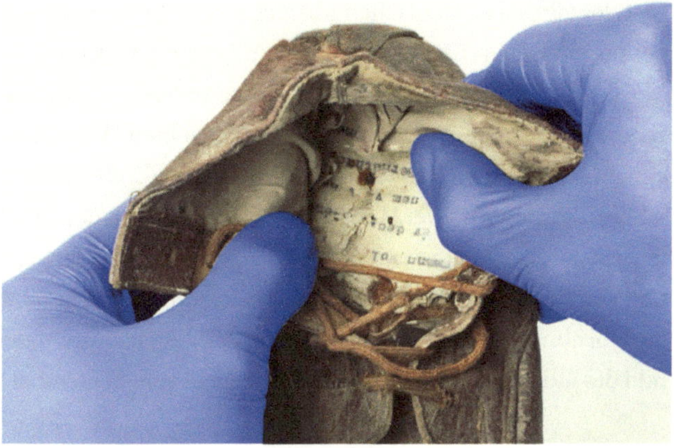

Bei Konservierungsarbeiten der Gedenkstätte Auschwitz-Birkenau wurde noch 2020 dieser Kinderschuh mit Notizen entdeckt. Dieser Schuh gehörte Amos Steinberg. Dieser wurde am 26. Juni 1938 geboren, überlebte und ist 1949 aus Prag nach Israel ausgewandert.

Juden zu sammeln: amtliche Dokumente, Berichte, Briefe, Befragungen, Tagebücher, persönliche Testamente, Untergrundzeitungen und Dokumente der jüdischen Widerstandsgruppen. 1946 und 1950 wurden Teile des Untergrundarchivs in den Ruinen des Warschauer Ghettos gefunden.[34]

Erhalten geblieben ist zum Beispiel ein Bericht der vereinten Untergrundorganisationen des Ghettos an die polnische Exilregierung in London vom 15. November 1942. In dem von Emanuel Ringelblum mitverfassten Text heißt es: »Im Leuchten des unvergleichlichen polnischen Herbstes glitzert und schimmert eine Schicht Schnee. Dieser Schnee ist nichts anderes, als Federn und Daunen aus dem jüdischen Bettzeug, das zusammen mit dem ganzen Gut, mit Schränken, Taschen, Koffern voller Wäsche und Kleidung, Schüsseln, Töpfen, Tellern und anderen Haushaltsgegenständen von den 500.000 nach ›Osten‹ evakuierten Juden übrig geblieben ist. Die Sachen, die niemandem mehr gehören, Tischtücher, Mäntel, Deckbetten, Pullover, Bücher, Wiegen, Dokumente, Fotografien liegen durcheinander in den Wohnungen, auf den Höfen, auf den Plätzen, zu Stößen zusammengesammelt, bedeckt mit jenem Schnee aus der

Zeit des vielfachen deutschen Mordes an den Juden Warschaus, den herausgerissenen Eingeweiden des jüdischen Bettzeugs. [...]

Ausgestorbene oder sterbende Häuser, mit Stacheldrahtverhauen versperrte Straßen, Holzzäune, die die einzelnen Wohnblocks voneinander abtrennen und vor allem das vollständige Fehlen der Menschen, die noch vor zwei Monaten die Hauptarterien des Ghettos füllten, die zu ihren alltäglichen Beschäftigungen eilten, etwas kauften und verkauften, arbeiteten, eine Entvölkerung, wie sie nicht einmal die Jahrhunderte des Schwarzen Todes, der Pest, kannten – das ist das Bild des jüdischen Wohnbezirks in Warschau vom September 1942.«[35]

Emanuel Ringelblum, seine Frau Yehudit und ihr 12-jähriger Sohn Uri wurden gemeinsam mit anderen Juden im März 1944 in den Ruinen des Warschauer Zwangs-Ghettos erschossen.[36]

Zwischen Juli 1942 und September 1944 war Westerbork das zentrale Durchgangslager für Juden, die aus den Niederlanden vor allem »nach dem Osten« deportiert wurden.[37] Ausbau und Unterhalt des Lagers wurden aus den Mitteln des von der jüdischen Bevölkerung beschlagnahmten Vermögens finanziert.[38] Insgesamt wurden mehr als 100.000 jüdische Kinder, Frauen und Männer aus den Niederlanden deportiert. Über sechzig Züge mit mehr als 57.000 Menschen »gingen« direkt nach Auschwitz-Birkenau. Mit dem Transport vom 19. Mai 1944 wurden auch 245 Sinti und Roma verschleppt. Darunter befanden sich 147 Kinder, von denen kein Mädchen und kein Junge am Leben bleiben sollten. Nicht einmal ein Prozent der aus Westerbork nach Auschwitz-Birkenau verschleppten Juden sowie Sinti und Roma würden die Befreiung erleben.[39]

Gerhard Durchlacher war neun Jahre alt, als er und seine Familie aus Baden-Baden 1937 zu Verwandten in die Niederlande flüchteten. Anfang Oktober 1942 wurde die Familie ins Lager Westerbork verschleppt. Von hier ging es im Januar 1944 zunächst in das Lagerghetto Theresienstadt und später nach Auschwitz-Birkenau. Als Einziger blieb Gerhard Durlacher am Leben. Über das Konzentrationslager schrieb er: »In der Hölle gibt es keine Sprache, die auszudrücken vermag, was ich sehe, höre, rieche oder schmecke. Bedrohung und Angst haben meine Gefühle mit einem Kordon umgeben. Ich rieche den Verwesungsgestank und den fetten Rauch, aber ich begreife nichts. Ich sehe und höre die Züge, die stolpernden Menschenmassen auf ihrem Weg in die Flammen, die dumpfen Schläge, die nackten kahlgeschorenen Frauen mit unbedeckter Scham, zu dritt unter einem grauen, von Regenwasser triefenden Fetzen gekrümmt, aber ich begreife nichts. Tag und Nacht registrieren meine Sinne, was jenseits des Stacheldrahtes, hinter den Wachtürmen an der Rampe und in den angrenzenden Lagerabteilungen geschieht, aber ich begreife nichts.«[40]

Mütter mit kleinen Kindern

Kleine Kinder wurden in Auschwitz fast immer sofort getötet. Hielt eine Mutter während der Eingangs-Selektion ihr Kind im Arm, wurden beide vergast. Die Mutter mochte noch so jung, gesund und »arbeitsfähig« sein. Es spielte keine Rolle. Trug jedoch zufällig die Großmutter anstatt der Mutter das Kind, wurde diese mit dem Kind ermordet, die Mutter – falls sie für vorläufig »arbeitsfähig« befunden wurde – in das Lager »eingeliefert«. Wie sie wollten, verfügten der deutsche Nazi-Staat und seine willfährigen Diener über Eigentum, Freiheit und das Leben von Babys, Kindern, Frauen und Männern. Der auch schon damals allgemein geltende Grundsatz von Schutz für Kinder, Kranke und alte Menschen wurde hier ins Gegenteil verkehrt: Wer als Arbeitskraft nicht missbraucht werden konnte, hatte keine Daseinsberechtigung. Die Chance für Babys und kleine Kinder, überhaupt ins Lager zu gelangen, tendierte gegen null.

Jan Sehn, Direktor des Instituts für gerichtliche Expertisen in Krakau und Mitglied der Hauptkommission für Naziverbrechen in Polen, hat – aufgrund der Erkenntnisse im Warschauer Höß-Prozess

(März 1947) und im Krakauer Verfahren gegen vierzig SS-Männer und -Frauen (November/Dezember 1947)[1] – eine frühe und präzise Studie zu den »Ereignissen« in Auschwitz vorgelegt. Darin enthalten ist eine genaue Beschreibung des fabrikmäßigen Ablaufes der Vernichtung von Kindern, Frauen und Männern:

»Die Menschen aus diesen Transporten wurden unmittelbar von der Ausladerampe auf das Gelände, wo sich die Gaskammern befanden, getrieben. Wer nicht fähig war, den Weg zu Fuß zurückzulegen, wurde mit Lastwagen dorthin gebracht.« Auf der zu den Bahngleisen parallel verlaufenden Straße seien unablässig Lastwagen verkehrt: Mit Kindern, Kranken und alten Menschen. »Zu der auf einem kleinen Platz vor der Gaskammer zusammengetriebenen Menschengruppe hielt einer der SS-Männer eine Ansprache, in der er den Versammelten versicherte, dass sie jetzt, da sich unter ihnen schmutzige und verlauste Personen befänden und in solch einem Zustand keiner ins Lager aufgenommen werden könne, in die Bade- und Desinfektionsanstalt geführt würden.« Sie sollten sich merken, an welcher Stelle sie ihre Kleidung zurückgelassen hatten. »Nachdem sich die Juden ausgezogen hatten, gingen sie in die Gaskammern. Hier waren Duschen sowie Wasserleitungsrohre eingebaut, so dass die Kammer den Eindruck eines richtigen Baderaumes machte. Gewöhnlich gingen Frauen mit Kindern zuerst hinein, und dann die Männer, die immer die kleinere Zahl bildeten.« In eine Kammer seien »unter Knüppelschlägen und Hundegehetz« ungefähr 3.000 Menschen hineingepresst worden. Danach wurden die Türen der Gaskammer zugeschraubt und das Giftgas »Zyklon-B« gelangte durch »besondere Einwurf-Zerstäuber, die ein schnelles und maximales Wirken des Giftes herbeiführten, in die Gaskammern.«

Nach etwa einer halben Stunde wurden die Türen geöffnet. »Sofort begann man mit dem Herausziehen der Leichen, die mit einem Aufzug nach oben zu den Öfen gebracht wurden. Nach Eintritt in die Kammer fand man die Leichen in sitzähnlicher Stellung vor. Sie hatten eine rosa Körperfarbe und wiesen an verschiedenen Stellen dunkelrosa und grünliche Flecken auf. Einigen stand Schaum auf den Lippen, anderen lief Blut aus der Nase. Viele Leichen hatten geöffnete Augen und sehr viele waren im Todeskampf miteinander verkrampft. Der größte Teil zusammengepresster Körper lag in der Nähe der Tür. Weniger Opfer befanden sich in der Nähe der Einwürfe, durch die das Zyklon geschüttet wurde. Aus der Lage der Körper war ersichtlich, dass die Menschen aus der Umgebung der Einwürfe flohen und zur Tür gelangen wollten.«[2]

Unzählige Säuglinge und Kinder starben bereits während der entbehrungsreichen, oft mehrere Tage dauernden Fahrt nach Auschwitz. Das bekam auch der Berliner Jude SIEGBERT LÖFFLER mit. Er war Zahntechniker von Beruf, wurde am 27. Februar 1943 verhaftet und einige Tage später nach Auschwitz deportiert, wo er die Nummer 105675 eintätowiert bekam. Eines Tages hieß es, »acht starke Häftlinge« würden gebraucht. »Wozu?« Ein SS-Mann antwortete: »Möbel verladen.« Mit Lastwagen ging es zum Güterbahnhof der Stadt Oświęcim, die jetzt Auschwitz hieß. Da standen zwei oder drei Waggons, in denen sich »94 oder 97, ich weiß es nicht genau«, tote Mädchen im Alter »von zwei, drei und vier Jahren« befanden. »Und da hat man an seine eigenen Kinder gedacht und nahm sie langsam hoch und wollte sie immer [vorsichtig] rausreichen.« Da habe er von einem SS-Mann ein paar mit dem Gummiknüppel über den Rücken bekommen. »Und da haben wir sie genommen an den Haaren, an den Armen, wo wir nur fassen konnten, haben sie nur immer rausgeschmissen.«[3]

Der 16-jährige GEDALIA BEN ZVI aus Bratislava, dem Kinderalter kaum entwachsen, wurde im Mai 1942 in Auschwitz eingeliefert. Er wurde auch beim »Entladen« der ankommenden Züge »eingesetzt«. Eines Tages traf ein Transport aus dem 45 Kilometer entfernten polnischen Będzin im Lager ein. Es gab keine Selektion. Die SS wollte alle sofort ermorden. Auch die Kinder. Es seien ungefähr 150 Menschen in einen einzigen Waggon gepfercht gewesen. Fast alle waren tot. Und da saß noch »ein kleiner Junge, mitten auf dem Weg, in all dem Durcheinander. Ganz still saß er da. Er war halb nackt. Wahrscheinlich hatte man ihm wegen der Hitze in dem Waggon die Kleider

Yehuda Bacon: In Erinnerung an die Frauen in Auschwitz. – Mit 14 Jahren war der Junge in das Vernichtungslager deportiert worden. Nach seiner Befreiung zeichnete und malte er die Krematorien, die Verbrennungsöfen, Bilder der Erinnerung an die Kinder und Frauen …

ausgezogen.« Einer der SS-Männer »wollte ihm einen Genickschuss geben. Aber das Kind drehte sich plötzlich um und es gelang ihm noch, den ersten Satz einen Gebetes zu rufen: ›Schma Jisrael, adonoj elauhenu, adonoj echod.‹ [›Höre Israel, der Ewige ist unser Gott, der Ewige ist einzig.‹] Dann warf der SS-Mann ihn auf den Lastwagen.«[4]

Auch die jüdische Ärztin Lucie Adelsberger, Nummer 45171, sah viel im Lager. Sie war am 17. Mai 1943 mit dem »38. Osttransport« von Berlin nach Auschwitz deportiert worden. In ihrem 1945/46 in Amsterdam verfassten Auschwitz-Bericht, der erstmals 1956 in Deutschland erschien, schreibt sie: »Nach den Richtlinien der SS brachte jedes jüdische Kind automatisch seiner Mutter den Tod. Das Lager nahm, abgesehen von einzelnen Zufällen, keine Judenkinder an. Sie gingen sofort nach der Ankunft lebend oder gegast ins Feuer und nicht die Kinder allein, sondern mit ihnen die Mutter. Jede Frau, die ein Kind bei sich hatte, auch wenn es nicht ihr eigenes war, sondern ein fremdes, das sie zufällig führte, war dem Tode geweiht.«[5]

Simon Gotland wurde im Juli 1942 von Frankreich nach Auschwitz deportiert. Häftlingsnummer 53908. Unter anderem musste er zusammen mit anderen Häftlingen das Gepäck der nach Auschwitz deportierten jüdischen Kinder, Frauen und Männer einsammeln.[6] »Die Häftlinge wurden sofort auf der Rampe selektiert, d.h. diejenigen, die nicht arbeitsfähig erschienen, kamen in die Gaskammer, die anderen in das Lager. Die Kinder kamen sämtlich in die Gaskammer. Wenn sie von ihren Müttern begleitet waren, kamen auch die Mütter mit in die Gaskammer.«[7]

Seweryna Szmaglewska, polnische Autorin, die mit der Häftlingsnummer 22090 von Oktober 1942 bis Januar 1945 in Auschwitz inhaftiert war, sah auch das, was »üblicherweise« Alltag war im Lager: Mütter mit Kindern auf den Armen oder an der Hand wurden ermordet. Sie berichtete 1946: Während der Eingangsselektion »wurden die jüngsten und gesündesten jüdischen Frauen in sehr geringer Zahl ins Lager eingeliefert. Die Frauen aber, die Kinder auf dem Arm trugen oder Kinderwagen schoben […], wurden zusammen mit diesen Kindern ins Krematorium geschickt. Die Kinder wurden vor den Krematorien von den Eltern getrennt und gesondert in die Gaskammern geführt.«[8]

Mütter mit Babys oder kleinen Kindern hatten diese in den Zwangstransporten teilweise noch im Kinderwagen mitnehmen dürfen. Diese wurden nach der Ermordung weiterverwendet. So schoben SS-Männer mehrmals in der Geschichte des Vernichtungslagers eine endlose Reihe von Kinderwagen die Straße entlang, die zum Bahnhof in Auschwitz führte. Es fuhren immer fünf Wagen nebeneinander. Sie nahmen die ganze Breite der Straße ein. Der Abtransport dauerte in der Regel mehr als eine Stunde. Kurze Zeit vorher hatten diese Wagen schon einmal die Straße passiert, allerdings in entgegengesetzter Richtung. Sie kamen vom Bahnhof. Die Kinderwagen waren, soweit das den Müttern möglich war, vorsichtig und behutsam geschoben worden. In ihnen hatten Beinchen gestrampelt, erstaunte Kinderaugen in die Welt geschaut. Die Babys und ihre Mütter kamen aus Belgrad, Berlin, Bratislava, Brüssel, Budapest, Lublin, Minsk, Miskolc, Paris, Prag, Thessaloniki, Warschau … Jetzt schoben Männer in SS-Uniform sie auf der Straße zum

Bahnhof zurück: weiße, elfenbeinfarbene, hellgrüne, dunkelblaue, größere und kleinere Kinderwagen. Leer waren sie. Kurz zuvor hatte in jedem Wagen noch ein rosiges, gesundes Baby gelegen. Das Glück und die Zukunft seiner Eltern. Ab jetzt waren die Kinderwagen bestimmt für die Säuglinge der Mörder und die ihrer Landsleute.[9]

Magda Szabo, als Jüdin aus Ungarn nach Auschwitz deportiert (Häftlingsnummer A-11937),[10] kam mit ihrer Schwägerin und deren Kind im Alter von zwei Jahren im Juni 1942 in Auschwitz an. Weil die Frau ihres Bruders noch jünger und schwächer war, hatte Magda Szabo das Kind auf dem Arm. Als sie in der Selektions-Reihe warteten, kam ein Häftling zu ihr und fragte sie, »ob das Kind mir gehört?« Sie verneinte die Frage. Der Entrechtete, der sich offenbar schon länger im Lager befand, forderte sie auf, das Kind der Schwägerin zu geben. Magda Szabo dachte: »Vielleicht wird sie leichtere Arbeit« bekommen. Und sie gab der Verwandten das Kind. Zu ihrer leiblichen Mutter, die mit zur Selektion anstand, meinte sie: »Mutter, sage, dass du alt bist.« Magda Szabo verband damit die Hoffnung, dass ihre Mutter, während ihre Schwägerin arbeiten musste, das Kind versorgen konnte. Und die junge Frau wurde, nachdem sie der Schwägerin das Kind zurückgegeben hatte, aus »der Reihe herausgezogen« und dachte: »Vielleicht gehen sie in ein anderes Lager.« Doch Magda Szabo sollte ihre Mutter und ihre Schwägerin mit ihrem Kind nie mehr wiedersehen.[11]

Norbert Lopper, in Wien geboren, wurde von Brüssel, wohin er geflohen war, zusammen mit seiner Frau Ruth und ihrer 16-jährigen Schwester Sonja Ende August 1942 nach Auschwitz verschleppt. Er bekam im Lager die Nummer 61983 eintätowiert. Ruth und Sonja sah er nie wieder.[12] Eines Tages war »ein französischer Transport gekommen«. Da war eine »achtzehn, zwanzigjährige Frau mit einem Baby« im Arm. Er sagte sich: »›Vielleicht kann man da irgendetwas machen.‹ Und die Frau hat das Kind nicht hergegeben.« So ging sie mit dem Kind ins Gas.[13]

Rolf Weinstock aus Emmendingen bei Freiburg, dem in Auschwitz die Nummer 59000 eintätowiert wurde, hielt bald nach seiner Befreiung das im Lager Gesehene in einer Art Tagebuch fest, das 1948 veröffentlicht wurde. Nach der Ankunft in Auschwitz mussten die Verschleppten die Eisenbahnwaggons verlassen und »zur Besichtigung« antreten: »Ein Pfiff ertönte. Und schon stürzte die blutgierige SS-Soldateska auf die Herausgetretenen und schlug mit Peitschen darauf ein. Ich sah Jungen im Alter von acht und neun Jahren, sie riefen: ›Mama – Papa!‹ Auch auf sie hieben die Bestien ein.« Sie waren »dem Tode und dem Verderben ausgeliefert.« Auch die Mädchen und älteren Frauen mussten »heraustreten und wurden gleich auf einen bereitstehenden Lastwagen« verladen, der sie zu den Gaskammern brachte.[14]

Eine Form des Widerstands der »Sonderkommando«-Häftlinge bestand darin, dass sie persönliche Aufzeichnungen über das, was sie im Lager sahen und erlebten, anfertigten und diese – gewissermaßen als Zeugenaussagen für später – im Areal der Krematorien in Auschwitz-Birkenau vergruben, darunter die von SALMEN GRADOWSKI.[15] Henryk Porębski, ein überlebender Häftling des »Elektriker-Kommandos«, der aufgrund seiner »Funktion« überall im Lager herumkam, berichtete nach seiner Befreiung: »Nicht weniger als 36 Büchsen« seien vergraben worden.[16] Acht Behälter mit versteckten Handschriften wurden bis heute in Auschwitz-Birkenau gefunden. Darunter zwei von Salmen (Zalmen) Gradowski. Er stammte aus dem polnischen Łuna bei Grodno (heute Lunna bei Hrodna in Belarus), wurde am 8. Dezember 1942 in Auschwitz eingesperrt. Alle seine Familienangehörigen wurden noch an diesem Tag ermordet. Er blieb zunächst am Leben und konnte viele seiner Beobachtungen unter Lebensgefahr zu Papier bringen. Eine seiner Handschriften trägt den Titel: »In harz fun gehinem« – »Im Herzen der Hölle«:

»Das Herz blutet, wenn man auf seine erschöpfte, teure Frau mit den Kindern auf dem Arm blickt. Wenigstens mit irgendetwas möchte man ihnen helfen, aber jeder Versuch stößt auf sofortigen Widerstand. Gleich bekommst du eins mit etwas Hartem, Stumpfem über den Kopf, so dass du sofort deine Absicht vergisst, dich der zweiten Gruppe zu nähern. Die Frauen sehen, was im Falle eines

Gesehen in der Gedenkstätte Auschwitz-Birkenau: aus Stein gehauener und bemalter Kinderschuh zum Gedächtnis an die dort ermordeten Kinder, hinterlassen von einer Besucherin oder einem Besucher.

Furchtbar waren für alle die Latrinen in Auschwitz-Birkenau. In roh gegossenen Zement reihte sich Sitzöffnung an Sitzöffnung. Ohne jeden Sichtschutz, dazu stank es erbärmlich und im Winter war es unerträglich kalt.

Versuchs, ihnen zu Hilfe zu kommen, mit ihren Männern geschieht. [...] Die Männer stehen an der Seite und schauen, wie ihre Nächsten mit den Lastautos davonfahren. Der Blick eines jeden ist an den Ort, den Punkt geschmiedet, wo sich seine Frau mit dem Kind auf dem Arm bewegt.«[17]

In Auschwitz gab es kaum eine Regel ohne Ausnahme. Nichts war berechenbar. Was heute bedeutete, vorläufig am Leben zu bleiben, konnte schon morgen den Tod bringen. So beobachtete Otto Schwerdt, wie Mütter – entgegen der üblichen Vorgehensweise – gezwungen wurden, sich bei der Ankunft im Lager von ihren Kindern zu trennen, obwohl sie bei ihnen bleiben wollten: »SS-Männer reißen die Kinder aus ihren Händen. Ich kann mit Worten nicht beschreiben, was in mir vorgeht, als ich das sehe. Die Nazis sind keine Menschen mehr. Sie reißen den Müttern ihr Herz aus dem Leib. Sie zeigen keine Regung, wenn sie in die angstvollen, bittenden Kinderaugen sehen. Sie hören die Schreie und zerren weiter an den Kindern. Die Tränen schnüren mir den Hals zu. Es ist, als fühlte ich die Welt untergehen, als stürbe jeder Glaube und jede Hoffnung in diesem Moment. Doch nicht die Kinder, nicht die kleinen Kinder! Kein Flehen, kein Bitten, kein Widerstand helfen.«[18] – Otto Schwerdt, in Braunschweig geboren, war als 13-Jähriger 1936 zusammen mit seiner Familie nach Polen geflohen. Alle wurden 1943 nach Auschwitz deportiert. Seine Mutter Eti, seine Schwester Meta und sein Bruder Sigi wurden vergast. Nur er und sein Vater Max sollten am Leben bleiben.[19]

Die 15-jährige Janda Weiss aus dem tschechischen Brno wurde in Auschwitz-Birkenau als »Läuferin« eingesetzt. So bekam sie einiges mit und kam auch in Kontakt mit Männern des »Sonderkommandos«. In ihrem Bericht aus dem Jahre 1945 heißt es: »Und wenn der Raum [die Gaskammer] voll war, wurden noch die kleinen Kinder durch ein Fenster hineingeworfen. Säuglinge packte [SS-Mann] Moll bei den Beinchen und zerschlug ihnen an der Wand den Schädel. Dann wurde Gas in die Kammern gelassen. Den Opfern wurden dadurch langsam die Lungen zerrissen, und drei Minuten war lautes Wehklagen zu hören. Dann wurden die Kammern geöffnet und diejenigen, die noch ein Lebenszeichen von sich gaben, totgeschlagen.«[20]

So manches an der Rampe selektierte Baby oder Kind erreichte die Gaskammer gar nicht. Deutsche SS-Männer schlugen bereits vorher die Kinder gegen Wände, erschossen sie, warfen sie lebendig ins Feuer. Eines Tages musste Simon Gotland, der jetzt dem »Aufräumkommando« zugeteilt war, beim Ausladen eines Transports aus Belarus helfen: »Die waren zehn oder zwölf Tage unterwegs, und alle waren tot.« Einer der Toten, wahrscheinlich der Vater, habe sein Kind im Arm gehabt. »Und das Mädchen lebte noch.« Es sei etwa sieben Jahre alt gewesen. »Dort im Krematorium war ein Chef des Krematoriums, Unterscharführer Moll. Er hat das Mädchen entzweigerissen.«[21]

Dov Paisikovic wurde zusammen mit seinen Eltern und sieben Geschwistern im Mai 1944 aus dem von Ungarn annektierten Mukačevo (ungarisch Munkács) in den Karpaten nach Auschwitz-Birkenau transportiert. Nur er und sein Bruder sollten Auschwitz überleben. Der erst Zwanzigjährige kam zusammen mit seinem Vater Isaak ins »Sonderkommando«. Schon in den ersten Tagen wurden sie als »Leichenschlepper« eingesetzt. »Ein Mann pro Leiche«, befahl ihnen ein SS-Mann. Als Dov Paisikovic beim 1. Auschwitz-Prozess in Frankfurt am Main vom vorsitzenden Richter gefragt wurde, wie die Kinder in die Gaskammern gebracht wurden, berichtete er: Wenn der Vergasungsraum schon voll war, habe man die Kinder »über die Köpfe weg geworfen«. Auch seien Kinder »anders« als durch Gas umgebracht worden: »Ein SS-Mann nimmt das Kind der Mutter (weg) und gibt ihm ein ›Zuker‹, ein Bonbon. Und er hat das Kind an den Händen genommen. Und unter den Augen der Mutter hat er es gegen die Wand geklappt [geschlagen].«[22]

Nina Gusiewa, Häftlingsnummer 65781, aus dem russischen Smolensk, wurde im Oktober 1943 ins Lager verschleppt.[23] Sie schrieb in ihren Aufzeichnungen: »Ich kann mich an eine junge Frau mit einem dreijährigen Kind auf dem Arm erinnern, ein bildhübsches

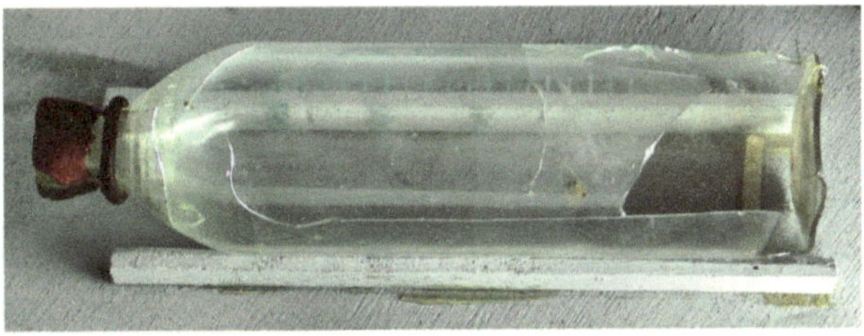

Babyflaschen, Puppen, Schnuller von Kindern wurden in großen Stückzahlen nach der Befreiung in Auschwitz gefunden.

Mädchen mit blondem Kraushaar und einer blauen Schleife. Das Kind hielt eine Puppe mit abstehenden Zöpfen in der Hand. Die Frau wurde ins Lager geführt. Die SS-Leute versuchten, ihr das Mädchen zu entreißen. Die Mutter verteidigte mit weit aufgerissenen, vor Verzweiflung irren Augen ihre Tochter. Zwei Schüsse aus nächster Nähe, und beide fielen auf der Stelle nieder. Dem Täter, SS-Mann Traube, zitterte nicht einmal die Hand.«[24]

Zdzisław Soleski (Häftlingsnummer 96244) aus Krakau beobachtete, wie »SS-Männer den Kindern, die aus Angst, ins Krematorium zu kommen, schrien, die Köpfe an einem Baum zerschmetterten«. Und »wenn die Leichen aus den Waggons mit Lastwagen« weggefahren wurden, »waren zwischen den Toten noch lebende Menschen«: »Denn wenn sie in die Grube mit den brennenden Leichen geschüttet wurden, hörten wir jedes Mal sekundenlang ein entsetzliches Geschrei.«[25]

Entsetzliches berichtete auch der Wiener Hermann Reineck (Nummer 63387). Der 23-Jährige war am 24. September 1942 in das Lager »eingeliefert« worden. SS-Mann Emil Hantl, der unter anderem Selektionen vornahm, erzählte ihm eines Tages: »Ja, weißt du, die Kinder bis sechs Jahre, die wurden nicht in die Gaskammern geschickt. Da standen Lastkraftwagen, da wurden diese Kinder aufgeladen. Damit fuhren wir diese Kinder zu diesen Scheiterhaufen. Und da mussten wir diese Kinder, runter von dem LKW und mussten sie auf den Scheiterhaufen werfen. Einer packt bei den Beinen und ein anderer bei den Schultern, und haben einen Schwung gegeben – und rein in den Scheiterhaufen. Und mussten wir diese Kinder lebend da verbrennen. Also vom Neugeborenen angefangen, vom Säugling bis zu sechs Jahren.«[26]

Sofort ermordet wurden auch jene Kinder und deren Eltern, die vom Polizei-Standgericht der Gestapo aus Katowice abgeurteilt worden waren. Dieses tagte seit Anfang 1943 in Abständen von mehreren Wochen im Block 11 im »Stammlager« Auschwitz I. Hier wurden zeitweise auch die Vernehmungen und Ermittlungen durchgeführt. Abgeurteilt wurden Polen, die sich zum Beispiel gegen die deutsche Besatzung ihres Landes gewehrt hatten. Tausende Neugeborene, Kinder, Frauen und Männer wurden ohne vorherige Registrierung sofort nach ihrer Ankunft im Lager an der »schwarzen Wand«, auch »Todeswand« genannt, im Hof von Block 11 erschossen.[27]

Jan Szpalerski aus Warschau, Lagernummer 119468, der am 29. April 1943 nach Auschwitz-Birkenau deportiert wurde, musste im »Kommando Zimmerei« Sklavenarbeit leisten. So sah er viele Abschnitte des Riesenlagers mit eigenen Augen.[28] Eines Tages, im Sommer 1944, musste er zusammen mit anderen Häftlingen in der Nähe des Krematoriums IV eine Baracke errichten. Als er beim Dachdecken war, beobachtete er, wie Häftlinge des »Sonderkommandos« nackte tote Menschen mit Schmalspur-Loren von der Gaskammer des Krematoriums zu den nahegelegenen Verbrennungsgruben transportieren mussten. Zu diesem Zeitpunkt erwies sich, aufgrund der zahlreichen aus Ungarn kommenden Zwangstransporte, die Kapazität der Auschwitzer Krematorien wegen der höchsten Intensität der Judenausrottung »als zu gering«. Daraufhin wurden »Tausende von Leichen unter freiem Himmel in speziell zu diesem Zweck ausgehobenen Gruben« verbrannt. Dann kamen drei Lastwagen: »Mit lebenden Kindern beladene Kipper, [die] in den Bereich der Gruben einbogen. Die Lastkraftwagen fuhren rückwärts an den Rand der Gruben, hoben die Ladekästen an und schütteten die herbeigeschafften Kinder direkt ins Feuer. […] Einige größere Kinder sprangen von den Wagen und wandten sich, aufs äußerste entsetzt, blindlings zur Flucht. Die Unglücklichen wussten nicht, dass es keine Rettung

Leichenverbrennungen ermordeter Juden im Freien in Auschwitz-Birkenau.

für sie gab. Die SS-Leute fingen sie mühelos ein oder töteten sie mit Schüssen, um sie lebendig oder tot in die Gruben zu werfen. Damals überzeugte ich mich, dass es die Hölle auf Erden gibt.«[29]

Kalman Bar On, der zusammen mit seiner Zwillingsschwester Yehudit aus Ilok im damaligen Jugoslawien (heute Kroatien) mit 14 Jahren in die Hände des SS-Arztes Mengele fiel,[30] beobachtete, wie Rollstuhlfahrer und Babys lebendig ins Feuer geworfen wurden: »Es gab da einen kleinen Wald, gleich neben dem Krematorium. Dort war eine große Feuerstelle. Wer im Rollstuhl saß und deshalb nicht in die Gaskammer gehen konnte, der wurde dort hineingeschmissen und verbrannte bei lebendigem Leib ebenso wie viele Babys. Zehn Wochen hörte ich das Gebrüll der Verbrennenden, vom Juli bis September [1944].«[31]

Weil Mitte des Jahres 1944 Gasmangel in Auschwitz-Birkenau herrschte, befahl Höß, der Kommandant des Lagers, weniger Gas in die Gaskammern zu leiten. Hermann Langbein (Häftlingsnummer 60355) aus Wien, der als »Häftlingsschreiber beim SS-Standortarzt«[32] vieles sah und mitbekam, verfasste nach seiner Befreiung mehrere Bücher zum Thema »Auschwitz«. In seiner Publikation »Die Stärkeren« heißt es zum Gasmangel von 1944: »Viele werden nur betäubt, nicht mehr getötet, kommen also noch lebend auf den Loren zu den Öfen der Krematorien und werden so verbrannt. Und noch einen Befehl gibt Höß, um Gas zu sparen: Vor den Krematorien werden im Freien Holzstöße errichtet. In das Feuer werden die Kinder der ungarischen Juden geworfen. Die Kinder deshalb, weil sie das geringste Gewicht haben. Aus jedem Transport werden starke Männer ausgesucht, die müssen die Kinder – also auch ihre eigenen Kinder – lebend in die Flammen werfen. Als letzte werden diese Männer vergast.«[33]

Der in Wien geborene Arzt Otto Wolken (Nummer 128828) wurde am 9. Juli 1943 ins Lager verschleppt. In Auschwitz-Birkenau wurde er gezwungen, als »Häftlingsarzt« zu arbeiten. Mitte April 1944 wurde er, wie schon so oft, erneut Zeuge »einer Tragödie«: »Aus dem Lubliner Lager [Majdanek] kommen 299 Mädchen und zwei Säug-

Yehuda Bacon: »Mutter mit kleinem Kind«.

linge zu uns ins Lager. Wir, die Ambulanz, wurden beauftragt, sie auf ihren Gesundheitszustand zu untersuchen. Sie waren alles kerngesunde junge Menschen. Es hieß, sie bleiben nur vorübergehend bei uns, und sie gehen dann ins Frauenlager.« Später seien diese vom SS-»Hundekommando«, das aus speziell auf Menschen abgerichteten Hunden bestand, abgeholt worden. »Und wir hörten stundenlang vom Krematorium her das verzweifelte Schreien dieser Mädchen.«[34]

Marina Wolff, von 1942 an in Auschwitz-Birkenau eingesperrt, berichtete der deutsch-israelischen Autorin Inge Deutschkron über einen Transport mit »ungefähr 150 Kindern«, der eines Tages im Lager eintraf. Die Kinder hielten sich an den Händen: »Eines trug das Jüngste mühsam auf den Armen, von stramm ausschreitenden SS-Aufseherinnen begleitet. […] Auf der Wiese gegenüber dem Krematorium hielten sie an. Eine Aufseherin belehrte die Kinder mit lauter Stimme: ›Jetzt zieht Euch schön aus und faltet Eure Kleider ordentlich zusammen, damit jeder seine Sachen nachher wiederfindet. Und dann gehen wir gleich unter die Dusche.‹« Die Kinder zogen sich aus. Am Rande saß ein ganz kleines Kind, »zwei Jahre alt«. Schließlich habe SS-Aufseherin Grese in die Hände geklatscht und unter anderem gesagt: »›Jetzt beeilen wir uns, dass wir ins Bad kommen.‹ Die Kinder gehorchten und stürmten die Treppen ins Krematorium hinunter. Auch die Kleine kroch ihnen auf seinen unbeholfenen Beinchen nach. Irma Grese sah das, übergab ihren Hund einem SS-Wächter und nahm das Kind auf den Arm. Die Stufen zur Gaskammer wären zu hoch für die kleinen Beinchen gewesen.« Noch einmal sah Marina Wolff die SS-Frau, als sie aus dem Krematorium herauskam, den Hund abholte und ruhig mit ihm ins Lager zurückging. Nach zwanzig Minuten heulten die Ventilatoren auf, die Aktion war beendet. Vor dem Krematorium lagen die Höschen, die schleifengeschmückten Kleidchen – ja, und auch der rote Ball«, mit dem einige Kinder zuvor noch ein wenig gespielt hatten.[35]

Das in Auschwitz Gesehene und Erlittene blieb für die polnische Schauspielerin Maria Zarębińska-Broniewska zeit ihres Lebens ständiger, unerwünschter Begleiter. Sie starb bereits zwei Jahre nach ihrer Befreiung am 5. Juli 1947. Die »Auschwitzer Erlebnisse«, so ein Freund, »hafteten unbemerkt ihrem Organismus an, verharrten eine Zeitlang«, bis sie »unerbittlich« ihre »zerstörte Lebenskraft auslöschten«. Zuvor hatte Maria Zarębińska-Broniewska das in Auschwitz Gesehene zu Papier gebracht. Unauslöschlich waren ihr die Kinder im Herzen geblieben: »Damals habe ich Hunderte von Kindern aus den Zügen aussteigen und in den Tod gehen sehen. Jetzt, während ich das Erlebte aufzeichne, wundere ich mich noch darüber, dass ich als Mutter, die nicht nur ihr eigenes Kind, sondern alle Kinder auf der Welt liebt, damals nicht irrsinnig geworden bin. Tagelang verfolgte mich ein Gesicht oder eine Gestalt aus dem Zuge der todgeweihten Kinder. Wie oft hatte ich sie hinter dem Stacheldraht spielen sehen, ob es das kleine Mädchen in dem grünen Mäntelchen war, ein Ball spielender Junge oder das Baby im rosa Strampelhöschen auf den Armen seiner glücklichen Mutter.«[36]

Krystyna Zywulska (geborene Sonia Landau), stammte aus einer jüdischen Familie in Łódź. Sie war im Juni 1943 in Warschau verhaftet und zum Tode verurteilt worden, wurde nach rund zwei Monaten Gefängnis jedoch nach Auschwitz deportiert. Sie erinnerte sich in ihrem unmittelbar nach dem Krieg verfassten »Überlebensbericht« an viele Transporte. Einer »ging geradeaus bis zum weißen Häuschen«. Das war ein umgebautes ehemaliges Bauernhaus, mit einer als Duschraum getarnten Gaskammer. »Ein kleines Mädchen beugte sich, um eine Blume zu pflücken. Unser Chef [von der SS] ereiferte sich darüber. Wie konnte sie bloß Blumen vernichten und das Gras zertreten, wenn es daneben einen Weg gab! Ein kultivierter Deutscher konnte diesen Anblick nicht ertragen! Er sprang auf das Kind zu, das höchstens vier Jahre alt war, und versetzte ihm einen starken Fußtritt. Die Kleine fiel hin, dann setzte sie sich bestürzt aufs Gras. Sie weinte nicht. Sie hielt fest den von der Blüte abgetrennten Stiel. Mit vor Verwunderung weit geöffneten Augen sah sie verständnislos den SS-Mann an. Die Mutter hob das Kind vom Boden, nahm es auf den Arm und ging weiter. Das Mädchen drehte sich unablässig um und wandte kein Auge von unserem Chef. ›Mit seinem Blick hat dieses Kind ganz Deutschland verurteilt‹, sagte voller Hass Tanja, die neben mir ging.«[37]

Dounia Zlata Wasserstrom beherrschte mehrere Sprachen, unter anderem Russisch und Französisch. Aus Frankreich kommend wurde sie – mit Häftlingsnummer 10308 – am 23. Juli 1942 ins Lager eingeliefert. Viele »Vorfälle« hat Dounia Zlata Wasserstrom nie vergessen können: Eines Tages ging sie durch eine Baracke, »in der die Leichen lagen, die alle nackt waren«: »Da sah ich, dass sich zwischen den Toten etwas rührte. Es war auch nicht nackt, sondern hatte etwas an. Es war ein junges Mädchen und es bewegte sich noch. Ich habe es auf die Lagerstraße herausgezogen und gefragt: ›Wer bist Du?‹« Sie antwortete, sie sei »eine griechische Jüdin aus Saloniki.« – »Warum bist Du hier?«, wollte Dounia Zlata Wasserstrom wissen. Das Mädchen sagte daraufhin: »Mit den Lebenden kann ich nicht mehr leben. Ich will mit den Leichen zusammen sein.« Dounia Zlata Wasserstrom gab ihr ein Stück Brot. Doch: »Am Abend war sie tot.«[38]

Schwangere Frauen und Geburten in Auschwitz

Schwangere Frauen befanden sich in Auschwitz in einer ausweglosen Situation. In der ersten Zeit nach der Errichtung des »Frauenlagers« (von März bis August 1942 im Stammlager, danach »verlegt« nach Auschwitz-Birkenau[1]) wurden sie »automatisch« entweder mit Phenolinjektionen direkt ins Herz getötet, vergast oder totgeschlagen. Das galt sowohl für schwangere Frauen jüdischer als auch nichtjüdischer Herkunft.[2] Auch wurden schwangere jüdische Frauen aus anderen Konzentrationslagern ausschließlich »zur Vergasung« nach Auschwitz »überstellt«.[3] Bei heimlich erfolgten Geburten hörten die Mütter oft nur den ersten Schrei ihres Kindes.

»Schwangere Frauen des Konzentrationslagers hatten auf ihren Karteikarten das Zeichen ›SB‹ (Sonderbehandlung) vermerkt, was gleichbedeutend mit der Bestimmung dieser Häftlinge zur Vergasung war. Bis zum Jahr 1943 herrschte der Grundsatz, dass Frauen, die im Lager schwanger ankamen oder im Lager schwanger wurden, nicht am Leben bleiben durften. Wenn es trotzdem zur Entbindung kam, dann wurde das Kind ebenso wie die Mutter durch Phenoleinspritzungen getötet.«[4] So eine der Kernaussagen von Professor Jan Olbrycht, der Gutachter im Krakauer Auschwitz-Prozess (24. November bis 22. Dezember 1947) war, aufgrund von aufgefundenen Nazidokumenten im ehemaligen Vernichtungslager.

Die jüdische Ärztin Lucie Adelsberger, die am 17. Mai 1943 von Berlin nach Auschwitz deportiert wurde, schrieb in ihrem 1945/46 in Amsterdam verfassten Auschwitz-Bericht: Insbesondere jüdische Schwangere wurden mit dem noch nicht geborenen oder gerade geborenen Kind getötet. Sobald das »junge Wesen das Licht der Welt erblickt hatte, geschah das Unglaubliche: Das jüdische Kind war dem Tod verfallen und mit ihm die Mutter. Binnen einer Woche gingen beide ins Gas.«[5]

Die schwangeren Frauen, deren Schwangerschaft bei der »Eingangsselektion« an der Rampe übersehen und die für die »Einlieferung« ins Lager bestimmt worden waren, mussten mit sofortigen

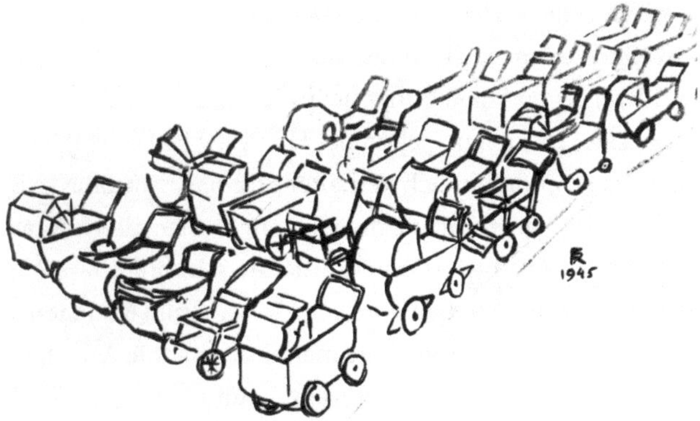

Aquarell: Franz Reisz. Wiederholt fuhr eine endlose Reihe von Kinderwagen die Straße in Auschwitz entlang. Als die Mütter mit ihren Kindern getötet worden waren, schoben SS-Männer die leeren Wagen zum Bahnhof zurück: Bestimmt für die Säuglinge der Mörder und die ihrer Landsleute.

»Nachselektionen« rechnen. Diese wurden unter anderem während der Aufnahmeprozedur in den »Entwesungs- und Desinfektionsanlagen« in den sogenannten Saunas durchgeführt, wo sie sich nackt ausziehen mussten. Bei entdeckten Schwangerschaften wurden auch diese Frauen sofort vergast.[6]

Die Ärztin Sima Vaisman, geboren in Bessarabien (auf dem Gebiet des heutigen Moldawien), wurde vom französischen Drancy im Januar 1944 nach Auschwitz-Birkenau deportiert[7] und konnte beobachten, wie die SS vorging. In ihrem Bericht, den sie acht Tage nach ihrer Rückkehr in Paris schrieb, heißt es: »Der (SS-)Arzt kommt, um die gänzlich nackte lebende Ware, die er für das Lager ausgesucht hat, in Augenschein zu nehmen! Dünne, kranke und vor allem schwangere Frauen könnten sich von ihm unbemerkt eingeschlichen haben, also prüft er behutsam, höflich, mit geradezu väterlicher Fürsorglichkeit diejenigen, die ihm schwanger oder krank vorkommen. Er erklärt ihnen, dass es in ihrem eigenen Interesse sei, ihm zu gestehen, ob sie ein Kind erwarten und ob sie erschöpft sind. Er wird ihnen leichte Arbeit geben und zusätzliche Verpflegung. Berührt von so viel Liebenswürdigkeit gestehen die Frauen bedenkenlos. Sie werden zur Seite gebracht, man wirft ihnen einen Mantel über die Schultern, man stellt ein Kind zu ihnen, das in die Sauna geschlüpft ist, ohne bemerkt zu werden […] und man bringt sie ins Krematorium.«[8]

Alter Feinsilber (geborener Stanisław Jankowski) wurde Ende März 1942 in Frankreich verhaftet und nach Auschwitz-Birkenau deportiert. Nach fünf Wochen bekam er hier die Nummer 27675 auf die Brust tätowiert und wurde im Stammlager ab November des Jahres zunächst dem dortigen »Kommando Krematorium« zugeteilt. »Gewöhnlich benutzte man uns, gemeine Arbeiter, zu allen Tätigkeiten, die mit dem Verbrennen und Befördern der Leichen, mit dem Hineinwerfen in die Öfen und dem Entfernen der Asche zusammenhingen.« Im Juli 1943 musste er Sklavenarbeit im »Sonderkommando« von Auschwitz-Birkenau verrichten. Über die Eingangsselektionen der schwangeren Frauen gab Alter Feinsilber im Juni 1945 zu Protokoll: »Ich bemerkte, dass ins Lager eingelieferte schwangere Frauen sofort erschossen wurden. Im Fall, dass eine Schwangerschaft nicht erkannt wurde, konnte diese Frau gebären, aber nur im Geheimen und natürlich musste sie ihr neugeborenes Kind einbüßen, anderenfalls hätte sie zusammen mit ihm ihr Leben verloren.«[9]

Simon Gotland, im Juli 1942 aus Frankreich nach Auschwitz-Birkenau deportiert, musste überwiegend im »Kommando Kanada« Sklavenarbeit leisten. Er und andere Entrechtete mussten das Hab und Gut der inhaftierten und zu achtzig Prozent sofort ermordeten jüdischen Kinder, Frauen und Männer einsammeln und in spezielle Baracken bringen. Hier wurde es für den Versand ins »Deutsche Reich« vorbereitet. Simon Gotland musste mit ansehen, wie Säuglinge und Mütter gleich bei der Ankunft in Auschwitz ihr Leben verloren. Als er eines Tages einen Waggon der zahlreichen Transporte öffnete, stellte er fest, dass es sich vor allem um Kranke aus einem Krankenhaus handelte. »In diesem Waggon befand sich auch eine Frau, die laut schrie. Die Frau war schwanger und das Kind war schon zur Hälfte aus ihr herausgekommen. Sie gebar eben. Ich ging in den Waggon, und ich zog das Kind aus der Frau heraus.«

Simon Gotland lief zu einem anderen Waggon, dort hatte er Lebensmittel gesehen. Davon brachte er der Frau mit dem Neugeborenen etwas. Das merkte »SS-Rottenführer« Baretzki, der zu diesem Zeitpunkt für den »Rampendienst« zuständig war. Der kam näher und sah die Frau und das Baby: »Er schlug mich und die Frau. Das Kind fiel auf den Boden, und er trat nach ihm.« Das Neugeborene wurde einige Meter weit weggeschleudert. Daraufhin brüllte Baretzki: »›Bring mir die Scheiße hierher!‹ Und als ich das Kind gebracht habe, war es bereits tot. Nachdem ich die anderen ausgeladen habe aus dem Waggon, sah ich nach der Frau. Die war auch tot.«[10] – Das waren »erschütternde Szenen«, so JULIAN NIEWIAROWSKI (Häftlingsnummer 5596), »wenn ein SS-Mann ein gerade geborenes Kind an einer Mauer oder an einem Baum zerschmetterte.« Das war »mehr als bloß körperlicher raffinierter Mord«: »Die Mütter brachen bei diesem Anblick zusammen, rauften sich die Haare oder begingen Selbstmord.«[11]

Eines Nachts wurde MARGITA SCHWALBOWÁ, nachdem sie kurz eingenickt war, durch einen »Aufschrei« geweckt. Bei einer Frau, einer Krankenschwester, hatten die Wehen eingesetzt. Sie lag im dritten Stock der Holzpritsche. Die Dunkelheit wurde für nur wenige Augenblicke durch das Anzünden von Zellstoff unterbrochen. »Die Kollegin hilft bei der Geburt. Unsere Krankenschwester schreit nicht mehr, weint nicht mehr, nur ihre Augen sind groß und tief wie unsere Finsternis. Sie liegt nicht allein im Bett, ihre ›Mitliegende‹ rührt sich nicht einmal, sie ist zu müde. Schlummernd liegt sie neben der Gebärenden. Das Kind wird ins große irrsinnige Dunkel geboren. ›Gebt mir etwas, ich muss die Nabelschnur abbinden!‹ Jemand reißt ein Stück Schnürsenkel ab.« Zwei Tage später »vergaste man die junge Mutter mit ihrem Sohn«.[12] – Margita Schwalbowá, slowakische Ärztin, war am 28. März 1942 in Auschwitz mit der Nummer 2675 »eingeliefert« worden. Zunächst wurde sie im »Frauenkrankenbau« im Stammlager, später in Auschwitz-Birkenau in Block 25 »eingesetzt«, der für Frauen eine der »Zwischenstationen« zu den Gaskammern war.[13]

Judith Sternberg, Krankenschwester aus Breslau (heute Wrocław/Polen), die im Februar 1943 nach Auschwitz-Birkenau deportiert wurde und dort im »Krankenbau« arbeiten musste, schrieb über den Block 25 in ihrem Bericht »In der Hölle von Auschwitz«: »Eines Tages kam der SS-Mann Tauber[14] auf unseren Block, um die Aussortierung für das Gas selbst vorzunehmen. Er war nicht älter denn 25 Jahre alt. Die Blockälteste musste Achtung rufen. Er sagte: Na, da wollen wir mal beginnen mit unserem Werk. [...] Nun müssen der Reihe nach alle Kranken vor ihm (nackt) vorbeimarschieren, wer nicht stehen konnte, wurde nackt auf den Steinboden gelegt. Unendliche Male trat er mit seinen nagelbeschlagenen Stiefeln in die Kranken hinein, in den Bauch oder auch in den Rücken, bis das Blut lief. Von cirka 950 Frauen wurden 800 Frauen zum Vergasen aufgeschrieben, der ganze Block wurde fast geleert. Die Frauen beteten zu Gott, schrien um Hilfe, warfen sich der SS vor die Füße und baten um ihr Leben. Dafür bekamen sie noch Schläge.«[15]

Im Verlauf der ersten Jahreshälfte 1943 durften die registrierten und im Lager inhaftierten nichtjüdischen schwangeren Frauen ihre Kinder gebären. Die Säuglinge hatten aber weiterhin »kein Recht« zu leben.[16] »Bis zum Mai 1943 wurden alle [jüdischen und nichtjüdischen] im Auschwitzlager geborenen Kinder auf grausame Weise ermordet und zwar in einem Fass oder Eimer ertränkt. Diese Prozedur führten Schwester Klara und Schwester Pfani aus.« Nach jeder Geburt vernahmen die Wöchnerinnen »aus dem Zimmer dieser Frauen ein lautes Glucksen und ein manchmal lange anhaltendes Wasserplätschern«: »Bald hernach konnte die Mutter die vor den Block ins Freie herausgeschmissene und von Ratten zerfressene Leiche ihres Kindes erblicken«, schreibt Stanisława Leszczyńska, von Beruf Hebamme, die zwei Jahre im »Frauenlager« in Birkenau inhaftiert war und vielen Frauen bei der Geburt zur Seite gestanden hat.[17]

Auch Irmgard Konrad (geborene Adam) aus Breslau, die Anfang 1943 nach Auschwitz deportiert wurde, erlebte, wie nah Geburt und Tod im »Frauenlager« beieinanderlagen.[18] Gleich einige Tage

Kinder und Jugendliche in einem der »Germanisierungslager« Nazi-Deutschlands. Hunderte waren zunächst in Auschwitz inhaftiert. Vor allem Kinder mit blonden Haaren und blauen Augen wurden den Müttern von der SS weggenommen.

nach ihrer Einweisung ins »Krankenrevier« musste sie hilflos das Ertränken eines Säuglings mit ansehen: Eine Mutter hatte ihr Kind bekommen. »Diese Klara hat diese Geburt eingeleitet« und kam mit dem Säugling. Irmgard Konrad hatte bis dato »noch nie ein neugeborenes Kind gesehen«. »Und sie [Klara] nimmt das Baby, legt es auf den Tisch, holt einen Wassereimer und ertränkt das Kind. Und ich steh da. Sicher habe ich sie angeschrien. Aber ich hör jetzt noch, wie sie sagt: ›Wie soll ich für diesen Judenbalg ins Gas gehen? Neugeborene Kinder von Juden dürfen nicht am Leben bleiben, müssen als tot gemeldet werden.‹ So hat man die kleinen Neugeborenen in Auschwitz im Wassereimer ertränkt. Später, als ich aus Auschwitz rauskam, bin ich lange mit der Frage nicht fertig geworden.« Auch nicht, »als ich selbst Mutti wurde«.[19]

Etwa ab Mitte des Jahres 1943 wurden Neugeborene nichtjüdischer Abstammung mit Duldung der SS nicht mehr getötet. Sie wurden zum Teil in die Lagerkartei aufgenommen und bekamen wie die erwachsenen Häftlinge eine Nummer. Da ihr linker Unterarm noch zu klein war, wurde die Zahl auf dem Schenkel oder dem Po eingestochen.[20] – Gar nicht in Auschwitz tätowiert wurden die Babys von nichtjüdischen Deutschen – oder die Säuglinge von Frauen, die »als deutsch anerkannt wurden«. Auch nicht mit einer Nummer versehen wurden die Neugeborenen von Frauen, die im Rahmen des militärischen Warschauer Aufstandes (1. August bis 2. Oktober 1944) verhaftet und nach Auschwitz deportiert worden waren. Gleichfalls nicht tätowiert wurden die in Auschwitz geborenen Babys, die als »rassisch wertvoll« deklariert waren. Diese Neugeborenen sollten unter anderem in sogenannten Neuansiedlungseinrichtungen auf ihre »Germanisierungsfähigkeit« überprüft werden.[21] Die »Eindeutschungsverfahren«, diese Art des Kindesraubes, machten also auch vor dem Vernichtungslager Auschwitz nicht Halt. Allein im November 1943 wurden mit einem einzigen Transport 542 Kinder aus Auschwitz in das deutsche Lager Lebrechtsdorf (Potulice/Polen) gebracht. Das waren 301 Mädchen und 241 Jungen im Alter von bis zu 13 Jahren. Sie stammten aus Belarus, überwiegend aus der Region Witebsk.[22] Vor allem Kinder, die blond und blauäugig waren, wurden den Müttern weggenommen. Manche von ihnen leben noch heute mitten unter uns in Deutschland – wobei ihnen selber das mit Gewalt bereitete Schicksal gar nicht zwingend bekannt sein muss. Insgesamt raubte Nazi-Deutschland für die »Germanisierung« allein in Polen bis zu 200.000 Kinder.[23] Genaue Zahlen sind nicht bekannt.

Die ab Mitte des Jahres 1943 vorläufig am Leben gelassenen nichtjüdischen schwangeren Frauen mussten bis kurz vor der Geburt arbeiten. Die polnische Schriftstellerin Seweryna Szmaglewska (Lagernummer 22090), die von November 1942 bis Januar 1945 in Auschwitz inhaftiert war, berichtete 1946 im Nürnberger Prozess »gegen die Hauptkriegsverbrecher«: »Ich sah eine Frau, die schwanger war, und zwar im letzten Monat ihrer Schwangerschaft. Man sah es ihr an. Diese Frau musste mit den anderen zehn Kilometer bis zur Arbeitsstelle gehen, dort musste sie den ganzen Tag mit einer Schaufel in der Hand Gruben graben. Sie war schon krank, sie bat den Vorarbeiter, einen deutschen Zivilisten, er solle ihr erlauben, sich auszuruhen. Er tat dies nicht, lachte und stieß sie gemeinsam mit einem […] SS-Mann herum und begann, sie in ihrer Arbeit besonders streng zu beaufsichtigen. So war die Lage bei allen Frauen, die schwanger waren, und nur im letzten Augenblick wurde ihnen erlaubt, nicht zur Arbeit zu erscheinen.«[24]

Trotz größter Anstrengungen und Fürsorge der erwachsenen Häftlinge hatten auch die nichtjüdischen Säuglinge aufgrund der Bedingungen im Lager so gut wie keine Aussicht, zu überleben. Die französische Journalistin Marie-Claude Vaillant-Couturier, die als Aktivistin der Résistance verhaftet und schließlich am 27. Januar 1943 nach Auschwitz gebracht wurde, erklärte dazu beim Nürnberger Kriegsverbrecherprozess am 28. Januar 1946: »Ja, im Prinzip durften die nichtjüdischen Frauen Kinder zur Welt bringen, und sie auch behalten. Aber angesichts der furchtbaren Verhältnisse im Lager blieben die Kinder nur selten mehr als vier bis fünf Wochen am Leben.«[25]

In den Baracken herrschten zu allen Zeiten unvorstellbare Bedingungen. Selbst im Winter wurden sie fast nie geheizt. Die Kälte durchdrang alles. An der Decke hingen Eiszapfen. Infektionskrankheiten, Gestank und alle Arten von Ungeziefer waren an der Tagesordnung. Stanisława Leszczyńska: »Die an den Leichen gemästeten Ratten waren von der Größe einer Katze. Sie hatten keine Angst vor den Menschen, und mit Stöcken vertrieben, versteckten sie oft nur ihre Köpfe, krallten sich an den Pritschen fest und gingen dann zum Angriff über; der abscheuliche Körpergeruch der schwerkranken Frauen, die nicht gewaschen werden konnten und für die wir keine frische Kleidung hatten, lockte die Ratten besonders an.«[26] Die durch Hunger, Kälte und Krankheiten ausgemergelten Mütter konnten trotz aller Aufmerksamkeit nicht verhindern, dass ihre Babys von Ratten gebissen oder angefressen wurden. Sogar die entkräfteten Frauen, die sich weder waschen konnten noch frische Kleidung nach der Geburt bekommen hatten, wurden von den Ratten bei Tag und bei Nacht attackiert: Ihnen wurden die Finger, Fersen, Nasen oder Ohren abgefressen.[27]

Dáša mit ihrer drei Jahre älteren Schwester Sylva Friedová. Später wurde Dáša im Alter von 13 Jahren über das Lagerghetto Theresienstadt nach Auschwitz deportiert. »Meine Eltern und meine Schwester blieben nicht am Leben.«

Kinder kamen in mehreren voneinander durch elektrisch geladene Zäune getrennten Lagerabschnitten auf die Welt. So im »Theresienstädter Familienlager.«

Dieser Lagerabschnitt bestand für elf Monate, von September 1943 bis Juli 1944. »B II B«, wie das »Familienlager« im Jargon der SS hieß, diente zur Täuschung der zurückgelassenen jüdischen Häftlinge im Lagerghetto Theresienstadt sowie der Bevölkerung in den annektierten und besetzten Teilen der Tschechoslowakei. Es diente ganz sicher auch zur Täuschung zumindest von internationalen Organisationen wie dem Roten Kreuz. Der »Sinn« dieses Lagerabschnittes schien klar zu sein: »Hierher sollten die Delegierten des Roten Kreuzes kommen.« Dazu kam es allerdings nicht.[28]

Die im »Theresienstädter Familienlager« Inhaftierten wurden bei ihrer Ankunft keiner Selektion unterzogen. Die jüdischen Familien waren zwar nach Geschlecht getrennt in unterschiedlichen Baracken untergebracht, aber in einem Abschnitt, so dass sie sich weiterhin sehen konnten. Tagtäglich starben jedoch Kinder, Frauen und Männer an den Existenzverhältnissen im »Familienlager«. Alle Kinder mussten das mit ansehen, auch Dáša Friedová, die im Dezember 1943 aus dem Lagerghetto Theresienstadt nach Auschwitz-Birkenau deportiert wurde: »Ich sah die toten Menschen, ihre leblosen Körper. Sie wurden auf Wagen geladen und weggebracht.« Von den 5.007 Häftlingen, die im Dezember 1943 ins »Familienlager« eingesperrt worden waren, lebten am 11. Mai 1944 nur noch 3.256 Kinder, Frauen und Männer. 1.751 Menschen hatten in knapp fünf Monaten ihr Leben verloren.[29]

Die Neugeborenen und älteren Kinder, die zusammen mit ihren Müttern in diesem Lagerabschnitt vorläufig am Leben gelassen worden waren, wurden nach jeweils sechs Monaten in mehreren »Aktionen« ohne »Selektion« vergast. So zum Beispiel 3.791 jüdische Kinder, Frauen und Männer, die im September 1943 von Theresienstadt nach Auschwitz transportiert worden waren. Alle wurden in der Nacht vom 8. auf den 9. März 1944 in den Krematorien II und III vergast.[30]

Mitte Mai 1944 trafen weitere Transporte mit 7.455 Juden aus Theresienstadt im Lager ein. Einige Wochen später ordnete die Lagerführung eine Selektion im »Theresienstädter Familienlager« an.[31] Da die Nazis Sklavinnen für Aufräumarbeiten nach Bombenangriffen in Deutschland brauchten, durften sich auch Mütter mit Kindern »überprüfen lassen«, so Dagmar Lieblová (geborene Fantlová). Die 21-jährige Ruth Bondy aus Prag, die im Dezember 1943 in das »Familienlager« in Auschwitz-Birkenau verschleppt worden war, wurde von manchen Frauen vor dieser »Selektion« gefragt, was sie machen sollten? »Ich vermied zunächst eine direkte Antwort: ›Wie soll ich das wissen? Ich habe kein eigenes Kind.‹ Aber nachdem sie sich nicht damit zufrieden gaben, sagte ich: ›Ich glaube, wenn ich ein kleines Kind hätte, würde ich bei ihm bleiben.‹ Sie nickten: Ihre Entscheidung war längst gefallen; sie wollten nur meine Zustimmung. Jahrelang lastete die schwere Bürde der Verantwortung auf mir: Die Mütter waren jung, sie hätten überleben können und neue Familien gründen können. Erst nachdem meine Tochter geboren war, war ich beruhigt: Ich hätte sie nicht in dem Moment allein gelassen, in dem sie meine Umarmung am dringendsten brauchte.« Nur »drei von etwa sechshundert Müttern mit Kindern entschieden« sich Mitte 1944 »zur Selektion«. Alle anderen blieben bei ihren Töchtern und Söhnen. Bis zum Ende.[32]

SS-Lagerarzt Mengele sortierte von ungefähr 9.900 noch in Birkenau am Leben gebliebenen ›Theresienstädter‹ Juden 3.080 »Arbeitsfähige« aus, die einige Tage später unter anderem nach Stutthof, Sachsenhausen und Hamburg transportiert wurden. Die in Auschwitz-Birkenau zurückgelassenen etwa 6.700 bis 7.000 Kinder, Frauen und Männer wurden in den Nächten vom 10. auf den 11. Juli und vom 11. auf den 12. Juli vergast. Von den insgesamt 17.517 Häftlingen dieses Lagerabschnittes überlebten lediglich 1.167 Juden.[33]

Im später »aufgelösten« »Zigeunerlager« (im SS-Jargon »B II E«) wurden die Neugeborenen – im Gegensatz zu der Praxis im »Theresienstädter Familienlager« – mit Namen und der ihnen tätowierten Nummer aufgeschrieben. In dem bis heute erhaltenen »Hauptbuch« dieses Lagerabschnittes sind insgesamt 378 Geburten festgehalten worden. Die ersten Kinder, deren Geburt im »Hauptbuch« vermerkt wurde, heißen Anna Malik und Peter Wachler. Sie erhielten am 11. März 1943 die Nummern Z-1936 und Z-2086. Als letzte Neugeborene im »Zigeunerlager« wurden Renata Ernst mit der Nummer Z-10813 (am 13. Juni 1944 zur Welt gekommen) und Oskar Weindlich, Z-10077 (geboren am 20. Juni 1944) genannt.[34] – Beim »Zigeunerlager« handelte es sich gleichfalls um ein »Familienlager«. Kinder, Frauen und Männer wurden gemeinsam in die Baracken gepfercht.

Auschwitz-Birkenau war eingezäunt mit einem elektrisch geladenen Stacheldraht. Auf zahlreichen Wachtürmen standen SS-Männer mit Gewehren. Fluchtversuche wurden mit dem Tod bezahlt. Das Gesamtlager war unterteilt in einzelne Lagerabschnitte, zum Beispiel gab es unter anderem das »Frauen«- und »Männerlager«. Alle Teillager waren zusätzlich eingezäunt. Auch dieser Zaun war elektrisch geladen. Jedes dieser Lager hatte ein eigenes Tor und Wachtürme.[35] Das »Zigeuner-Familienlager« wurde – wie andere Lagerabschnitte auch – unterteilt von auf jeder Seite stehenden Barackenreihen. Dazwischen befand sich ein ungepflasterter Weg. Das »Familienlager« für Sinti und Roma bestand – wie auch einige andere Abschnitte des Todeslagers Auschwitz-Birkenau – aus sogenannten 32 Wohnbaracken vom Typ »Pferdestall«.[36]

Weder für die Mütter noch für die Neugeborenen gab es, wie überall im Lager, annähernd ausreichende Versorgung. Nicht einmal Windeln waren vorhanden. Elisabeth Guttenberger (Lagernummer Z-3991), im März 1944 von München aus mit mehreren Familienangehörigen nach Auschwitz verschleppt, berichtete über die Zustände im »Zigeuner-Familienlager«: Zuerst seien die Kinder gestorben »Auch die Kinder, die in Auschwitz zur Welt gebracht wurden, haben nicht lange gelebt. Das Einzige, worum sich die SS bei diesen Neugeborenen kümmerte war, dass sie gleich ordnungsgemäß tätowiert wurden. Die meisten starben wenige Tage – höchstens zwei Wochen nach ihrer Geburt. Es gab keine Pflege, keine Milch, kein warmes Wasser, geschweige denn Puder oder Windeln.«[37] – Der Wiener Hermann Langbein sah das »Zigeunerlager« gleichfalls mit eigenen Augen und berichtete über die Mütter und ihre hier geborenen Babys: »In der Nachbarbaracke liegen die kranken Frauen und Kinder. [...] Da liegen auf einem Strohsack sechs Babys, sie können erst ein paar Tage alt sein. Wie schauen sie aus! Dürre Glieder und einen aufgeriebenen Bauch. Auf den Pritschen nebenan liegen die Mütter, ausgezehrt, brennende Augen. [...] An der Rückwand [der Baracke] ist ein Holzverschlag angebaut, es ist die Leichenkammer. Ich habe schon viele Leichen im KZ gesehen. Hier schrecke ich zurück. Ein Berg von Leichen, gut zwei Meter hoch. Fast lauter Kinder, Babys, Halbwüchsige, darüber huschen Ratten.«[38]

Der erste Transport mit Sinti aus Deutschland war am 26. Februar 1943 in Auschwitz-Birkenau angekommen.[39] Die erste große »Vergasungsaktion« aus diesem Lagerabschnitt fand am 23. März 1943

28. Juli 1969 in der Gedenkstätte Auschwitz: Romni, die 1943 oder 1944 in Auschwitz-Birkenau geboren wurde. Leider wurden seinerzeit ihr Name und ihre Anschrift nicht notiert.

statt: 1.700 nicht mit Häftlingsnummern registrierte polnische Roma aus Białystok – Kinder, Frauen und Männer – wurden aus den Baracken 20 und 22 des »Zigeuner-Familienlagers« herausgeführt und in den Gaskammern von Auschwitz-Birkenau getötet.[40] Bis zum 21. Juli 1944 wurden insgesamt 20.943 Sinti und Roma aus elf Ländern im Lager registriert, davon die große Mehrheit aus Deutschland und Österreich. Hinzu kamen noch die 1.700 nicht registrierten Sinti und Roma. Insgesamt wurden also mindestens 22.643 Sinti und Roma als »Zigeuner« nach Auschwitz-Birkenau verschleppt. Rund die Hälfte waren Kinder und Jugendliche bis einschließlich 17 Jahre alt. Fast 9.500 Mädchen und Jungen waren jünger als 15. Nur wenige blieben am Leben.[41]

Das »Zigeuner-Familienlager« existierte 17 Monate – vom Februar 1943 bis zum August 1944. Als die SS im Verlaufe des Jahres 1944 diesen Lagerabschnitt nach und nach auflöste, wurden in mehreren

Transporten Sinti und Roma unter anderem nach Buchenwald »überstellt«. So am 2. August 1944. Mit einem Güterzug wurden 1.408 Sinti und Roma von Birkenau nach Buchenwald gebracht. Der Transport erreichte einen Tag später das Konzentrationslager auf dem Ettersberg bei Weimar. Unter den dort »Eingelieferten« befanden sich 105 Kinder im Alter von neun bis 14 Jahren sowie 393 Kinder, Jugendliche und junge Erwachsene im Alter von 15 bis 24 Jahren. Nach ihrem Abtransport war in Auschwitz-Birkenau eine »Lagersperre« und im »Zigeunerlager« eine »Blocksperre« verhängt worden.[42]

Die Eingangstore der sogenannten Wohnblöcke der zurückgebliebenen Sinti und Roma wurden zunächst mit Brettern vernagelt. Acht Lastkraftwagen fuhren im Schutz der Dunkelheit in das »Zigeuner-Familienlager«. Die Tore der Wohnblöcke wurden geöffnet und die Sinti und Roma hinausgejagt.[43] Die aus Berlin stammende jüdische Ärztin Lucie Adelsberger erlebte die Räumung mit: »Wir hören die kurzen Befehle der SS, das Kreischen der Kinder. Ich erkenne die einzelnen Stimmen. Die Älteren wehren sich hörbar, rufen um Hilfe, brüllen Verrat, Schufte, Mörder! Ein paar Minuten nur und die Autos [Lastwagen] surren davon, das Geschrei verhallt in der Nacht.«[44] Auch der polnische Arzt und ehemalige Auschwitz-Häftling Alfred Fiderkiewicz (Lagernummer 138 907)[45] bekam mit, wie sich die Sinti und Roma gegen ihre Ermordung wehrten: »Der Kampf dauerte bis zur Dämmerung, und es scheint, dass jeder, der zu den Lastwagen geschleppt wurde, Widerstand leistete.« Die Frauen seien »am heftigsten im Kampf« gewesen »und beschützten ihre Kinder«. In der gleichen Nacht »war unser Lager mit Rauch bedeckt, so dunkel wie Teer«.[46]

Der nach Auschwitz-Birkenau deportierte tschechische Dermatologe Rudolf Weisskopf (nach dem Krieg änderte er seinen Nachnamen in Vitek), der im »Häftlingskrankenbau-Block« dieses Lagerabschnittes arbeiten musste, war auch Zeuge der letzten Stunden der Sinti und Roma in Auschwitz-Birkenau: »Die Grabesruhe in dem sonst so lärmenden Lager war ganz ungewöhnlich. Am Morgen, nach der in stumpfer Untätigkeit verbrachten Nacht, erwartete uns das Schweigen des Todes. Das Lager war wüst, ohne Lebenszeichen. In der Luft lag Gestank, der Himmel war von schwarzen Rauchwolken bedeckt.«[47]

An diesem Morgen, dem 3. August 1944, war dieser Lagerabschnitt fast völlig leer. Zwischen 4.200 und 4.300 Sinti und Roma – Säuglinge, Kinder, Frauen und Männer – waren in der Nacht zuvor vergast worden.[48] Doch nicht alle waren tot. Zwei kleine in Decken gehüllte Mädchen waren noch am Leben. Man hatte sie bei der »Räumung« übersehen. Auch eine junge Roma, die sich in der Kanalisation versteckt hatte. Wenige Tage später wurden die beiden Mädchen und die junge Frau jedoch entdeckt und erschossen.[49] Von den Anfang August nach Buchenwald »Überstellten« wurden am 25./26. September 200 Sinti und Roma wieder nach Auschwitz transportiert – direkt in die Gaskammern von Birkenau. Unter ihnen befanden sich viele Kinder.[50] Insgesamt wurden etwa 21.000 Sinti und Roma in Auschwitz ermordet.[51]

Außerhalb der beiden »Familienlager« wurden Kinder unter anderem auch im »Häftlingskrankenbaulager« geboren, das im November 1944 im ehemaligen »Zigeunerlager« installiert worden war.[52] Auch in den »Durchgangslagern« für Jüdinnen befanden sich schwangere Frauen. Diese »Durchgangslager« waren im Juni 1944 aufgrund der großen Anzahl von Transporten mit ungarischen Juden errichtet worden. Mit diesen Transporten kamen etwa 438.000 Menschen nach Auschwitz-Birkenau.[53] Angesichts der vielen jüdischen Kinder, Frauen und Männer, die seinerzeit in Auschwitz-Birkenau eintrafen, konnten diese oft nicht alle sofort selektiert beziehungsweise vergast werden. Sie wurden zunächst »eingewiesen«. Im Sommer 1944 befanden sich in den »Durchgangslagern« durchschnittlich 30.000 bis 50.000 Juden. Für nahezu alle war es der »Warteraum ins Gas«.[54]

Vor allem im »Frauenlager« kamen Kinder auf die Welt. Auf Initiative der inhaftierten Hebamme Stanisława Leszczyńska gab es hier zeitweilig eine »Entbindungsstube« in der Baracke 16 (Nummerierung von 1943), in der, hinter einem Vorhang mit dreistöckigen Pritschen, Kinder geboren wurden. Die »Stube« wurde mehrmals verlegt: Von Dezember 1943 bis »weit in das Frühjahr 1944« hinein befand sie sich in der Baracke 17, später in der Baracke 10, die ab Mitte des Jahres Block Nummer 24 hieß.[55] – In diesem Zusammenhang versagen jedoch, wie so oft, wenn es um Auschwitz geht, die sprachlichen Ausdrucksmöglichkeiten. Allein das Wort »Entbindungsstube« ist völlig irreführend, denn ein tatsächliches »Zimmer«, sei es nach heutigen mitteleuropäischen Standards auch noch so ärmlich, existierte in Auschwitz-Birkenau für die inhaftierten schwangeren Frauen und ihre neugeborenen Mädchen und Jungen nicht. Im Lager war jede »Unterkunft«, gerade in Birkenau, extrem primitiv, sehr zugig, mit Blut und Fäkalien übersät, die Menschen waren der Sommerhitze und der Kälte des Winters (bis rund 25 Grad Minus) schutzlos ausgeliefert. Die Bezeichnung »Entbindungsstube«, in der Frauen Kinder zur Welt brachten, suggeriert Normalität. Doch diese gab es im Konzentrations- und Vernichtungslager nirgendwo.

Eine »ihre Entbindung [in Auschwitz-Birkenau] erwartende Mutter hatte eine längere Zeit hindurch«, so berichtete Stanisława Leszczyńska, die ihr zugeteilte Brotration gespart, »um ein Bettlaken organisieren zu können«, das ihr eine Kameradin besorgt hatte, die in einem der Magazine arbeiten musste. Das Laken »riss sie in Fetzen und fertigte daraus Windeln und Hemdchen« für das Kind.[56] Nur den Frauen, die im »Effektenlager« das Hab und Gut der Eingesperrten und Ermordeten sortierten, war es zu verdanken, dass die Säuglinge mit dem Allernötigsten versorgt wurden. Diese Frauen beschafften unter Lebensgefahr Stoffe für Windeln und Sachen zum Anziehen. – Das Waschen der »Windeln« war mit großen Schwierigkeiten verbunden, weil es immer an Wasser mangelte. Da es verboten war, Wäsche sichtbar aufzuhängen, trockneten die Mütter die selbst gefertigten Windeln auf ihren Rücken und ihren Schenkeln.[57]

Für die Säuglinge gab es in der Regel keine Zusatzernährung. Sie bekamen keinen Tropfen Milch, nur die in Auschwitz-Birkenau üblichen Rationen zugeteilt: »Kaffee«, »Suppe«, Brot und Margarine. Es war immer viel zu wenig und für die Babys zum Essen völlig ungeeignet. Stanisława Leszczyńska: »Die vom Hunger ausgedörrten Brüste der Mütter reizten nur die Lippen der Neugeborenen, lösten eine Reflexbewegung aus und steigerten noch den Hunger.« Die Säuglinge starben eines allmählichen Hungertodes. »Ihre Haut wurde dünn wie Pergamin, durch die die Sehnen, Blutgefäße und Knochen durchschimmerten.«[58]

Jüdische Babys wurden – auch nach der Einstellung der Tötung von nichtjüdischen Neugeborenen ungefähr ab Mitte des Jahres 1943 – weiterhin gleich nach ihrer Geburt ermordet. Sie wurden weiterhin ertränkt, mit Giftspritzen getötet, vergast, totgeschlagen, den Müttern wurden die Brüste abgebunden, damit sie ihr Kind nicht stillen konnten, oder die SS verbot, die Nabelschnur nach der Geburt zu durchtrennen und zu binden. Die Säuglinge sollten zusammen mit der Placenta in einen Eimer geworfen werden. Zwei gleichfalls im Lager eingesperrte Hebammen widersetzten sich unter Lebensgefahr diesem Befehl und brachten das Baby zur Mutter in die Koje. Für diese und andere »Fälle« lautete eine weitere Tötungsmethode der SS: Die jüdischen Mütter durften ihre Kinder nicht stillen, auch wenn sie dazu in der Lage waren. In der Regel starb das Baby innerhalb kurzer Zeit. Jüdische Säuglinge, die länger am Leben blieben, wurden vor allem mit Phenolinjektionen getötet.[59]

Vierzig Jahre nach der Befreiung von Auschwitz wurde Anfang Februar 1985 ein Mengele-Tribunal in der Gedenkstätte Yad Vashem in Jerusalem durchgeführt. Unter der Losung »Ich klage an« sagten 29 Frauen und Männer aus. Eine der Frauen, die in Auschwitz ein Kind geboren hatte, berichtete: »Er [Mengele] band mir die Brüste ab, damit ich mein Baby nicht stillen konnte. Er wollte beobachten, wie lange es ohne Nahrung am Leben bleibt.«[60] – SS-Arzt Mengele befahl auch Ruth Elias (alias Ruth Iliav), ihre Brüste abzubinden.

Anna Bogdańska (rechts) blieb am Leben. Sie wurde am 26. Oktober 1944 in Auschwitz-Birkenau geboren. Das Foto mit Mutter Kaziemiery entstand im Herbst 1945.

Aus dem tschechischen Ostrava war sie im Dezember 1943 nach Auschwitz deportiert worden. Bald wurde sie 21 Jahre alt. »Die Wehen setzen ein. Eine Häftlings-Hebamme legt mich auf die Erde und hilft mir bei der Entbindung.« Es ist »ein Mädchen«. »Mein Kind weint, es ist sein erster Laut, und mir weint das Herz.« Mengele befiehlt ihr, die Neugeborene nicht zu stillen. »Er befiehlt, mir die Brüste abzubinden. Ich darf mein Kind nicht stillen. Mein Kind weint vor Hunger, es will essen. Ich zerkaue ein Stückchen Brot und stecke es meinem Kind in den Mund.« Mengele kommt täglich und befiehlt nach acht Tagen: »Morgen sind Sie mit ihrem Kind bereit. Ich komme Sie abholen!« Ruth Elias weint und schreit. »Ich weiß, morgen sterben wir. Eine Fremde setzt sich an mein Bett und redet auf mich ein. Redet, redet, redet. Sie beruhigt mich: ›Verzweifle nicht, ich werde dir helfen.‹ Nachdem die Lichter um neun Uhr abends ausgelöscht wurden, kommt sie wieder, in der Hand eine Injektionsspritze. ›Gib das deinem Kind, es ist eine starke Dosis Morphium, und das Kind wird sterben.‹ ›Ich kann doch nicht die Mörderin meines eigenen Kindes sein!‹ ›Du musst es tun. Ich bin Ärztin und muss Menschenleben retten‹. Dein Kind ist nicht lebensfähig, halb verhungert, hat Hungerödeme. Ich muss dich retten, du bist jung.‹ Nach zweistündigem Widerstand war ich so zermürbt, dass ich die Tat beging. Ja, ich bin Kindesmörderin geworden, Herr Dr. Mengele! Kindesmörderin! Ich war hysterisch.« – Der SS-Arzt erscheint wieder und fragt: »Wo ist das Kind?« Ruth Elias antwortet: »Heute Nacht gestorben.« – »Gestorben?« Er will die Leiche sehen. »Doch unter Tausenden Leichen einen kleinen, ausgehungerten und mit einer Morphiumspritze getöteten Kinderkörper zu finden, ist sogar für Dr. Mengele, den Allmächtigen, unmöglich. Er sagt nur: ›Da haben Sie mal wieder Schwein gehabt. Mit dem nächsten Transport fahren Sie zur Arbeit.‹«[61]

Die Wienerin Anni Sussmann und die Berlinerin Lilli Segal lernten sich Anfang August 1944 bei der Aufnahmeprozedur in Auschwitz-Birkenau kennen. Beide stammten aus jüdischen Elternhäusern, waren vor den Nazis nach Frankreich geflüchtet und von der Gestapo verhaftet worden.[62] »Zu unserem großen Sorgenkind wurde Anni. Sie war bei ihrer Ankunft in Auschwitz im fünften Monat schwanger«, schreibt Lilli Segal. »Anni wusste, dass schwangere Frauen entweder zur Vernichtung selektiert wurden, [oder] man nahm medizinische Experimente an ihnen [vor].« Damit sie nicht auffiel, hatte Anni Sussmann sich bei den Appellen immer in eine der hinteren Reihen gestellt. Eines Morgens, Ende September, fingen »viel zu früh« die Wehen an. »Das erste Problem: Wo gab es eine Pritsche in einer dunklen Ecke, auf der das bisschen Strohhäcksel nicht allzu schmutzig war. Niemand verfügte über einen Lappen oder ein Stück Papier, um die Unterlage wenigstens notdürftig abzuwischen.« Das Kind lag »in einer Lache auf den Brettern«. Anni Sussmann hatte einen Jungen geboren. »Das Kind nahm Mengele. Er kannte nur eine Behandlung für Säuglinge: die Phenolspritze ins Herz.«[63]

Auch auf Befehl von Mengele wurden – ohne Rücksicht auf das zeitliche Stadium der Schwangerschaft – Zwangsabtreibungen unter anderem in Form von Serien-Injektionen oder durch chirurgische Eingriffe zu unterschiedlichen Zeiten sowohl im »Krankenbaublock« im »Frauenlager«, im »Häftlingskrankenbaulager« als auch im »Durchgangslager» durchgeführt.[64] Die Häftlingsärztin Janina

Kościuszkowa schreibt in ihrem 1962 erschienenen Bericht »Kinderschicksale im KZ-Lager Auschwitz«: »Ein Transport brachte einmal etwa 100 Schwangere; sie wurden in das Revier [›Häftlingskrankenbau‹] aufgenommen, wo ohne Rücksicht auf die Dauer der Schwangerschaft an allen die Perforation [Durchstoßung der Gebärmutterwand mit spitzen Instrumenten/Gegenständen] vorgenommen wurde. Viele von ihnen büßten ihr Leben ein.«[65]

Auschwitz-Birkenau war wie ein Dschungel, in dem sich jeder leicht verirren konnte. Niemand konnte voraussehen, wie ein und dieselbe Angelegenheit am nächsten Tag, in der nächsten Stunde oder Minute von der SS gehandhabt wurde. Was bisher geduldet wurde, konnte im nächsten Augenblick oder am nächsten Morgen den noch früheren Tod bringen. Nichts war im Lager berechenbar. Der »oberste Zweck« war und blieb Vernichtung. – Schwangere jüdische Frauen, die ins Lager eingeliefert worden waren, also lediglich vorläufig als Sklavenarbeitskraft am Leben bleiben sollten, das gab es auch immer wieder, konnten ihr Leben nur retten, wenn sie eine Fehlgeburt hatten, die Schwangerschaft unterbrochen wurde oder die im Lager zur Welt gekommenen Babys vergiftet oder sonst wie umgebracht wurden. Ansonsten wären das jüdische Kind und seine »arbeitsfähige« Mutter für eine der Gaskammern bestimmt worden.[66]

Gisella Perl, Ärztin aus Sighet (Rumänien), wurde mit ihrer Familie 1944 nach Auschwitz verschleppt. Weder ihr Mann, noch ihr einziger Sohn, noch ihre Eltern sollten am Leben bleiben.[67] Von SS-Arzt Mengele wurde Gisella Perl ausgewählt, eine »Abteilung« für Schwangere einzurichten und ihm schwangere Frauen zu melden. Das machte sie nur einmal: »Die Frau wurde sofort in Mengeles Laboratorium gebracht. Mengele trat sie in den Bauch, bis eine Fehlgeburt eintrat. Mutter und Kind wurden erst seziert und dann verbrannt.«[68] – Um wenigstens das Leben der Mütter zu sichern, sah sich Gisella Perl in der »bittere[n] Pflicht, Abtreibungen vorzunehmen«:[69] »Es lag an mir, das Leben der Mütter zu retten, wenn es keinen anderen Weg gab, durch die Zerstörung des Lebens ihrer ungeborenen Kinder.« Sie nahm die Abtreibungen bei den vom Tod bedrohten Frauen vor – ohne hygienische Erfordernisse berücksichtigen zu können, »kniend im Matsch, Dreck und mit Fäkalien« übersäten Fußboden: »Immer gehetzt, immer mit meinen Fingern, im Dunklen, unter grässlichen Bedingungen. Niemand wird jemals verstehen, was es für mich bedeutete, diese Babys zu zerstören.« Es war für Gisella Perl so, als würde sie »erneut und erneut« ihr »eigenes Kind töten«, um das Leben der jeweiligen Mutter »zumindest für einige Zeit« zu retten.[70]

Olga Lengyel, geboren im rumänischen Cluj, wurde zusammen mit ihrem Mann Miklós, ihren Jungen Arvad und Thomas, beide noch keine zwölf Jahre alt, und ihren Eltern Mitte des Jahres 1944 nach Auschwitz transportiert. Nur sie sollte am Leben bleiben. Als Häftlingsärztin wollte auch Olga Lengyel sich nicht damit abfinden, dass die Mütter mit ihren neugeborenen Kindern in der Regel »automatisch« in die Gaskammern kamen. Sie sagte sich: »Wir müssen mindestens das Leben der Mütter retten.« Detailliert beschrieben hat das auch Olga Lengyel in ihrem bald nach der Befreiung verfassten Bericht, der 1946 auf Französisch unter dem Titel »Souvenirs de lau-delá« (»Erinnerungen aus dem Jenseits«) und ein Jahr später in der englischen Fassung als »Five Chimneys« publiziert wurde. Das Schicksal der Neugeborenen sei »unglücklicherweise« immer dasselbe gewesen: »Wir haben dem Baby die Nase zugeklemmt, und wenn es den Mund öffnete, um zu atmen, gaben wir ihm eine tödliche Dosis irgendeines Produktes.« So konnte das Neugeborene als »Totgeburt« deklariert werden, und die Mutter blieb am Leben. Dieses Handeln plagte nicht nur das Gewissen und die Gefühlswelt von Olga Lengyel: »Jetzt warte ich vergeblich darauf, dass mein Gewissen mich freispricht.« An anderer Stelle ihrer Aufzeichnungen heißt es: »Und so gelang es den Deutschen, sogar aus uns Mörder zu machen.« Ihr »einziger dürftiger Trost« sei dabei, dass sie im »Vorzimmer zur Hölle« das Leben der Mütter gerettet hatten. Zeit ihres Lebens sah sie immer noch »die Kinder aus dem Leib ihrer Mütter kommen. Ich fühle ihren warmen kleinen Körper in meinen Händen«.[71]

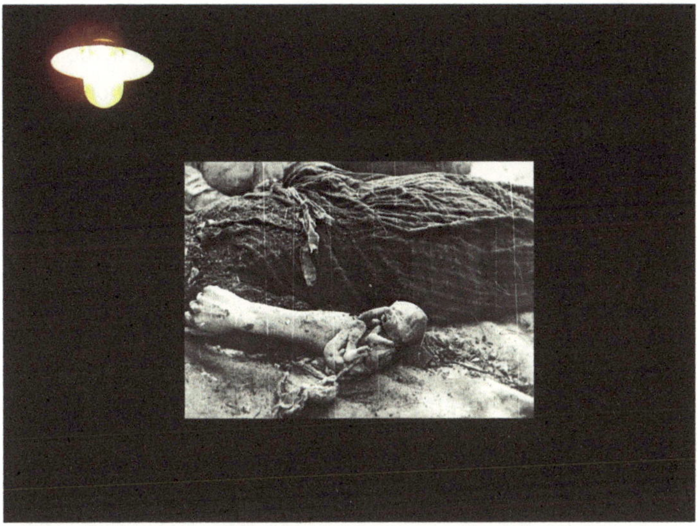

Mutter und ihr neugeborenes Kind – ermordet in Auschwitz-Birkenau.

Die gleichfalls im Lager eingesperrte Häftlingsärztin Lucie Adelsberger schreibt in ihrem Auschwitz-Bericht von 1945/46: »Das ärztliche Reglement schreibt vor, dass bei einer Geburt, wenn Mutter und Kind in Gefahr sind, das Leben der Mutter an erster Stelle zu retten ist. So haben wir Häftlingsärzte es auch in diesen Fällen gehandhabt.«[72]

Bis etwa Anfag November 1944 wurden alle im Birkenauer Frauenlager geborenen jüdischen Kinder von SS-Ärzten, SS-Sanitätern, anderen SS-Dienstgraden und ihren Helfershelfern bald nach ihrer Geburt getötet. In keinem Dokument sind sie verzeichnet worden.[73] »Acht Neugeborene jüdischer Herkunft wurden jedoch 1944 aus unbekannten Gründen abweichend von diesem Grundsatz als Häftlinge registriert und erhielten Häftlingsnummern«,[74] so Helena Kubica, die polnische Historikerin, die als Mitarbeiterin der Gedenkstätte Auschwitz-Birkenau die dort vorhandenen umfangreichen Dokumente und Zeugenaussagen über viele Jahrzehnte systematisch sichten konnte. Auch kam es vor, dass nichtjüdische Frauen, deren Kinder nach der Geburt gestorben waren, die Babys von jüdischen Frauen stattdessen zu sich nahmen. So konnten einige gerettet werden.[75]

Manchmal konnten Frauen ihre Schwangerschaften lange Zeit verbergen und es kam zu geheimen Entbindungen in Auschwitz-Birkenau. Oft wurden sie auf dem gemauerten Rauchabzug, der vom Backsteinofen durch die Barackenmitte lief, aber auch in den Schlafkojen oder auf dem Fußboden vorgenommen. Mit der Hilfe anderer Frauen gelang es immer wieder, das neugeborene Mädchen oder den Jungen zu verbergen. Aber auch für diese Babys kam der Tod unweigerlich früher oder später.[76]

Darüber berichtete nach seiner Befreiung unter anderem JULIAN KIWAŁA, Auschwitzer-Nummer 9143. Er war um die Jahreswende 1942/43 für rund drei Monate »Blockältester« im sogenannten Krankenrevier im Birkenauer »Frauenlager«. Abends musste er ins Männerlager im Stammlager Auschwitz I »abrücken«, wo er schlief.[77] Nach seiner Befreiung erinnerte er sich an einen Transport, der aus dem Lager Majdanek Ende 1942 in Auschwitz eintraf: »Unter den Frauen des Transports befanden sich drei Mütter mit einige Wochen alten Säuglingen und drei schwangere Frauen, die knapp vor ihrer Entbindung standen. Sie wurden im Block Nummer 24 untergebracht, wo sie am folgenden Tag drei Kinder zur Welt brachten.« Einige Tage konnten die Neugeborenen vor der SS verborgen werden. »Diese Kinder waren die Lieblinge des ganzen Blocks. In der Anfangszeit ›organisierten‹ wir [heimlich] für die jungen Mütter Ernährung, wie Milch und Weißbrot in der Lagerküche des Männerlagers.« – Eines Tages, nach ungefähr zwei Wochen, wurden die Mütter mit den Säuglingen von der SS in den »Todesblock« (Baracke Nummer 25) »verlegt«. Als Julian Kiwała, aus dem Männerlager kommend, davon hörte, eilte er sofort in die »Leichenhalle«, die sich auch in diesem Block befand. Er musste feststellen, dass insgesamt »sechs Frauen und sechs Säuglinge, nicht mehr am Leben waren. Alle Leichen zeigten auf der Brust in der Herzgegend Spuren eines Nadeleinstiches [von einer Giftspritze].«[78]

Zofia Stępień-Bator (Lagernummer 37255) wurde am 1. März 1943 aus dem polnischen Radom nach Auschwitz deportiert. Sie war unter anderem in »Außenkommandos« eingesetzt, zunächst in der Landwirtschaft, später beim Verlegen von Eisenbahnschienen. Schwere körperliche Sklaventätigkeiten. Zofia Stępień-Bator erkrankte an einer Lungenentzündung und Typhus.[79] Sie kam in einen »Häftlingskrankenbau«. Als es ihr besser ging, nahm sie ihre Umgebung wahr. Sie wurde auf »eine Frau mit einem Kleinkind« aufmerksam: »Das Kind wurde sorgfältig versteckt. Abends nach dem Appell, wenn nur noch geringe Gefahr bestand, SS-Leuten zu begegnen, kamen zu dieser Häftlingsfrau ihre Kameradinnen; sie halfen ihr, das Kind trocken zu legen. [...] Die Häftlingsfrauen erzählten, der Lagerarzt habe von dem Neugeborenen gewusst. Er habe der Frau erlaubt, sich an das Kind zu gewöhnen – doch dann habe er eines Tages befohlen, das Kind zu ihm zu bringen, und er habe ihm eine [tödliche] Phenolspritze verabreicht.«[80]

Krystyna Zywulska (geborene Sonia Landau) erinnerte sich in ihrem unmittelbar nach der Krieg verfassten »Überlebensbericht« an eine jüdische Frau, die eines Tages »auf dem Ofen vor den Augen Hunderter ein Kind gebar«. Im »Häftlingskrankenbau« des »Frauenlagers«, wo sie sich zu diesem Zeitpunkt befand und wo »ständig jemand starb«, sei plötzlich etwas Außergewöhnliches, das Weinen eines Neugeborenen, zu hören gewesen. »Ich lasse es nicht sterben«, entschied die Mutter. – »Das ist mein erstes Kind, es muss mir Glück bringen. Helft mir. Bestimmt wird ein Wunder geschehen, und es wird überleben.« – Sie »sagte das so überzeugt, bat so eindringlich, dass beschlossen wurde, ihr zu helfen. Das Seltsamste an der Geschichte war, dass die Mutter trotz allem in der Lage war, das Kind zu säugen.« Bei plötzlichen »Besuchen von SS-Männern« wurde das Baby mit Stroh zugedeckt. »Entgegen allen Erwartungen entwickelte sich das Kind prächtig.« Es überlebte ungefähr einen Monat. Dann kam der Befehl: Alle jüdischen Frauen, »ohne Rück-

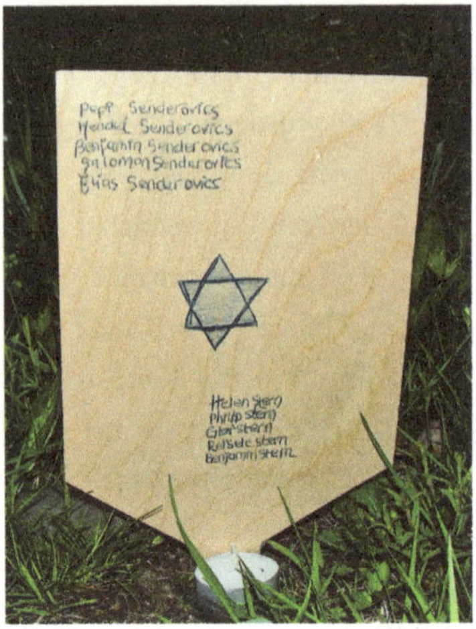

Mehr als zwei Millionen Menschen aus aller Welt besuchen in jedem Jahr die heutige Gedenkstätte. Manche lassen Tafeln mit Inschriften zurück. Darauf stehen die Namen von Angehörigen, die in Auschwitz ermordet wurden.

sicht auf ihren Gesundheitszustand«, seien »gesundzuschreiben«. »Die Mutter musste informiert werden, aber niemand hatte den Mut. Frau Dr. Fruma, eine sanfte und ruhige Ärztin, besorgte unter größten Schwierigkeiten ein Schlafmittel und injizierte es dem Säugling. Die vor Schmerz dem Wahnsinn verfallene Mutter wurde aus der Revierbaracke geschleift.«[81]

Geboren wurden Mädchen und Jungen nicht nur in den Baracken im »Frauenlager«, im »Theresienstädter Familienlager«, im »Zigeuner-Familienlager« und im »Durchgangslager«, sondern überall dort, wo sich Frauen aufhalten mussten: Unter anderem bei Appellen im Freien,[82] während der Sklavenarbeit außerhalb des Lagers, heimlich in irgendeinem Graben, unter einem Baum oder hinter irgendeinem Gebäude. Möglichst niemand von der SS sollte etwas davon mitbekommen, was in der Regel den sofortigen Tod für Mutter und Kind bedeutet hätte. Da ist zum Beispiel Bogdan Chrześciański, der im Januar 1945 in Auschwitz-Birkenau geboren wurde und sich regelmäßig mit anderen Überlebenden trifft. Einer, der als älteres Kind im Lager eingesperrt war, berichtete ihm, was er mit eigenen Augen sah: »Während des Appells begann eine Frau ihr Kind zu gebären. Und die werdende Mutter warf sich auf den Boden. Das Baby wurde von den Deutschen ertränkt, und ein SS-Mann hat die Mutter erschossen.«

Als die Rote Armee vorrückte, löste die SS das Lager nach und nach auf. Insbesondere ab August 1944 wurden Transport um Transport, Todesmarsch um Todesmarsch in Gang gesetzt. Darunter befanden sich auch schwangere Frauen. Wer, weil die Geburt bevorstand, vor Schwäche oder Krankheit nicht mehr weiterkonnte beziehungsweise einen Fluchtversuch unternahm, wurde sofort erschossen. Viele verhungerten, verdursteten, erfroren. Die Straßen und Gräben waren aufgrund der vielen Todesmärsche übersät mit Toten. Allein in der Nähe von Rybnik, sechzig Kilometer entfernt von Auschwitz, wurden ungefähr 290 erfrorene Auschwitz-Häftlinge gefunden.[83]

Unter denen, die bei tiefen Minusgraden und auf glatten Straßen zu Fuß marschieren mussten, befand sich auch ALINA CIELEMIĘCKA-NACIĄŻEK (Lagernummer 87947) aus Warschau. Gut vier Monate zuvor hatten Deutsche sie nach Auschwitz transportiert. Sie war im vierten Monat schwanger. Nach ihrer Befreiung berichtete Alina Cielemięcka-Naciążek über das Erlebte während des Todesmarsches: Plötzlich war »da Schreien einer Häftlingsfrau« zu hören, »bei der die Geburtswehen eingesetzt hatten«: »Da sie nicht mehr weiter konnte, stieg sie in den Straßengraben und setzte sich hin.« Die anderen Frauen waren entsetzt. Sie konnten ihr nicht helfen, besaßen nichts, womit sie die SS-Männer hätten aufhalten können. Auch durften sie nicht stehen bleiben. Die Mutter der Schwangeren wollte bei ihrer gebärenden Tochter bleiben, wurde von der SS jedoch weggestoßen. Nach einer ganz kurzen Weile hörten sie »die Schüsse«: »Das war für uns – vor allem die Schwangeren – ein furchtbares Erlebnis!«[84]

Unbekannt geblieben ist, wie viele schwangere Frauen nach Auschwitz verschleppt wurden. Ebenso lässt sich die Frage, wie viele Kinder dort auf die Welt kamen, nicht beantworten. Dazu sind die vorhandenen Dokumente zu unvollständig. Auch sind bei weitem nicht alle Geburten im Lager schriftlich festgehalten worden. Allerdings wissen wir aufgrund von unzähligen Zeugenaussagen, dass viele Kinder in Auschwitz geboren wurden: vor allem jüdische Mädchen und Jungen. Fest steht auch: Mindestens 378 Roma- und Sintikinder kamen in Auschwitz-Birkenau auf die Welt. Fest steht außerdem: Viele belorussische, polnische, russische, ukrainische und auch Kinder andrer Nationalitäten sind dort geboren worden.

Am 27. Januar 1945 konnten ungefähr sechzig in Auschwitz-Birkenau geborene Mädchen und Jungen befreit werden. Trotz intensiver ärztlicher Betreuung starben mehrere noch kurze Zeit später an den Folgen von Auschwitz.[85] Am Leben blieben unter anderem Joseph Fefferling, Angela Orosz-Richt, Viktor Poltschikow, Władysław Osik, Barbara Wesołowska, Bogdan Chrześciański, Jadwiga Teresa Wakulska, Eva Umlauf (sie wurde im Lager Nováky geboren und später nach Auschwitz transportiert), Maciej Niewiadomski, Zofia Wareluk und György Faludi.

Geboren in Auschwitz und in Nováky

»Ein [SS-]Hund schleppte mein Kind auf den Platz«

Die Geschichte von Joseph Fefferling und seiner Mutter Anna

Anna Fefferling bekam ihren Sohn Joseph außerhalb der Häftlingsbaracken. Sie wurde am 12. Februar 1943 aus dem Gefängnis in Radom nach Auschwitz-Birkenau verschleppt. Im Lager wurde sie als Polin unter ihrem Geburtsnamen Katz und nicht als Jüdin registriert. Als schwangere Jüdin hätte die SS sie sonst sofort vergast. Ihr wurde die Nummer 35133 tätowiert. Mehrere Monate konnte sie ihren am 28. April 1943 im Lager geborenen Sohn mit Hilfe anderer entrechteter Frauen vor der SS verstecken. Später wurde ihm die

Nummer 155910 tätowiert. Mutter und Sohn wurden am 27. Januar 1945 in Auschwitz befreit. Später hat Anna Fefferling detailliert unter anderem über die Ermordung ihres Vaters, ihrer Mutter und ihres ersten Mannes, ihres ersten Sohnes Rysiek, ihre eigene Verhaftung und die Geburt ihres Sohnes Joseph in Auschwitz berichtet:

»Mein Vater und mein erster Mann [Joseph Fefferling] wurden 1942 noch im Ghetto von Warschau erschossen. Meiner Mutter und meinem [ersten] Sohn Rysiek gelang es, nach Przysucha [120 Kilometer von Warschau] zu entkommen.« Anna Fefferling schaffte es, auch dorthin zu gelangen. Als sie zufällig nicht zu Hause war, geschah die Tragödie: »Meine Mutter und mein Sohn [wurden] in der Wohnung erschossen.« Daraufhin floh Anna Fefferling in das Ghetto in Radom und konnte dort bis Anfang 1943 bleiben. Jemand verriet sie, und sie wurde von der Gestapo verhaftet. »Ich erklärte mich als Christin, dazu verhalf mir mein Aussehen: blonde Haare und blaue Augen. Mir wurde aber nicht geglaubt, und ich wurde in das Konzentrationslager Auschwitz verbracht. Ich war damals schon schwanger.« Da sie »außerordentlich mager war«, entdeckte die SS ihre Schwangerschaft nicht.

»Am 18. April 1943 habe ich, kurz nachdem der Appell beendet war, meinen Sohn Joseph im Freien zur Welt gebracht. Mit Hilfe von Mithäftlingen gelang es mir, mein Baby in meiner Pritsche

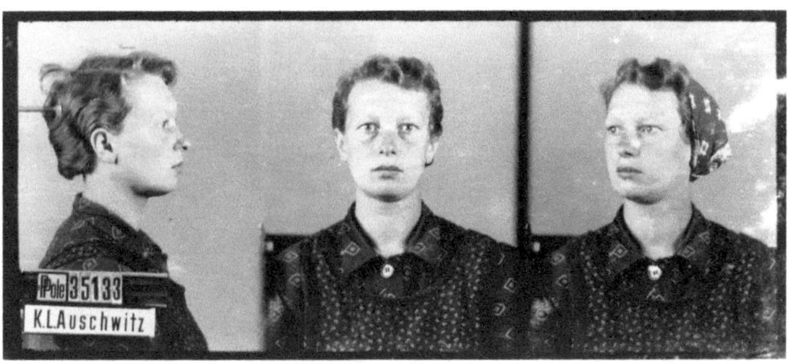

Anna Fefferling wurde am 12. Februar 1943 nach Auschwitz verschleppt. Sie war im siebten Monat schwanger.

Angela Orosz-Richt (geborne Bein): »Meine Mutter Vera und ich um 1948 in Ungarn.«

in der Baracke zu verstecken«, wohin Anna Fefferling sofort nach der Geburt ging. »Ich musste auch weiterhin schwerste Arbeit verrichten, und nur mit dem Aufwand aller Kräfte gelang es mir, meinen Zustand zu verbergen. Ungefähr vier Monate später hat jedoch während des Appells ein großer [SS-]Hund mein Kind gefunden« und schleppte es auf den Platz, auf dem sie sich versammeln mussten. »Obwohl meine Kameradinnen mich zurückhalten wollten, habe ich mich zu erkennen gegeben, dass ich die Mutter bin. Die SS-Wärterin wollte mir das Kind wegnehmen und schlug mich, und ich habe daraufhin erklärt, ich wollte dorthin gehen, wohin mein Kind kommt. Daraufhin wurde mir befohlen, ins Krematorium zu gehen. Ich kam diesem Befehl nach. Bevor nun die Türe, die zu der Gaskammer führte, geschlossen wurde, fand eine Zählung der dort versammelten Frauen statt. Die Zahl stimmte nicht, offenbar war noch nicht vorgesehen, dass ich mitkommen sollte. Auf meine Bitten ließ mich dann Lagerverwalter Hässler [SS-Leiter des »Frauenlagers«] heraus. Ich habe erneut erklärt, dass ich mich von dem Kind nicht trennen würde. Das hat ihn dann offenbar veranlasst, mich und mein Kind am Leben zu lassen. Mein Sohn wurde an dem rechten Oberschenkel tätowiert.« Mehrmals wurde Anna Fefferling von der SS gewarnt, dass ihr Kind noch getötet werden könne. Mit Hilfe der auch in Auschwitz eingesperrten »jüdischen Krankenschwester Liebmann gelang es mir aber, während all dieser Jahre das Kind am Leben zu erhalten.«[1]

»Als ich in Auschwitz geboren wurde, konnte ich nicht einmal schreien«

Die Geschichte von Angela Orosz-Richt und ihrer Mutter Vera

Am 21. Dezember eines jeden Jahres feiert ANGELA OROSZ-RICHT (geborene Bein) ihren Geburtstag. Im Leben eines jeden Menschen ein freudiges Ereignis. Für Angela Orosz-Richt ist es weit mehr, es ist ein »wirkliches Wunder«, wurde sie doch im Vernichtungslager Auschwitz-Birkenau geboren. Ihre Mutter sagte immer: »Angela, du hast zwei Geburtstage, einer ist im Dezember 1944, aber dein wirklicher Geburtstag ist der 27. Januar 1945.« Denn wären Mutter und Tochter nicht an diesem Tag in Auschwitz-Birkenau befreit worden, »hätten sie und ich nicht überlebt«.

Ihre Mutter, Vera Bein, wollte nie, dass Angela die schrecklichen Erinnerungen an das Lager teilte. »Sie wollte mich vor den Folgen von Auschwitz schützen. Also hat sie mir gegenüber kaum darüber gesprochen.« Erzählt hat ihr Mutter Vera über den Tag ihrer Geburt kurz vor Weihnachten 1944 in Auschwitz-Birkenau: »Dein genaues Geburtsdatum kenne ich nicht. Ich weiß nur: Es war drei Tage bevor die SS Weihnachten feierte. Wenn sie am 24. Dezember gefeiert haben, dann habe ich dich am 21. geboren. Wenn sie am 25. gefeiert haben, bist du am 22. geboren. Ich weiß es nicht genau.«

Viel mehr erzählte Mutter Vera ihrer Tochter Angela nicht. »Die Wende brachte ein ›Interview‹, das meine Tochter Kathleen im Alter von 16 Jahren für die Schulhausaufgabe ›Die Wurzeln meiner Familie‹ mit meiner Mutter führte und auf Band aufzeichnete. Demzufolge wurden wir am 25. Mai 1944 von Ungarn aus in das Lager Auschwitz-Birkenau transportiert. Wir, das waren meine Mutter Vera Bein (geborene Otvos), ich in ihrem Bauch und mein Vater, Dr. Tibor Bein, der Rechtsanwalt war.«

Kennengelernt hatten sich Angelas Eltern in Sárospatak, einer kleinen Stadt im Nordosten Ungarns. Im März 1943 war mit Freunden und Verwandten die Hochzeit in Budapest gefeiert worden. Sárospatak wurde zum Lebensmittelpunkt der Jungvermählten.

»Das ist ein Foto aus den Kindertagen meiner Mutter Vera (Mitte). Links zu sehen ist ihre Schwester Sushanna, die überlebte. Ihr Bruder Matisyahu wurde erschossen.«

»Meine Mutter war eine gut erzogene, gebildete Frau.« Sie sprach fließend Französisch, Ungarisch, Slowakisch und Deutsch. »Nach dem erfolgreichen Abschluss ihrer Schullaufbahn wollte meine Mutter studieren. Aufgrund der antisemitischen ungarischen Gesetzgebung war das jedoch nicht länger erlaubt.« Stattdessen betreute sie als Kindermädchen einen mutterlosen Jungen.

Juden hatten sich in der kleinen Stadt seit der ersten Hälfte des 18. Jahrhunderts angesiedelt. Nach der Volkszählung von 1941 hatte Sárospatak eine Gesamtbevölkerung von 13.213 Menschen, wovon 1.036 Juden waren.[2] Das änderte sich nach dem 19. März 1944, als deutsche Truppen in Ungarn einmarschierten. Bis dahin hatten 700.000 bis 750.000 Juden in Ungarn – trotz der antijüdischen Gesetzgebung nach deutschem Muster und den damit einhergehenden Diskriminierungen und Verfolgungen – physisch weitgehend überlebt. Mit der deutschen Besatzung brach sofort eine Verhaftungswelle über die Juden des Landes herein. In großer Eile wurden im Frühjahr 1944 zahllose antijüdische Verordnungen und Gesetze erlassen. Die in ihren Ämtern verbliebenen jüdischen Notare, Anwälte, Wirtschaftsprüfer, Beamte und Journalisten wurden mit Berufsverboten belegt. Bankguthaben wurden gesperrt, über 600.000 Morgen Land enteignet. Telefone, Motorfahrzeuge, Radios und Wertgegenstände wurden eingezogen. Wohnortwechsel wurden verboten, beschränkte Einkaufszeiten eingeführt, Lebensmittel rationiert ... Schließlich musste der gelbe Stern getragen werden, ab dem 5. April 1944.[3] Damit war die jüdische Bevölkerung isoliert, stigmatisiert und identifizierbar.

Am Morgen nach dem Pessach-Fest, am 16. April 1944, hämmerte es bei Vera und Tibor Bein an der Tür. Ungarische Gendarmen führten sie ab, drängten sie auf einen Viehwaggon. Unmittelbar nach dem Pessach-Fest war nicht einmal Brot im Haus, das sie hätten mitnehmen können. Sie wurden in einem Ghetto im Nachbarort Sátoraljaújhely konzentriert. Es waren die letzten Tage als Familie. Erneut wurden Angelas Eltern in einen Viehwaggon gepfercht. Nach etwa drei rauen Tagen kamen sie am 25. Mai »in der Hölle von Auschwitz« an:

»An der Bahnrampe von Birkenau trafen meine Eltern auf SS-Arzt Mengele, der die Menschen fast alle für den sofortigen Tod bestimmte. Meine Mutter sagte Mengele, dass sie schwanger sei. Sie hoffte auf sein Mitleid. Und schon war sie von meinem Vater getrennt worden. Er blieb nicht am Leben. Mengele sagte zu meiner Mutter: ›Du dumme Gans.‹« Er schickte sie auf die rechte Seite. Sie war seiner Meinung nach zur »Arbeit tauglich« und konnte vorläufig am Leben gelassen werden. Angelas Mutter wurde unter anderem den »Außenkommandos« zugeteilt, die außerhalb der Umzäunung arbeiten mussten. Das war schwere körperliche Sklavenarbeit im Straßenbau und auf den Feldern.

»Später wurde meine Mutter zu einem menschlichen Versuchskaninchen. Als sie etwa im siebten Monat schwanger war, quälte das Team um Professor Carl Clauberg sie mit Sterilisationsexperimenten.« Clauberg führte von 1942 bis Ende 1944 diese extrem grausamen Versuche zur Massensterilisation vor allem von jüdischen Frauen in Auschwitz durch. Vielen hundert Frauen wurden Reizflüssigkeiten in die Gebärmutter gespritzt: »Als direkte Anwendung von Rassetheorie und -politik« des Nazi-Staates, woran mehrere jüdische Frauen starben. Andere Jüdinnen, die Clauberg als »unbrauchbar« aussortierte, wurden durch Sklavenarbeit vernichtet oder vergast.[4] – »Die meiner Mutter gespritzte Substanz verursachte extrem große Schmerzen. Mehrmals wurde das wiederholt. Und da lag ja auch noch der Fötus. Das war ich. Und irgendwie überlebte ich.« Angela Orosz-Richt ist überzeugt: »Diese Experimente sind jedoch ein Grund dafür, dass ich keine Brüder und Schwestern habe.«

Trotz des permanenten lebensbedrohlichen Alltags in Auschwitz-Birkenau blieben Vera Bein und ihre noch nicht geborene Tochter am Leben. Als starke Wehen einsetzten, ging sie zur »Blockältesten«, einer Häftlingsfrau aus der Tschechoslowakei. »Da ihr Vater Arzt war, wusste sie ein wenig, was zu tun war.« Der Frau gelang es, heißes Wasser, ein Laken und eine Schere zu organisieren. »Sie sagte meiner Mutter, sie solle auf die oberste Ebene der Koje gehen. Auch sie ging dort hin und half ihr bei meiner Geburt. So bin ich auf die Welt gekommen.« Nach der Geburt am 21. oder 22. Dezember 1944 war Angela so schwach, dass sie nicht einmal schreien konnte. Sie war so unterernährt, dass sie nur etwa ein Kilo wog. Drei Stunden nach der Entbindung musste ihre Mutter zum Appell. »Es ist unvorstellbar, wie viel Mut und Kraft es brauchte, dass sie das tun konnte.« Es war eiskalt, sie war nur mit Fetzen bekleidet. Sie stand dort lange Zeit und betete, dass ihre gerade geborene Tochter noch lebe, wenn sie zurückkam. Vera Bein zitterte, dachte nur: »Ich habe ein Kind, ich muss leben!«

Angela und Vera Bein wurden am 27. Januar 1945 in Auschwitz-Birkenau befreit. An diesem Tag erblickte dort auch ein Junge namens György das Licht der Welt. Seine Mutter, Erzsébet Faludi, die gleichfalls aus Ungarn stammte, konnte ihren Sohn nicht stillen. Angelas Mutter aber konnte helfen. Sie war »vom ständigen Hunger zwar schwer gezeichnet, aber hatte doch Milch, um mich zu stillen und auch das Neugeborene der anderen Frau. Das war eines der vielen Wunder, die in diesem ›Wahnsinn‹ geschahen. Und so hat meine Mutter beide Kinder genährt.« Das war der Beginn einer langen Freundschaft, zwischen den beiden Müttern und den beiden Kindern.

Erst im November 1945 konnten Mutter und Tochter wieder nach Ungarn zurückkehren. Sie hatten im zerstörten Nachkriegseuropa einen riesigen Umweg bis ins belarussische Sluzk machen müssen. »Obwohl fast ein Jahr seit meiner Geburt vergangen war, wog ich nur drei Kilogramm. Ich war sehr krank, konnte mich kaum bewegen.« Die von ihrer Mutter konsultierten Ärzte fürchteten, dass Angela nie ein gesundes Kind werden würde. Aber ihre Mutter gab nicht auf. Sie fand schließlich einen Arzt, der mehrere Jahre für sie sorgte: »Bis meine Knochen so stark waren, dass ich endlich darauf laufen konnte.«

Angela im Alter von fünf Jahren in Sárospatak (Ungarn). »Inzwischen konnte ich richtig gehen.«

Angela Orosz-Richt lebte bis 1973 in Ungarn und ging dann nach Kanada, ließ sich in Toronto nieder, später zog sie nach Montreal. Beschäftigt war sie als Sozialarbeiterin und Buchhalterin. Kathleen und David heißen ihre Kinder, Asher Yehuda, Faigie, Yechiel, Dassy Vera, Bethseva, Chana Vera und Nuchem sind die Namen ihrer Enkelkinder. Ihre Mutter Vera starb 1992 mit 71 Jahren an Wirbelsäulen- und Lungenkrebs. »Sofort kamen die Alpträume zurück. SS-Arzt Mengele stand an der Tür zu ihrem Krankenzimmer. Auch das Morphium ließ ihn nicht verschwinden. Am 27. dieses Monats wollte sie nicht sterben, denn 47 Jahre zuvor sind wir in Auschwitz befreit worden.«

Vor ein paar Jahren fragte Angela Orosz-Richt ihre Tochter Kathleen: »Hat der Holocaust dein Leben in irgendeiner Weise beeinflusst?« Kathleen antwortete: »Mein ganzes Leben war um den Holocaust herum gruppiert. Schon mit vier Jahren musste ich selbstständig sein, weil der Holocaust ja noch einmal passieren könnte. Und ich sollte vorbereitet sein. Und meinem Bruder und mir hast du immer wieder gesagt: ›Eure Generation würde einen Holocaust nie überleben, weil ihr verwöhnt seid.‹ Oder als junge Frau äußerte ich meine Furcht vor der Geburt eines eigenen Kindes. Daraufhin bist Du, Mama, ›explodiert‹ und hast gesagt: ›Du hast ein wunderbares Leben, warum bist du so ängstlich? Schau auf deine Oma, unter welchen Umständen hat sie mich in Auschwitz zur Welt gebracht!‹«

Mit ihrer Tochter Kathleen Klein war Angela Orosz-Richt Ende Januar 2015 zum 70. Jahrestag der Befreiung von Auschwitz erstmals wieder »dort, wo ich geboren wurde«. Ihr Anwalt begleitete sie und erzählte ihr, bald werde in Deutschland ein Prozess gegen einen ehemaligen SS-Mann stattfinden. Er bat sie, auch Zeugnis abzulegen. Sie sagte ihm: »Ich werde nie nach Deutschland kommen, und ich will keine Deutschen treffen. Niemals.« – Der Prozess gegen SS-Mann Oskar Gröning begann am 21. April 2015. Er musste sich vor dem Landgericht Lüneburg wegen Beihilfe zum Mord an 300.000 Menschen verantworten. »Als ich«, so Angela Orosz-Richt, »die Medienberichterstattung über den Prozess las und sah, änderte ich meine Meinung. Ich reiste nach Deutschland und sagte am 2. Juni 2015 aus«: »Ich bin in Auschwitz geboren. Ich wog ein Kilogramm. Ich überlebte nur aus einem Grund: Ich habe eine Mission. Ich muss für die sprechen, die nicht mehr sprechen können. Ich muss die Geschichte meiner Mutter und die der ermordeten Juden erzählen. Ich will meinen anklagenden Finger gegen die Verantwortlichen erheben.« Den Mördern vergeben? »Das ist völlig unmöglich für mich. Dazu hätte ich auch keinerlei Recht.«[5] Sie erinnert an die Ermordeten in ihrer eigenen Familie – zum Beispiel an ihren Onkel Matisyahu Otvos, den Bruder ihrer Mutter, der zum Zwangsarbeitsdienst in Ungarn verpflichtet und erschossen wurde.

Auch zum 75. Jahrestag der Befreiung von Auschwitz war Angela Orosz-Richt noch einmal »dort«, an ihrem Geburtsort. Solange es ihr möglich sei, werde sie immer wieder dahin zurückkehren. »Ich will sein, wo meine Mutter war, ich will den Ort berühren, wo ich von ihr geboren wurde.« Sie verfolgt nach wie vor der Gedanke, dass ihre Mutter im Vernichtungslager eigentlich keine Zukunft hatte. »Trotzdem blieb sie ungebrochen, glaubte, dass sie und ich leben würden.« Dieser Optimismus berührt sie bis heute »ganz tief in meinem Herzen«. Mehr als früher ist Angela Orosz-Richt überzeugt, dass »der Holocaust wieder passieren könnte«. Warum das so sei? »Weil die Welt die Lehren aus der Shoah nicht gezogen hat.« Manche hätten gelernt, aber zu viele nicht. Deshalb hätten wir seit 1945 »mehr Völkermorde« gesehen: »Menschen wurden zu Tausenden, Hunderttausenden ermordet! In Ruanda. In Srebrenica. In Syrien. An so vielen Orten. Und der Antisemitismus, die älteste Form des Rassenhasses, Tausende von Jahren alt, ist immer noch lebendig.« Es gebe immer noch Menschen, die überzeugt seien, dass »alle Juden reich« seien. »Dass die Juden zu einflussreich sind.« Dass Juden Hollywood, die Medien oder die Wall Street kontrollieren würden. Das Internet sei voll von diesem Müll. Er verbreite sich »wie Buschfeuer«, bleibe weitgehend unkontrolliert.[6]

»Ich habe sieben Babys in Auschwitz gestillt«

Die Geschichte von Viktor Polschtschikow und seiner Mutter Anna

Viktor Polschtschikow wurde am 15. Oktober 1944 in Auschwitz-Birkenau geboren. Seine Mutter Anna gehörte zu den Frauen, die durch einen unerwarteten Milchreichtum Neugeborene von anderen Frauen stillen konnten. Sie war aus der Sowjetunion (Krim/Ukraine) nach Wien deportiert worden und musste dort zwei Jahre lang Zwangsarbeit leisten. Aus der Donaumetropole wurde sie im Februar 1944 nach Auschwitz verschleppt. Anderen Neugeborenen half sie in Auschwitz-Birkenau mit ihrer Milch.[7] In ihren Lebenserinnerungen hat Anna Polschtschikowa mit tief berührenden Worten die Geburt ihres Sohnes, die Angst um sein Leben, die Tragödie und ausweglose Situation der jüdischen Frauen und ihrer Kinder, das Stillen der Babys von anderen Müttern beschrieben:

»[Am Tag der Geburt meines Sohnes] sah ich eine schöne jüdische Frau aus der Tschechoslowakei, die gegenüber von mir lag und weinte. ›Warum weinst du?‹ Mit Tränen in den Augen antwortete die arme Frau: ›Letzte Nacht gebar ich die Tochter, nach der mein Mann und ich uns so lange gesehnt haben. Aber es ist uns nicht erlaubt, Kinder zu bekommen. Ich bin Jüdin, und deshalb haben sie meine Tochter heute getötet.‹ Ich wusste überhaupt nicht, wie ich die Arme trösten sollte.« Die »lang ersehnte kleine Wunschtochter« einer anderen jüdischen Frau, so Anna Polschtschikowa, »wollte nicht sterben«. Das Baby fing an »nach Luft zu ringen, das Todesröcheln von sich zu geben und zu stöhnen. Diese Geräusche waren herzzerreißend.« Und »rundherum gab es Schreie der Empörung und Beleidigungen: Warum die Jüdin das Kind zum Leiden zwinge, und warum sie es nicht ein für allemal ersticken könne, so wie es sich gehört.« Als ob es »für diese bedauerliche Frau ganz normal wäre, ihre eigenen Kinder tagtäglich zu ersticken. Jemand kam und führte die schlotternde jüdische Mutter weg, verrückt vor Verzweiflung, unfähig, ihr Kind endgültig zu ersticken. Mein Gott, was für eine Folter für diese Mutter.«

Neben Anna Polschtschikowa »platzierten sie eine jüdische Frau aus Rumänien. Sie hatte einen Sohn bekommen, genauso kräftig und gesund wie seine Mutter. Jüdische Frauen besaßen nicht das Recht, ihre Kinder zu stillen. Ihre Kinder sollten nach mehr oder weniger drei Tagen sterben. Wenn eine jüdische Mutter ihr Kind nicht erstickte, dann wurde sie am vierten Tag gemeinsam mit ihrem Kind ins Krematorium geschickt. Alle jüdischen Frauen wussten darüber Bescheid. ›Zur Hölle mit den Deutschen!‹ brüllte ich, und drückte etwas Milch in den Löffel aus. Ganz vorsichtig träufelte ich den Inhalt des Löffels in den Mund [ihres Kindes]. Von überall wurde ich angebrüllt: ›Was ist los mit Dir? Willst Du mit ihm ins Krematorium wandern?

Eine dicke, gesunde Frau in einem weißen Kittel tauchte plötzlich aus dem Nichts auf und fragte auf Russisch: ›Wo ist das jüdische Kind, das sich zu sterben weigert?‹ Die Tötung fand direkt vor meinen Augen statt, vor den Augen der völlig benommenen Mutter. Die Frau mit der Spritze entpuppte sich als Ärztin von dem benachbarten Block. Sie hob das tote Baby von ihrem Knie, ergriff

Anna Polschtschikowa mit ihrem Sohn Viktor, der im Lager zur Welt kam.

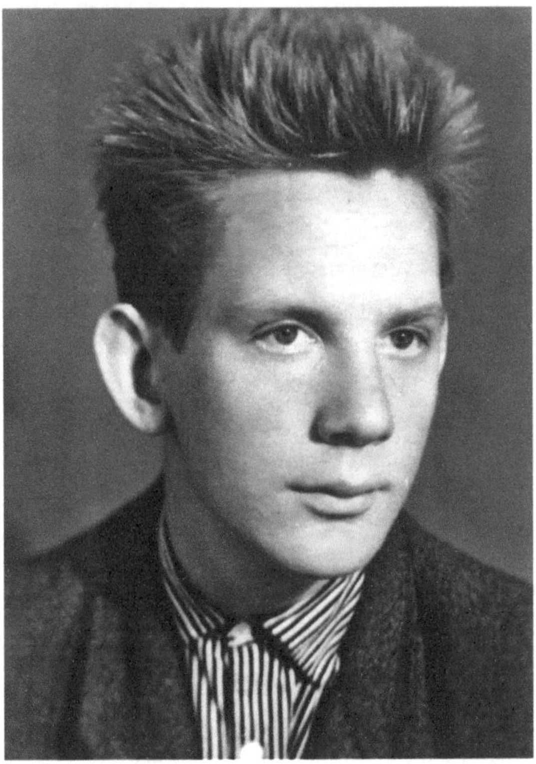

Władysław Osik im Alter von 14 Jahren – geboren am 17. Juli 1943 in Auschwitz-Birkenau.

seine winzigen Händchen, und warf es auf den Leichenhaufen im Waschraum.«[8] – Anna Polschtschikowa hat insgesamt sieben Babys in Auschwitz-Birkenau gestillt. Sie und ihr Sohn Viktor wurden dort befreit, gingen 1945 zurück nach Jalta auf die Halbinsel Krim.[9]

»Meine Mutter hatte große Angst um mein Leben«

Die Geschichte von Władysław Osik und seiner Mutter Katarzyna

Władysław Osik wurde im Sommer 1943 in Auschwitz-Birkenau geboren. Er war eines der ganz wenigen Kinder, das die lange Zeit von rund 18 Monaten vom Tag seiner Geburt bis zur Befreiung des Lagers am Leben blieb.

Als deutsche Truppen, ohne vorherige Kriegserklärung, am 1. September 1939 gegen 4:40 Uhr Polen überfielen,[10] lebte Familie Osik in Rembertów, heute ein Stadtteil von Warschau. Katarzyna hieß die Mutter, Aleksander der Vater. Sie waren Eltern von vier Kindern: Edvard elf, Janina neun, Irena sechs und Tadeusz zwei Jahre alt. Władysław war noch nicht auf der Welt.

Nach dem Überfall auf Polen wurde eine Hälfte des besetzten Gebietes sofort Nazi-Deutschland einverleibt, der andere deutsch okkupierte Teil zum »Generalgouvernement« deklariert. Der östliche Teil Polens wurde gemäß des deutsch-sowjetischen Vertrages vom August 1939 von der Sowjetunion besetzt, was schließlich zur »erzwungenen Westverschiebung« des Landes 1945 führte.[11]

Aus Rembertów wurde der Vater von Władysław zur Zwangsarbeit nach Deutschland verschleppt. »Er konnte fliehen und kehrte zurück. Meine Eltern hatten sehr große Angst, dass Vater wieder verhaftet wird, wollten irgendwo ein Versteck finden.« Die Familie fuhr mit dem Zug in das gut 250 Kilometer entfernte Skierbieszów bei Zamość (Distrikt Lublin). Sie glaubten, dort sicher zu sein. »Aber dann wurden all die Dörfer ›umgesiedelt‹, sollten ›germanisiert‹ werden.« Eines der schmerzlichen Symbole für die Verfolgung und

Ermordung von Polen im »Generalgouvernement« ist die Rotunde in Zamość. Hier fanden zahlreiche Massenerschießungen statt. Unter den Opfern waren auch Kinder und Frauen. Kleinkinder wurden an den Beinen gefasst, an einer Steinwand zertrümmert und anschließend verbrannt. Gleichzeitig existierten in Zamość mehrere Zwangsarbeitslager für Juden, ein Zwangsghetto, ein Lager für die zur Verschleppung vorgesehenen Polen, drei Kriegsgefangenenlager für sowjetische Soldaten sowie eine Vielzahl weiterer Haftstätten für die polnische Zivilbevölkerung. Deutsche brannten ganze Dörfer nieder und begingen Massenmorde an der Landbevölkerung.[12]

Die deutschen Vernichtungslager Belzec und Sobibor im Distrikt Lublin waren in diesem Teil des okkupierten Polens Zentren der organisierten Massenvernichtung von jüdischen Kindern, Frauen und Männern. Belzec war das erste Lager, in dem Nazi-Deutschland stationäre Gaskammern installierte. Allein in diesem Vernichtungslager wurden ungefähr 435.000 Juden ermordet. Sie stammten vor allem aus Polen (etwa 93 Prozent), aber auch aus Deutschland, Österreich und der Tschechoslowakei.[13] Der Arzt und Historiker Zygmunt Klukowski notierte als Chronist: »Nie fiel jemandem auch nur im Traum ein, dass etwas Vergleichbares möglich ist.«[14]

Die Kinder von Katarzyna und Aleksander Osik wurden von den Eltern getrennt. Sie wurden in das 200 Kilometer entfernte Pilawa Richtung Warschau transportiert. »Man erlaubte ihnen, bei Bauern in der Nähe in einem Dorf zu wohnen.« – Katarzyna und Aleksander Osik kamen in ein »Transitlager« in Zamość, wo sie ungefähr zwei Wochen blieben. Eines Tages mussten sie sich zusammen mit anderen Gefangenen zu einer Kolonne formieren und zum Güterbahnhof der Stadt laufen. Das dauerte länger als zwölf Stunden. Dort wurden sie in Viehwaggons getrieben. Fast drei Tage war der Menschentransport unterwegs.[15] In der Nacht vom 12. auf den 13. Dezember 1942 kamen 632 Mädchen, Jungen, Frauen und Männer in Auschwitz an. 14 Entrechtete hatten unterwegs fliehen können.[16] Unter den Deportierten befanden sich Katarzyna und Aleksander Osik.

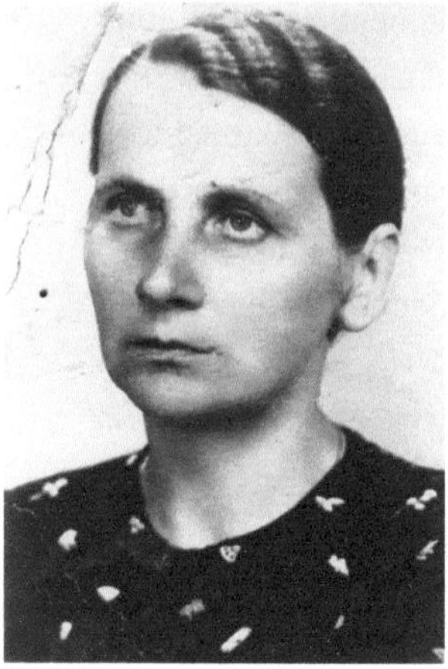
Władysław Osik: »Das ist meine Mutter Katarzyna. Sie wollte mir überhaupt nichts über Auschwitz erzählen. Fragte ich sie danach, wurde sie sehr nervös.«

Frauen und Männer wurden sofort getrennt. »Meine Mutter hat nur noch einmal ganz kurz zwischen den Stacheldrahtzäunen hindurch in der Ferne Vater sehen können.« Erst 1991 erfuhr Władysław Osik: Sein Vater war am 20. Februar 1943 offenbar an einem »Herzinfarkt« im Lager gestorben.[17] »Der Bruder meines Vaters wurde zusammen mit meinen Eltern nach Auschwitz transportiert. Er hatte Familie, auch mehrere Kinder. Das jüngste Kind war erst zwei Wochen alt. Es wurde bestimmt: ›Die fahren nicht mit.‹ Die Frau des Bruders durfte mit ihren Kindern in einem anderen Transport Richtung Warschau fahren. In der Nähe wohnten Oma und Opa. Drei Kinder hat Opa abgeholt. Ein weiteres Mädchen dieser Familie ist in diesem Dorf zurückgeblieben, hat dort das Ende des Krieges erlebt. Vaters Bruder hatte noch eine Tochter namens Wanda. Die wollte unbedingt bei ihrem Vater bleiben. Sie hatte immer wieder gesagt: ›Ich will mit dem Vater fahren, ich will mit dem Vater fahren.‹ So ist die Vierzehnjährige auch in Auschwitz gelandet. Dort bekam Wanda die Nummer 27002 tätowiert, meine Mutter die Ziffern 27001.«

Katarzyna Osik musste Sklavenarbeit im Lagerabschnitt »Kanada« leisten. So nannten die eingesperrten Frauen und Männer die Magazine, in denen das den Entrechteten und Ermordeten weggenommene Hab und Gut lagerte, das dann sortiert und an verschiedene Dienststellen der SS, der Wehrmacht wie auch an die deutsche Bevölkerung verteilt wurde. Wertgegenstände – dazu zählten die den Ermordeten ausgebrochenen Goldzähne – wurden an die Deutsche Reichsbank weitergeleitet. Die abgeschnittenen Haare verkaufte die SS an deutsche Textilfirmen. Aus ihnen wurden, das bezeugen die Lieferungen aus elf anderen Konzentrationslagern an eine Filzfabrik, unter anderem Garn oder Haarfilzstrümpfe hergestellt.[18]

Władysław wurde am 17. Juli 1943 im »Frauenlager« von Auschwitz-Birkenau geboren. Ab Mitte des Jahres waren Neugeborene nichtjüdischer Abstammung von der SS geduldet und nicht mehr sofort getötet worden. Jüdische Babys hatten dagegen nach wie vor keine Möglichkeit, am Leben zu bleiben (bis ungefähr Anfang November 1944). Sie wurden weiterhin mit Giftspritzen getötet, ertränkt, vergast, totgeschlagen oder auf andere Weise umgebracht. Aber angesichts der menschenfeindlichen Verhältnisse im Lager blieben auch die nichtjüdischen Neugeborenen nur sehr selten längere Zeit am Leben.[19] Władysław Osik ist eine Ausnahme von dieser Regel: Die Bedingungen im Lager »waren natürlich schrecklich«. »Meiner Frau hat meine Mutter erzählt: ›Immer habe ich nach irgendwelchen Lappen zum Wickeln für mein Baby gesucht. Waren die Tücher nass oder klamm, habe ich diese auf dem eigenen Körper getrocknet.‹« Anders ging das in der Baracke nicht, weil es dort oft nasskalt war. Das Glück des Jungen und das Glück seiner Mutter war: Sie konnte ihn stillen. »Auch hat meine Mutter gleichzeitig den Neugeborenen von anderen Wöchnerinnen die Brust gegeben.« Wiederum andere Frauen haben seiner Mutter sehr dabei geholfen, dass er am Leben blieb – »zum Beispiel eine Frau aus dem damaligen Jugoslawien«.

Der kleine Władysław war oft krank: »Einmal hatte ich ein Riesengeschwür am Po. Meine Mutter hatte große Angst um mein Leben. Von der Sklavenarbeit ist sie irgendwie für eine Zeitlang weggelaufen, um bei mir zu sein, hat alles getan, um mir zu helfen, um mich heimlich zu stillen, um mich zu retten. Sie wurde bestraft, musste mich fortan draußen stillen.« Das war lebensbedrohlich in dem extrem kalten Winter 1944/45. Aufgrund dieser Witterungsbedingungen benötigte die Mutter von Władysław nach der Befreiung zwei Monate, um mit ihrem Sohn zunächst in das etwa 350 Kilometer entfernte Pilawa zu gelangen. Den größten Teil der Strecke musste sie zu Fuß gehen. »Mutter hatte irgendwo eine Karre oder einen Schlitten organisiert. Mit mehreren Decken war ich umwickelt.« Seine ihm unbekannten Geschwister lebten noch.

Władysław Osik (oben, Zweiter von links) fuhr 1966 mit »einer Gruppe von ehemaligen KZ-Häftlingen« nach Großbritannien. »Als der Zug in Berlin hielt und ich ›Achtung, Achtung‹ hörte, lief mir ein Schauer über den Rücken.«

Und dann waren sie zu fünft vereint. Seine Mutter wollte überhaupt nichts über Auschwitz erzählen. »Fragte ich sie danach, wurde sie immer sehr nervös.«

Nach der Befreiung hat Władysław Osik harte Zeiten durchmachen müssen: »Zum Beispiel hatte ich eine sehr schwere Lungenentzündung, wäre fast gestorben.« Immer und immer wieder war der Junge krank. »Und damals gab es kein Penicillin.« Ende der 1950er Jahre begannen Ärzte aus Krakau mit systematischen Untersuchungen über die Auswirkungen von Krieg und KZ-Haft. Über einen längeren Zeitraum widmeten sich die polnischen Psychiaterinnen und Psychiater auch fünfzig »Lager-Kindern«. 18 von ihnen waren im Konzentrationslager geboren worden – unter ihnen Władysław Osik. In der Bescheinigung der Krakauer Psychiater heißt es: »Die Untersuchungen haben eine Schädigung des zentralen Nervensystems gezeigt. Der Grund dafür ist die Hungerkrankheit [...]. Die Bedingungen des Konzentrationslagers haben zu Störungen der Persönlichkeit und epileptischen Symptomen geführt. Aus der Dokumentation ist bekannt, dass der Untersuchte in der frühen Kindheit im Konzentrationslager Auschwitz war und nach der Befreiung längere Zeit gar nicht sprechen konnte. Bis zum 15. Lebensjahr hatte er epileptische Anfälle, die sich danach in die Form ›petit mal‹ [zeitweilige Bewusstseinsstörungen] geändert haben. Der psychische Zustand zeigt eine Neigung zu Depressionen. Die Störungen haben einen ständigen Charakter und stehen in direktem Zusammenhang mit der frühen Kindheit im Konzentrationslager.«

Die Familie Osik war »wirklich sehr, sehr arm.« Die Mutter war aufgrund des Lageraufenthaltes so krank, dass sie kaum arbeiten konnte. Als Władysław die Grundschule beendet hatte, musste er sofort einer Beschäftigung nachgehen, irgendwo helfen, wo Hilfe gefragt war. Zunächst arbeitete er in einem Büro, hat Briefe wegegebracht und alles Mögliche zu Fuß erledigen müssen. Eine Ausbildung konnte sich die Familie nicht leisten. Später hat Władysław Osik viele Jahrzehnte als Schlosser und Schweißer gearbeitet.

Mit einer Gruppe fuhr er im September 1966 auf Einladung der Sue Ryder Foundation nach Großbritannien. Gleich nach dem Krieg hatte Sue Ryder insbesondere Kindern, Frauen und Männern geholfen, die in deutschen Lagern eingesperrt waren. 1953 gründete sie eine Stiftung. Allein in Polen baute Susan Ryder dreißig Häuser, in denen Kranke, Alleinstehende und Obdachlose ein Zuhause fanden.[20] – Die Einladung 1966 richtete sich an ehemalige Häftlinge der deutschen Konzentrationslager. Die Gruppe fuhr mit der Eisenbahn nach England. Władysław war 23 Jahre alt: »Als der Zug in Berlin anhielt und ich ›Achtung, Achtung‹ hörte, lief mir ein Schauer über den Rücken. Obwohl ich mich wegen meines damaligen jungen Alters gar nicht an Auschwitz erinnern konnte. Aber irgendetwas steckt in mir, und das war auf dem Bahnhof in Berlin unbeschreiblich schlimm für mich! Erst als ich nach rund zehn Tagen wieder in Polen war, wurde ich wieder ganz ruhig.«

Lange Zeit hatte Władysław Osik eine negative Haltung gegenüber Deutschland und den Deutschen, »die ja all das Schreckliche gemacht haben«. So wollte er zum Beispiel bei Übertragungen von Sportveranstaltungen im Fernsehen immer, dass die Deutschen »unbedingt verlieren«. Im Laufe der Jahrzehnte hat sich das langsam, ganz langsam geändert. »Und was können die Deutschen, die jetzt leben, dafür? Das ist eine ganz andere Generation.« Aber: »Einer unserer Verwandten ist nach Deutschland ausgewandert, und dort lebt er. Das hätte ich nie gekonnt. Auf keinen Fall. Das Wichtigste ist jedoch, dass es nie wieder Krieg gibt. Sehr viele Leute verstehen heute gar nicht, was Krieg für Kinder, Frauen und Männer unbeschreiblich Grausames bedeutet.«

Władysław Osik lebt mit seiner Frau Irena (geborene Wiechowska) in Legionowo bei Warschau. Am 10. April 1971 haben sie geheiratet. Ihre Tochter Anna wurde im April 1972 geboren. Die Enkelkinder heißen Natalia und Nikola. »Sie kamen 1989 und 2006 auf die Welt. Beide machen uns große Freude.«

»So habe ich eine Familie und einen Namen bekommen«

Die Geschichte von Barbara Wesołowska, ihrer mutmaßlichen Mutter Katja Kulik und ihrer Adoptivmutter Władysława Wesołowska

Barbara Wesołowska heißt sie seit mehr als siebzig Jahren. Katja Kulik hieß sie höchstwahrscheinlich bei ihrer Geburt am 27. April 1944 in Auschwitz-Birkenau. Darauf deuten Nachforschungen hin, die seit den 1960er Jahren vom ehemaligen Auschwitz-Häftling Tadeusz Szymański, der polnischen Historikerin Helena Kubica, dem Journalisten Edmund Polak und der Stadt Witebsk (Belarus) durchgeführt wurden.[21] Die Lagernummer wurde dem Mädchen auf den Oberschenkel tätowiert. – Ihre Mutter ist wahrscheinlich Fjedora Ustinowna Kulik. Ihre Eltern lebten in einem kleinen Dorf in der Nähe von Witebsk. Ihr Vater, Nikolaj Iwanowitsch Kulik, half den Partisanen. »Und als die Deutschen kamen, haben sie ihn im August 1943 erschossen.«[22] Alle Einwohner des Dorfes sollten sterben. Bei der Massenexekution bekam ihre Mutter einen Schuss ins Bein. »Sie und eine andere Frau blieben bewegungslos zwischen den Leichen liegen. Alle anderen waren tot.«

Mutter Fjedora und die andere Frau kletterten erst nach einigen Stunden aus dem Leichenhaufen heraus. Sie wollten zusammen in ein Nachbardorf fliehen, doch wurden beide unterwegs verhaftet und am 9. September in Auschwitz eingesperrt. Fjedora Kulik bekam die Nummer 61985 tätowiert. Im »Kalendarium der Ereignisse im Konzentrationslager Auschwitz-Birkenau« heißt es dazu: Mit den Nummern »61417 bis 62169 werden 753 weibliche Häftlinge gekennzeichnet, die vom [deutschen] Einsatzkommando 9 aus Witebsk in Weißrussland in das KZ Auschwitz eingewiesen worden sind. Die ins Lager Eingelieferten stehen im Verdacht, mit den in Weißrussland [Belarus] aktiven Partisanen zusammengearbeitet oder ihnen Hilfe geleistet zu haben.«[23]

»Meine Mutter war schwanger.« Fjedora Kulik bekam im Lager Zwillinge: Katja und Viktor. Sowohl der Junge als auch die Mutter starben in Auschwitz. – Katja wurde im Herbst/Winter 1944 in das Lager Lebrechtsdorf (Potulice) bei Bydgoszcz (Bromberg) »überstellt«. Hier befanden sich ab Februar 1941 unter anderem ein Lager für vertriebene Polen, später ein Zwangsarbeitslager, ein »Ostjugendverwahrlager« und auch eine »Umwandererzentralstelle« für Kinder, die auf ihre »Germanisierungsfähigkeit« überprüft werden sollten. Am 11. November 1943 befanden sich 148 Kinder im Alter von bis zu zwei Jahren und 3.180 im Alter von bis zu 14 Jahren im Lager. Das waren 1.585 Mädchen und 1.595 Jungen.[24]

Die »Eindeutschungsverfahren«, der Kindesraub, machten auch vor dem Vernichtungslager Auschwitz nicht Halt. Allein im November 1943 wurden mit einem einzigen Transport 542 Kinder aus Auschwitz in das Lager Lebrechtsdorf gebracht. Das waren 301 Mädchen und 241 Jungen im Alter von bis zu 13 Jahren. Sie stammten aus Belarus, überwiegend aus der Region Witebsk. Ob einige dieser Kinder »germanisiert« wurden, konnte bisher noch nicht recherchiert werden.[25] – Vor allem Kinder, die blond und blauäugig waren, wurden den Müttern von der SS weggenommen, wie die nach Auschwitz-Birkenau verschleppte Hebamme Stanisława Leszczyńska berichtete: »Das herzzerreißende Schluchzen der

»Basia«, Kosename für Barbara, diesen Namen hatten dem Mädchen die anderen, gemeinsam mit ihr befreiten Kinder im Lager gegeben.

Mütter begleitete die abgehenden Säuglingstransporte.«[26] Ungefähr zu der Zeit als Katja Kulik nach Lebrechtsdorf »verlegt« wurde, befanden sich dort unter anderem 122 Kleinkinder und Säuglinge, die keine zwei Jahre alt waren.[27]

Die noch nicht einjährige Katja wurde am 21. Januar 1945 im Lager Lebrechtsdorf befreit. Zur Genesung kam sie in ein Krankenhaus in Będzin bei Katowice. Von einem Nachbarn erfuhr Władysława Wesołowska, dass Anfang März 1945 ein Zug mit befreiten Kindern aus dem ehemaligen Lager Lebrechtsdorf in ihrer Stadt angekommen war. Darunter befanden sich Kinder ohne Eltern, die von Pflegefamilien aufgenommen werden konnten. »Ich ging sofort«, so Władysława Wesołowska, »in das Krankenhaus«. Dort wurde ihr ein Mädchen anvertraut, das »laut der ärztlichen Beurteilung sieben bis acht Monate alt war«. »Basia«, Kosename für Barbara, diesen Namen hatten ihr die anderen, gemeinsam mit ihr befreiten Kinder gegeben. Władysława Wesołowska: »Am linken Oberschenkel hatte sie die tätowierte Nummer 73528. Ich erinnere mich, dass auch andere Kinder tätowiert waren.«[28]

Das kleine Mädchen wurde von Władysława Wesołowska mit nach Hause genommen: »Nach der Aufnahme von Basia haben wir eine Anzeige in der Zeitung veröffentlichen lassen, in der zu lesen war, dass wir nach ihren Eltern suchen.« Doch niemand meldete sich. »Ich kenne die Eltern von Barabara [noch immer] nicht«, erklärte Władysława Wesołowska im Juli 1961, »und die tätowierte Nummer zeugt davon, dass sie im Lager geboren wurde.« Kinder, mit denen Basia angekommen war, hatten ihr im März 1945 berichtet, dass sie gemeinsam in Auschwitz eingesperrt waren. Und sie erinnerten sich »an folgende Tatsachen«: In Auschwitz-Birkenau, in einer der

Baracken, wurde sie geboren. »In die Baracke kamen immer wieder zwei weibliche Häftlinge, die ältere wurde ›Oma‹ genannt, die jüngere nannte Basia ›Töchterchen‹. Eines Tages kamen sie wieder, küssten Basia und sagten unter Tränen: ›Wir sehen uns nie wieder.‹ Später kam noch eine andere Frau, deren Baby im Lager gestorben war. Sie stillte Basia. Die Kinder wussten nicht, was mit der anderen Frau geschehen war, die vorher Basia immer wieder gestillt hatte.«[29]

Barbara Wesołowska erinnerte sich Jahrzehnte später an die Begegnung mit ihrer Adoptivmutter: »Aus dem Krankenhaus in Będzin hat mich Władysława Wesołowska [im März 1945] mit zu sich nach Hause genommen. Sie hat mich adoptiert. Sie wurde meine polnische Mutter, meine ›Mama‹. So habe ich eine Familie und einen Namen bekommen, denn damals kannte ich weder meine leibliche Familie noch meinen Namen.« – Barbara Wesołowska hat nach dem Besuch der Oberschule erfolgreich eine Lehre als Friseurin absolviert und Jahrzehnte in dem Beruf gearbeitet. Sie lebt als Rentnerin in Będzin bei Katowice (Polen). Lidia heißt ihre Tochter.

»Mehrere Mütter haben mich abwechselnd gestillt«

Die Geschichte von Bogdan Chrześciański und seiner Mutter Henryka

Bogdan Chrześciański berichtet: »Geboren wurde ich am 7. Januar 1945 in Auschwitz. Ich habe natürlich keine Erinnerungen an das Lager.« Alles was er darüber weiß, hat ihm seine Mutter erzählt: Von der Angst und dem Hunger, von den entsetzlichen Bedingungen im Lager, vom unvorstellbaren Schmutz in den Baracken, von den Misshandlungen auch der Schwangeren durch die SS, vom Schreien und Sterben der Babys. Dank der Hilfe mehrerer Mütter, deren Kinder während der Geburt oder danach im Lager starben, blieb Bogdan am Leben.

Am 1. Januar 1944 hatten seine Eltern, Henryka Rybicka und Władysław Chrześciański in der polnischen Hauptstadt geheiratet.

»Meine Mutter war Schneiderin und mein Vater Schuhmacher.« Nur kurze Zeit dauerte ihr Glück. Am 1. August erhob sich unter anderem die Armija Krajowa, die polnische Heimatarmee, gegen die deutschen Besatzer. Seine Eltern wurden bereits zehn Tage nach dem Ausbruch des zweiten Warschauer Aufstandes 1944 verhaftet. »Deutsche haben meine Mutter und meinen Vater mitten in der Nacht mit Gewalt aus dem Bett gezogen.« Seine Eltern wurden, so wie 550.000 bis 650.000 Menschen aus der polnischen Hauptstadt und aus der unmittelbaren Nähe von Warschau, in das rund zwanzig Kilometer entfernte Durchgangslager Pruszków verschleppt. Viele von ihnen wurden innerhalb weniger Monate gezwungen, in Deutschland Zwangsarbeit zu leisten. Und zwischen dem 12. August und 17. September 1944 wurden in mehreren Transporten aus Pruszków fast 13.000 Polen – Kinder, Frauen und Männer – in Viehwaggons nach Auschwitz transportiert.[30]

In den Waggons gab es keine Toiletten, es gab nichts zu essen. Unterwegs haben sie manchmal angehalten, die Türen wurden geöffnet. Einige deutsche Soldaten, die sie bewachten, haben gesagt: »Lauft weg, lauft weg.« – »Meine Mutter war im vierten Monat schwanger, sie hatte Angst und dachte: ›Wenn wir weglaufen, schießen die bestimmt auf uns.‹ So blieben beide im Waggon.« – Henryka und Władysław Chrześciański wurden in Auschwitz sofort getrennt. Sie sahen sich nie wieder.

»Meine Mutter kam in das ehemalige ›Zigeuner-Familienlager‹, die dort eingesperrten Sinti und Roma waren ja einige Wochen zuvor [in der Nacht vom 2. auf den 3. August 1944] ausgerottet worden. Als ich zwanzig Tage vor der Befreiung im Lager geboren wurde, haben manche der Frauen, die dort mit meiner Mutter eingesperrt waren, tote Kinder zur Welt gebracht. Sie alle waren nur noch Haut und Knochen. Manche hatten trotzdem noch ein wenig Milch, auch meine Mutter.« So haben ihn mehrere Frauen abwechselnd gestillt. Allerdings befand sich Bogdan, als er und seine Mutter am 27. Januar 1945 befreit wurden, in einem »ganz schlechten Zustand«. Offenbar glaubte niemand, dass der neugeborene Junge am Leben bleiben würde.

Mutter und Sohn wurden in das provisorische Krankenhaus des Polnischen Roten Kreuzes ins nahegelegene Brzeźce gebracht und dort für gut zwei Monate gepflegt. Viele halfen dem Krankenhaus und damit den Überlebenden auf unterschiedliche Weise. Das waren vor allem die einheimische Bevölkerung, das örtliche Steinkohlebergwerk, lokale Wohlfahrtsorganisationen und das Polnische Rote Kreuz mit den dortigen Ärzten und Krankenschwestern.[31] »Ihnen allen verdanke ich mein Leben.«

Bogdan Chrześciański im Alter von etwa zwei Jahren.

Irena, die älteste Schwester seiner Mutter, kam »eines guten Tages« nach Brzeźce und hat uns und sieben andere Frauen mit Babys, die alle in Auschwitz geboren wurden, mit nach Warschau genommen.« In der Nähe der polnischen Hauptstadt hatte sein Opa, der Vater seiner Mutter, der eine Tischlerwerkstatt sein Eigen nannte, noch vor dem Krieg ein Haus gebaut. Alle wurden dort untergebracht. »Meine Oma hat mir erzählt, dass wir Babys in Stofftaschentücher eingewickelt waren, weil sie sonst nach dem verheerenden Krieg nichts hatten.«

Bogdans Mutter hat nach ihrer Rückkehr sofort wieder angefangen, als Schneiderin zu arbeiten. Sie brauchten das Geld zum Leben. »Sie hat sehr schnell Kunden gefunden.« Dass sie gut nähen konnte, hatte sich herumgesprochen. Oft war seine Mutter eine ganze Woche lang unterwegs, nähte auf Wochenmärkten. Als der Junge klein war, nahm sie ihn manchmal mit. Meistens blieb Bogdan zu Hause bei Oma und Opa. »Vor allem meine Oma hat sich um mich gekümmert.« Mit seiner Gesundheit gab es immer wieder Probleme. Ob das an Auschwitz lag, weiß er heute nicht mehr. – Mit sieben Jahren kam er in die Grundschule. »Aber ich wollte nicht lernen, habe ständig gestreikt.« Lieber wollte er auf den Warschauer Straßen herum-

»Ich war kein einfaches Kind.«

laufen und spielen. »Ich war kein einfaches Kind. Letztlich habe ich die Grundschule und die Berufsschule doch geschafft.«

Seine Mutter eröffnete einige Jahre nach ihrer Befreiung einen eigenen Kiosk, in dem es Seifen und Farben zu kaufen gab. – »Meine Mutter hatte immer gesundheitliche Probleme aufgrund des Lageraufenthalts, später bekam sie noch Brustkrebs.« Bogdan war 15 Jahre alt, als seine Mutter »richtig schlimm krank wurde«. Sie konnte nicht mehr arbeiten, musste mehr als fünf Jahre das Bett hüten, »lag einfach nur da und ist dann gestorben«. Ihr Begräbnis war an seinem 21. Geburtstag, am 7. Januar 1966. Nach der frühen Erkrankung beziehungsweise ihrem Tod hat Bogdan ihren Kiosk übernommen. Schon mit 13 Jahren hatte er ihr regelmäßig beim Verkauf der Seifen und Farben geholfen. »Ich hatte also Erfahrung.« Bis 1980 hat er das Geschäft geführt. Dann machte er einen LKW-Führerschein und übernahm »für polnische Apfelplantagen den Transport im ganzen Land.« Diese Arbeit entsprach mehr seinen Vorstellungen vom Leben. Und auch der Verdienst war viel höher als mit dem eigenen Geschäft.

Bogdan Chrześciański hat einen Sohn aus zweiter Ehe, der 1985 geboren wurde, und lebt als Rentner in Warschau. Regelmäßig trifft er sich mit anderen Überlebenden, die in Auschwitz ebenfalls im Kindesalter waren. »Einige meiner guten Bekannten waren als ältere Kinder im Lager eingesperrt. Die müssen mit diesen schrecklichen Erinnerungen leben.« Gennek, einer der Augenzeugen, erzählte ihm: »Während des Appells begann eine Frau ihr Kind zu gebären. Und die werdende Mutter warf sich auf den Boden. Das Baby wurde von den Deutschen ertränkt, und ein SS-Mann hat die Mutter erschossen.« Gennek »hat die Erinnerung daran unlöschbar in seinem Kopf«, er muss immer daran denken.

»Ja, wir haben dich adoptiert«

Die Geschichte von Jadwiga Teresa Wakulska, ihrer Mutter Karolina Pająk und ihrer Adoptivmutter Leokadia Worobiej

Jadwiga Worobiej (geborene Pająk, nach ihrer Heirat Wakulska) war 14 Jahre alt, als ihre Mutter sie eines Tages bat, Lebensmittel für die Familie einzukaufen. Das tat das Mädchen regelmäßig und gerne. Das Geschäft befand sich im Erdgeschoss des Mehrfamilienhauses, in dem Jadwiga und ihre Eltern Leokadia und Andrzej Worobiej wohnten. Unvermittelt sagte die Verkäuferin zu dem Mädchen: »Das sind gar nicht deine Eltern, die du für Mutter und Vater hältst.« Jadwiga war schockiert, ihre Verzweiflung riesengroß, sie weinte, lief sogleich zu ihrer Mutter und fragte: »›Ist das wahr? Ihr seid nicht meine Eltern?‹ Sie war sehr erstaunt, dass ich es wusste. Sie wollte nicht zugeben, dass es stimmt.« Daraufhin nahm Jadwiga Kontakt zur Mutter ihrer Mutter im rund achtzig Kilometer entfernten Janów Lubelski auf. Gleich zu Beginn des Zweiten Weltkrieges im September 1939 war der Ort dreimal von der deutschen Luftwaffe bombardiert worden. Dabei starben 350 Menschen, und die Stadt – so wie viele andere polnische Orte – brannte zu 85 Prozent nieder. Es folgten die Errichtung eines Zwangsarbeitslagers sowie Verhaftungen und Massentötungen der jüdischen Bevölkerung, vor allem im anderthalb Autostunden entfernten Vernichtungslager Belzec.[32]

»Bei meiner Oma in Janów habe ich im Kindes- und Jugendalter immer die Sommermonate verbracht. Aber die hat auch verneint, dass ich das Kind von anderen Eltern bin. Sie hat trotz meiner intensiven Bemühungen nichts gesagt.«

Zurück in Lublin gab sich Jadwiga mit den Antworten nicht zufrieden. Das Mädchen lenkte die Gespräche immer wieder auf diesen einen Punkt: »Ich wollte wissen, wer ich und meine Eltern wirklich sind.« Schließlich gestand ihr die Mutter: »Ja, wir haben dich adoptiert, haben dich jedoch immer wie unser eigenes, leibliches Kind geliebt.« – »Ja, das ist die Wahrheit, das war eine ganz wunderbare Familie für mich. Immer war ich der Mittelpunkt. Eine bessere Mutter und einen besseren Vater hätte ich nicht haben können!«

Nach dem Geständnis der Adoptivmutter hatte das Mädchen Jadwiga unvergessliche Gespräche mit ihr, über ihre Herkunft, die Adoption, die ersten Jahre ihrer Kindheit: »In einem Waisenhaus, an das ich mich nicht mehr erinnern kann, haben mich meine Adoptiveltern gesehen. Gleich war ihr Interesse für mich da. Oft habe ich unter einem Stuhl gesessen, mich wie ein vernachlässigtes Kind ständig nach vorne und nach hinten geschaukelt. Meine spätere Adoptivmutter besuchte mich immer wieder, beschäftigte sich mit mir, schenkte mir Süßigkeiten. Langsam wuchs das Vertrauen, ich hatte keine Angst mehr.« Schließlich wurde das Mädchen von Leokadia und Andrzej Worobiej adoptiert. Ihre Adoptivmutter war Buchhalterin, ihr Adoptivvater Direktor einer Lebensmittelgenossenschaft.

Erst nach drei Jahren und zwei Monaten konnte Jadwiga die ersten Worte sprechen. »Das war eine der Folgen des Lageraufenthaltes.« Auf dem Oberschenkel hatte sie eine fünfstellige, mit 88 beginnende

Bogdan Chrześciański: »Meine Mutter hatte immer gesundheitliche Probleme aufgrund des Lageraufenhalts.«

Jadwiga Teresa Wakulska (geborene Pająk) 1948 mit ihren Adoptiveltern Leokadia und Andrzej Worobiej.

Nummer. Die drei letzten Ziffern waren unleserlich. »Diese Nummer wurde mir in Auschwitz-Birkenau tätowiert, was ich erst später erfahren habe.« Trug das Mädchen kurze Kleider, waren die Ziffern zu sehen, »und ich habe geweint. Ich fühlte mich schmutzig mit der violetten Nummer.« Daraufhin fuhr Jadwigas Adoptivmutter eines Tages mit ihr zu einem »Schönheitsinstitut« ins 300 Kilometer entfernte Łódź. Dort wurde die Nummer entfernt. »Das ist aber nicht hundertprozentig gelungen. Die Umrisslinien sind sichtbar geblieben.«

Als Jadwiga 17 Jahre alt war, besuchte die junge Frau gemeinsam mit ihrer Adoptivmutter die Gedenkstätte Auschwitz. Im dortigen Archiv gelang es ihnen, ein Dokument mit dem Namen und der Nummer der leiblichen Mutter zu finden. Sie hieß Karolina Pająk, geboren am 6. Februar 1914, in Auschwitz mit den Ziffern 87185 auf dem linken Unterarm tätowiert.[33] Zuvor hatte Jadwiga bereits ihren richtigen Namen erfahren: Teresa Pająk – und dass sie im Vernichtungslager Auschwitz-Birkenau am 15. September 1944 auf die Welt gekommen war.

Viele Menschen aus ihrer unmittelbaren Umgebung rieten ihr, nicht weiter nach der leiblichen Mutter zu suchen. Sie würde womöglich schwer enttäuscht werden. Jadwiga Teresa ließ dieser Gedanke jedoch keine Ruhe, im Laufe der Jahre wurde die Frage nach ihrer Herkunft immer dringlicher: »Es ist doch ganz natürlich, dass adoptierte Kinder ihre Eltern kennenlernen wollen. So bin ich später auch mit meinem Mann mehrmals mit dem Auto herumgefahren. Wir haben in der näheren und weiteren Umgebung von Lublin und Zamość an vielen Türen geklingelt. Die Menschen haben geweint, als ich meine Geschichte erzählte, und mich umarmt. Immer spürte ich sofort: Die Frau, die vor mir stand, das ist nicht die richtige Mutter.«

Schließlich titelte die örtliche Zeitung »Kurier Lubelski« am 23. September 1974: »Wo sind die Eltern von Teresa Pająk? – Wer bin ich wirklich, Mutti?« Ein Journalist war auf ihre Geschichte aufmerksam geworden, hatte ein längeres Porträt mit einigen Details veröffentlicht. Und weiter hieß es in dem Artikel der Lubliner Tageszeitung: »Fast dreißig Jahre lang hat sie einen anderen Vornamen und den

Karolina Pająk, die leibliche Mutter von Jadwiga Teresa Wakulska.

Nachnamen ihrer Adoptivmutter getragen. Jetzt trägt sie den Nachnamen ihres Mannes. Drei Namen, drei große Kapitel der Vergangenheit ein und derselben Person – Dutzende von ungelösten Fragen, die von einem Geheimnis umhüllt sind. Wird es nach so vielen Jahren geklärt?«[34] Schon nach etwas mehr als zehn Tagen kam die so lang ersehnte Nachricht für Jadwiga Wakulska: ihre Mutter lebte. Mehrere Frauen und Männer hatten sich sowohl beim örtlichen Polizeipräsidium als auch bei der Redaktion von »Kurier Lubelski« gemeldet. Eine anonyme Anruferin versprach: Jadwigas Mutter werde sich an einem bestimmten Tag bei der Polizei einfinden. An diesem Tag wartete Jadwiga Wakulska dort. »Und dann kam eine Frau mit ihrem Sohn herein. Sie sah mir sehr ähnlich, auch mein Stiefbruder.« Der fing an zu weinen und fragte: »Mutti, warum hast du uns nicht gesagt, dass wir eine Schwester haben?« Die Mutter hatte es nie erzählt. Sie warf sich an Jadwigas Hals, weinte und sagte zu ihrer wiedergefundenen Tochter nur: »Ich dachte, du lebst nicht mehr, Tereska.«

Die örtliche Tageszeitung schrieb am 4. Oktober 1974: »Nach 30 Jahren: Teresa Pająk wieder in den Armen ihrer Mutter. Ein sensationeller Abschluss der Suche nach der Mutter eines Häftlings des Konzentrationslagers Auschwitz. Nach der fast dreißig Jahre dauernden Trennung und der gegenseitigen völligen Unwissenheit über das Leben der anderen fand eine bewegende Szene statt, in der Teresa Pająk, geboren im Konzentrationslager Auschwitz, sich mit ihrer verbleibenden Familie traf: mit ihrer Mutter – einer ehemaligen Inhaftierten von Majdanek, Ravensbrück, [Buchenwald] und Auschwitz, sowie mit ihrem Bruder und ihrer Schwester. Eine Szene, die sich trockenen Auges nicht beobachten ließ.«[35]

Gdzie są rodzice

Teresy Pająk?

- Kim jestem naprawdę, mamusiu?
- Urodzona w Oświęcimiu

poszukuje swojej matki

Po trzydziestu latach dopiero niedawno do-

30 Jahre hat Jadwiga Wakulska nach ihrer leiblichen Mutter gesucht. Schließlich kam sie in Kontakt mit einem Journalisten der Zeitung »Kurier Lubelski«. Er titelte am 23. September 1974: »Wo sind die Eltern von Teresa Pająk? – Wer bin ich wirklich, Mutti? – Geboren in Auschwitz, jetzt auf der Suche nach ihrer Mutter.«

Po 30 latach T. Pająk w ramionach swojej matki

Rewelacyjny finał poszukiwań matki więźniarki Oświęcimia

łych dzieci. Odtąd wszelki ślad po niej zaginął.

Po opublikowaniu artykułu, poczęły napływać do redakcji dziesiątki informacji o ludziach noszących to nazwisko, a mogących mieć jakiś związek z tą sprawą. Niestety, każda z tych informacji, po sprawdzeniu, prowadziła do nikąd. Wreszcie — jest! Anonimowy kobiecy głos w telefonie mówi: — Matka Teresy Pająk żyje, oto jej adres!...

W najbliższych numerach KURIERA postaramy się zamieścić relację o szczegółach tej sprawy, przez dziesiątki lat stanowiących dramatyczną zagadkę rodziny rozbitej w czasach wojny i okupacji.

(pa)

Schon nach etwas mehr als zehn Tagen kam die so lang ersehnte Nachricht für Jadwiga Wakulska: ihre Mutter lebte. Die örtliche Tageszeitung schrieb am 4. Oktober 1974: »Nach 30 Jahren: Teresa Pająk wieder in den Armen ihrer Mutter. Ein sensationeller Abschluss der Suche nach der Mutter, eines Häftlings des Konzentrationslagers Auschwitz.«

Von ihrer leiblichen Mutter erfuhr sie mehr über die bisher im Dunkeln versteckten Wege der ersten Monate ihres Lebens und die ihrer Familie: »Meine Mutter und mein Vater Józef Pająk wurden bei den ›Aussiedlungsaktionen‹ im Raum Zamość von den deutschen Besatzern vertrieben und zunächst in das Konzentrationslager Majdanek deportiert. Mein Vater ist bei der ›Überstellung‹ in das Lager Buchenwald verstorben.«

Ende November 1942 hatte die deutsche Besatzungsmacht mit der »Umsiedlung« der polnischen Bevölkerung im Raum Zamość begonnen. Etwa 110.000 Menschen, darunter rund 30.000 Kinder, mussten »deutschen Kolonialisten« weichen. Die Pläne Nazi-Deutschlands zielten letztendlich darauf ab, Ost- und Mitteleuropa innerhalb von zwanzig bis dreißig Jahren zu »germanisieren«. Auch wurden 4.500 Mädchen und Jungen im Juli und August 1943 zur »Germanisierung« nach Deutschland verschleppt.[36]

Auch aus dem Gebiet Zamość wurden Menschen in das Vernichtungslager Auschwitz-Birkenau deportiert. Mit zwei Transporten am 12./13. und 16. Dezember 1942 trafen 718 Kinder, Frauen und Männer aus Zamość in Auschwitz ein. Am 5. Februar 1943 erreichte ein weiterer Zwangstransport mit 1.000 Menschen den unmenschlichen Ort. 583 Polinnen und Polen, 301 Mädchen und Frauen sowie 282 Jungen und Männer, wurden »registriert« und in das Lager eingesperrt. Alle 417 Juden dieses Transports wurden unmittelbar nach der Ankunft getötet. Die meisten der in das Lager eingelieferten polnischen Kinder, Frauen und Männer blieben nicht länger als zwei oder drei Monate am Leben.[37]

Die leibliche Mutter von Teresa (später Jadwiga) wurde aus dem Konzentrationslager Majdanek zunächst nach Auschwitz transportiert, dann in das Lager Ravensbrück, später nach Buchenwald und am 28. August 1944 zurück nach Auschwitz. »Meine Mutter war mit mir im achten Monat schwanger, und ich wurde dort geboren. Normalerweise weint ein Kind, wenn es auf die Welt kommt. Aber viele der dort geborenen Babys, auch ich, waren so unterernährt, dass wir kaum einen Mucks von uns gegeben haben. Mit der Hilfe der

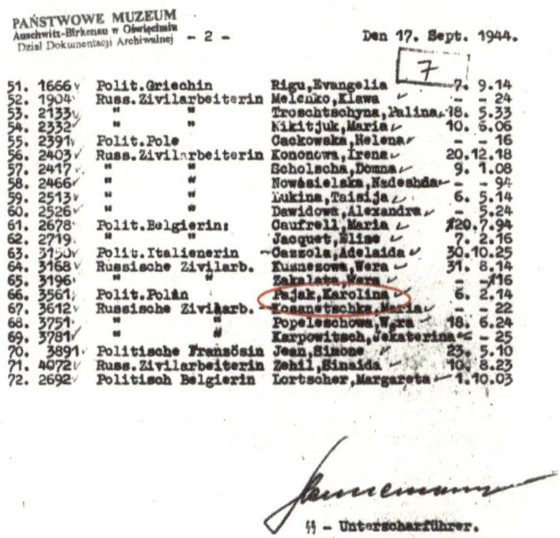

PAŃSTWOWE MUZEUM
Auschwitz-Birkenau w Oświęcimiu
Dział Dokumentacji Archiwalnej

\- 2 -

Den 17. Sept. 1944.

7

51.	1666	Polit.Griechin	Rigu,Evangelia	7. 9.14
52.	1904	Russ.Zivilarbeiterin	Melcnko,Klawa	- - 24
53.	2133	" "	Troschtschyna,Palina	18. 5.33
54.	2332	" "	Nikitjuk,Maria	10. 5.06
55.	2391	Polit.Pole	Cackowska,Helena	- - 16
56.	2403	Russ.Zivilarbeiterin	Kononowa,Irena	20.12.18
57.	2417	" "	Scholscha,Domna	9. 1.08
58.	2466	" "	Nowasielska,Nadeshda	- - 94
59.	2513	" "	Lukina,Taisija	6. 5.14
60.	2526	" "	Dawidowa,Alexandra	- 5.24
61.	2678	Polit.Belgierin:	Caufrell,Maria	20.7.94
62.	2719	" "	Jacquet,Elise	7. 2.16
63.	3150	Polit.Italienerin	Cazzola,Adelaida	30.10.25
64.	3168	Russische Zivilarb.	Kusnezowa,Wera	31. 8.14
65.	3196	" "	Zakalata,Wera	- -16
66.	3561	Polit.Polin	Pajak,Karolina	6. 2.14
67.	3612	Russische Zivilarb.	Kosanetschka,Maria	- - 22
68.	3751	" "	Popeleschowa,Wera	18. 6.24
69.	3781	" "	Karpowitsch,Jekaterina	- - 25
70.	3891	Politische Französin	Jean,Simone	23. 5.10
71.	4072	Russ.Zivilarbeiterin	Zehil,Sinaida	10. 8.23
72.	2692	Politisch Belgierin	Lortscher,Margareta	1.10.03

SS - Unterscharführer.

Dokument aus Auschwitz vom 17. September 1944 mit den Namen einiger der im Lager eingesperrtem Frauen – darunter der von Karolina Pająk. Zwei Tage zuvor hatte sie ihre Tochter Teresa in Auschwitz-Birkenau geboren.

Kameradinnen im Lager blieben meine Mutter und ich am Leben.« Am 27. Januar 1945 wurden beide in Auschwitz-Birkenau befreit.

Als sich die Tore des Lagers öffneten, konnten Mutter und Tochter über Krakau in das Gebiet um Zamość zurückkehren. Von dort stammte die Familie. Sofort machte sich Karolina Pająk auf die Suche nach ihren drei älteren Kindern, die sie wegen ihrer Verhaftung bei der Großmutter zurücklassen musste. »Da nach dem Krieg vieles zerstört war, viele Wege noch unsicher waren, konnte meine Mutter mich bei ihrer Suche nicht mitnehmen. So gab sie mich zur Obhut in ein Waisenhaus, wollte mich abholen, wenn sie die Familie gefunden hatte.« Erst nach ungefähr zwei Jahren kam ihre leibliche Mutter zurück. »Da war ich schon adoptiert worden.« Und die Angestellten des Waisenhauses durften der leiblichen Mutter nicht sagen, wer Teresa adoptiert hatte. »Es gab solche Vorschriften.« So konnte ihre Mutter nichts erfahren.

Jadwiga Teresa Wakulska hilft seit vielen Jahren den oft kranken Überlebenden der Ghettos und Konzentrationslager.

Nachdem Jadwiga Wakulska (Teresa Pająk) dreißig Jahre später, im Oktober 1974, endlich ihre leibliche Mutter wiedergefunden hatte, war »meine Adoptivmutter dagegen, dass ich diese besuche«. »Für sie war unerklärlich, warum mich meine leibliche Mutter 1945 in dem Waisenhaus gelassen und sich ungefähr zwei Jahre nicht nach mir erkundigt hatte. Meine Adoptivmutter hat das alles sehr tief und stark miterlebt.« Sie befürchtete, Jadwiga würde sie jetzt alleine lassen und zu ihrer leiblichen Mutter ziehen. Davon konnte jedoch nicht die Rede sein, und Jadwiga sagte zu Leokadia: »Es zählt nicht, welche Mutter das Kind geboren hat, sondern es zählt die Mutter, die es großgezogen hat. Und das warst du!« Sie blieb vor allem ihrer Adoptivmutter emotional tief verbunden. Die Beziehung zu ihr wurde sogar noch intensiver als zuvor. – Ihr Adoptivvater hatte nicht sehr lange gelebt. Er war schon 1965 gestorben.

»Selbstverständlich habe auch ich meine leibliche Mutter offen gefragt, warum sie nicht früher zum Waisenhaus gegangen ist, um mich zu sich zu holen. Für mich als damals schon zweifache Mutter war das unvorstellbar.« Ihre Mutter konnte die Frage nicht beantworten. »Sie hat nur geweint und gesagt: ›Es ist passiert.‹« – Hin und wieder sahen sich Mutter und Tochter. Über das Thema »Auschwitz« und die anderen Lager konnten sie kaum miteinander sprechen, sie »war eher verschlossen«. Ihre leibliche Mutter musste bei den Begegnungen ständig weinen, konnte sich dann nie beruhigen. »Lange Zeit blieb sie eine fremde Person für mich, das gebe ich offen zu.« Und zunächst empfand Jadwiga Groll ihrer Mutter gegenüber, »weil sie mich als ganz kleines Kind verlassen hatte«. Jahre später fand sie sich damit ab und verteidigte sie mit den Worten: »Vielleicht konnte sich meine Mutter in der äußerst schwierigen Nachkriegszeit nicht zurechtfinden. In ihrem Dorf war alles niedergebrannt worden. Wahrscheinlich hängt das damit zusammen und niemand sollte ihr Vorwürfe machen.« Das Wort »Mutti« kam ihr für ihre leibliche Mutter viele Jahre nicht über die Lippen, es »kam einfach nicht aus mir heraus«. Das konnte sie erst, als die Mutter schon schwer erkrankt war und bald darauf starb.

Jadwiga Wakulska hat im September 1966 ihren Mann Czesław geheiratet. Beide haben immer in Lublin gelebt. Sie sind Eltern einer Tochter, eines Sohnes und Großeltern von drei Enkelkindern. »Sie sind die Freude unseres Alters.« Jadwiga Wakulska war als Sozialpflegerin beschäftigt, jetzt ist sie Rentnerin. Oft ist sie ehrenamtlich für das Maximilian-Kolbe-Werk (Freiburg) unterwegs. Sie kümmert sich um mehr als fünfzig der oft dauerhaft kranken Überlebenden der Ghettos und Konzentrationslager in Lublin und Umgebung.

»Zeichen des Lebens in einer Zeit des Todes«

Die Geschichte der Schwestern Eva Umlauf und Nora Sbornik sowie ihrer Mutter Agi Hecht

Eva Umlauf wurde im Zwangsarbeitslager für Juden in Nováky (Slowakei) geboren und später gemeinsam mit ihren Eltern nach Auschwitz deportiert, wo nach der Befreiung ihre Schwester Nora Sbornik in einer der ehemaligen Häftlingsbaracken zur Welt kam. – Ihre Mutter, Agi Hecht (geborene Eisler), brachte zeit ihres Lebens »nur Fragmente ihrer Erinnerung« über die Lippen. Zu schwer wogen die Erinnerungen an die lebensbedrohliche Demütigung und Entrechtung in den Lagern Žilina und Nováky, vor allem in Auschwitz-Birkenau. Schon als kleine Kinder respektierten Eva und Nora intuitiv die unausgesprochenen Grenzen. »Wir unternahmen zwar einige zaghafte Anläufe, Näheres zu erfahren, forschten aber zunächst nicht eigenständig nach.« Eindringlicher bei ihrer Mutter nachzufragen wagten sie viele Jahre nicht: »Es stand uns nicht zu.« Sie hätten ihre so sehr geliebte Mutter »unerträglich gequält«. Gleichzeitig litten die Schwestern am Nichtwissen.[38]

»Ein Jahr nach Auschwitz, im Januar 1946«: Agi Hecht, 21 Jahre, mit ihren Töchtern Nora, neun Monate, und Eva, drei Jahre, in Trenčín (Slowakei).

»Unsere Mutter war immer sehr besorgt um uns. Bei den ersten Vorboten des Winters mussten wir Pelzmäntel anziehen. Auch wollte Mutter immer wissen, wo wir sind. Wäre uns ein Unglück geschehen, hätte es das Ende ihres eigenen Lebens bedeutet.«

Ihre Eltern, Agi und Imro Hecht, hatten im März 1942 in Trenčín geheiratet. Die jüdische Gemeinde der Stadt war eine der ältesten in der Slowakei. Spuren jüdischen Lebens lassen sich bis ins Mittelalter nachweisen. 1720 gab es bereits eine jüdische Gemeinde. 1790 wurde die erste jüdische Schule gegründet. In ihr wurden weltliche und religiöse Inhalte vermittelt. Gleichzeitig errichtete die jüdische Gemeinde die erste Synagoge in Trenčín. 1825 lebten 419 jüdische Kinder, Frauen und Männer in der Stadt, 1890 waren es bereits 1.198 und 1.900 im Jahr 1941. Darunter befanden sich jüdische Familien, die aus Bratislava hatten fliehen müssen.[39] – »1947 lebten nur noch«, so Eva Umlauf, »228 Juden in der Stadt«. Heute kennt sie dort »keinen einzigen gläubigen Juden« mehr.

Mit einer »Unabhängigkeitserklärung« war der Satellitenstaat Slowakei »von deutschen Gnaden« am 14. März 1939 ausgerufen worden. Nun herrschten auch in Trenčín ausschließlich die Anhänger und Mitglieder der judenfeindlichen »Hlinka-Partei«. Im Vorfeld hatten führende slowakische Politiker gegenüber dem »Dritten Reich« versprochen, nach »deutschem Vorbild« die »jüdische Frage« zu »lösen«. Im Sommer 1940 begann die slowakische Regierung damit, die aus dem gesellschaftlichen Leben und der Wirtschaft des Landes ausgeschlossenen Juden zwangsweise in einen »Arbeitsdienst« zu stecken. Schließlich begann im Herbst 1941 der Umbau zuvor vom Militär benutzter Baracken in Sered und Nováky. Dort – und im schon bestehenden Lager Vyhne – sollte die jüdische Bevölkerung isoliert und »konzentriert« werden. Die Verantwortlichen verstanden das als »eine Etappe« auf dem Weg zur sogenannten »Endlösung der Judenfrage« in der Slowakei.[40]

Evas und Noras Eltern wurden am 15. Juli 1942 von Trenčín aus in das Lager Žilina und von dort am 17. Oktober ins Lager Nováky deportiert. Agi Hecht war schwanger. Sie erzählte Eva an deren Geburtstagen später immer wieder aufs Neue von der Geburt in diesem Lager: »Der 19. Dezember 1942 war ein bitterkalter Tag. Die Niederkunft fand in einer kleinen, unbeheizten, sehr kalten Kammer statt. Etwas heißes Wasser konnte organisiert werden. Es war so kalt,

»Hochzeitsfoto unserer Eltern Agi (geborene Eisler) und Imro Hecht. Zusammen kamen sie 1942 ins Lager Nováky«, wo Eva am 19. Dezember 1942 geboren wurde.

dass das Wasser innerhalb kürzester Zeit mit einer Eisschicht überzogen war. Aber letztlich verlief die Geburt ohne Komplikationen. Du warst ein gesunder, rosiger Säugling. Du warst ein Zeichen des Lebens in einer Zeit des Todes.«

In den mehr als 1.000 deutschen Vernichtungs- und Konzentrationslagern (mit Außenlagern) und in den vielen weiteren KZ-ähnlichen deutschen Lagern[41] muss es zahlreiche Geburten gegeben haben.[42] Über das Schicksal dieser Neugeborenen ist wenig bis gar nichts bekannt. Kaum jemand blieb, so wie Eva, am Leben. In der Schoah wurden 1,5 Millionen jüdische Kinder ermordet. Sie wurden bewusst dem Hungertod ausgesetzt, erschossen, mit Giftspritzen getötet, erschlagen, lebendig entzweigerissen, ins Feuer geworfen oder vergast.[43] – Das Lager Nováky war eine der Zwischenstationen für slowakische jüdische Kinder, Frauen und Männer auf dem Weg in die Vernichtungslager. Von dort wurden sie unter anderem nach Auschwitz-Birkenau deportiert: 8.000 slowakische Jüdinnen und Juden allein zwischen dem 3. Juli und 20. Oktober 1942. Darunter befanden sich viele Kinder und Jugendliche.[44]

Kinder im Lager Nováky. Auch wenn dieses Foto »Normalität« zu suggerieren scheint, das Gegenteil war der Fall: In Nováky befanden sich die jüdischen Kinder, Frauen und Männer in ständiger Todesgefahr. Von dort wurden sie unter anderem nach Auschwitz deportiert.

Agi und Imro Hecht wurden aus dem Lager Sereď, in das sie in der Zwischenzeit »verlegt« worden waren, am 2. November 1944 nach Auschwitz-Birkenau transportiert. Sie trafen einen Tag später im rund 300 Kilometer entfernten Vernichtungslager ein. Ohne Selektion, die Vergasungen in den Gaskammern waren wahrscheinlich gerade eingestellt worden,[45] wies die SS sie in das Lager ein. Bei der Ankunft sah Eva ihren Vater zum letzten Mal. Es folgte die äußerst schmerzhafte Aufnahmeprozedur mit Tätowierung. »Ich wurde ohnmächtig. Als ich wieder regelmäßig atmete und die normale Gesichtsfarbe zurückgekehrt war, brannte auf meinem Arm die Nummer A-26959.«

Eva war zwei Jahre alt, als sie Ende Januar 1945 gemeinsam mit ihrer Mutter in Auschwitz-Birkenau befreit wurde.[46] »Du hast aus einem großen Kopf, Haut, Knochen und einem stark aufgeblähten Bauch bestanden. Du warst mehr tot als lebendig«, erzählte ihr ihre Mutter Agi später. Dr. Berthold Epstein,[47] ehemals Professor der Kinderheilkunde an der Universität Prag, der mehr als zwei Jahre zuvor nach Auschwitz deportiert worden war, sagte damals: »Vergessen Sie das Kind, es wird nicht leben.« Die aufopfernde Fürsorge ihrer Mutter rettete Eva das Leben. Und je mehr sich das Mädchen erholte, umso mehr »stürzte« sich Eva auf das Essen: »Ich bekam Angst«, so ihre Mutter, »denn du hast nicht mehr aufgehört. Gierig hast du nach Brot und Suppe, allen vorhandenen Lebensmitteln gegriffen und diese gegessen«.

Drei Monate nach der Befreiung kam Evas Schwester Nora im ehemaligen Lager auf die Welt. »Ich wurde am 26. April 1945 geboren. Meine Mutter war so krank, dass sie mich nicht stillen konnte. Jedoch wurde ich aufgrund des sowjetischen Milchpulvers von Woche zu Woche etwas kräftiger.« Ihre Mutter erzählte ihr später: »Bei deiner Geburt war mir eine Frau namens Eleonora (Nora) eine große Hilfe.« So bekam das Mädchen ihren Vornamen.

Alle in Auschwitz befreiten Kinder, Frauen und Männer waren extrem schwach, viele waren schwer erkrankt, litten unter anderem an Tuberkulose, Rippen- und Brustfellentzündungen, Erfrierungen, Ekzemen … Unmittelbar nach der Befreiung hatten die Rote Armee Lazarette und das Polnische Rote Kreuz ein provisorisches Krankenhaus unter anderem in den Blöcken 9, 10, 12, 13, 14, 16, 17, 20, 21, 22, 23 und 24 des ehemaligen »Stammlagers« eingerichtet. Hunderte von bettlägerigen Patientinnen und Patienten hatten aus dem Schmutz und den mit Exkrementen bedeckten Kojen gerettet werden müssen. Schrittweise mussten sie wieder an normales Essen gewöhnt werden. Viele Wochen nach der Befreiung fanden die Krankenschwestern, auch bei den Erwachsenen, immer noch Brot unter den Matratzen der Geretteten, weil man diese noch nicht hatte überzeugen können, dass sie am nächsten Tag erneut etwas zu essen bekommen würden. Mehr als 4.500 ehemalige Gefangene aus über zwanzig Ländern wurden in den Lazaretten und dem provisorischen Krankenhaus im ehemaligen Lager gepflegt. Die meisten waren Juden. Darunter befanden sich mehr als 400 Kinder.[48]

Eine Kommission unter Leitung von Jan Sehn, Mitglied der Hauptuntersuchungskommission für die in Polen begangenen deutschen Verbrechen, machte sich im Verlauf von zwei Wochen im Mai 1945 ein eigenes Bild in Auschwitz. Sehr viele Kinder, Frauen – so

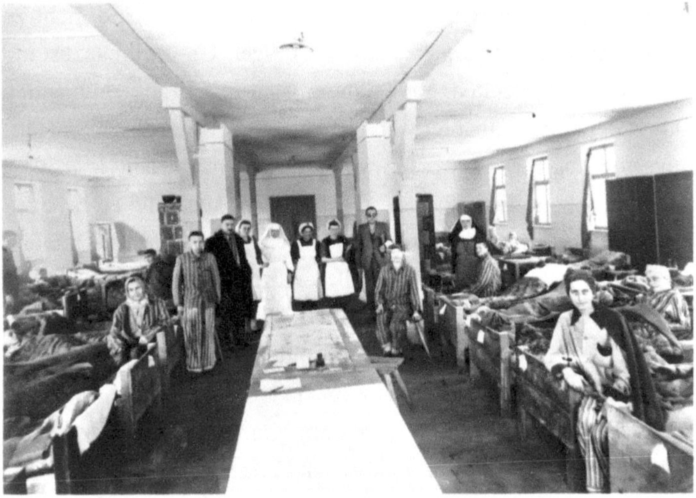

Im Frühjahr 1945 befanden sich Eva und Nora Hecht zusammen mit Mutter Agi in einem sauberen Lazarett. Unmittelbar nach der Befreiung hatten die Rote Armee und das Polnische Rote Kreuz ein provisorisches Krankenhaus im ehemaligen »Stammlager« eingerichtet.

wie Agi Hecht – und Männer waren aufgrund der im ehemaligen Lager ausgegebenen Hungerrationen oft nur noch Haut und Knochen. Zum Beispiel die 20-jährige Ewa Mühlrad aus Ujpest (Ungarn) wog lediglich 30 Kilogramm, die 22 Jahre junge Gerda Rausch aus Bunzlau (heute Bolesławiec, Polen) 25 Kilogramm, der 53-jährige Enrico Morpurgo aus Triest (Italien) 37 Kilogramm, die 24 Jahre alte Maria Hirschfeld aus Paks (Ungarn) 23 Kilogramm. Den Zustand der in Russland geborenen Janette Aparizio (Aparicio) schilderte der zuständige Arzt der Untersuchungskommission als sehr ernst, »so dass mit dem Ableben in den nächsten Tagen zu rechnen« sei. Tatsächlich starb sie am 23. Mai 1945.[49]

Eva hatte zunächst nicht laufen können, war todkrank, ihre Mutter bangte täglich um ihr Leben. »Doch Ende Mai hatten wir wohl die schlimmsten gesundheitlichen Probleme zunächst überwunden.« Agi Hecht und ihre Töchter befanden sich im provisorischen Krankenhaus im Block 22 des befreiten Lagers.[50] Das Lazarett war sauber, hier konnten sie sich endlich regelmäßig waschen, sie bekamen frische Kleidung, jede und jeder hatte ein eigenes Bett mit

Decken, zudem waren die Krankenräume beheizt. Und nicht zu vergessen: Es gab geregelte, dem jeweiligen Gesundheitszustand zuträgliche Mahlzeiten. Sie befanden sich unter der schützenden Obhut der Ärzte, darunter waren auch einige Ärzte, die zuvor Häftlinge von Auschwitz gewesen waren. Außerdem wurden sie gepflegt von polnischen Krankenschwestern, Ordensfrauen und Freiwilligen des Polnischen Roten Kreuzes, das auch ein provisorisches Krankenhaus in der nahe gelegenen Stadt Brzeszcze eingerichtet hatte. Viele halfen dem Krankenhaus und damit den Überlebenden auf vielfältige Weise. Das waren vor allem die einheimische Bevölkerung, das örtliche Steinkohlebergwerk und lokale Wohlfahrtsorganisationen. Gleichzeitig befanden sich in diesem Krankenhaus insgesamt 24 Frauen mit ihren im Lager geborenen Kindern. Die Säuglinge waren im Alter von neun Tagen bis sechs Wochen. Nicht alle sollten am Leben bleiben, mehrere starben trotz der Fürsorge hier und in anderen Orten an den Folgen von Auschwitz.[51]

»Meine Geburt in Auschwitz und die meiner Schwester Eva am 19. Dezember 1942 in einem ›Arbeitslager für Juden‹ waren wirkliche Wunder, wenn man bedenkt«, so Nora Sbornik, »was für unvorstellbar Schreckliches unsere Mutter in den Zwangslagern Nováky und Sereď sowie im Vernichtungslager Auschwitz-Birkenau hatte durchmachen müssen.« Eine Rückkehr in die Slowakei in den ersten Monaten nach der Befreiung war nicht möglich. Das lag nicht nur an dem »fürchterlichen Gesundheitszustand« von Schwester Eva und Mutter Agi Hecht. »Wohin hätten sie auch gehen sollen? Es war ja noch Krieg in der Slowakei.« Auch nach Noras Geburt war daran nicht zu denken. Es dauerte Monate, bis alle einigermaßen wieder bei Kräften waren und sich auf den sehr beschwerlichen Weg durch das kriegszerstörte Europa machen konnten.

Anfang Juni 1945 war es so weit. Das letzte Mal durchschritten sie das ehemalige Lagertor mit der zynischen Aufschrift »Arbeit macht frei«. Ihre Mutter war 21 Jahre alt. In einem Bündel auf dem Arm trug sie die zwei Monate junge Nora, an der anderen Hand hielt sie die zweieinhalbjährige Eva. »Meine Mutter hat noch einen sechsjährigen Jungen namens Tommy mitgenommen. Er hatte seine Eltern in Auschwitz verloren. Später wurde er von Verwandten bei uns abgeholt. Heute lebt er in den USA.« Mutter Agi wollte zurück nach Trenčín in der Slowakei, wo sie Imro Hecht im März 1942 geheiratet hatte. Hier hatten auch andere Verwandte vor der Deportation gelebt. Ihr Mann war am 20. Januar 1945 von Auschwitz aus Richtung Westen transportiert worden. »Eine ›Zugangsliste‹ verzeichnet seine Ankunft am 25. Januar im Konzentrationslager Mauthausen. Vier Tage später wurde er nach Melk »überstellt«, wo sich eines der zahlreichen Außenlager von Mauthausen befand. »Im März 1945 brach in Melk die Lebensmittelversorgung fast vollständig zusammen. Sehr viele starben. Mit einer ›Veränderungsmeldung‹ vom 20. März 1945 wurde auch der Tod unseres Vaters angezeigt. Die Toten wurden im Krematorium vor Ort verbrannt, ihre sterblichen Überreste in die Donau gekippt.«[52] Nicht einmal fünf Monate waren seit der Deportation nach Auschwitz-Birkenau vergangen.

Auf welchen Wegen, mit welchen Verkehrsmitteln oder auch ob zu Fuß Mutter Agi mit Eva, Nora und Tommy in die Slowakei gelangte, wissen die Schwestern nicht. Auch nicht, wie lange die Reise gedauert hat. Brücken und Straßen waren zerstört, Züge fuhren kaum. »Es war sicherlich sehr schwer, nach Trenčín zu kommen. Aber darüber hat unsere Mutter nie gesprochen, kein ›Sterbenswörtchen‹.« Die Erinnerung daran war »wohl wirklich zu schlimm«. Ihre Mutter konnte nicht darüber sprechen, auch dann nicht, wenn sie es gewollt hätte. Gerne und oft sprach sie über ihren Vater, Emanuel Eisler, der in den Zwischenkriegsjahren als Gutsverwalter gearbeitet hatte. »Der muss sehr witzig gewesen sein und für jede Gelegenheit immer einen guten Spruch parat gehabt haben.«

Das Leben nach der Befreiung war von Auschwitz geprägt: Eva verfügte über keinerlei Abwehrkräfte. Ständig war sie krank. Unter anderem litt das Mädchen an Tuberkulose, die sie sich im Lager zugezogen hatte. Bekam Eva zur Heilung ein Antibiotikum gespritzt, »erweckte das in meinem Körper die unbewusste Erinnerung an die Todesangst in Auschwitz-Birkenau«.

Nora Sbornik (geborene Hecht): »Meine Schulklasse 1951/52. Ich bin das zweite Mädchen in der obersten Reihe von rechts.« Wenn sie in der Schule gefragt wurde, wo sie geboren wurde, antwortete sie: »In Auschwitz«.

Eva Umlauf (geborene Hecht): »Das ist meine Klasse im Schuljahr 1953/54. Ich bin in der obersten Reihe, die dritte von links.«

Oft spielten die Schwestern in Trenčín mit den Nachbarskindern im Hof des Hauses, in dem die Familie eine Wohnung gemietet hatte. »Wir haben genäht, Puppen aus- und angezogen, sogar Puppenhäuschen gebaut und Fangen gespielt.« Als Kleinste war Nora »immer ein kleiner ›Störfaktor‹«. Die anderen Kinder waren nämlich alle ein wenig älter. »Und dann haben die mich zum Beispiel ›nach Australien‹ geschickt. Dann habe ich gefragt: ›Warum muss ich nach Australien?‹« Eine plausible und damit zufriedenstellende Antwort hat sie nie erhalten. – Wenn Nora in der Schule gefragt wurde, wo sie geboren wurde, antwortete das Mädchen: »In Auschwitz.« Auf Slowakisch heißt das »Osvienčim«. Das störte offenbar niemanden. Bis auf eine Lehrerin, die meinte: »Du denkst wohl, dass du etwas Besonderes bist, weil du in Auschwitz geboren wurdest!« – »Was soll der Quatsch«, dachte Nora. Und ihr wurde bewusst, dass es offensichtlich »doch nicht so normal ist, in Auschwitz geboren zu sein«.

Anfang der 1960er Jahre reiste Eva nach Uschhorod in die Ukraine. Dorthin war auf Initiative ihrer Russischlehrerin eine Brieffreundschaft entstanden. »Als gutes Mitglied der sozialistischen Gesellschaft wurde das von uns erwartet.« Tanja hieß das gleichaltrige Mädchen, mit dem Eva sieben Jahre lang »korrekte Belanglosigkeiten« ausgetauscht hatte. An der ukrainischen Grenze verlangte der Zollbeamte ihren Pass. Als Eva auf Nachfrage sagte, sie sei auf dem Weg zu ihrer Brieffreundin, wollte er ihren Koffer sehen. Der Zöllner hinterließ ihre sorgsam gefalteten Kleider »in großer Unordnung«. Ihr lief der Schweiß herunter, sie »fühlte sich völlig verwirrt und ganz und gar erschöpft«. Eva Umlauf ist sich sicher: »Das war eine der Folgen meiner schon mit der Muttermilch aufgesogenen panischen Angst vor Personen der ›Obrigkeit‹«, insbesondere vor Menschen in Uniform.

Evas und Noras Mutter sprach kaum über Auschwitz und die anderen Lager. »Die Erinnerung daran war für sie eine übermenschliche, nicht zu ertragende Last«, so Nora Sbornik. Ihre Mutter litt an Schlaflosigkeit. Eines Tages, noch in Trenčín, machte ihre Mutter unter der Last der Vergangenheit eine Bemerkung, die die Schwestern so gar nicht von ihr kannten. Eine junge christliche Mutter war bei der Geburt ihres Kindes gestorben. Agi Hecht und ihre Töchter sahen den katholischen Trauerzug. Für beide Mädchen unvermittelt murmelte ihre Mutter leise: »Da sehen sie mal, wie es ist, wenn ein junger Mensch stirbt!« Ergänzend fügte sie hinzu: »Ich würde einen ganzen Schrank geben, wenn nur ein einziger meiner Verwandten endlich zurückkommen würde.« Agi Hecht stammte aus einer wohlhabenden jüdischen Familie. Das Vermögen war während der Nazizeit »verloren« gegangen, und sie und ihre Töchter waren jetzt arm. Für die Familie war ein Schrank ihr wertvollster Besitz.

Aus schwierigen Anfängen erkämpften sich Agi, Eva und Nora Hecht buchstäblich jeden Tag ein kleines Stück mehr ihren Weg ins Leben. Ihre Mutter war immer sehr besorgt um die Mädchen, wollte immer wissen, wo beide sind, wollte jederzeit sicher sein, dass es ihnen gutgeht. Bei den ersten Vorboten des Winters mussten Eva und Nora Pelzmäntel oder auch lieber drei Pullover als einen anziehen. Ihre Mutter war aufgrund der Auschwitz-Erfahrung überfürsorglich, hatte große Angst, dass ihre Töchter krank werden könnten. »Wäre uns ein Unglück geschehen, hätte es das Ende ihres eigenen Lebens bedeutet.«

Ende der 1960er Jahre ging die Familie nach München. Dort begannen sie sofort, Deutsch zu sprechen. Auch zu Hause. Ihre Mutter, die sehr gut Deutsch, Slowakisch und Ungarisch sprach, bestand darauf. Damit sie ein Gefühl für die neue Sprache bekamen, mussten die Schwestern aus deutschen Büchern laut vorlesen. »Mutter wusste, wie wichtig das für uns war. Dafür müssen wir ihr noch heute dankbar sein.« So haben sie die Sprache schnell und »ganz automatisch« gelernt. – Bevor die Familie nach München kam, promovierte Eva noch in Bratislava in Kinderheilkunde. Nora studierte zu dieser Zeit Medizin in Prag und setzte ihr Studium dann in München fort. Ihre Mutter fand in München eine Anstellung als Lehrerin an einer jüdischen Schule. »Sie war sehr beliebt.«

Als Agi Hecht die Filme »Holocaust« und »Schindlers Liste« gesehen hatte, äußerte sie hinterher: »Das war in Wirklichkeit viel schlimmer.« Mehr sagte sie nicht. »Über Details konnte sie nie wirk-

Die Geschwister Eisler: Franziska, Leopold, Berta und Agi (rechts) um 1928. »Nur unsere Mutter Agi blieb am Leben. Unser Vater Imro starb im Konzentrationslager Melk.«

lich sprechen.« Eva Umlauf: »Unsere Mutter litt immer intensiv an den Folgen der Nazizeit. Das Leben war für sie jahrzehntelang physisch und psychisch eine Qual. Meine Schwester Nora und ich waren alles, was meiner Mutter geblieben war. Wir waren ihr einziger Lebensgrund. Jetzt verstehe ich: Unser Überleben war ihr Triumph.«

Den Schwestern »erscheint es heute unglaublich«, dass sie sowohl über ihre Herkunft als auch über die Erlebnisse kaum sprachen. Von dieser Vergangenheit hatten sie ein diffuses, unkonkretes Wissen. Eva Umlauf: »Wie wir unserer Mutter und Verwandten gegenüber schwiegen, so schwiegen wir auch miteinander, verkapselt und unerreichbar lagen die Erinnerungen und Verletzungen der Verfolgung im Verborgenen.«[53] – »Schaut vorwärts«, hatte die Mutter, die im Dezember 1995 starb, zeit ihres Lebens immer wieder zu ihren Töchtern gesagt. »Aber wir mussten die Erinnerung finden, um zu wissen, wer wir sind«, so Eva Umlauf. »Schließlich habe ich mich tastend und zögernd voranbewegt, viel gelesen, mich mit meiner Schwester immer wieder ausgetauscht, Verwandte und Freunde befragt, in alten Fotoalben gewälzt«, mehrmals hatte sie in den Gedenkstätten Auschwitz-Birkenau und Yad Vashem geforscht.

Bis zum Januar 2011 betrachteten die Schwestern ihre Überlebensgeschichte »eher als private« Angelegenheit. Einige Monate zuvor hatte Eva Umlauf einen Anruf von der Gedenkstätte Auschwitz-Birkenau erhalten. Sie wurde gebeten, am 27. Januar, zum 66. Jahrestag der Befreiung von Auschwitz, bei der zentralen Gedenkveranstaltung im ehemaligen Vernichtungslager zu sprechen. »Fünf Minuten über mein Leben mit Auschwitz.« Sie sichtete wochenlang alte Unterlagen, las viel, schrieb ihren Text. In Auschwitz-Birkenau sprach Eva Umlauf über das »Wunder meines Überlebens«, über ihre Mutter, »der ich es verdanke, und die meiner Schwester das Leben schenkte«, und über den kleinen fremden Jungen namens Tommy, den sie beschützt hatte und im Sommer 1945 mit in die Slowakei nahm. – Eva Umlauf wurde von ihrer Schwester in die Gedenkstätte Auschwitz begleitet. Nora Sbornik musste dort vor allem »an unsere Mutter denken«. Diese hatte immer gesagt: »Im Leben werde ich da nicht hinfahren.« An diesen Satz musste Nora unentwegt denken: »Er berührte mich tief«. Sie fragte sich: »Was hätte Mutter wohl dazu gesagt, dass Eva und ich nun ausgerechnet an diesem Ort sind?« Sie gab sich zur Antwort: »Stellvertretend waren wir praktisch auch für sie dort. Wahrscheinlich hätte unsere Mutter das akzeptiert und verstanden. Das hoffe ich jedenfalls.«

Seit 1996 waren die Schwestern, unter anderem mit ihren Kindern, wiederholt in der Gedenkstätte Auschwitz-Birkenau. Es ist ihnen ein Bedürfnis, hier, ebenso wie in Nováky oder Melk, der ermordeten

Verwandten, Freunde und Bekannten zu gedenken. Insbesondere in Auschwitz spüren sie »die Leere, die Toten, die verbrannte Erde«: »Wir spüren deutlich, dass dort etwas ganz Schreckliches geschehen ist.« – Heute fühlen die Schwestern sich verpflichtet, sowohl im privaten Rahmen als auch öffentlich Zeugnis abzulegen. Eva Umlauf hält seit vielen Jahren Vorträge, spricht in Schulen, liest aus ihrem tief bewegenden Erinnerungs- und Gegenwartsbuch »Die Nummer auf deinem Arm ist blau wie deine Augen«. »So rette ich die Familie meiner Eltern und meinen Vater vor dem Vergessen. An die Stelle des diffusen Nebels aus Nichtwissen und Angst ist Gewissheit getreten.« Das ist jedoch für beide Schwestern auch mit tiefer Trauer verbunden. »Auschwitz ist nun auch unsere gemeinsame Geschichte geworden, die Geschichte unserer gesamten Familie.« Gleichzeitig hoffen Eva Umlauf und Nora Sbornik, »ihren Kindern und Kindeskindern dabei zu helfen, zu verstehen, wer wird sind«.

Die Schwestern haben jüdische und nichtjüdische Freundinnen und Freunde. Nora Sbornik erinnert an eine nichtjüdische Familie, mit der sie und ihr Mann Miroslav viele Jahre lang befreundet waren. »Die wussten seit unserer Hochzeit im Februar 1971, dass wir Juden sind, haben diesen Glückstag mit uns gefeiert, haben nur ein paar Kilometer von uns entfernt gewohnt.« Fast jedes Wochenende waren sie bei den Sborniks zu Hause. Als Mitte der 1980er Jahre eine Gruppe Sikhs aus Nordindien aufgrund von Verfolgungen in ihrem Heimatland unter anderem nach Deggendorf immigrierte, regten sich ihre Freunde »fürchterlich auf«: »Diese Ausländer. Die sollen wegbleiben. Die wollen wir hier nicht haben.« Nora Sbornik erkannte ihre Freunde nicht wieder, widersprach vehement und sagte: »Das sind auch Menschen. Wir müssen ihnen helfen. Wäre uns in Auschwitz und danach nicht von fremden Menschen geholfen worden, wären meine Mutter und wir Schwestern vielleicht auch nicht am Leben geblieben.« Seither »herrscht Funkstille«, ganz so, als habe es die einst »ganz normale Familienfreundschaft« gar nicht gegeben. Gleichfalls schmerzhaft ist für die Schwestern: Für zu viele sind sie »die Slowaken« geblieben. So manches Mal auch ihre Söhne. Nora

Sbornik: »Unser Sohn ist in Deggendorf geboren, aber er stammt für viele – wie wir Eltern – nach wie vor aus der Tschechoslowakei. Die Nummer ist nicht tätowiert, aber die Nummer ist in Form von Vorurteilen noch da.«

Was den Schwestern seit vielen Jahren große Sorgen macht, sind zahllose Antisemiten, Rassisten und Rechtsextremisten, die hierzulande ganz offen agieren. Entsetzt sind beide zum Beispiel darüber, dass bei der letzten Bundestagswahl 31,5 Prozent der wahlberechtigten Bevölkerung in einem Wahlbezirk der Stadt Deggendorf, dem Wohnort von Nora Sbornik, die AfD wählten.[54] »Und dann lesen wir, dass zwei Ärzte irgendwelche Funktionen in dieser schrecklichen ›Partei‹ haben.« Einen davon kennt Nora Sbornik. Sie haben zusammen im Krankenhaus gearbeitet. »Das gibt's doch gar nicht«, sagen sich Eva Umlauf und Nora Sbornik immer wieder. »Wir waren und sind richtig schockiert.«

»Drei Jahre kämpften meine Eltern um mein Leben«

Die Geschichte von Maciej Niewiadomski und seiner Mutter Leokadia Niewiadomska

Maciej Niewiadomski wusste durch zahlreiche Berichte seiner Familie, vor allem von seiner Mutter, einiges über die Zeit vor seiner Geburt in Auschwitz-Birkenau: »Meine Eltern, Leokadia und Stanisław Niewiadomski, haben 1940 im von Deutschen okkupierten Warschau geheiratet. Nach der Hochzeit lebten sie zusammen mit den Eltern meines Vaters im Stadtteil Praga.« Ein Jahr später kam ihre Tochter Małgosia zur Welt. – Angehörige der Familie Niewiadomski wurden nach der deutschen Besetzung des Landes verhaftet und im »Pawiak«-Gefängnis in Warschau eingesperrt. Während der deutschen Besatzung »durchliefen« ungefähr 100.000 Polen dieses Gefängnis, von denen 37.000 hingerichtet wurden, andere starben bei sogenannten Verhören oder im Gefängnis-»Krankenhaus«. Etwa

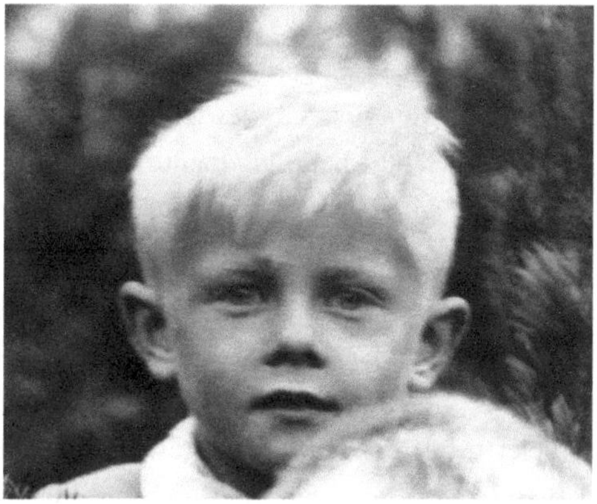

»Das bin ich: Maciej Niewiadomski, vier Jahre nach meiner Geburt. Auf die Welt gekommen bin ich am 12. Januar 1945 in Auschwitz-Birkenau.«

60.000 wurden in Konzentrationslager verschleppt. Im angeschlossenen Frauengefängnis »Serbia« allein wurden insgesamt ungefähr 20.000 Frauen festgesetzt.[55]

Einen Tag vor dem Ausbruch des Warschauer Aufstandes 1944 wollte die Mutter von Maciej dem Bruder ihres Mannes, Wiesław Niewiadomski, Lebensmittel ins »Pawiak« bringen. Doch sie kam nicht zurück, wurde Anfang September nach Auschwitz deportiert. »Vater wurde nicht verhaftet. Er blieb mit meiner Schwester Małgosia in Warschau.« Leokadia Niewiadomska war im vierten Monat schwanger. Einige ihrer Kameradinnen, die schon etwas länger im Lager waren, gaben ihr den Rat, die Schwangerschaft zu verbergen. Das gelang ihr. »Unter anderem beim Straßenbau musste sie schuften. Das war tägliche, kaum zu ertragende harte Sklavenarbeit.«

Seit Wochen lag im Winter 1944/45 hoher Schnee in Auschwitz. Außerhalb und innerhalb der nicht geheizten Baracken herrschte bitterer Frost. »An so einem Tag wurde ich in Auschwitz-Birkenau geboren.« Das war am 12. Januar 1945. »Für meine Mutter war ich während des gesamten Lageraufenthaltes ihre größte Motivation und Hoffnung. Bei meiner Geburt war ich sehr klein und dünn. Ich wog nur etwas mehr als ungefähr ein Kilogramm. Niemand glaubte daran, dass ich überleben würde. Auch die Hebamme Stanisława Leszczyńska nicht.« Sie war fast zwei Jahre im Lager eingesperrt und half vielen Frauen – so wie Leokadia Niewiadomski – bei der Geburt ihrer Kinder. »Nach der Geburt hat mich meine Mutter unter Stroh versteckt. Die Deutschen sollten nicht merken, dass es mich gibt. Mutter erzählte später: ›Du warst so leise, so ruhig, dass keiner dich bemerkt hat.‹«

Leokadia Niewiadomski hatte vor der Geburt ihres Kindes immer gesagt: »Falls ich einen Sohn bekomme, soll er Maciej heißen.« Etwa zur gleichen Zeit in Warschau schenkte die Schwester von Maciejs Mutter, Maryła Wiśniewska, ebenfalls einem Jungen das Leben. »Und dann kam meine Mutter ins Lager und wusste nichts von der gleichzeitigen Schwangerschaft ihrer Schwester. So erhielt ich, wie geplant, meinen Vornamen, womit ich sehr einverstanden bin. Ihre Schwester, die zu Hause hatte bleiben können, hat auch einen Sohn geboren und ihn ebenfalls Maciej genannt. Nach der Befreiung wohnten wir im gleichen Haus, zwei Maciejs im gleichen Alter.« Der eine, der Sohn der Schwester, war dicker, der andere, Maciej Niewiadomski, war größer und dünner. – »Der Mann der Schwester meiner Mutter war auch in Auschwitz.«

Das Glück des Jungen und das Glück seiner Mutter in Auschwitz-Birkenau war: Die Front rückte immer näher. Der Kanonendonner war täglich deutlicher im Lager zu hören. 15 Tage nach seiner Geburt wurden Maciej und seine Mutter von der Roten Armee befreit. Was muss das für eine Freude gewesen sein! Einige Tage nach der Befreiung wurden der neugeborene Junge und seine Mutter in ein provisorisches Krankenhaus gebracht, in dem sich auch andere Frauen mit ihren in Auschwitz geborenen Säuglingen befanden.[56]

Leokadia Niewiadomski schrieb ihrem Mann nach Warschau, in Ermangelung von Schreibpapier auf einem ausgerissenen Stück Zeitungspapier. »Darin teilte sie ihm mit, wo wir sind.« Wie der Zettel nach Warschau gelangte, ob mit der Post oder sonst wie, blieb unbekannt. »Mein Vater hat zurückgeschrieben. Er holte uns am 11. März 1945 ab. Er nahm auch drei andere Frauen mit zwei im Lager geborenen Kindern mit nach Warschau.« Das waren Maria

Wiśniewska mit ihrem Sohn Jerzy, Henryka Chrześcijańska und ihr Sohn Bogdan sowie Czesława Zdrojewska, deren Sohn Marek im Krankenhaus am 4. März 1945 an den Nachwirkungen von Auschwitz-Birkenau gestorben war.

Stanisław und Leokadia Niewiadomski, die Eltern von Maciej.

»Drei Jahre kämpften meine Eltern um mein Leben. Ich war aufgrund des Lageraufenthaltes meiner Mutter sowohl vor meiner Geburt als auch danach ein äußerst krankes und damit schwächliches Kind. Ich hielt so wie meine Mutter durch. Sie schenkte weiteren vier Geschwistern das Leben.«

Maciej Niewiadomski absolvierte nach der Schule erfolgreich ein Technikum. In der Zuckerfabrik in Guzów bei Warschau bekam er eine gute Stelle, musste die Qualität des Zuckers prüfen sowie Mitarbeiterinnen und Mitarbeiter schulen. Hier lernte er seine Frau Jolanta kennen. Im Juli 1973 war die Hochzeit. – Jolanta Niewiadomska berichtet: »Ich bin hier geboren. Ich habe immer hier gelebt – so wie meine Eltern. Mein Vater wurde von den Deutschen auch in Warschau verhaftet.« Aus dem Zwischenlager Pruszków hatte er jedoch fliehen können. Erschossen wurde der Bruder ihres Vaters in Guzów. »Keiner weiß warum. Deutsche haben ihn einfach erschossen.« Erzählt haben die Eltern von Jolanta Niewiadomska ihrer Tochter auch: »Als die Deutschen einmarschiert sind, mussten sich die Juden sofort verstecken. Sie wurden mit dem Tod bedroht.« Zum Beispiel wurden in dem nahegelegenen Skierniewice 1940 ungefähr 7.000 Juden in einem Ghetto eingesperrt und später abtransportiert. Lediglich 43 Überlebende kehrten im Herbst 1943 zurück.[57]

»Wir haben zwei Töchter, Ilona und Anna«, erzählte Maciej Niewiadomski. »Sie und unsere Enkelkinder Aniela, Emilia, Helena und Apolonia sind unser ganzer Stolz.« Ein Bild seiner Mutter trug Maciej immer bei sich. »Auf der linken Seite, auf meinem Herzen.« Im August 2020 ist er gestorben.

»Ich sah wie ein bald an Hunger sterbendes Baby aus«

Die Geschichte von Zofia Wareluk und ihrer Mutter Jadwiga Chyłkiewicz

Was Zofia Wareluk über ihre Geburt weiß, erzählten ihr ihre Mutter Jadwiga Chyłkiewicz und insbesondere ihre Patentante Apolonia Dolińska, eine nach Auschwitz deportierte Krankenschwester, die Zeugin der Geburt war: »Ich wurde am 13. Januar 1945 in Auschwitz-Birkenau geboren. Unter welchen Umständen, das ist kaum vorstellbar. Auf der Pritsche, wo die Geburt stattfand, war Schmutz mit Stroh, Blut, Urin und Kot vermischt.«

Zofias Eltern, Jadwiga und Stanisław Chyłkiewicz, hatten am 14. April 1940 in Warschau geheiratet. Ihre Mutter war Schneiderin, ihr Vater Schlosser. Am 28. September 1939 waren deutsche Truppen in die polnische Hauptstadt einmarschiert. Es folgte eine fünfjährige Besatzungs- und Schreckensherrschaft.[58]

»Meine Eltern«, so Zofia Wareluk, »wurden im Verlauf des Warschauer Aufstandes 1944 von den Deutschen verhaftet und am 12. August nach Auschwitz-Birkenau deportiert.« Aus der polnischen Hauptstadt wurden zwischen dem 12. August und 17. September in insgesamt vier Transporten fast 13.000 Polen über das Durchgangslager in Pruszków nach Auschwitz verschleppt.[59] »Meine Mutter war bei ihrer Einlieferung in das Lager im vierten Monat schwanger.« Mit ihren Eltern wurde auch die Schwester ihres Vaters mit Sohn und Tochter in Auschwitz eingesperrt. Der Bruder des Vaters wurde nach Dachau deportiert, aber überlebte das Konzentrationslager nicht. Zofias Großvater, Aleksy Waleran, starb am 8. Januar 1945 in Kochendorf, einem der Außenlager von Natzweiler-Struthof, sechzig Kilometer nördlich von Stuttgart.[60]

»Bei meiner Geburt in Auschwitz-Birkenau«, so Zofia Wareluk, »war ich sehr dünn, sah aufgrund der Strapazen, die meine Mutter durchleben musste, wie ein bald an Hunger sterbendes Baby aus.« Ihre Haut »war ganz faltig«. »Ich sah wie ein alter Mensch aus.« Keinen Schrei konnte das Neugeborene hervorbringen. Nur ein leises Murmeln war zu hören. »Eine der Kameradinnen meiner Mutter

Zofia Wareluk: »Meine Eltern Jadwiga und Stanisław Chyłkiewicz.«

»Das bin ich im Alter von drei Jahren mit meiner Puppe.«

»Großmutter Juliana Waleran wurde mit ihrer Schwiegertochter zur Zwangsarbeit in eine Zuckerfabrik nach Solingen verschleppt.«

besorgte irgendwo etwas Milch, was verboten war. Diese Frau hat für mich und meine Mutter ihr Leben riskiert.« – Zofias Patentante Apolonia Dolińska hatte große Angst, dass die Deutschen kommen und sie ihrer Mutter wegnehmen könnten. Sie hatte viele Geburten erlebt, bei denen die SS so verfahren war, was Zofias Tod bedeutet hätte. »Ich, alle waren den Deutschen ausgeliefert, dem Schicksal, das sie uns bereiten wollten.« Zofias Chance, am Leben zu bleiben, »tendierte wohl gegen null«, schon alleine wegen ihres bedrohlichen Gesundheitszustandes. Auschwitz-Birkenau hat sie wohl nur überlebt, weil gut 14 Tage nach ihrer Geburt das Lager befreit wurde. Doch damit war der Kampf um ihr Leben nicht zu Ende.

Bald nach der Befreiung wurden Zofia und ihre Mutter auch in das provisorische Krankenhaus des Polnischen Roten Kreuzes im nahegelegenen Brzeźce gebracht und dort ärztlich versorgt. Zofias Gesundheitszustand besserte sich zunächst kaum. Ihre Mutter hatte große Angst, sie nicht lebend nach Warschau bringen zu können. »Endlich, am 11. März 1945, konnten meine Mutter und ich aus dem Krankenhaus entlassen werden. Wie wir zurück nach Warschau gekommen sind? Ich weiß es nicht. Darüber und über Auschwitz hat Mama, die schon 1984 gestorben ist, nicht viel erzählt. Sie wollte keine Erinnerungen an den unfreiwilligen Aufenthalt im Lager wachrufen. Das Reden darüber hat ihr alle Energie genommen.«

Der Vater von Zofia Wareluk war gleich nach der Ankunft in Auschwitz-Birkenau Mitte August 1944 von seiner Frau getrennt worden. Am 24. August kam Stanisław Chyłkiewicz in das Konzentrationslager Natzweiler-Struthof. Das ergaben spätere Nachforschungen. Anschließend wurde er nach Dachau »verlegt« und hier befreit, starb aber kurze Zeit später im Alter von nur 29 Jahren.

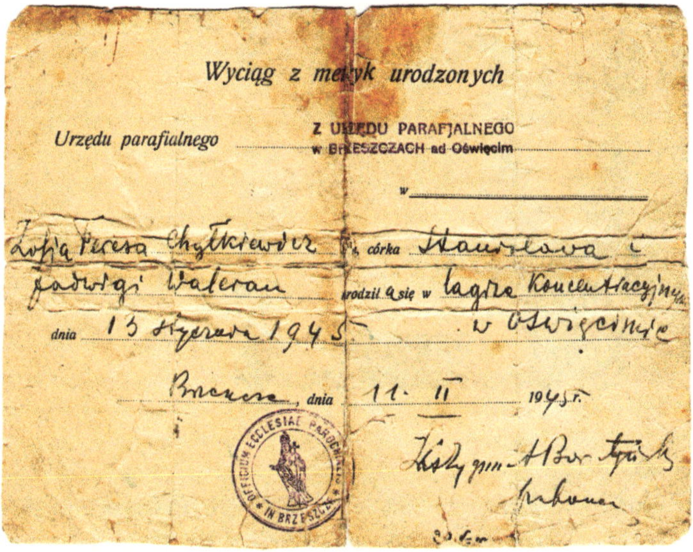
Wyciąg z metryk urodzonych

Urzędu parafialnego Z URZĘDU PARAFJALNEGO w BRZESZCZACH ad Oświęcim

w

Zofia Teresa Chyłkiewicz córka Stanisława i Jadwigi Wareluk urodziła się w lagrze Koncentracyjnym w Oświęcimiu

dnia 13 Stycznia 1945

Brzeszcze, dnia 11. II 1945 r.

OFFICIUM ECCLESIAE PAROCHIALIS IN BRZESZCZE

Auf der nach der Befreiung ausgestellten Geburtsurkunde von Zofia Teresa Chyłkiewicz ist als Geburtsort vermerkt: »Das Konzentrationslager in Oświęcim (Auschwitz).«

Zofia lebte nach der Befreiung mit ihrer Mutter immer in der polnischen Hauptstadt. Das Mädchen, aber auch Verwandte, Freunde und Nachbarn wussten, dass sie in Auschwitz auf die Welt gekommen war. »Es war nie ein Geheimnis. Ich wusste das bereits, als ich in die Schule kam – und die anderen Kinder auch. Das war kein besonderes Thema für uns.« Sie erinnert sich: »In der Grundschule hat mir die Polnisch-Lehrerin sogar mal ein Buch geschenkt, mit einer Widmung für mich als im Lager geborenes Kind. Zum Glück stand von Anfang an in meinem Personalausweis der polnische Name meiner Geburtsstadt, also Oświęcim, und nicht Auschwitz. So musste ich nicht die fragenden Blicke ertragen und auch nicht immer die Umstände meiner Geburt erzählen.«

Viele Jahre suchte Zofia Wareluk das Grab ihres Vaters. Ehrenamtliche Mitarbeiterinnen und Mitarbeiter des Maximilian-Kolbe-Werkes (Freiburg) halfen ihr bei der Suche. »Endlich hatten wir den so lange ersehnten Erfolg«: Das Grab befindet sich auf dem Wald-

»Das sind meine Enkeltochter Alicia (Mitte) und meine Urenkeltöchter Julia und Liliana.«

friedhof in München im Stadtteil Großhadern. Erstmals im Jahre 2015 konnte Zofia Wareluk das Grab ihres Vaters besuchen: »Jetzt konnte ich Abschied nehmen, jetzt habe ich einen Platz, an dem ich trauern kann.« Seither muss sie immer daran denken, was ihre Mutter Jadwiga über ihren Vater Stanisław erzählt hatte: »Dein Vater wollte immer 13 Töchter und nur einen Sohn haben.« Zofia Wareluk fragt sich: »Was hätte er wohl zu mir, seiner einzigen Tochter gesagt? Was war er für ein Mensch? Wie gerne hätte ich ihn kennengelernt, mit ihm gesprochen, sein Gesicht berührt, ihn wenigstens einmal umarmt!«

Zofia Wareluk hat viele Jahrzehnte als Kassiererin in einer Apotheke gearbeitet. Bogdan und Wojciech heißen ihre beiden Söhne. Sie hat eine Enkeltochter namens Alicia und zwei Urenkelinnen: Julia und Liliana. »Meine Familie ist die größte Entschädigung für meine schwierigen Startbedingungen in Auschwitz«. Zofia Wareluk lebt als Rentnerin in Warschau.

»Zu meiner Milchschwester Angela habe ich bis heute Kontakt«

Die Geschichte von György Faludi und seiner Mutter Erzsébet

György Faludi wurde am 27. Januar 1945, dem Tag der Befreiung des Lagers durch die Rote Armee, in Auschwitz-Birkenau geboren. »Ich war sehr klein und dünn. Wohl kaum jemand glaubte, dass ich überleben würde.« – Die Familien seiner Eltern stammten aus und aus der Umgebung von Miskolc, der drittgrößten Stadt Ungarns, dem Landeszentrum des Nordens. Die ersten jüdischen Familien ließen sich hier Ende des 18. Jahrhunderts nieder.[61] 1941 lebten 10.428 Juden in Miskolc. Das entsprach einem Bevölkerungsanteil von 14 Prozent. Die jüdischen Kinder, Frauen und Männer von Miskolc wurden im Juni 1944 nach Auschwitz-Birkenau deportiert.[62]

Erzsébet Faludi (geborene Fhlór),[63] Györgys Mutter, konnte nach der Geburt ihren Sohn nicht stillen. Von den Lagerjahren war sie schwer gezeichnet, vollkommen entkräftet. Györgys Mutter war im Juni 1944 nach Auschwitz-Birkenau deportiert worden. »Sie wusste nicht, dass sie schwanger war.« Die SS wurde jedoch auf die Schwangerschaft aufmerksam und schickte Erzsébet Faludi ins sogenannte Krankenrevier im »Frauenlager«, das »Vorzimmer zum Krematorium«, wie die Häftlinge diese Baracke nannten. Ständig wurden Selektionen durchgeführt. Erzsébet wollte ihrem Sohn nie detailliert über das dort »erlebte Schreckliche« berichten.

Die Geschichte von György Faludi ist eng verknüpft mit dem Leben eines anderen Mädchens beziehungsweise dessen Mutter. Das Mädchen Angela kam um den 21. Dezember 1944 in Auschwitz-Birkenau zur Welt (siehe auch Seiten 107–112). Die Mutter Vera Bein stammte aus einer jüdischen Familie in Ungarn. Sie kam schwanger nach Auschwitz, was von der SS nicht entdeckt wurde. Vera Bein gelang es, ihre in Auschwitz geborene Tochter mit Hilfe von anderen Häftlingsfrauen bis zum Tag der Befreiung zu verstecken. »Da bei meiner Mutter keine Milch kam, hat Angelas Mutter mich gestillt. Nur deshalb blieb ich am Leben. Zu meiner Milchschwester Angela, die in Kanada lebt, habe ich bis heute Kontakt.«

György Faludi im Alter von 18 Jahren in Miskolc (Ungarn).

Erst im September 1945 waren György und seine Mutter wieder zurück in Ungarn. »Meinen Vater, Jenö Faludi, fanden wir lebend vor.« Seit Mai 1944, kurze Zeit nach der Hochzeit seiner Eltern, hatte sein Vater Zwangsarbeit in Ungarn leisten müssen.

»Ich war zwar schon acht Monate alt, wog aber nur vier Kilogramm.« Die Ärzte sagten damals: Der Junge wird nicht am Leben bleiben. Ein Arzt nahm sich seiner besonders an: »Er hat mich mit spezieller Ernährung und Vitaminspritzen gestärkt. Mit zwei Jahren hatte ich das Schlimmste überwunden.« – Mehr wollte György Faludi über sich, seine Mutter und andere Familienmitglieder nicht erzählen. »Meine Mutter hat ihr ganzes Leben nie wirklich über Auschwitz sprechen können und wollen. Auch nicht, wenn sie gefragt wurde. Deshalb will und kann ich über ihr Leben und das meiner Familienangehörigen nicht mehr erzählen. Ansonsten würde ich meine Mutter beleidigen, ihrem mehr als verdienten ehrenden Gedenken an sie nicht gerecht werden können. So sehe und empfinde ich das jedenfalls.«

»Zwillinge raus!«

Die Zwillingsbrüder Jiří und Zdeněk Steiner aus Prag gerieten im Alter von 14 Jahren in die Fänge von SS-Arzt Mengele. Er missbrauchte sie für seine Experimente. In Auschwitz-Birkenau hatte SS-»Hauptsturmführer« Mengele besonderes »Interesse« an Zwillingspaaren. Diese »reklamierte« er für seine pseudomedizinischen Versuche bereits bei der Ankunft der Menschen an der Eisenbahnrampe. Die meisten von ihnen waren zwischen einem und 16 Jahren jung.

Mengele hatte sich schon früh für »Rasseforschung« interessiert: In seiner ersten Promotionsarbeit von 1935 behauptete er, dass sich aufgrund der menschlichen Kieferabschnitte »Rassezugehörigkeit« bestimmen lasse. Er hatte dafür 123 Unterkiefer aus der Münchener Anthropologischen Staatssammlung untersucht. »Doch seine mit summa cum laude bewertete Untersuchung war aus heutiger Sicht eher Wahn als Wissenschaft«,[1] so der Medizinhistoriker Udo Benzenhöfer.

Ende Mai 1943 war Mengele in Auschwitz eingetroffen. Er wurde »leitender Lagerarzt« im »Zigeuner-Familienlager«, später im »Männerkrankenbaulager« sowie Arzt im »SS-Truppenlazarett«. Seinen »Dienst« versah Mengele auch in weiteren »Krankenbaublocks«, unter anderem im »Frauenlager«. Praktisch erstreckte sich seine Macht über alle Kinder, Frauen und Männer in den einzelnen Lagerabschnitten von Auschwitz-Birkenau sowie über die dort nahezu täglich eintreffenden Menschentransporte.[2]

»Für viele Häftlinge war Mengele die Verkörperung der Selektion.«[3] Und richtig ist: Er schickte Kinder, Frauen und Männer massenweise ins Gas, überwachte Hinrichtungen, nahm in Kauf, dass Häftlinge aufgrund seiner Experimente starben, tötete, wenn er seine menschlichen Versuchsobjekte nicht mehr brauchte.[4] Richtig ist jedoch auch: Alle SS-Ärzte in Auschwitz selektierten, überwachten die Vergasungen, suchten für Mengele an der Rampe Zwillinge für dessen Experimente aus. Auch Apotheker, Sanitäter und Zahnärzte nahmen Selektionen vor. Sie alle dienten »nahezu ausschließlich der Ausrottung der Häftlinge«.[5]

Mengele fühlte sich in Auschwitz allmächtig, versuchte sich in seinen Menschenexperimenten an allem, »untersuchte« unter anderem Noma (Wangenkrebs), erprobte »Verfahren« zur Sterilisation von Frauen und Männern, führte »Transplantationen« von Knochenmark durch, nahm »Versuche« zur Veränderung der Augenfarbe vor, betrieb »Zwillingsforschung«.[6] Der Doktor der Philosophie und Medizin interessierte sich sowohl für jüdische als auch Sinti- und Roma-Zwillinge. Sie wurden selektiert, vermessen, geröntgt, mit

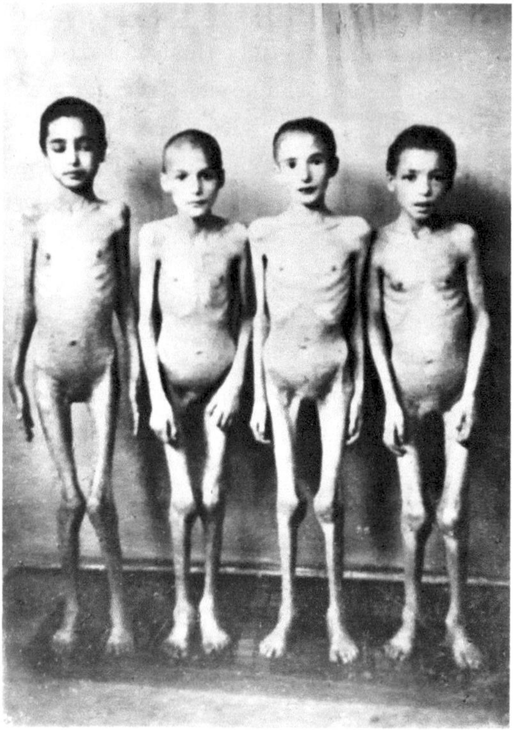

SS-Arzt Mengele »reklamierte« sowohl jüdische als auch Sinti- und Roma-Zwillinge für seine Experimente. Sie wurden selektiert, vermessen, geröntgt, mit Viren infiziert, ihre Augen verätzt, sie wurden schließlich getötet und ihre Körper seziert.

Viren infiziert, ihre Augen verätzt, sie wurden schließlich getötet und ihre Körper seziert.

Die Krankenschwester Elżbieta Piekut-Warszawska – sie war in Kielce (Polen) verhaftet und Ende Mai 1943 nach Auschwitz-Birkenau deportiert worden – kam im Juli 1944 in den »Zwillingsblock« im »Frauenlager«. In ihren Erinnerungen schreibt sie: »Nach den Selektionen auf der Rampe wurden in diesem Block ungefähr 350 Zwillingspaare im Alter von einem bis 16 Jahren untergebracht, die zum Teil das gleiche Geschlecht hatten, zum Teil gemischt waren. Die Eltern dieser Kinder waren ins Gas gegangen. Die

Zwillinge waren jüdische Kinder aus Frankreich, Holland, Belgien, Ungarn und Deutschland. Sie sahen noch gesund und hübsch aus, waren allerdings verängstigt und verweint.

Schon nach wenigen Wochen traten bei den Kindern die ersten Symptome von Avitamonose [kann zum Beispiel zu Skorbut führen, d. Verf.], Hals- und Augenentzündungen, Ödeme an den Extremitäten und Lungenentzündungen auf. Die ärgste Gefahr bereiteten die Ratten, die so groß wie Katzen wurden und Tag und Nacht ihr Unwesen trieben. Es kam vor, dass die Ratten nachts schlafende Kinder töteten.«

Nach drei Wochen erschien Mengele im »Zwillingsblock«. Die Kinder wurden in das »Ambulatorium im Männerlager« gebracht. »Die anthropometrischen Untersuchungen wurden so durchgeführt, dass die Kinder nackt ausgezogen wurden und an ihnen stundenlang (zwei bis fünf Stunden) mit Präzisionsgeräten (Winkelmesser, Zirkel, Rechenschieber) Messungen vorgenommen wurden. Während der Untersuchung wurde bei den Zwillingspaaren kontrolliert, ob die Körpermaße identisch waren. Dabei wurde viel aufgeschrieben. Für die Kinder war das ein schlimmes Erlebnis.« Besonders »dramatisch liefen die abschließenden morphologischen Untersuchungen. Den Kindern wurde zuerst aus dem Finger, dann aus der Vene Blut entnommen, manchmal zwei- bis dreimal.« Die Kinder »schrien, wehrten sich und ließen sich nicht anrühren. Sie hatten große Angst vor dem Einstich. Das Personal wandte schließlich Gewalt an.« Von Juli bis Oktober sank die Zahl der lebenden Zwillingskinder auf etwa 300.

»Den Kindern wurden auch Flüssigkeiten in die Augen geträufelt. Den eigentlichen Eingriff konnte ich nicht beobachten, weil die Kinder in einen Nebenraum geholt wurden. Eines der beiden Kinder bekam beide Augen eingeträufelt, das andere nur ein Auge. Ich wurde angewiesen, nur die Reaktionen zu beobachten und bei Veränderungen, Rötungen oder Schwellungen keineswegs einzugreifen. Die Prozedur hatte für die Opfer sehr schmerzhafte Folgen. Es traten sehr starke Lidschwellungen, Brennen und gesteigerter Tränenfluss ein.«[7]

Ende Oktober 1944 wurden diese Kinder in einen anderen Lagerabschnitt »verlegt«, wobei die noch am Leben gelassenen oder hinzugekommenen Zwillinge im Laufe der Zeit mehrmals hin und her geschoben wurden und sich – auch getrennt voneinander – in unterschiedlichen Lagerabschnitten von Auschwitz-Birkenau wiederfanden.[8] »Hier waren die Verhältnisse«, so Elżbieta Piekut-Warszawska, »noch schlimmer, weil wir in einen Block für Erwachsene gerieten, in dem mehrstöckige Pritschen standen und es keinen Ofen gab. Die Kinder wurden weiter untersucht. Krankheiten griffen die ausgemergelten Organismen immer stärker an. Schwellungen in der Mundhöhle, Skorbut, starke Augenerweiterungen und Durchfall traten auf. Kinder starben. Wieder wurden die Opfer nach der Untersuchung dabehalten; ich habe nie erfahren, was mit ihnen geschehen ist.«[9]

Beim Mengele-Tribunal unter der Losung »Ich klage an« in der Gedenkstätte Yad Vashem in Jerusalem im Februar 1985 sagten fast dreißig Frauen und Männer aus. Viele von ihnen waren im Kindesalter in Auschwitz gewesen und oft die Einzigen aus ihren Familien, die überlebt hatten. Vera Alexander aus der Slowakei (Lagernummer 5236), am 19. April 1942 ins Lager eingeliefert, war »Blockälteste«[10] im »Zigeuner-Familienlager« gewesen. Sie gab in Jerusalem zu Protokoll: »Ein Zwillingspaar hieß Guido und Nina, kaum älter als vier Jahre. Mengele holte sie ab und brachte sie auf eine perverse Weise verstümmelt zurück. Sie waren – wie Siamesische Zwillinge – am Rücken zusammengenäht worden. Gleichzeitig hatte Mengele ihre Adern miteinander verbunden. Ihre Wunden eiterten, sie schrien Tag und Nacht. Irgendwie konnte ihre Mutter, ich erinnere mich, dass sie Stella hieß, Morphium besorgen und so dem Leiden ihrer Kinder ein Ende bereiten.«[11]

Die aus vielen Ländern Europas in Auschwitz zusammengetriebenen Häftlingsärzte wussten, was mit den »dabehaltenen« Zwillingskindern geschah. Diese Ärztinnen und Ärzte wurden nämlich unter anderem von Mengele unter Zwang als Hilfskräfte für seine

Experimente eingesetzt. Sie befanden sich in einer äußerst schwierigen Lage: zwischen Leben erhalten und selbst am Leben bleiben, zwischen Mensch bleiben und dem »Pakt mit dem Bösen«.[12]

Dr. Miklós Nyiszli (A 8450), der zusammen mit seiner Frau Margareta und seiner Tocher Zsuzsana am 29. Mai 1944 – aus dem 1940 von Rumänien an Ungarn »abgetretenen« Vişeu de Sus – an der Selektionsrampe eintraf,[13] musste zwei Monate danach hauptsächlich für Mengele arbeiten. Ende Juli 1945 machte er eine erste Zeugenaussage, die aufgezeichnet wurde, in der er unter anderem von »14 Zigeunerzwillingen unter Bewachung der SS« im »Arbeitsraum« neben dem »Sektionssaal« berichtet: »Danach führten sie den ersten Zwilling herein, es war ein 14 Jahre altes Mädchen. Dr. Mengele befahl mir, das Mädchen zu entkleiden und auf den Seziertisch zu legen. Danach spritzte er in dessen rechten Arm intravenös Evipan [Narkotikum] ein. Nachdem das Kind eingeschlafen war, tastete er die linke Herzkammer aus und injizierte 10 ccm Chloroform. Das Kind war nach einigen Zuckungen tot, worauf Dr. Mengele es in die Leichenkammern bringen ließ. In dieser Weise folgte in dieser Nacht die Tötung aller 14 Zwillinge. Dr. Mengele fragte uns, wie viel Leichen wir täglich sezieren könnten. Er dachte, wir könnten 7 bis 8 erledigen. Wir antworteten darauf, dass wir im Durchschnitt 4 Leichen sezieren könnten, wenn er präzise wissenschaftliche Arbeit von uns erwarte. Damit war er einverstanden.«[14]

Nach dem Krieg berichtete Miklós Nyiszli in seinen 1946 zunächst in Ungarn veröffentlichten Aufzeichnungen, er habe »auf Befehl eines fanatischen, sich für ein Genie haltenden« SS-Arztes, Mengele, hunderte von Leichenöffnungen vorgenommen: »Ich schnitt das Fleisch aus den Körpern gesunder Mädchen für Dr. Mengeles Bakterienkulturen. Ich badete die Leichen von Krüppeln und Zwergen in Kalziumchlorid-Lösung und kochte sie in Bottichen, damit die sachgemäß präparierten Skelette in die Museen des Dritten Reiches gelangen konnten, um dort zukünftigen Generationen als Beweis für die Notwendigkeit der Ausrottung ›niederer Rassen‹ zu dienen.«[15]

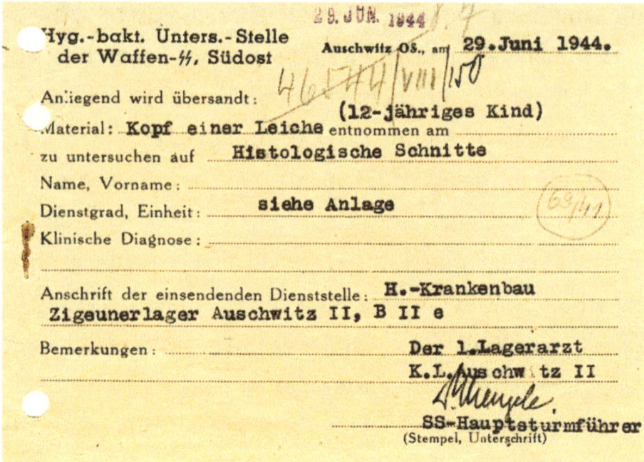

29. JUN. 1944

Hyg.-bakt. Unters.-Stelle
der Waffen-SS, Südost

Auschwitz-OS., am 29.Juni 1944.

46574/VIII/150

Anliegend wird übersandt:

(12-jähriges Kind)

Material: Kopf einer Leiche entnommen am

zu untersuchen auf Histologische Schnitte

Name, Vorname:

Dienstgrad, Einheit: siehe Anlage

Klinische Diagnose:

Anschrift der einsendenden Dienststelle: H.-Krankenbau
Zigeunerlager Auschwitz II, B II e

Bemerkungen:

Der 1.Lagerarzt
K.L.Auschwitz II

Mengele

SS-Hauptsturmführer
(Stempel, Unterschrift)

»Kopf einer Leiche«: Dokument aus Auschwitz – unterschrieben von SS-Arzt Mengele.

Der Massenmörder Mengele schickte nach der Tötung seines »wissenschaftlichen Materials« Blutproben, Augen, Köpfe und andere Körperteile konserviert an das Kaiser-Wilhelm-Institut für Anthropologie in Berlin-Dahlem.[16] Auf die Pakete kam der Stempel: »Eilig, kriegswichtiger Inhalt«, so Miklós Nyiszli. »Ungezählte solcher Pakete expedierte ich während meines Aufenthaltes im Krematorium nach Berlin-Dahlem, auf die ausführliche Antworten mit wissenschaftlichen Meinungen oder Anweisungen eingingen. Zwecks Bewahrung dieses Schriftwechsels erstellte ich ein gesondertes Dossier. Für die übersandten seltenen Materialien sprach das Institut Dr. Mengele fast immer seinen tiefsten Dank aus.«[17] – Miklós Nyiszli sah und hörte viel in Auschwitz-Birkenau. Zu Mengeles »Forschungszielen« meinte er: »Auf der Suche nach dem Geheimnis der Multiplizierung der überlegenen, zur Herrschaft bestimmten Rasse einen Schritt weiterzukommen, war für ihn ›ein erhabenes Ziel‹.«[18]

Auch Ella Lingens, Häftlingsärztin aus Wien, die ab Februar 1943 in Auschwitz eingesperrt war, erinnerte sich als Zeugin beim ersten Frankfurter Auschwitz-Prozess (20. Dezember 1963 bis 20. August 1965) gut an den SS-Arzt Mengele: »Der war der Erste, der das ganze Frauenlager läusefrei gemacht hat. Er hat nämlich einen

Block geschlossen ins Gas geschickt. Dann hat er diesen Block desinfiziert, eine Badewanne aufgestellt und darin die Insassen des nächsten Blocks waschen lassen. Inzwischen wurde dieser Block gereinigt. Und so ging das fort. Nach dieser Aktion war das A-Lager frei von Läusen. Es hat aber damit angefangen, dass zirka 750 Frauen des ersten Blocks vergast wurden.«[19]

Die Zwillingsbrüder Jiří und Zdeněk Steiner aus Prag wurden im Alter von 14 Jahren mit »Zwillinge raus!« Anfang September 1943 in Auschwitz-Birkenau »empfangen«. Die erste Nacht sollten sie auf nassem Beton schlafen, Pritschen gab es dort nicht. Mitten in der Nacht wurden sie mit Gebrüll und Stockschlägen geweckt, die Männer wurden registriert und tätowiert. Pavel Steiner, ihr Vater, bekam die Nummer 147741, Zdeněk 147742 und Jiří 147743 tätowiert. Die Nummer ihrer Mutter Jana ist nicht bekannt. Am Morgen kamen sie alle ins »Bad«. Die Männer wurden kahl geschoren und bekamen Häftlingskleider: Jiři Steiner eine ausgediente Militärhose, die ihm viel zu groß war, ein zerrissenes Hemd und einen viel zu weiten Mantel. Nur die Schuhe durften sie behalten. Die Steiners kamen in Auschwitz-Birkenau in den Lagerabschnitt »Theresienstädter Familienlager« (siehe auch die Kapitel »Kinder aus vielen Ländern« und »Schwangere Frauen und Geburten in Auschwitz«).

Zunächst durften die kleineren Kinder sowie die Mädchen bei ihren Müttern und die größeren Jungen bei ihren Vätern bleiben. So bestand für Jana Steiner die Möglichkeit, ihren Mann und ihre beiden Söhne, die sich in einem Block befanden, zu sehen. Später wurden Jiří und Zdeněk tagsüber im »Kinderblock« untergebracht. Zunächst war nur ein solcher Block, später, nach dem Eintreffen eines weiteren Transportes aus dem Lagerghetto Theresienstadt, ein zweiter eingerichtet worden. Schließlich wurden Stühle und Tische in den »Kinderblock« gebracht. Dort gab es besseres Essen als im restlichen Lager, was eine sehr große Ausnahme war. – »Gleich bei den Türen waren die Drei- bis Fünfjährigen. Auf der einen Seite die Mädchen, auf der anderen die Jungen, nach Jahrgängen geordnet, jeweils mit einem Erzieher. Wir

Die Zwillingsbrüder Jiří und Zdeněk Steiner wurden zusammen mit Mutter Jana und Vater Pavel zunächst in das »Theresienstädter Familienlager« in Auschwitz-Birkenau eingesperrt. »Wir haben immer Angst gehabt vor den Kaminen.«

waren mit vierzehn Jahren die Ältesten und saßen ganz hinten.« Es gab provisorischen Unterricht für die Kinder. »Unser Erzieher war kolossal. Wir lernten bei ihm, ohne Papier und Bleistifte zu haben, Literatur, Mathematik, Tschechisch, Geschichte, Englisch, Geographie.« Erschien ein SS-Mann, fing sofort irgendjemand an, zum Beispiel ein Märchen auf Deutsch zu erzählen. Vor allem die Jüngeren wollten wissen, wie es draußen in der Welt, außerhalb des Lagers, aussah.

Dass es diese »Kinderblocks« in Auschwitz-Birkenau gab, war vor allem Fredy Hirsch, einem jungen Juden aus Aachen zu verdanken. Er war nach der Verkündung der »Nürnberger Rassengesetze« (15. September 1935) wie viele andere Juden in die Tschechoslowakei geflohen. Jiří und Zdeněk hatten ihn bereits in Prag kennengelernt, wo er im jüdischen Sportverein »Hagibor« Kinder betreut hatte.[20] Da nach dem Überfall Nazi-Deutschlands auf die Tschechoslowakei die Bewegungsfreiheit der jüdischen Kinder zunehmend drastisch eingeschränkt wurde, hieß es für Jiří und Zdeněk immer öfter: »Heute gehen wir auf den Hagibor.« Für sie und andere jüdische Kinder war das die einzige Möglichkeit, Sport zu treiben und an anderen Programmen teilzunehmen.

Jiří Steiner: »Das ist das Hochzeitsfoto unserer Eltern.« Eines Tages in Auschwitz-Birkenau wurden die Zwillingsbrüder ohne ihre Eltern von der SS abgeführt. »Am nächsten Morgen wussten alle Erwachsenen, was den Eltern passiert war, aber uns wurde nichts gesagt.«

Trotz der Unterbringung in »Kinderblocks« blieb keinem Kind die brutale Realität in Auschwitz-Birkenau vorborgen – auch Jiří und Zdeněk nicht: »Wir haben immer Angst gehabt vor den Kaminen. Wir haben an nichts geglaubt. Wir haben gesehen, was sich in den neben uns liegenden Lagerabschnitten abspielte. Wir haben gesehen, wie ältere Menschen in den elektrisch geladenen Zaun gegangen sind. Das war für uns sehr schlimm.« Dieses Wissen darum, dass Menschen vergast wurden, fand Ausdruck im »Gaskammer-Spiel« der Kinder: »Wir warfen Steinchen in ein Loch. Das waren die Menschen, die in die Krematorien kamen.«

Eines Tages, im März 1944, wurden beide Jungen ohne ihre Eltern in den »Krankenbau« des »Theresienstädter Familienlagers« gebracht. »Wir schliefen ein. Vielleicht hatten sie uns etwas gegeben, das weiß ich allerdings nicht mehr.« Als Jiří und Zdeněk am nächsten Morgen aufwachten, wurde ihnen gesagt, der Transport mit den Eltern sei fort. »Alle Erwachsenen wussten, was passiert war, aber uns wurde nichts gesagt.« Die Brüder erfuhren einige Tage später, dass Lastwagen in Richtung Krematorium abgefahren waren. »Und aus dem Krematoriumskamin züngelten die Flammen.«

Zuerst wollten Jiří und Zdeněk nicht an die Ermordung ihrer Eltern glauben. »Wir machten sogar Pläne, wie wir unsere Eltern wiedersehen könnten.« – Ihr Lehrer und Beschützer Fredy Hirsch hatte am 8. März Selbstmord begangen.[21] Er wollte nicht passiver Zeuge der Vernichtung werden.

Jiří und Zdeněk Steiner waren 14 Jahre alt, als sie Mengele als einen »hoch gewachsenen, schlanken Mann kennenlernten«. »Er hatte eine hohe Stirn und trat im Allgemeinen sehr arrogant auf. Aber in Sekundenschnelle konnte sich sein Gesichtsausdruck in ein schmeichlerisches Lächeln verwandeln.« Mengele hatte sie ins »Zigeuner-Familienlager« bringen lassen. Fürsorglichkeit vortäuschend fragte er die Steiner-Zwillinge, ob sie irgendwelche Wünsche hätten. »Mein Bruder und ich antworteten gleichzeitig: ›Wir möchten wieder mit unseren Eltern zusammen sein.‹ Er versicherte uns, dass wir die Eltern bald sehen würden. Wo, fügte er allerdings nicht hinzu.«

Sie wurden das erste Mal von Häftlingsärzten untersucht. Die Länge der Finger, Nägel und Nasen wurde gemessen, »überhaupt alles, was sich nur wiegen und messen lässt«. Die Farbe der Haut und der Haare wurde notiert, Finger- und Zehenabdrücke gemacht. Anschließend kamen sie wieder in den »Krankenbau« des »Theresienstädter Familienlagers«. »Und das Lagerleben ging unverändert weiter.«

Mengele hatte zu diesem Zeitpunkt rund 150 Zwillingspaare von drei bis etwa sechzig Jahren für sich »reklamiert«. »Die Jungen waren im Krankenrevier und die Mädchen im Frauenlager untergebracht. Zusammen mit kleinwüchsigen Menschen lebten wir Zwillinge in einem Block.« Die Messungen der Häftlingsärzte gingen weiter. »Sie machten Röntgenaufnahmen von uns, fotografierten uns von allen Seiten, prüften unser Sehvermögen, das Gehör, das Nervensystem, die Herztätigkeit. Sie nahmen Blutproben (in 18 Monaten etwa 14 Mal), die an irgendein Laboratorium gesandt wurden. Es wurde gesagt, dass auch verschiedene Präparate an uns ausprobiert worden wären; dafür habe ich keine Beweise. Wir befanden uns jedoch während der gesamten Lagerzeit in einem sehr schlechten

Gesundheitszustand.« – Dass die Untersuchungen kein Ende nahmen, dafür haben, so Jiří Steiner, die jüdischen Häftlingsärzte gesorgt. »Viele Untersuchungsergebnisse gingen verloren und mussten neu angefertigt werden. Es war nie alles fertig. Mengele konnte also nie anordnen, uns zu liquidieren.« Sie blieben von Selektionen wie dieser im Juli 1944 im »Theresienstädter Familienlager« verschont: »Ich sah Männer und Frauen, ganz nackt, die in langen Reihen vor den Baracken standen und warteten.« Andere Entrechtete bestätigten anschließend, Mengele habe »eingeteilt«, wer leben und wer sterben sollte.

Unmittelbar nach dieser Selektion wurden Zwillinge, Ärzte und Krankenschwestern in den Abschnitt des »Männer-Krankenlagers« verlegt, der sich in der Nähe der Krematorien mit Gaskammern befand. Mengele brauchte sie noch. Die dort untergebrachten Entrechteten konnten von den Ärzten, Mithäftlingen, nur notdürftig behandelt werden. »Im neuen Lager wurde uns Blut abgenommen, was unseren geschwächten Körpern überhaupt nicht gutgetan hat.« – Jiří und Zdeněk mussten im Block saubermachen. Sie trafen einen Häftling vom »Sonderkommando«, der als Arbeitssklave im Krematorium an den Verbrennungsöfen mit Leichen aus den Gaskammern »beschäftigt« war. »Und der hat uns erzählt, wie unsere Eltern gestorben sind.«

Immer wieder, mehr als fünfzig Tage lang, erreichten ungarische Transporte, die im Mai 1944 begonnen hatten, die Rampe in Birkenau. Jiří und Zdeněk konnten »Mengele sehen, wie er die Selektionen durchführte, wie er die Todeskandidaten auswählte.« Auch sah Jiří »mit eigenen Augen die Liquidation des ›Zigeuner-Familienlagers‹«: »Ich lag im Krankenrevier ganz oben in einer Etagenpritsche. Ich konnte durch ein Loch in der Wand schauen. Die Zigeunerfrauen waren schrecklich am klagen. Ihr Lagerabschnitt lag direkt neben dem ›Männer-Krankenlager‹. Es war kein richtiges Weinen, es waren hohe Töne, die sich schwer beschreiben lassen«, und die er nie hat vergessen können. »Ein Lastauto nach dem anderen fuhr vom ›Zigeunerlager‹ fort.« An jenem Tag, dem

Verbrannte Erde in Auschwitz-Birkenau. – Im Winter 1944/45 hörten Jiří und Zdeněk Steiner Geschützdonner in weiter Ferne. »Wir hörten täglich die Front näher rücken. Unsere Hoffnung, zu überleben, wurde immer größer.«

2. August 1944, und in der folgenden Nacht, vergasten die Nazis zwischen 4.200 bis 4.300 Sinti und Roma. Die Leichen wurden in einer Grube verbrannt.[22]

Mengele setzte unterdessen seine Experimente mit den Zwillingen fort. »Der war sehr besorgt um uns. Gewissermaßen garantierten wir ihm seine wissenschaftliche und auch seine SS-Karriere.« Aber eines Tages war Mengele nicht da. »Einer unserer Peiniger, der SS-Lagerarzt Thilo, veranstaltete eine Selektion. Mein Bruder und ich wurden fürs Krematorium bestimmt. Im Großen und Ganzen nahmen wir diese Mitteilung apathisch auf. Uns war alles schon gleichgültig geworden. Wir sagten uns, dass man eben nichts machen könnte. Im Himmel, bei Gott, würden wir unsere Eltern treffen.« In der Nacht kehrte Mengele jedoch zurück, »rettete ›seine Zwillinge‹«.

Im Winter 1944/45 wurden die Steiner-Zwillinge zum Wasserschleppen abkommandiert, denn Trinkwasser gab es in ihrem Lagerabschnitt nicht. Sie hatten etwa einen Kilometer mit den Eimern zurückzulegen. »Diese Arbeit war schrecklich, denn ich wurde oft ganz nass dabei, bis ich darauf kam, dass ich die beiden Kübel eigentlich nur zur Hälfte füllen brauchte. So fiel mir die Arbeit auch schon leichter.« Ab und zu waren in weiter Entfernung Geschütze zu hören. Die Kinder hatten eine Idee: »Wir pressten das Ohr auf den Boden, nun konnten wir die Front deutlich hören. Immer wieder legten wir das Ohr auf den Boden. Wir hörten das Donnern der Geschütze. Wir hörten die Front näher rücken. Wir konnten nicht genug davon bekommen. Unsere Hoffnung, zu überleben, wurde immer größer.« – Jiří und Zdeněk sowie die anderen Kinder und Jugendlichen in ihrem Lagerabschnitt schmiedeten daraufhin schon wieder Pläne, in der Hoffnung auf Befreiung. »Wir redeten von weich gekochten Eiern, von frischen Semmeln mit Butter, von sauberen Hemden, Lederschuhen, von der Schule.«

Da im Verlaufe des Jahres 1944 die Rote Armee Auschwitz immer näher kam, sah sich die SS veranlasst, die Spuren ihrer Verbrechen im größten deutschen Vernichtungslager zu beseitigen. In der zweiten Hälfte des Jahres 1944 wurden Akten, Dokumente, darunter Häftlingskarteien, sowie Transportlisten vernichtet. Die Gruben, in denen Leichen verbrannt oder in die menschliche Asche aus den Krematoriumsöfen gekippt worden war, mussten Häftlinge säubern, zuschütten, planieren und bepflanzen. Die Krematorien wurden demontiert, später gesprengt. Verbrennungsöfen, zerlegte Holzbaracken, das Hab und Gut der in den Gaskammern ermordeten Juden wurden nach Deutschland geschafft. Allein im Zeitraum von Anfang Dezember 1944 bis Mitte Januar 1945 wurden über 1.000.000 Kleidungsstücke für den Transport vorbereitet. Und am 23. Januar wurden die dreißig Baracken dieses Lagerabschnitts in Auschwitz-Birkenau von der SS in Brand gesetzt.

Mehr als 80.000 Kinder, Frauen und Männer wurden von August 1944 bis Mitte Januar 1945 in westlicher gelegene Konzentrationslager »überstellt«. Viele mussten anschließend in den Nazi-Rüstungsbetrieben in Deutschland und Österreich Sklavenarbeit leisten. Das Lager wurde infolgedessen immer leerer. Die SS »konzentrierte« die Menschen in einigen Lagerabschnitten. Zwillinge, Kranke und »unproduktive Elemente« mussten in Birkenau bleiben und dort weiterhin um ihr Leben fürchten. Denn letztlich bestand die Absicht, alle noch in Auschwitz befindlichen Kinder, Frauen und Männer zu ermorden. Dass die meisten der zurückgelassenen Häftlinge am Leben blieben, ist sicherlich dem schnellen Vorrücken der Roten Armee zu verdanken. Später, nach dem Abzug der SS, wurden allerdings noch ungefähr 600 Erschossene im »Stammlager« und in Auschwitz-Birkenau gefunden.

In der zweiten Hälfte des Monats Januar trieb die SS weitere rund 58.000 Menschen aus dem »Stammlager«, aus Auschwitz-Birkenau und aus den mehr als 40 Außenlagern in Richtung Westen. Etwa 8.000 bis 9.000 meist kranke, marsch- oder transportunfähige Häftlinge blieben zurück.[23] Zum Beispiel Jiří und Zdeněk Steiner. Beide befanden sich im Abschnitt »Männer-Krankenrevier« von Birkenau. Zunächst geschah nichts. Am 18. Januar stellte sie die SS vor die Wahl, einen fünfzig Kilometer langen Marsch anzutreten, zum drei Kilometer entfernten Bahnhof von Auschwitz zu laufen oder sich für marschunfähig zu erklären und im Lager zurückzubleiben. Jiří und Zdeněk waren so schwach, dass sie einen Fußmarsch nicht durchgestanden hätten. Ihre Angst war groß, im letzten Moment noch erschossen zu werden. »Bei den Deutschen wusste man nie!«

»Wir waren vier Jungen, zwei Paar Zwillinge, Versuchskaninchen von Mengele. Peter und Paul waren 16 Jahre, Zdeněk und ich ein Jahr jünger.« Zusammen wogen sie ungefähr lediglich 100 Kilogramm. Und sie hatten nur einen Wunsch: »Endlich frei sein!« Da standen sie nun und überlegten, was sie tun sollten. »Wir wussten, dass der lange Marsch für uns den sicheren Tod bedeutet hätte. Im Lager Birkenau bleiben wollten wir auch nicht.« Sie hatten gehört, dass die SS es mit Dynamit in die Luft jagen wollte. Die Zwillingsbrüder entschieden sich, die drei Kilometer zum Bahnhof Auschwitz zu laufen. Zdeněk flüsterte leise: »Vielleicht können wir so abhauen.«

Am 20. Januar beobachteten Jiří und Zdeněk SS-Männer, die Gepäck in ihrem Wagen verstauten. »Sie kamen ins Lager, um unter den Häftlingen nach Schneidern zu suchen, die ihnen Zivilkleidung machen oder ausbessern sollten. Und sie fragten nach Tischlern, die Schlitten bauen sollten.« Die SS hatte offenbar die Wachtürme

Jiří Steiner: »Der kleine Junge mit der verbundenen Hand, das bin ich.« Die Hand war gebrochen. Das Foto entstand einige Wochen nach der Befreiung im ehemaligen Lager.

verlassen, schien nicht mehr präsent zu sein. Am Morgen des 22. Januar stürmte ein Trupp des »Sicherheitsdienstes« in den Lagerabschnitt, in dem sich auch Jiří und Zdeněk befanden. »Alle Russen antreten«, lautete der Befehl. Sie wurden hinter den Block 14 geführt, mussten sich an einem Wassergraben aufstellen. »Fast alle wurden erschossen« – auch zahlreiche andere Häftlinge, die andere Teile des etwa 140 Hektar großen eingezäunten Areals von Birkenau nach Lebensmitteln durchsucht oder sich nach Fluchtmöglichkeiten umgesehen hatten.[24]

»Alle Juden antreten«, lautete am 25. Januar 1945 schließlich der Befehl. Am Nachmittag war eine Abteilung des »Sicherheitsdienstes« eingetroffen, die rund 350 jüdische Kinder, Frauen und Männer, unter ihnen die Zwillingsbrüder Jiří und Zdeněk Steiner, aus dem Lager führen wollte.[25] »Wir mussten uns zu einem Zug formieren. Die SS fragte, wer nicht gehen könne. Es meldeten sich fünf. Sie wurden hinter die ›Blockführerstube‹ geführt und dort erschossen.«

Wie auch andere, die während des Marsches nicht Schritt halten konnten. Die Menschen fielen tot in den Schnee. »Es war schrecklich. Wir wussten nicht, was auf uns zukommen würde.«

Sie waren schon eine ganze Zeitlang unterwegs, als sie von SS-Männern mit Motorrädern und Autos angehalten wurden. »Die Schlange blieb stehen, dann fuhren sie weg, und wir standen plötzlich ohne SS auf der Straße zwischen Birkenau und Auschwitz.« – Manche schrien vor Freude, auch Jiří und Zdeněk. Einige flüchteten über die Felder in einen Wald. »Wir wussten nicht, wohin. Es war sehr kalt.« Einige rieten: »Gehen wir ins Hauptlager, dort können wir uns am besten verstecken!« Nach einer Weile waren sie dort. »Hierher«, scholl es aus einer Baracke. »Bald darauf saßen wir im Block 24 im ›Stammlager‹ Auschwitz. Es war schön warm, wir löffelten Suppe und erzählten unseren neuen Freunden, was wir gerade durchgemacht hatten.«

Zwei Nächte und ein Tag vergingen. Im »Stammlager« war ein »Häftlingsrat« gebildet worden. Er beschloss, dass keiner sich am Fenster sehen lassen, noch hinausgehen durfte. Es sollte der Eindruck erweckt werden, dass keiner mehr im Lager war. – Das Geratter eines Maschinengewehrs weckte sie am 27. Januar. »Es bellte eine Ladung nach der anderen, bis es Mittag war«, so Jiří Steiner. Dann herrschte Ruhe. Sie hörten die Stille: »Die Stille hören« – das ist ein Begriff, den Jiří seit dieser Zeit kannte. »Es herrschte wirklich eine ungewöhnliche Stille.« Zwei Stunden lang. »Wir saßen stumm da, jemand betete.«

Am frühen Nachmittag hatte Jiří »so ein Gefühl«. Es zog ihn zur Eingangstür. Er wollte sie nur ein wenig öffnen. »Draußen, mitten auf der schneebedeckten Hauptlagerstraße, stand ein junger Mann im weißen Mantel, auf der Mütze hatte er einen roten Stern.« Jiří Steiner rief: »Sie sind da! Die Russen!« Alle liefen hinaus, auch aus den anderen Blöcken. »Jeder nahm etwas mit: ein Stückchen Brot, das Wertvollste, was wir hatten. Wir schenkten es ihm. Dann nahmen einige von uns ihn auf die Schultern und trugen ihn herum.« Wenige Minuten später kamen weitere Soldaten der Roten Armee.

»Sie haben die Menschen in die Baracken zurückgeschickt.« Sie sagten: »Hier ist doch noch die Front. Wollt ihr denn erschossen werden?!« – Es folgte eine lange Nacht. Sie saßen mit den Soldaten zusammen, hatten sich viel zu erzählen.

Jiří und Zdeněk wurden von der Ärztekommission der Roten Armee untersucht. Beide waren 15 Jahre alt, Jiří wog 28 Kilogramm und war 130 Zentimeter groß. Sehr viel größer sollte er auch später nicht mehr werden. Er ist in einem Film zu sehen, den Frontkameramänner der Roten Armee einige Wochen nach der Befreiung drehten: Er steht in einer Gruppe von Erwachsenen an der Umzäunung. »Der kleine Junge mit der verbundenen Hand, das bin ich.« Die Hand war gebrochen. – Am 24. Februar 1945 versammelten sich alle ehemaligen Häftlinge, die noch in Auschwitz waren. Sie gelobten, »alles nur Erdenkliche in ihrem weiteren Leben zu tun, damit der Faschismus nie wieder aufkommen könne«. Zeit seines Lebens hatte für Jiří Steiner dieser Schwur immer eine außerordentlich große Bedeutung.

Todesmärsche und andere Lager

Das rasche Vorrücken der Roten Armee hatte die SS insbesondere ab Herbst 1944 zur stufenweisen Auflösung von Auschwitz gezwungen. Transport um Transport, Todesmarsch um Todesmarsch wurden in Bewegung gesetzt. Entrechtete aus Auschwitz und den mehr als vierzig Außenlagern wurden in weiter westlich gelegene Konzentrationslager fortgeschafft. Schwache und kranke Kinder, Frauen und Männer waren überwiegend in Auschwitz zurückgelassen beziehungsweise noch kurz vor der Befreiung getötet worden. Zehntausende trieb die SS in tagelangen Fußmärschen hin und her oder pferchte sie in Vieh- und offene Kohlewaggons, um sie auf teilweise wochenlange Irrfahrten zu schicken. Wer vor Schwäche und Krankheit nicht mehr weiterkonnte oder einen Fluchtversuch unternahm, wurde sofort erschossen. Viele erfroren, verhungerten, verdursteten.[1]

Für Eduard Kornfeld kam die Befreiung des Lagers durch die Rote Armee leider nicht rechtzeitig genug. Für ihn sowie andere Kinder und Jugendliche setzte sich ihr Martyrium mit großer Brutalität für mehrere Monate fort. Mit einem Transport aus Auschwitz-Birkenau »landete« Eduard nach mehrtägiger Fahrt am 29. September 1944 im Konzentrationslager Dachau.[2] Nach kurzer Zeit ging es weiter in andere der über 150 Außenlager des bereits seit dem 22. März 1933 bestehenden Hauptlagers.[3] Er kam zunächst in das Lager Kaufering IV, bei Hurlach, danach nach Kaufering IX, das sich vermutlich in der Nähe von Obermeitingen befand.[4] Wiederum über den »Zwischenstandort« Dachau wurde Eduard in das Außenlager Riederloh II »verlegt«, das auch unter der Bezeichnung »Steinholzlager« bekannt wurde. Es befand sich ganz in der Nähe der Ortschaft Mauerstetten, rund drei Kilometer von der Stadt Kaufbeuren entfernt. Hier herrschten »katastrophale Zustände«. Ausschlaggebend dafür waren die völlig unzureichende Ernährung und Bekleidung der Gefangenen, die miserablen hygienischen Verhältnisse, die Misshandlungen, die harte Arbeit, die »alles durchdringende« Kälte der Herbst- und Wintermonate.[5]

»Das Lager lag tief, tief im Wald. Es hatte nur wenige Blöcke. Kein Mensch konnte uns dort finden. Es war trostlos. Dort habe ich damals gesagt: ›Sogar wenn der Messias käme, würde er uns hier nicht finden.‹ Furchtbare Erlebnisse hatte ich in diesem Lager. Ja, für mich war es noch schlimmer als Auschwitz. Es war das grausamste Lager, ohne Gaskammern, aber doch ein Vernichtungslager.« Eduard musste im Lager Riederloh II im Block I hausen. Hier traf er den »netten, hoch gewachsenen Burschen« wieder, den er aus Auschwitz kannte: »Ich sehe einen Jungen, abgemagert und groß. Er hatte Stroh in der Hand. Mehr wie eine lebende Leiche sah er aus. Nur noch Haut und Knochen.« Eduard sah sein Gesicht genauer an und dachte bei sich: »Das Gesicht kommt mir bekannt vor.« Er sprach ihn an: »Ich kenne dich doch!« Der Junge antwortete ihm auf Ungarisch ganz leise: »An einen ›guten Ort‹ bist du gekommen.« Dieser Junge war in Block II untergebracht. »Ich werde dich besu-

Nach Auschwitz-Birkenau wurde Eduard Kornfeld zunächst in dieses Dachauer Erdbaracken-Außenlager Kaufering IV eingesperrt, später in das Außenlager Riederloh II. Er sagte sich damals: »Sogar wenn der Messias käme, würde er uns hier nicht finden.«

chen«, sagte Eduard zu ihm. Daraufhin hob der Junge etwas Stroh, auf dem sie schlafen sollten, vom Boden auf und ging. Dabei konnte er kaum noch gehen. »Ich war geschockt.« – Später ging Eduard hinüber zum Block II, ohne zu wissen, was ihn dort erwartete. »Ich ging rein. Menschen, Tote und die Lebendigen liegen im Delirium mit Fieber im Stroh. Die haben kein Essen, kein Wasser – nichts bekommen. Das waren die Abgeschobenen im Krepierblock. Die Hölle, glaube ich, ist ein ›Dreck‹ dagegen. Ich hörte: ›Mama, Wasser, Wasser‹.« Eduard nahm irgendein Gefäß, holte Wasser von draußen, gab einem etwas zu trinken. Schon schrien die anderen: »Wasser, Wasser!« Hundert mochten es sein. Seinen Bekannten fand er nicht.

»Auf einmal bekomme ich mit, dass draußen alle Appell stehen. Ich wusste, es ging um mein Leben. Beim Rennen hörte ich, wie der ›Lagerälteste‹ dem SS-Lagerführer meldete, dass einer fehlte. Noch im Laufen rief ich: ›Hier bin ich!‹ Der ›Lagerälteste‹ hätte mich erschlagen oder ein SS-Mann mich erschießen können, doch sie ließen mich in Ruhe. Es hieß: ›Lass ihn, er bekommt ein Weihnachtsgeschenk!‹« Eduards Name wurde notiert. – Den »Krepierblock«

Eduard Kornfeld um 1949.

suchte er nie mehr auf. Der machte ihm »noch mehr Angst«: »Dort starben die Menschen wie die Fliegen. Jeden Tag wurden zehn, zwanzig, dreißig auf einen Schlitten geladen«, weggezogen und nicht weit vom Lager entfernt »abgeladen«.

Eduard und die anderen Häftlinge mussten außerhalb des Lagers Gräben ausheben für Wasserrohrleitungen. Es war Winter, es lag hoher Schnee, es war bitterkalt, der Boden war steinhart gefroren. Die Arbeit war »unmenschlich schwer«. Die SS trieb sie an: »Schneller, arbeiten!«, hieß es den ganzen Tag über. Dabei wurden sie immer wieder brutal geschlagen. »Dort spielte sich zum Beispiel folgende Szene ab: Da war ein junger Mann, ein Apotheker aus Ungarn. Ein SS-Mann schlug ihn und schrie: ›Arbeite schneller!‹ Daraufhin fragte dieser: ›Mit welchem Recht schlagen Sie mich?‹ Der SS-Mann wiederholte mehrmals die Frage des Burschen und schlug ihn gleichzeitig, hieb ihm auf den Kopf, bis er tot war.« So starben viele, sind erfroren, wurden erschlagen, erschossen. Die Toten mussten sie am Abend ins Konzentrationslager »schleifen«. Eduard und seine Kameraden hatten bald keine Kraft mehr.

Kurz vor Weihachten 1944 sollte Eduard sein »Weihnachtsgeschenk« bekommen. Zu siebt waren sie zu dieser Strafe verurteilt worden. In Block I stand ein schmaler Tisch. »Ausziehen!«, befahl das »Kommando«. Mehrere SS-Männer waren anwesend. »Verurteilt zu 25 Schlägen!«, lautete die Strafe. Nackt mussten sie sich über den Tisch legen. Mit einer »Art Hartgummiknüppel« schlug ein SS-Mann »mit voller Wucht« auf den ersten Mitgefangenen ein. »Der Geschlagene schrie bestialisch. Ich war überzeugt, der wird nun ermordet. Nach etwa fünf Schlägen hörten wir keinen Mucks mehr. Es herrschte, abgesehen von dem Schlaggeräusch, Totenstille. Bis zum letzten Schlag.

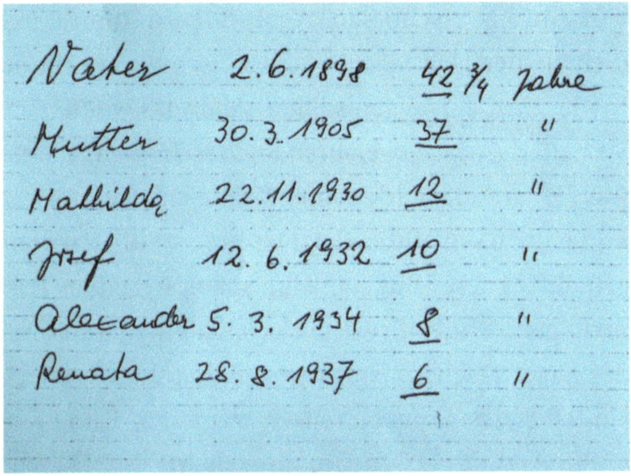

Vater	2.6.1898	42 3/4	Jahre
Mutter	30.3.1905	37	"
Mathilde	22.11.1930	12	"
Josef	12.6.1932	10	"
Alexander	5.3.1934	8	"
Renata	28.8.1937	6	"

Handschrift von Eduard Kornfeld. Für uns und für zukünftige Generationen schrieb er die Geburtstage und das jeweilige Alter seiner von Deutschen getöteten Eltern und Geschwister auf.

Der Häftling musste aufstehen und seine Sachen nehmen. Im selben Augenblick fing er an zu lachen, bekam einen Lachkrampf. Wie ein ›Wahnsinniger‹. Es war nicht das Lachen eines Menschen. Und diese Prozedur wiederholte sich immer wieder aufs Neue. Als Fünfter war ich an der Reihe. Der SS-Mann haute zu. Die Schmerzen waren unvorstellbar stark. Wir hatten ja schon gar kein Fleisch mehr, praktisch nur noch Knochen. Ich war überzeugt, es zerreißt mir das Gesäß. Nach dem fünften oder sechsten Schlag habe ich nichts mehr gefühlt. Nichts. Aber ich habe als Einziger weiter geschrien. Ich dachte: ›Wenn er merkt, dass es nicht mehr weh tut, haut er noch stärker.‹ Als er mit mir fertig war, habe auch ich einen Lachkrampf bekommen. Ich konnte das nicht kontrollieren. Ich weiß nicht, was das ist.« Eduard konnte nicht sitzen. Die Schmerzen waren zu groß. Noch Jahrzehnte danach konnte er nicht auf dem Rücken liegen.

Eduard wurde weiter hin und her geschoben: Vom Lager Riederloh II ging es wahrscheinlich am 8. Januar nach Dachau, von dort Ende des Monats ins Außenlager Augsburg-Pfersee und Mitte April wieder in das »Kommando Kaufering«.[6] Schließlich mussten sie zunächst zu Fuß wiederum Richtung Dachau marschieren. Wenn jemand nicht mehr laufen konnte, wurde er an Ort und Stelle ohne

Umschweife erschossen. Auch Eduard konnte irgendwann nicht mehr laufen. Da tauchte »ein Reisebus« auf, in den er und seine Kameraden einsteigen sollten. Aber das wollte zunächst niemand. Sie hatten Angst, abgefahren und erschossen zu werden. Schließlich war Eduard am Ende seiner Kräfte angelangt. Er stieg in den Bus und hatte das Gefühl: »Jetzt ist es so weit! Jetzt werden wir niedergemäht!« Dieser Bus sollte ihn später in seinen Träumen weiterhin verfolgen. Wider Erwarten erreichten er und andere Entrechtete das Lager Dachau. Hier wurde Eduard am 29. April 1945 von der United States Army befreit. Er war auf 27 Kilogramm abgemagert.

Ein Arzt der US-Armee untersuchte ihn. Damals hörte der Junge zum ersten Mal Englisch. Die »niederschmetternde Diagnose« lautete: »Left and right Tuberculosis«, doppelseitige Tuberkulose. »Ich kam ins Armee-Lazarett. Viele hatten, so wie ich, fürchterlichen Durchfall. Viele starben. Eduard wollte nicht sterben und sagte zu sich selber: »Ich will leben, ich muss leben!« Das Schlimme war: »Um mich herum sah ich das tägliche Sterben.« Er fragte sich: »Warum sollte ausgerechnet ich überleben?« Nach einigen Wochen verbesserte sich sein Zustand. In ihm wuchs der Wunsch, zurück in die Slowakei nach Bratislava zu fahren. Ende Mai kam der ersehnte Tag der Abfahrt. Auf Lastautos und mit Zügen gelangte er zurück in die slowakische Hauptstadt.

Vom Leben danach

Nachdem Todesmarsch um Todesmarsch Auschwitz verlassen hatte, waren ungefähr 8.000 bis 9.000 oft kranke, marschunfähige Entrechtete in Auschwitz zurückgeblieben. Die SS unternahm letzte Anstrengungen, die Spuren ihrer Verbrechen zu verwischen: In offenen Feuern auf den Lagerwegen wurden große Stöße von Akten vernichtet, die letzten Krematorien in Auschwitz-Birkenau gesprengt, die zahlreichen Baracken mit den verbliebenen Habseligkeiten der

Ermordeten in Brand gesetzt. Zur Aufsicht der zurückgelassenen Häftlinge war in der zweiten Januarhälfte 1945 die Mannschaftsstärke der SS deutlich verringert worden.[1]

Davon erfuhr die in der näheren und weiteren Umgebung des Lagers lebende polnische Zivilbevölkerung. Einige fanden den Mut, in das Lagergelände einzudringen. Durch sie verbreitete sich die Nachricht, dass im Lager Kinder ohne Fürsorge und Nahrung zurückgeblieben waren. Einer von ihnen war ein etwa zweijähriger Junge, der KOLA[2] gerufen wurde. Emilia und Adam Klimczyk lebten 13 Kilometer vom Lager entfernt in Jawiszowice. Da sie selbst kinderlos waren, beschlossen sie, eines der Kinder von Auschwitz aufzunehmen. Sie zogen Erkundigungen ein, fanden heraus, dass SS-Männer ins Lager eingedrungene Menschen erschossen hatten – außerdem Häftlinge, die Fluchtversuche unternommen hatten.

Drei Tage vor der Befreiung des Lagers machten sich die Klimczyks auf den Weg nach Auschwitz-Birkenau. Es gelang ihnen, durch ein Loch in der Umzäunung das Lagergelände zu betreten. Emilia Klimczyk wollte ein kleines Kind retten und mit nach Hause nehmen: damit es »sich später an das Schreckliche nicht mehr erinnern würde« und dem sie sagen konnte: »Du bist mein Kind.« Das hoffte sie jedenfalls.

In einer Baracke gab es neben älteren auch drei kleine Kinder. »Drei Kinder wollte und konnte ich nicht nehmen.« Das war allein schon wegen der kriegsbedingten Lebensmittelknappheit nicht möglich. Emilia Klimczyk nahm schließlich den Jungen mit nach Hause, der im Lager »Kola« gerufen wurde. Er war so geschwächt, dass die Familie fürchtete, er würde nicht am Leben bleiben. Oft musste der Junge ins Krankenhaus.

Zu Kolas Lebenserfahrung aus Auschwitz-Birkenau gehörte, dass Menschen nicht sterben, sondern getötet werden. Die Familie Klimczyk bemerkte ziemlich bald, dass er so dachte. Emilia und Adam Klimczyk waren verzweifelt. Und als ein Verwandter gestorben war, nahmen sie den Jungen mit zu dem Toten. Sie entkleideten den Leichnam und forderten ihn auf, diesen genau anzusehen.

Kola wurde im Alter von etwa zwei Jahren gerettet. Zu seinen Lebenserfahrungen aus Auschwitz-Birkenau gehörte, dass Menschen nicht sterben, sondern getötet werden.

Das machte Kola. Er suchte nach Blutspuren, blauen Flecken von Schlägen und nach Einschusswunden. Er fand jedoch nichts davon. Daraufhin sagte Emilia Klimczyk zu ihm: »Er ist gestorben.« – »Was heißt gestorben?«, wollte Kola wissen. »Wer hat ihn totgeschlagen?« – Seine Adoptivmutter versuchte, ihn erneut zu überzeugen: »Er ist gestorben, nicht totgeschlagen worden.« – Kola war nicht überzeugt und sagte: »Sterben! Was ist das?« Er konnte das nicht verstehen. Erwachsene waren für Kola wie Kinder, die keine Ahnung vom wirklichen Leben hatten. Viele Jahre war der Junge nicht vom Gegenteil zu überzeugen. Immer wieder sagte er, wenn jemand in der Nachbarschaft oder Verwandtschaft gestorben war: »Wer hat ihn totgeschlagen?«

Einige Tage nach der Befreiung von Auschwitz machte sich ein Junge namens Stanisław Krcz auf den Weg in das ehemalige Lager Auschwitz-Birkenau. Auch er hatte von den Kindern gehört, die sich noch im ehemaligen Lager befanden. »Ich glaubte«, erzählte Stanisław Jahre später, »dass meine Mutter vielleicht ein Kind von ihren Depressionen befreien könnte, ein Mädchen, das meine nicht mehr lebende Schwester Genia ersetzen könnte.« – Er fand eine Baracke mit rund sechzig kleinen Kindern. Dort traf er auf eine Frau, der er frei heraus sagte, was er suchte. Sie zeigte ihm ein kleines Mädchen namens EWA (ungarisch Éva).[3] Sie erzählte ihm, Ewa sei mit ihren Eltern und einem jüngeren Bruder mit einem Transport aus Ungarn ins Lager gekommen. Ihre Mutter habe sich bei der Ankunft dagegen gewehrt, von diesem Mädchen getrennt zu werden, woraufhin sie von einem SS-Mann mit dem Gewehrkolben erschlagen worden sei. Von Ewas Familie lebe niemand mehr. Am linken Unterarm sah Stanisław gut lesbar die Lagernummer: A 5116. Spätere Nachforschungen ergaben: Am 20. Mai 1944 war Ewa mit einem Transport ungarischer Juden nach Auschwitz-Birkenau verschleppt worden. An Mutter und Vater konnte sie sich nicht erinnern.

Ewa wurde am 20. Mai 1944 mit einem Zwangstransport ungarischer Juden in das Vernichtungslager deportiert.

Die Mutter von Stanisław, Karolina Krcz, fürchtete, es sei unmöglich, Ewa am Leben zu erhalten. Das etwa zwei Jahre alte Mädchen war unterernährt, hatte einen verhältnismäßig großen Kopf, einen aufgeblähten Bauch. Die Stirn war mit Schorf überzogen, der ganze Körper voller kleiner Geschwüre, der Kopf verlaust. Die Augen waren gerötet und vereitert. Ewa sprach, wie nahezu jedes kleine »Auschwitzer Kind«, jiddische, polnische, russische, tschechische, ungarische und deutsche Wörter durcheinander. Lange Zeit wachte Ewa jeden Morgen weinend auf. Sie hatte panische Angst vor Hunden – jahrelang. Sie litt unter einer großen Nervosität.

Insbesondere die kleinen Kinder hatten nach ihrer Befreiung keinerlei Verhältnis zu den Dingen des alltäglichen Lebens. Sie kannten sie nicht. Tische dienten ihnen als Sitzgelegenheiten, Essbestecke als Instrumente. Spiele waren ihnen fremd. – Auch Ewa ging das so. Das Mädchen zeigte sich unfähig zu spielen. »In der Gesellschaft von Kindern war sie seltsam ernst, sie konnte sich nicht freuen und war verschlossen«, so ihr neuer Bruder Stanisław, der immer wieder ihr Interesse zu wecken versuchte. Wenn er ihr ein Spielzeug gab, schaute sie es höchstens an oder warf es gleich weg.

Lidia war so sehr von Auschwitz geprägt, dass sie längere Zeit noch Szenen aus dem Lager »nachstellte«.

Auch Familie Rydzikowski nahm wenige Tage nach der Befreiung ein Mädchen, das im Lager LIDIA[4] genannt wurde, mit nach Hause. Lidia war völlig ausgehungert, ihr Kopf war kahlgeschoren, ihre Lippen hatten einen tiefen, großen Schnitt. Es dauerte mehr als zwei Jahre, bis diese Wunde verheilt war. Ihre dünnen Beine waren bis zu den Knien erfroren. Nach dem Ausziehen des Kindes bemerkten die Rydzikowskis am Gesäß Bissspuren. Lidia sagte, ein Lagerhund habe sie gebissen. Auf den Arm war die Lagernummer 70072 tätowiert. Am Anfang weinte Lidia jeden Nachmittag laut. Sie hatte vor jedem Menschen Angst, versteckte sich in den Ecken der Wohnung. Wenn sich ihre Adoptiveltern näherten, schrie sie noch lauter. Lidia mochte vier Jahre alt sein.

Mit Entsetzen stellten die Adoptiveltern, die Kinder aus dem ehemaligen Lager bei sich zu Hause aufgenommen hatten, fest: Einige Kinder spielten Lagerszenen nach, in denen sie die Bewacher waren. So wie sie es in ihrem kurzen Leben in Auschwitz-Birkenau kennengelernt hatten. Auch Lidias Erinnerungen bezogen sich ausschließlich auf das Lager, in dem sie die letzten 14 Monate lang eingesperrt war. Die dortigen Erfahrungen prägten auch nach der Befreiung für längere Zeit ihre Gefühls- und Gedankenwelt. So »spielte« Lidia mit den Nachbarskindern »Appell« oder »Selektion«. Oft kam es vor, dass sie ihnen befahl, sie sollten sich hinknien und die Hände heben. Dann lief sie zwischen ihnen hindurch und rief: »Seid still, sonst kommt ihr ins Revier [gemeint sind die sogenannten Häftlingskrankenblocks, d. Verf.] und in den Ofen, denn Mengele kommt.« Und wenn jemand beim Spielen hingefallen war, zog sie das Mädchen oder den Jungen an den Füßen und sagte: »Du gehst jetzt in den Ofen.« Oder sie gab das Kommando, alle sollten sich in eine Reihe stellen, woraufhin sie jedem ein Stück Holz gab, es wie ein Thermometer anschaute und sagte: »Na, du bist schon kaputt.«

Nicht nur ihre Spielkameradinnen und -kameraden, auch Erwachsene haben Lidia manches Mal verwundert angesehen. Sie fragten sich: Was hat Lidia sehen, hören und erleben müssen? Wieso ist der Name Mengele im Kopf des Mädchens geblieben? Er sagte ihnen zunächst nichts. Erst später erfuhren ihre Adoptiveltern Bronisława und Ryszard Rydzikowski von den Verbrechen des SS-Arztes.

Keines der überlebenden Kinder von Auschwitz kann Auschwitz vergessen. Der Schmerz ist immer da. Die Mutter, die ermordet wurde, der Vater, die Schwester, der Bruder, die Großeltern, die Freundin, der Freund, Tanten und Onkel … Alles lebt ein Leben lang in und mit ihnen. Auch die nach ihnen kommenden Generationen können sich nicht davon frei machen, da sie wissen, welche grausamen Verbrechen ihre und andere – vor allem jüdische – Familien erleiden mussten. Sie müssen mit dem Trauma leben, das ihnen über Generationen hinweg vererbt wurde.[5]

Da ist zum Beispiel die Geschichte von Hanka: Das Mädchen war Ende Januar 1945, als sie in Auschwitz befreit wurde, etwa vier Jahre alt. Zunächst hatte sich ihrer eine ältere Frau in Krakau für etwa drei Monate angenommen, bei der Hanka wohnen konnte. Dann kam sie in ein Kinderheim, das sich in der Nähe der heimlichen Hauptstadt Polens befand. Sie war jedoch so krank, dass sie danach zur Genesung längere Zeit in einem Sanatorium für Lungenkranke gepflegt werden musste. Schließlich wurde sie 1947 von einer »lieben Frau« aus Zabrze bei Katowice adoptiert. Seitdem hieß sie Hanka Paszko.[6]

In dem Kinderheim Harbutowice bei Krakau, in dem Hanka sich ab Mai 1945 mit weiteren sechs kleinen, in Auschwitz befreiten Kinder befand, gab es, so der ehemalige Auschwitz-Häftling Tadeusz

Szymański, mehrere Vorfälle: »Die Kinder waren alle in einem großen Zimmer untergebracht. Ein Junge namens Tolek wurde so krank, dass er, um die anderen Kinder nicht anzustecken, in ein anderes Zimmer verlegt werden sollte. Die anderen Kinder wehrten sich dagegen und haben gesagt: ›Nein! Ihr macht keine Selektion! Das geht nicht. Er muss hierbleiben.‹ Letzten Endes wurde ein Kompromiss gefunden: Eines der Mädchen durfte sich bei Tolek im anderen Zimmer aufhalten, um dort auf ihn aufzupassen.« – Fast nichts von dem, was die Kinder zu essen bekamen, kannten sie. So gab es eines Tages die rote Rübensuppe Barszcz. Und als sie diese Suppe zum ersten Mal sahen – »sie hatten ja keine Ahnung, dass es eine solche Suppe gibt« –, schrien sie: »Was gebt ihr uns zu essen. Das ist Blut. Nein. Das werden wir nicht essen.«[7]

Noch Jahre später konnte sich eine Erzieherin genau an ein in Auschwitz befreites Mädchen des Kinderheims erinnern. Dessen Benehmen war so merkwürdig, dass sie es nie vergessen konnte. Zunächst dachten die Mitarbeiterinnen des Kinderheimes, das etwa fünfjährige Mädchen sei stumm: »Sie schaute klug drein, sprach aber überhaupt nicht.« Nach etwa drei Wochen fing das Mädchen

Diese Kinder kannten nichts von dem, was sie nach ihrer Befreiung zu essen bekamen. Als die Mädchen und Jungen die rote Rübensuppe Barszcz essen sollten, lehnten sie das mit folgenden Worten ab: »Das ist Blut. Nein. Das werden wir nicht essen.«

an zu sprechen, hatte Wutausbrüche, schlug während des Spielens unerwartet um sich, prügelte auf andere Kinder ein. Anschließend war die Fünfjährige wieder still und schüchtern.

Das Mädchen war in zerrissenen Fetzen ins Heim gebracht worden. Über einen Monat lang wollte es diese nicht gegen andere Kleidung tauschen. »Wenn du mir ein neues Kleid gibst, wirst du mich verbrennen.« Schließlich gelang es, das Mädchen davon zu überzeugen, dass im Kinderheim niemand verbrannt wird. Nun zog sie neue Kleider an. »Sehr lange«, so die Erzieherin, »wurde das Kind von nächtlichen Alpträumen gequält, fuhr mit Geschrei aus dem Schlaf. Und ohne aufzuwachen schrie sie verschiedene Wortfetzen in deutscher Sprache, zitterte dabei am ganzen Körper.«[8]

Robert Joschua Büchler konnte im Juli 1945 in seinen slowakischen Geburtsort Topoľčany zurückkehren. Roberts erste Frage an seine Tante war: »Wo ist mein Vater?« Seine Tante hat ihn »ganz komisch angesehen« und gesagt: »Dein Vater? Wo sollte der sein? Ist er nicht bei dir?« – »Nein.« – »Und wo wart ihr?« – »Wir wurden nach Auschwitz deportiert.« Die Schwester seines Vaters »war ganz außer sich«. Sie »brach zusammen, hat geweint. Sie wusste nicht, wie sie sich verhalten soll.« Schließlich sagte sie: »Dein Vater ist nicht hier.« – »Das war ganz schlimm für mich. Ich konnte mich nicht beherrschen. Ich habe sehr viel geweint. Ich wurde krank davon. Ich war so sehr enttäuscht. Ganz und gar ratlos. Ich wusste nicht, was ich mit meinem Leben anfangen sollte.« Nur diese eine Schwester und zwei Brüder seines Vaters, die mit viel Glück das Konzentrationslager überstanden hatten, waren noch am Leben. Von seiner kleinen Schwester Ruth, seiner Mutter Terezia und seinem Vater Josef hat Robert Joschua Büchler nie mehr etwas gehört. Er schrieb mehrere Einrichtungen an, auch das Deutsche Rote Kreuz – ohne Erfolg. Nur zwei Postkarten hat er von einer Frau bekommen, die er zufällig in Israel kennengelernt hatte. Josef Büchler hatte 1942 die beiden Karten an ihre Familie geschickt. »Es ist das Einzige, was ich von meinem Vater habe.«

732 Kinder, die unter anderem Konzentrations- und Vernichtungslager, Sklavenarbeit und Todesmärsche überlebt hatten, wurden 1945 zur Genesung in Übergangsheimen wie Windermere im Lake District und Durley bei Southampton in Großbritannien aufgenommen.[9] Eine der Betreuerinnen, die namentlich nicht bekannt ist, hielt ihre frühen Beobachtungen in einem Bericht fest: »Viel schlimmer als ihre körperliche ist ihre seelische Verfassung. Sie schwanken zwischen überlauter, übertriebener Lustigkeit, Depression und Apathie, und viele von ihnen gehen durch eine böse Traumperiode. Im Schlaf sehen sie sich und ihre Genossen misshandelt, verfolgt und mit dem Erschießen bedroht. Aber auch ein anderer Traum kehrt immer wieder: ›Mir hat geträumt, ich hab' einen Brief bekommen.‹ Das Gefühl der Verlassenheit lastet auf ihnen unendlich schwerer als alles, was sie im KZ mitgemacht haben. [...] Die Qualen und Entbehrungen haben sie schließlich überstanden, aber jetzt befinden sie sich in einer Art Vakuum und wissen nicht, wohin mit sich, sie suchen nach einem Halt in dieser großen, fremden unverständlichen Welt.«

Sie waren gedemütigt, entwurzelt, befanden sich in einem emotionalen Chaos, wie das auch in der Erinnerung an eine »Abendunterhaltung größerer Mädchen« in einem der englischen Heime zum Ausdruck kam: »Alle beklagten sich über nebensächliche Dinge, alle waren aufgeregt, schließlich brach es aus ihnen heraus: ›Wozu sind wir denn eigentlich noch da, es wäre viel besser, wir wären tot.‹ ›Wir lachen oft und sind übermütig, aber das ist nur äußerer Schein. Wir wollen uns selbst etwas vortäuschen, damit es uns nicht zum Bewusstsein kommt, wie unglücklich wir sind.‹ ›Wir sind jetzt viel trauriger als im KZ. Dort haben wir nur von einem Tag zum anderen gelebt. Woher werden wir ein Stück Brot nehmen? Wird man uns wieder schlagen? Werden wir zur nächsten Vergasung kommen? Weiter haben wir überhaupt nicht gedacht.‹ Sie sprachen alle durcheinander. ›Jetzt sind wir in England, und man sagt uns, wir sollen ein neues Leben anfangen, doch können wir von dem alten Leben nicht loskommen. Nicht ein Tag, nicht eine Stunde vergeht, in der wir nicht daran denken, was man mit unseren Eltern und Geschwistern gemacht hat. Jetzt erst spüren wir, was wir verloren haben und wie haltlos wir sind. Ein neues Leben? Wozu, für wen?‹ ›Man hat Mitleid mit uns, doch man braucht uns nicht. Ob wir leben oder sterben, wir hinterlassen keine Lücke. Wir gehören ja gar nicht zu euch und sollten schon längst tot sein, wie unsere Angehörigen.‹«[10]

Doch mit Geduld, psychologischer, herzlicher sozialer Betreuung, einem einladenden Zuhause in schöner Natur lernten hier viele der entwurzelten Kinder allmählich, dass sie nicht mehr täglich um Nahrung oder mitmenschliche Wärme kämpfen mussten. Mick (Abraham) Zwirek, der aus Płock (Polen) stammte und zwei Zwangs-Ghettos und vier Konzentrationslager überlebte,[11] fasste das neue Lebensgefühl mit den Worten zusammen: »Als ich morgens aufwachte und mich umsah, dachte ich, ich wäre im Himmel. Es gab weiße Laken auf dem Bett und Weißbrot zu essen.« Harry (Chaim) Olmer aus Sosnowiec (Polen) überlebte auch extreme Zwangsarbeit und mehrere Konzentrationslager. Er sagte: »Die Rückkehr zur Menschheit begann« in Windermere.[12]

Ende der 1950er Jahre begannen in Krakau Ärztinnen und Ärzte mit intensiven Untersuchungen über die Auswirkungen von Krieg und KZ-Haft auf die ehemaligen Insassen. Über einen längeren Zeitraum widmeten sich die polnischen Psychiaterinnen und Psychiater auch fünfzig »Lager-Kindern«, darunter Mädchen und Jungen, die in Auschwitz inhaftiert waren. 18 von ihnen waren im Konzentrationslager geboren worden. Dr. Wanda Półtawska, die selbst im Alter von 19 Jahren wegen ihres Engagements in der polnischen Widerstandsbewegung verhaftet und am 23. September 1941 in das Frauen-Konzentrationslager Ravensbrück eingeliefert wurde, wo SS-Mediziner 1942 an ihr und weiteren polnischen Mädchen und Frauen sowie einigen Häftlingen anderer Nationalitäten Versuchsoperationen vornahmen, war seit 1952 Ärztin in der Psychiatrischen Universitätsklinik in Krakau. Sie und ihre Mitarbeiterinnen und

Mitarbeiter registrierten während ihrer Untersuchungen Nervosität, Kopfschmerzen, Schlafstörungen, Angstzustände und Schwächegefühle bei den inzwischen zu Jugendlichen oder Erwachsenen herangereiften Menschen.[13]

Die Krakauer Ärzte berichteten 1966 unter anderem von einer 27-jährigen Frau, die als etwa Vierjährige Mitte 1943 nach Auschwitz deportiert worden war: »Ihre früheste Erinnerung ist das Bild der Mutter; sie behauptet, sich an ihr Gesicht zu erinnern, und dass sie ein Kind auf dem Arm hatte, dann [an] ein großes Feuer, das Geschrei der Mutter und ihre Tränen. Überdies erinnert sie sich an eine Menge von Kindern, vielleicht hundert.« Auf die Frage, was sie in ihrem Leben ändern wolle, äußerte sie: »Dass Mutter und Vater da wären, aber das ist ja schon unmöglich. Ich bin völlig mutlos, mein Schicksal blieb in Auschwitz. Wie oft geht es mir durch den Kopf, mir das Leben zu nehmen, denn allein kann ich mir kaum [einen] Rat geben. Hätte ich nur einen nahestehenden Menschen, irgendjemanden, der mir helfen könnte.«

»Mama, Mama«, rief die junge Frau während des Untersuchungszeitraums immer wieder in den Nächten und weinte – später wusste sie davon nichts mehr. »Spontan beginnt sie ein Gespräch über die Deutschen, sie habe noch heute Angst vor ihnen und beschuldigt sie: ›Ich verdamme sie und habe große Angst, fortwährend fürchte ich mich vor ihnen. Wären nicht die Deutschen, hätte ich ein anderes Leben.‹« – Sie fühlte sich »sehr einsam und verlassen und von niemandem geliebt«. Andererseits erfüllte sie »jede Annährung« eines Menschen »mit Entsetzen«. »Sie fürchtet die Menschen, obwohl sie ihren herzlichen Beistand sehr nötig hat.«

Eine junge Frau, zum Zeitpunkt der Untersuchung 23 Jahre alt, war 1943 in Auschwitz-Birkenau zur Welt gekommen. Sie und ihre Mutter hatten überlebt. Nach der Geburt des Kindes hatte die Mutter ihre Tochter im Lager bei sich, »konnte es jedoch nicht stillen und nährte in dieser Zeit das Kind mit Kräutertee«. Sechs Wochen lang »wurde das Kind kein einziges Mal gebadet«. Zur Untersuchung in Krakau kam die junge Frau in Begleitung ihrer Mutter: »[Ihr] ist sie sehr zugetan und unternimmt nichts ohne sie.« Aufgrund des Lageraufenthaltes und dem daraus resultierenden schlechten Gesundheitszustand habe die junge Frau keine Musikerin werden können, wie es ihr Wunsch war. »Sie spricht ganz ungezwungen über das ›verpfuschte Leben‹«. Vor einem Jahr hatte sie geheiratet, »nun erwartet sie ein Kind«: »Sie freut sich darüber, hat aber Angst, das Kind könne nervös sein.« Außerdem äußerte die junge Frau: »Vor den Deutschen habe ich heute noch Angst.«

Über eine 36-jährige Frau, die im Alter von zehn Jahren verschleppt worden war und drei Jahre in verschiedenen Lagern verbringen musste, berichten die Krakauer Medizinerinnen und Mediziner, sie wünsche sich: »›Ich möchte gern vergessen, aber das geht nicht, ich möchte, dass diese Erinnerungen wenigstens verblassen, doch sie verlieren nichts an ihrer Kraft und lassen sich nicht tilgen.‹ Sie erzählt über ihre Lagerzeit: ›Ich hatte eine panische Angst, es war ein einziger ungeheurer Schreck, von dem ich aus einem mir unbekannten Grunde nicht gestorben bin.‹« Jetzt befürchte sie zwar nichts Konkretes, doch »mitten am Tag« befalle sie eine »irrationale Angst«, die sie »nicht unterdrücken kann«. Der Schweiß rinne ihr den ganzen Körper hinunter und sie sage sich: »Du bist blöd, es gibt doch längst keinen Krieg mehr. Das hilft aber nichts, das ist unheilbar.« Auf die Frage, ob sie Kinder habe, antwortete sie: »Ich wünsche es mir von Herzen, habe aber schreckliche Angst, dass das Kind dasselbe durchmachen könnte, was ich durchgemacht habe, und kann mich deshalb nicht dazu entschließen, auch wenn ich weiß, dass das albern ist.«

Sie fürchte und hasse die Deutschen. Sie »war selbst überrascht, als sie kürzlich bei einer Reise durch deutsches Gebiet feststellen musste, dass in ihr die deutschen Kinder den größten Hass erweckten. Sie konnte dieses Gefühl nicht beherrschen und verkürzte den Aufenthalt.« Ihr Leben betrachtete sie »als verpfuscht« und da lasse sich »nichts machen, denn die Schatten der Vergangenheit ziehen sich hinter mir her«. Bei alldem »hat sie ein Gefühl der Leere und eines verpfuschten Lebens. Zu den Lagererlebnissen kehrt sie unwillig zurück, doch erweist es sich im Laufe der Untersuchung, dass dies die einzigen Probleme sind, die sie angehen, als wäre ihr Leben im Moment der Befreiung stehen geblieben.«[14]

Josif (Joschna, Jehsua) Konvoj befand sich Mitte des Jahres 2004 im Krankenhaus in der litauischen Hauptstadt Vilnius. Für Juden war die Stadt über Jahrhunderte ein geistiges Zentrum, das als »Jerusalem des Ostens« bezeichnet wurde. – Eines Tages brachte ein Arzt Josif Konvoj die aktuelle Ausgabe der Zeitung »Litauisches Jerusalem«. Sofort sprang ihm eine Todesanzeige ins Auge: »Am 21. Februar dieses Jahres ist in Kanada Mojsche Konvoj (Konvojas) gestorben. Er wurde am 13. Oktober 1929 in Kaunas geboren, war in den Jahren 1941 bis 1943 als Häftling im Ghetto in Kaunas, aus diesem Ghetto wurde er in das Konzentrationslager Dachau geschickt. Befreit im Mai 1945.«[15]

Nie hatte Josif Konvoj nach seiner Befreiung gehört, dass noch jemand seinen Nachnamen trug. Er fragte sich: »Habe ich Verwandte in Kanada? Wie kann das sein?« Ein Freund von ihm arbeitete in der Jüdischen Gemeinde in Vilnius. Der riet ihm, den Redakteur der Zeitung zu kontaktieren. Dieser gab Josif die E-Mail-Adresse eines Reiseleiters aus den USA, der oft mit jüdischen Gruppen nach Litauen kam und viele Menschen herumführte, die vor der Nazi-Zeit hier gelebt hatten. Der Reiseleiter wiederum konnte Josif die E-Mail-Adresse der Familie des Verstorbenen nennen.

Er kondolierte der Familie, »da diese den gleichen Namen trägt« wie er. Diese antwortete: »Schreibe uns etwas von deiner Geschichte.« Josif Konvoj konnte sich nach seiner Befreiung allerdings nur an »sehr wenig« erinnern. Erhalten gebliebene Dokumente belegen: Josif war im Alter von 15 Jahren am 15. Juli 1944 in das Konzentrationslager Dachau »eingeliefert« worden. Hier blieb er rund vier Wochen und wurde dann nach Auschwitz deportiert.[16] Und von dort kam er am 23. Januar 1945 mit einem Transport ins Lager Buchenwald,[17] wo er im April befreit wurde.

Josif Konvoj aus Vilnius (Litauen) suchte 59 Jahre nach seiner Familie. Schließlich fand er seine Schwester Selda/Zina (Konvoj) Boruchovitz in Israel und seinen Bruder Zalman/Selman (Jerry) Konvoj in Kanada.

Josif Konvoj konnte der Familie in Kanada über sich, seine Familie und seinen Geburtsort mitteilen: »Ich weiß, dass wir in Kaunas in der Nähe eines Flusses gewohnt haben. Dort war eine Brücke. Und meinen Vater habe ich ›Alter‹ gerufen. Auf Jiddisch nannten damals wohl alle ihre Väter so. Ich erinnere mich, dass in Auschwitz medizinische Versuche mit mir gemacht wurden. Wie und was genau, weiß ich nicht mehr. Das und die sehr schweren Zeiten im Ghetto und in den anderen Lagern haben bei mir wohl den Gedächtnisverlust hervorgerufen. Davon bin ich überzeugt.«

Daraufhin bat ihn die kanadische Familie: »Bitte schicke uns Fotos aus deiner Kinderzeit.« Er besaß kein einziges von sich und seiner Familie aus Kaunas. Weiter fragten sie: »Nenn uns deine Nummer aus dem Lager und schick uns eine Blutprobe von dir.« Beides machte er. Die erste Blutprobe kam nicht an, die zweite wurde in Jerusalem und New York untersucht. Das zweifelsfreie Ergebnis: »Ich hatte einen in Kanada lebenden Bruder namens Zalman/Selman (Jerry) Konvoj und eine in Israel lebende Schwester, Selda/Zina (Konvoj) Boruchovitz.« Seine Schwester hatte sogar bis 1971 in Kaunas gewohnt. Sie hatte 1949 geheiratet und trug seither einen anderen Familiennamen. Er hatte sie deshalb nicht gefunden.

Seinen Bruder und seine Schwester hat Josif mehrmals getroffen, war bei ihnen in Kanada und Israel. Sie schlossen einige seiner Erinnerungslücken: Die drei Geschwister waren zusammen mit den anderen Familienmitgliedern Mitte des Jahres 1941 im Ghetto von Kaunas eingesperrt worden: mit seinem Vater David, von Beruf Schneider, seiner Mutter Taube (geborene Singer), seiner anderen, sechsjährigen Schwester Roza und einem weiteren drei Jahre alten Bruder namens Yehuda. Der 12-jährige Josif habe, so wie die anderen Kinder im Ghetto, arbeiten müssen: bei einem Installateur, als Bote und Reinigungskraft. Auch bei Begräbnissen musste der Junge helfen. 1944 kamen sie alle zum Teil in unterschiedliche Lager. Die Eltern, Schwester Roza und Bruder Yehuda wurden ermordet.[18] – »Was war das für ein aufwühlendes, starkes Gefühl, als ich meine am Leben gebliebenen Geschwister das erste Mal getroffen habe! Das lässt sich mit Worten nicht beschreiben.«

Als sein Bruder Zalman Konvoj ihn in Litauen besuchte, sind sie gemeinsam in ihre Geburtsstadt Kaunas gefahren. »Er hat mir gezeigt, wo wir gewohnt haben. Da waren der Fluss und die Brücke. Daran konnte ich mich ja erinnern. An viel mehr nicht. Aber jetzt weiß ich es. Bei unserem Besuch in Kaunas wurden wir beide ganz schwach, unsere Füße wollten uns nicht mehr tragen. So hat uns das mitgenommen.« Wenn Josif Konvoj jetzt nach Kaunas fährt, kann er sich dort nur für kurze Zeit aufhalten. Besser sei es für ihn, wenn er gar nicht mehr hinfahre.

Für die Frauen und Männer, die Auschwitz als Kinder und Jugendliche überlebt haben, ist das Verhältnis zu Deutschland und den Deutschen schwierig geblieben. In den ersten Jahren nach ihrer Befreiung waren alle außer sich, voller Wut und Zorn über das, was ihnen und ihren Familien von Deutschen zugefügt worden war. Sie fürchteten und hassten die Deutschen zugleich. Deutsche und die deutsche Sprache waren und blieben für diese Kinder, auch später im Erwachsenenalter, vor allem besetzt mit dem Begriff »Angst«. Vier Beispiele: »Meine Einstellung zu den Deutschen ist entschieden feindlich, ich glaube nicht an die deutsch-polnische Freundschaft.« – »Wenn ich auf einem Ausflug oder im Rundfunk plötzlich die deutsche Sprache höre, fällt mir alles aus der Hand.« – »Jedes deutsche Wort bringe ich gleich mit dem deutschen Brüllgeschrei im Lager, mit den Kapos in Zusammenhang. Ich lehnte eine Dienstreise nach Deutschland ab, die sind dort alle gleich.« – »Bloß das Wort Deutsche genügt schon, um Angst bei mir hervorzurufen. Die Menschen können das nicht verstehen.«[19]

Yehuda Bacon: Selbstportät im Alter von 15 Jahren.

Yehuda Bacon wollte keinerlei Kontakt mehr zu Deutschen. Schon in Auschwitz-Birkenau hatten er und andere Kinder und Jugendliche sich gefragt: »Was wird aus uns, wenn wir überleben? Die Deutschen, alle Deutschen, die waren für uns wie die SS, die Mörder.« Sie wollten Rache nehmen. Die Kinder malten sich aus: »Nach dem Krieg bauen wir eine große Mauer und lassen dahinter alle Deutschen verhungern.« Als Yehuda Bacon 1945 als 15-Jähriger in seine tschechische Heimatstadt Ostrava zurückkam, sah er eine Gruppe deutscher Kriegsgefangener, die Schnee schaufeln mussten. Er erinnerte sich: »Mein Vater hatte, gezwungen von den Deutschen, während der Besatzung das Gleiche tun müssen.« Und er hatte diese tiefe Demütigung mit ansehen müssen. »Zunächst wollte ich den erstbesten Kriegsgefangenen mit einem Stein erschlagen.« Aber der Junge machte es nicht. In diesem Augenblick schoss ihm durch den Kopf: »Warum soll ich ihn prügeln? Ich kenne den Mann doch gar nicht! Ich weiß doch gar nicht, ob er etwas verbrochen hat!«

Otto Klein, einer der zahlreichen aus Ungarn stammenden »Mengele-Zwillinge«, hatte viele Jahre »starke Hass- und Rachegedanken«. 1955 hat er erstmals wieder »deutschen Boden betreten können«. Wenn er Menschen mittleren Alters oder Ältere traf, fragte er sich immer sofort: »Warst du ein Nazi oder warst du keiner?« Er sagte einmal: »Ich wollte nie das ganze deutsche Volk beschuldigen, nur diejenigen, die Täter waren und das zugelassen haben.«

Gábor Hirsch war seit 1957 oft nach Deutschland gereist. Unmittelbar nach der Befreiung wäre das unmöglich gewesen. »Auch mir machten vereinzelt Hass- und Rachephantasien zu schaffen.« Er nahm sich vor, nie mehr deutsche Waren zu kaufen. Im Laufe der Zeit, noch in Ungarn, änderte sich das. Sein Interesse für Funktechnik war mit dafür verantwortlich. »Die Fachliteratur in Deutsch war ziemlich gut.« Er fing an, die Zeitschrift »Radio Mentor – Europäische Monatsschrift für Radio, Phono, Television, Electro« zu lesen, die in Berlin verlegt und 1980 eingestellt wurde. Seit Anfang der 1950er Jahre hatte sein Onkel das Fachblatt für ihn abonniert. Dabei hatte Gábor Hirsch »nie besondere Probleme mit den jungen Deutschen, schon gar nicht mit der heutigen Generation. Ja, Vorbehalte gegenüber älteren Deutschen waren aufgrund all dessen, was ich und meine Familie durch Deutsche erfahren mussten, schon vorhanden.«

Nach seiner Befreiung hat auch Eduard Kornfeld einen »unbeschreiblichen Hass auf alle Deutschen« gehabt. Er wollte sich an »dem Volk der Mörder« rächen. Er habe sich überlegt: »Ich möchte fliegen können, mir ein Flugzeug mit einer Atombombe besorgen und diese auf Deutschland abwerfen. Ich wollte möglichst viele deutsche Männer, Frauen und auch Kinder umbringen.« Jahrelang fragte sich Eduard Kornfeld, wie er nur Rache nehmen könnte, Rache nehmen für seine von Deutschen ermordeten Eltern und Geschwister? In den 1950er Jahren, als Eduard Kornfeld in Zürich seine Lehre als Juwelenfasser absolvierte, sah er eine Möglichkeit, Rache zu nehmen: »Dort gab es einen Kasten mit giftigen Pulvern, unter anderem befand sich darin ein Gift, das wir für die Reinigung von Schmuck verwendeten. Der Schlüssel für diesen Kasten befand sich in einem für mich zugänglichen Glas. Ich hätte das Gift nehmen können. Das hätte ich irgendwo in Deutschland in ein Wasserwerk schütten können, damit möglichst viele Deutsche starben. Viele,

viele Jahre verspürte ich dieses wahnsinnige Bedürfnis. Jeden Tag habe ich schwer mit mir gekämpft.« – Aber er hat es nicht getan.

1966 sollte Eduard Kornfeld aus beruflichen Gründen nach Deutschland reisen. Lange habe er überlegt und mit sich gerungen: »Soll ich dort hingehen oder nicht?« Schließlich fuhr er. Ganz furchtbar war das für ihn. »Umgeben von Mördern« fühlte er sich. Niemandem konnte er trauen. »Im Hotel verriet mich mein jüdischer Name Kornfeld.« Die Tür sperrte er zwar immer ab, aber er dachte: »Vielleicht vergiften sie mich, wenn ich hier etwas esse oder trinke?« Noch Jahrzehnte nach der Befreiung sah Eduard Kornfeld in jedem Deutschen, der ein paar Jahre älter war als er selbst, einen Mörder. Bei jedem deutschen Jugendlichen, den er sah oder traf, dachte er: »Sein Vater ist ein Mörder oder der stammt von einem Massenmörder ab.« Zeit seines Lebens fragte sich Eduard Kornfeld – er starb im September 2020 – bei jungen Deutschen: »War sein Großvater an den Morden beteiligt?« Gegenüber den Jungen verspürte er jedoch keinen Hass: »Sie sind nicht verantwortlich für die Morde ihrer Vorfahren.« Eduard Kornfeld vermied jedoch, wenn es ging, den Kontakt mit Deutschen. Auch hielt er sich »nicht gerne« in Deutschland auf.

Ähnliche Gefühle wie Eduard Kornfeld hatte Thomas Buergenthal, der im Alter von zehn Jahren nach Auschwitz verschleppt wurde.[20] Nach der Befreiung lebte er eine Zeitlang mit seiner Mutter in Göttingen: »Am Anfang saß ich oft auf unserem Balkon, besonders am Sonnabend und Sonntag gingen unten die Leute spazieren, Väter und Großeltern mit den Kindern. Und mein Vater war nicht da. Ich habe gedacht, wenn ich jetzt ein Maschinengewehr hätte, ich würde sie alle erschießen.« Das legte sich, als er mit Kindern spielte und auf Menschen traf, die nett waren.[21]

Dagmar Lieblová (geborene Fantlová) berichtete über eine Begebenheit, die sich in einer Bahnhofsgaststätte in Erfurt zugetragen hat. Sie saß dort spät abends mit einem jüdischen Bekannten. Gegen Mitternacht kamen Polizisten. Dagmar Lieblová, völlig ins Gespräch vertieft, hatte vergessen, wo sie sich befand, als sie plötzlich die

Aufforderung hörte: »Die Ausweise bitte!« – »Ich bin so tief erschrocken.« Sie habe angefangen zu zittern. Die deutsche Sprache in dieser Form zu hören, daran war sie nicht mehr gewöhnt. Rückblickend meinte sie: »Da muss etwas im Menschen sein, in mir sein, irgendwo ganz unten, das auf einmal hervorkommt, wenn man an das Vergangene erinnert wird.«

Mit zunehmendem Alter bewegte die befreiten Kinder, die nicht wussten, wie sie hießen und woher sie kamen, immer dringlicher die Frage nach ihrer Herkunft. Sie fragten sich: »Wer bin ich?« Bei der Suche nach den Eltern half oft die Häftlingsnummer, denn in Auschwitz wurde diese bei Mädchen zuerst der Mutter und bei Jungen zuerst dem Vater tätowiert, dann dem Kind die folgende Nummer. Die Mädchen und ihre Mütter bekamen die Seriennummern vom »Frauenlager« und die Jungen und ihre Väter die vom »Männerlager«.

Auch Kola Klimczyk, den eine polnische Familie mit zwei Jahren aus Auschwitz gerettet hatte, wollte wissen: »Wer bin ich?« Mit 14 Jahren ging er, ohne das Wissen seiner Adoptiveltern, in das 13 Kilometer entfernte ehemalige Vernichtungslager Auschwitz-Birkenau. Er ging in die noch vorhandenen Baracken, schaute in jeden Winkel, durchsuchte jede Ecke. Der Junge suchte nach einem Hinweis, einem Fetzen Papier, der Auskunft über seine Familie gab – fand aber nichts. Bei einem seiner Rundgänge kam Kola in Kontakt mit Tadeusz Szymański. Vor allem er und eine Gruppe von Frauen – alle ehemalige Häftlinge in Auschwitz – halfen den in Polen lebenden, befreiten Kindern von Auschwitz bei der Suche nach ihren Eltern. Es gab erste kleine Erfolge. Das weckte auch neue Hoffnungen bei Kola.

Tadeusz Szymański organisierte mehrere Treffen in Polen, half den Kindern bei der Lösung ihrer alltäglichen Probleme, bei der Suche nach den Eltern. Er schrieb Hunderte von Briefen, knüpfte Kontakte in alle Welt, fuhr mit den inzwischen Jugendlichen und jungen Erwachsenen in mehrere Länder, um Menschen zu treffen,

Kola Klimczyk fand 17 Jahre nach der Befreiung seine mutmaßlich leibliche Mutter Marusja Lanilowna Kozlow in Witebsk (Belarus) wieder.

die hofften oder überzeugt waren, ihre Kinder wiedergefunden zu haben. So wurde 1962 auch die Familie von LIDIA RYDZIKOWSKA in der Ukraine gefunden. Ihre Identität wurde durch die eintätowierte Lagernummer 70072 zweifelfrei nachgewiesen. Lidias Mutter war als neuer »Name« in Auschwitz die Lagernummer 70071 tätowiert worden. – Bis auf den heutigen Tag ist Lidia der Beginn ihres ersten Telefonats mit ihrer leiblichen Mutter noch sehr präsent. Sie sagte damals: »Mama, ich höre dich!« Vom übrigen Telefonat hat sie sich allerdings kein Wort merken können.

Für die Kinder von Auschwitz, die ihre Eltern wiederfanden, stellte sich bald die Frage, wen sie als ihre eigentliche Mutter, ihren eigentlichen Vater betrachteten. Die Antwort lautete (soweit bekannt ist) immer: die Adoptiveltern. Auch Lidia fuhr mit ihren polnischen Eltern zurück in ihre »Heimat Polen«. »Ich habe jetzt zwei Mütter und zwei Väter«, meinte Lidia nach ihrem ersten Aufenthalt in der Ukraine, der nicht der letzte gewesen sein sollte. Oft hat sie seither ihre leibliche Familie besucht. Und natürlich waren auch die Botscharows wiederholt bei ihr in Polen. Heute lebt Lidia Rydzikowska-Maksymowicz als Rentnerin in Krakau.

KOLA KLIMCZYK fand ebenso 1962 seine mutmaßlich leibliche Mutter im belorussischen Witebsk – nach 17 Jahren Suche. »Sie hatte sich meine eintätowierte Nummer halbwegs gemerkt«, erinnerte sich Kola. Die jahrelangen Sehnsüchte, Hoffnungen und Wünsche schienen sich für ihn zu erfüllen. Der 19-Jährige fuhr erstmals im Herbst 1962 zu Marusja Lanilowna Kozlow. Sie erzählte ihm alle Einzelheiten der Familiengeschichte. Die Kozlows waren von deutschen »Einsatzgruppen« verhaftet worden. Kolas Vater hatten sie gleich erschossen, seine Mutter, seine ältere Schwester und ihn brachten sie erst ins Vernichtungslager Majdanek, dann nach Auschwitz, wo die Familie getrennt wurde.

Kola befand sich bei seinem ersten Besuch in Witebsk bald in »einem großen Konflikt«: »Wer«, fragte er sich, »ist meine wirkliche Mutter?« Die leibliche, die ihn mit zwei Jahren in Auschwitz zurücklassen musste, oder die andere, die polnische Mutter, die ihn

Sehr viele ungarische Familien, die ihre Töchter verloren hatten, waren überzeugt, die Ewa, die heute in Polen lebt, sei ihre Tochter. Alle suchten, als die junge Frau nach Ungarn reiste, ihre Nähe, wollten sie nie mehr loslassen.

gerettet hatte? Auch seine Reaktion war: Er fuhr zurück nach Polen. Außerdem war sich Kola zu keinem Zeitpunkt seines Lebens sicher, wie er Jahrzehnte später gestand, dass Marusja Lanilowna Kozlow wirklich seine Mutter ist. Ein Mutterschaftstest, der in dieser nicht nur für ihn offenen Frage Klarheit hätte schaffen können, wurde nie durchgeführt. Kola Klimczyk starb im November 2001.

Mit Hilfe von Tadeusz Szymański begann auch Ewa Krcz, Nachforschungen zu ihren Eltern anzustellen. Sie suchte in Ungarn, zweifelsfrei dem Land, aus dem sie nach Auschwitz-Birkenau deportiert worden war. Das konnte aufgrund ihrer deutlich lesbaren Lagernummer A 5116 am linken Unterarm und der noch vorhandenen »Transportliste« festgestellt werden. Über ihre Suche wurde 1962 und 1963 mehrfach in ungarischen Tageszeitungen berichtet und ein Kinderfoto von Ewa veröffentlicht. Es meldeten sich Hunderte von Frauen und Männern. Viele waren überzeugt: Das ist mein Kind, bestimmt.

Im Juli 1963 reiste Ewa mit Tadeusz Szymański nach Ungarn. Jede Familie, die sie dort besuchten, hatte sich wie für ein großes Fest vorbereitet. Jede Wohnung, jedes Haus war geschmückt, die Tische reichlich gedeckt. Überall wurden ihr Fotos gezeigt, ihr versichert, sie sei doch diesem oder jenem so ähnlich. Immer wieder gab es Bilder eines krabbelnden, lächelnden Mädchens zu sehen, das einige Monate später zur Gefangenen in Auschwitz geworden war. – »Ich erinnere mich noch gut an den ersten Besuch«, erzählte Ewa. »Der Mann war Schneider von Beruf. Sein Name war Goldfinder. Wir klingelten. Er machte die Tür auf. Seine Hände waren voll mit Rosen. Als er mich gesehen hat, ist er ohnmächtig geworden.«

Letztendlich konnten weder ihre Mutter noch ihr Vater gefunden werden. Eine bittere Enttäuschung für die junge Frau. Ewa Krcz-Sieczka, wie sie seit ihrer Heirat heißt, ist Zahnärztin geworden. Die Gespräche, die Begegnungen, die Menschen in Ungarn sind ihr nicht aus dem Herzen gegangen. Rückblickend meint sie: »Das war in jeder Wohnung eine Tragödie. Ihr Kind Ewa wurde verschleppt. Nun kam eine – und das war nicht ihr Kind.« Das war für die junge Frau und alle, die vielleicht ihre Eltern hätten sein können, eine bittere, herzzerreißende Enttäuschung.

Oft, wenn es um die Übernahme von Arzt- und Krankenhauskosten ging, wurde das Verhältnis der am Leben Gebliebenen zu Deutschland und den Deutschen erneut auf eine harte Probe gestellt. Die Kostenübernahme wurde oft verweigert, war aber unumgänglich, wenn Krankheiten, die auf den Lageraufenthalt zurückzuführen waren, behandelt werden mussten.

Das galt zum Beispiel für Mirjam M. Als Zwölfjährige war sie nach Auschwitz deportiert worden. Sie spricht nicht gerne darüber, und wenn, dann nur unter anderem Namen. Mitte der 1980er Jahre befand sich Mirjam M. in Israel in ärztlicher Behandlung. Es wurde bei ihr eine schwerwiegende psychische Erkrankung diagnostiziert. Diese sei, so der Psychiater, auf ihre »Verfolgungszeit während des Zweiten Weltkrieges zurückzuführen«. Ihr Jerusalemer Arzt verordnete Mirjam M. psychoanalytische Behandlungen, vier Mal wöchentlich, zwei Jahre lang. Für eine Sitzung bekam er 20 US-Dollar.

Mirjam M. hatte seinerzeit beim »Amt für Wiedergutmachung« in Saarburg, Rheinland-Pfalz, einen Antrag auf Übernahme der Kosten gestellt. Die Behörde übergab die Angelegenheit zur Begutachtung an einen Facharzt für Nerven- und Gemütsleiden. In seinem vertraulichen »nervenfachärztlichen Aktengutachten« beurteilt der deutsche Mediziner die Leiden von Mirjam M. völlig anders als sein israelischer Kollege: »[Ihre schriftlichen] Ausführungen wirken wie die Wahnvorstellungen einer psychotischen Sadistin.« Der psychiatrische Befund zeige »eine unausgereifte, ungemein selbstunsichere Persönlichkeit mit Störung der Konzentrationsfähigkeit, des Gedächtnisses der nahen Vergangenheit, Angst- und Spannungszuständen. Sie versagt in allem, ihre Stimmung ist bedrückt.«

Der deutsche Mediziner fährt fort: »Im Allgemeinen ist es so, dass mit dem zeitlichen Abstand die Erlebnisse etwas verblassen. Dass hier die Persönlichkeit als solche die Ursache dieser stark empfundenen Erlebnisse ist, wird nicht abzustreiten sein.« Frau M. »ist Lehrerin an einem Institut und sicherlich eine sehr empfindsame, von der Natur und vom Charakter her entwickelte Frau, die die Verfolgungserlebnisse schwieriger verarbeitet als ein normal reagierender junger Mensch.« Was sich heute bei Frau M. zeige, »ist verfolgungsunabhängig und anlagebedingt.«[22]

Die Behauptung, mit dem zeitlichen Abstand zur Lagerzeit würde das dort Erlebte verblassen, ist früh von zahlreichen Ärztinnen, Ärzten, Therapeutinnen und Therapeuten weltweit widerlegt worden. So hat beispielsweise Professor Leo Eitinger, ein weithin anerkannter tschechoslowakisch-norwegischer Psychiater und ehemaliger Auschwitz-Häftling, immer wieder darauf hingewiesen, dass je älter die Überlebenden der Konzentrationslager würden, mit desto stärkeren psychischen Folgen gerechnet werden müsse: »Untersuchungen, die unbewusstes Material aufdecken, können klar zeigen, dass die Wunden tief und die Narben oft nur dünn sind […].

Mirjam M. (Pseudonym), die im Alter von zwölf Jahren in Auschwitz-Birkenau eingesperrt wurde, musste die Kosten für ihre verfolgungsbedingte Erkrankung aus eigener Tasche bezahlen. Ihr Antrag beim »Amt für Wiedergutmachung« wurde abgelehnt.

Die Stärke, alte Erinnerungen zu verleugnen oder zu bekämpfen, schwindet im Verlauf ernsthafter Erkrankungen oder wenn unsere Vitalität durch andere Ursachen geschwächt wird, zum Beispiel durch das Alter.«[23] Jahrzehnte zuvor, nach seinen Untersuchungen von israelischen und norwegischen Überlebenden der Konzentrationslager, verdeutlichte Leo Eitinger die Gesamtproblematik mit diesem Vergleich: »Wenn man mit einem Fahrrad über ein Blumenbeet fährt, werden einige Blumen geknickt werden, andere nicht. Fährt man aber mit einer schweren Planierraupe über das gleiche Blumenbeet, so besteht wenig Wahrscheinlichkeit, dass sich irgend eine der Blumen je wieder erholt.«[24]

Eine Kostenübernahme für das Heilverfahren von Mirjam M. wurde jedenfalls – trotz der schriftlichen und telefonischen Proteste deutscher Freunde – vom »Amt für Wiedergutmachung« in Saarburg mehrmals abgelehnt. Mirjam M. musste die Kosten für die Behandlung ihrer verfolgungsbedingten Erkrankung selber tragen.

Grundsätzlich verfuhren deutsche Ärzte und Behörden gegenüber ehemaligen Häftlingen der Konzentrations- und Vernichtungslager jahrzehntelang in Fragen der Anerkennung von Haftschäden und der sogenannten Wiedergutmachung rigoros: Arztkosten oder Renten wurden vom Nachkriegsdeutschland nur übernommen beziehungsweise gewährt, wenn die Opfer mit überdeutlicher Glaubwürdigkeit beweisen konnten, dass ein ursächlicher Zusammenhang zwischen den in der KZ-Haft erlittenen Schäden und den aktuellen Leiden bestand, was sich als nahezu unmöglich erwies.[25]

Nicht selten waren die Nachkriegsgutachter ehemalige Nazis, die zum Teil schwere Schuld auf sich geladen hatten. Überzeugend herausgearbeitet hat das der Berliner Arzt und international anerkannte Spezialist für die Behandlung von extrem traumatisierten Menschen Christian Pross in seiner Studie »Wiedergutmachung – Der Kleinkrieg gegen die Opfer«. Demzufolge identifizierten sich viele der begutachtenden Ärzte nach wie vor »mit dem Aggressor und wehrten eigene Angst, Scham und Schuldgefühle«, die die Konfrontation mit dem Elend des Opfers auslöste, durch die Verleugnung und Verharmlosung der Leiden ab. So befassten sich deutsche Ärzte über Jahrzehnte hinweg, von wenigen Ausnahmen abgesehen, nicht mit den spezifischen Krankheiten der Überlebenden der Konzentrations- und Vernichtungslager. Ausländische Forschungsergebnisse wurden geradezu ignoriert. Christian Pross: In zahlreichen »Untersuchungen wurde auf die grundlegenden Unterschiede von Kriegsgefangenen und KZs hingewiesen, die nicht nur darin bestanden, dass in den ersteren ›das Krematorium fehlte‹, sondern dass das Ziel der absoluten Vernichtung, des Völkermords und der totalen Ächtung der Häftlinge fehlte. Viele deutsche Gutachter erkannten dennoch die Leiden der KZ-Überlebenden nicht als Verfolgungsschaden [an], da man auch bei ›Russland-Heimkehrern‹, die den gleichen Entbehrungen ausgesetzt gewesen seien, derartige Leiden nicht habe beobachten können.«[26]

Nicht einmal jede zweite Antragstellerin beziehungsweise jeder zweite Antragsteller wurde nach dem »Bundesentschädigungsgesetz« anerkannt, das am 29. Juni 1956 rückwirkend zum 1. Oktober 1953 verabschiedet worden war. Das Gesetz sah den schon damals niedrigen Pauschalbetrag für »Freiheitsschäden« von 150 DM für jeden Monat Haft vor. Fünf Deutsche Mark für einen Tag Auschwitz.[27]

Unter anderem der polnische »Verband ehemaliger Kinderhäftlinge« machte Ende 1990 darauf aufmerksam, dass die »über 1.000 Kinderhäftlinge«, die zu diesem Zeitpunkt in Polen lebten, »keine Entschädigung von deutscher Seite für das Unrecht« erhalten hätten. Diese Kinder waren alle unter 16 Jahren, als sie verhaftet wurden.[28] – Einer Berechnung aus dem Jahr 1989 zufolge gingen rund neunzig Prozent der Gelder an Überlebende, »die zur Zeit der Verfolgung Deutsche waren« oder eine »›räumliche Beziehung‹ zu Deutschland in den Reichsgrenzen von 1937 nachweisen konnten«. Mit anderen Worten: Nur zehn Prozent der Gesamtsumme gingen an ausländische Verfolgte – obwohl sie neunzig Prozent der Überlebenden ausmachten.[29]

Mehrere der in diesem Buch mit ihren Lebensgeschichten vorgestellten überlebenden Kinder von Auschwitz haben über vierzig Jahre warten müssen, bis sie schließlich eine »Entschädigung« für ihren Zwangslageraufenthalt bekommen haben. Zuvor hatte das mit zahlreichen äußerst komplizierten Bestimmungen gespickte »Bundesentschädigungsgesetz« mehrmals überarbeitet werden müssen. Sehr viele Überlebende sind jedoch schon vorher gestorben und haben nichts mehr erhalten. Mirjam M. bekommt seit rund 35 Jahren eine kleine Rente von der Bundesrepublik für ihre KZ-Haft. Ein anderes Kind, das in Auschwitz eingesperrt war, bekommt diese erst seit Ende August 2011,[30] über 66 Jahre nach seiner Befreiung. Josif Konvoj hat es stellvertretend für alle Überlebenden einmal so ausgedrückt: »Aber, auch wenn ich viel bekäme: Das kann sowieso niemand bezahlen.« Für alle ist wichtig, dass ihre Leiden und damit auch die ihrer Familien anerkannt werden. Darin liegt für sie der eigentliche Sinn der »Wiedergutmachung«.

Die Menschen, die im Kindes- oder Jugendalter Auschwitz und teilweise danach auch noch andere Lager überlebt haben, müssen bis zum heutigen Tag mit der ständigen Erinnerung daran leben. In schlaflosen Nächten, in Alpträumen, in Alltagsszenen, in Reaktionen von Menschen wird Auschwitz wieder Gegenwart. Zimmernummern an einem Schild im Hotel werden zu Augen, wie sie damals als Fotografien im Laboratorium bei SS-Arzt Mengele an der Wand hingen. Alltagsgerüche werden zum Gestank, der an Auschwitz erinnert. Wiederholt hat VERA KRIEGEL (geborene Grossmann) Nordamerika und Europa besucht: Bei Begegnungen mit Schulklassen, Kirchengemeinden und Politikern konfrontierte sie die Menschen mit ihrer Vergangenheit. Dabei hatte sie immer wieder »Rückblenden«, wie sie das nennt. Beispielsweise beim Besuch einer größeren europäischen Stadt: »Ein Geruch traf mich dort mit so großer Wucht, dass er in mir blieb: In meiner Seele, in meinem ganzen Körper. Ich konnte den Geruch einfach nicht loswerden. Ich ging in mein Hotelzimmer. Ich ging ins Bett. Ich war außer mir. Ich war in einer fürchterlichen Verfassung. Alles wegen dieses Geruchs. Ich zog das Bettlaken über meinen Kopf. Aber ich wurde diesen Geruch einfach nicht los. Ich duschte. Aber ich wurde den Geruch nicht los. Der Geruch war in meinem Kopf.« Am nächsten Morgen ging sie der Sache auf den Grund. Schließlich erzählte ihr jemand, die Imbissbuden in dieser Stadt würden zum Braten und Frittieren auch Schweinefett verwenden. Vera Kriegel ist sich sicher: Dieser Geruch erinnerte sie »an den Geruch des verbrannten menschlichen Fleisches«, der aus den Schornsteinen in Auschwitz-Birkenau stieg. – Das Erlebte wurde auch für ihre Zwillingsschwester OLGA SOLOMON (geborene Grossmann) immer wieder gegenwärtig: »Das habe ich meiner Familie nie erzählt, aber sie hat gemerkt, dass ich lange Zeit nicht an jedem Platz unseres Esstisches sitzen konnte. Unserer Wohnung gegenüber befand sich ein Laternenpfahl, der wie ein Wachturm wirkte und mich an Auschwitz erinnerte. Als der Pfahl mit der grauen Lampe eines Tages ausgewechselt wurde, schrie ich vor Freude.«

Channa und Israel Loewenstein mit ihren Töchtern Noomi, Noga und Naawa. Zeit ihres Lebens musste sich Channa mit zunehmender Intensität an die Trennung von ihrer Mutter Zseni Markowicz (geborene Schwarz) an der Rampe von Auschwitz-Birkenau erinnern. »Ich habe mir nie verzeihen, dass ich damals nicht zu meiner Mutter gegangen bin.«

Selten war Otto Klein in seinen Träumen wieder in Auschwitz-Birkenau, aber es kam vor. Er hatte »immer diesen einen Traum«: »Mein Bruder und ich sind eingesperrt. Wir sind von Menschen abhängig. Werden wir überleben?« – Eduard Kornfeld wurde, solange er lebte, Nacht für Nacht von furchtbaren Träumen verfolgt: »Oft träume ich davon, dass ich in Auschwitz-Birkenau bin. In einem Raum des Krematoriums. Und ich weiß, dass ich gleich in die Gaskammer komme. Wir werden hineingeschoben. Ich überlege: ›Wo kann ich mich verstecken?‹ Aber es gibt keinen Ausweg! Die SS treibt uns in die Gaskammer. Ich wache schweißgebadet auf.«

Auschwitz war für Eduard Kornfeld immer präsent. Er hörte oder las manchmal, dass Menschen äußerten: »Hört doch endlich auf mit dem Holocaust, mit Auschwitz.« Diesen Menschen wollte er sagen: »Stellt euch vor: Deine Mutter wird in der Gaskammer erstickt. Was würdest ihr dann sagen?« Eduard Kornfeld konnte nie Menschen verstehen, die ihm sagten, er solle endlich verzeihen und vergessen. Diese Leute hätten nichts von seiner Situation verstanden. Solange sie nicht selbst betroffen wären, hätten »die leicht schöne Sprüche« machen können. Eduard Kornfeld machte, solange er lebte, immer wieder deutlich: »Es gab nicht nur ein Konzentrationslager. Es gab mehr als Tausend. Und die Deutschen haben mit einer solchen rücksichtslosen Grausamkeit gemordet, die heute nicht mehr vorstellbar ist. Aber ich habe es mit meinen eigenen Augen gesehen. Wie soll ich diese bestialischen Verbrechen vergessen oder gar vergeben können? Dazu habe ich keinerlei Recht.«

Channa Loewenstein (geborene Markowicz) war zusammen mit ihren Eltern und drei ihrer vier Brüder aus Irshava in den Karpaten (die Stadt gehörte ursprünglich zur Tschechoslowakei, heute zur Ukraine) im Sommer 1944 nach Auschwitz-Birkenau deportiert worden. Männer und Frauen wurden sofort getrennt. »Meine Brüder gingen mit meinem Vater, ich ging mit meiner Mutter. Als wir auf einer Art Kreuzung ankamen, schickte Mengele, den Namen habe ich später erfahren, meine Mutter auf die linke und mich auf die rechte Seite. Ich sagte zu ihr: ›Komm zu mir!‹ Aber sie wollte nicht.

Eva Umlauf mit ihren Söhnen Erik, Oliver und Julian. »Als ich mit meinem jüngsten Sohn Julian schwanger war, zeigte sich mir erneut, in welchem Maße ich doch vom Holocaust geprägt bin.«

Ich sagte noch einmal: ›Komm doch rüber, Mutti.‹ Sie wollte nicht, weil man ihr ›Nach links!‹ gesagt hatte. Zum dritten Mal rief ich: ›Komm doch schon rüber, Mutti!‹ Der Mengele hatte das gehört. Er ging zu meiner Mutter und packte sie mit einem krummen Gehstock am Hals und warf sie auf den Boden. Meine Mutter kam auf die schlechte Seite.«

Ganz besonders in ihren letzten Lebensjahren, am Tag und in der Nacht, musste Channa Loewenstein mit zunehmender Intensität an ihre Mutter denken. Immer und immer wieder durchlebte sie den einen Augenblick, als sie an der Rampe von Auschwitz-Birkenau ihre Mutter verlor. Sie konnte nicht verstehen, konnte sich nie verzeihen, war untröstlich, dass sie damals nicht zu ihrer Mutter gegangen ist. »Ich hätte eigentlich zu meiner Mutter gehen und sie nicht rufen sollen. Das wäre das Naheliegende gewesen. Ich habe es nicht gemacht.« Channa Loewenstein weinte viel. Dieses »Zurückgeworfenwerden«, die permanente Erinnerung an diesen einen Moment, wurde zu einer schweren Bürde des Alters, zu einer unerträglichen Last.

Olga Solomon (geborene Grossmann) verbrachte die Hälfte ihres Lebens im Krankenhaus. Sie konnte nach Auschwitz in der

»normalen« Welt nicht leben. Als sie zum ersten Mal schwanger wurde, erlebte sie alles noch einmal. »Ich weiß nicht, was Mengele mir und Vera gespritzt hat, als wir sechs Jahre alt waren. Und dann, neun Monate auf die Geburt warten. Und immer diese Angst: Wer weiß, was da aus mir herauskommen wird?« Gott sei Dank waren das erste und auch das spätere, zweite Kind gesund.

Eva Umlauf musste, so wie Olga Solomon, immer wieder erleben, dass Auschwitz sie jederzeit einholen konnte. Sie sagt: »Als ich mit meinem jüngsten Sohn Julian schwanger war, zeigte sich mir erneut, in welchem Maße ich doch vom Holocaust geprägt bin. Die überängstliche Erziehung, die ich und meine Schwester Nora von Seiten meiner Mutter bekamen, zeigte sich in dieser Schwangerschaft ganz deutlich. Ich bekam enorme Ängste, litt unter schrecklichen Träumen, in denen ich unter anderem die ganze Gaskammer voll mit Säuglingen sah.« In Auschwitz waren solche Horrorszenen alltäglich gewesen. »Ich war mehr als zerbrechlich, sah mich fast nicht in der Lage, mein Kind zu erziehen, ihm Kraft zu geben.« Eva Umlauf ist überzeugt: »Wir Überlebenden trugen und tragen erdrückende Ängste in uns. Mich trieb meine Holocaust-Erfahrung als Ärztin in die Kinderheilkunde. Als Konsequenz aus den eigenen Erfahrungen.« Sie wollte und will dazu beitragen, dass sich das Leiden von Kindern verringert. Ähnlich ist es bei ihrer Schwester Nora, die auch Ärztin wurde, weil sie kranken Menschen helfen wollte. Erst ihre Stellungen als Ärztinnen ermöglichten den Schwestern ein Leben in der Gegenwart. Hatte ihre Mutter bei der gemeinsamen Rückkehr aus Auschwitz ihren Halt in der Sorge für ihre kleinen Kinder gefunden, so fanden Eva und Nora diesen Halt unter anderem in ihrer Arbeit als Medizinerinnen.

Else Baker (geborene Schmidt) verließ als 27-jährige Frau Deutschland und hat seit 1963 ihren Lebensmittelpunkt in England, zunächst in einem kleinen Ort bei Cambridge, danach in London und Umgebung. Knapp zwanzig Jahre vor ihrem Umzug auf die britischen Inseln hatte ihr Adoptivvater Emil Matulat nach Elses Verhaftung in Hamburg im April 1944 sehr viel Mut bewiesen und sofort gehandelt: Er wagte immer wieder »äußerst schwierige Behördengänge« und schrieb viele Briefe »an die Allerhöchsten« im Nazi-Staat. »Er war ein guter Briefschreiber, unternahm alles, was ihm möglich war, um mich zu retten. Für mich hat er sein Leben riskiert.« Emil Matulat gelang das Unwahrscheinliche: Elses Entlassung aus dem Konzentrationslager Ravensbrück. Er holte sie dort ab und fuhr mit ihr am 27. September 1944 zurück nach Hamburg. Zuvor hatten beide ein Dokument unterzeichnen müssen: »Mit unserer Unterschrift, ich mit meiner Kinderhandschrift, mussten wir uns verpflichten, nichts über das von mir Erlebte und Gesehene in Auschwitz und Ravensbrück zu erzählen. Wir haben auch nichts gesagt, weil der Krieg noch nicht zu Ende war.«

Kurze Zeit nach ihrer Rückkehr erzählte Else »ein einziges Mal« ihrem Adoptivvater von ihren »schrecklichen Erlebnissen im Lager«. Sie wusste aber noch nicht, »dafür war ich viel zu verstört und jung, was das alles bedeutete«. »Ich erzählte von den vielen Kindern, Frauen und Männern im Lager, von den Krematorien, wo die Menschen verbrannt wurden, das hatten mir andere Häftlinge in Auschwitz-Birkenau gesagt, die das wussten, von den vielen Leichen, die ich selber gesehen hatte. Auch habe ich ihm von Wanda erzählt, die mir geholfen hatte, das Vernichtungslager zu überleben. Mein Adoptivvater war sichtlich gerührt, wie ich annehme, denn seine Gesichtsmuskeln fingen an zu zucken. Das hatte ich noch nie bei ihm gesehen.«

Eine Woche später ging Else schon wieder zur Schule. Sie kam in ihre alte 3. Klasse. »Die Kinder waren wie immer zu mir. Ich erzählte, dass ich im Harz gewesen war«, was von den Mitschülerinnen und Mitschülern ohne weitere Nachfragen akzeptiert wurde. Nicht akzeptiert wurde das von ihrem Lehrer. »Er hatte mein Pflaster auf dem Arm gesehen. Meine Mutter hatte das über meine Auschwitznummer geklebt.« Der Lehrer fragte Else: »Was ist unter dem Pflaster?« Sie erstarrte, hatten das Mädchen und ihr Adoptivvater sich doch verpflichtet, nichts zu sagen. »Ich musste aufstehen, mich vor die Klasse stellen.« Der Lehrer bohrte weiter nach. »Aber ich sagte nichts, bin nur dagestanden, war wie erstarrt.« Schließlich durfte Else wieder Platz nehmen. »Das war ein schrecklicher Lehrer.«

Bis zu ihrem 40. Lebensjahr habe sie »nicht wirklich« wieder über Auschwitz und Ravensbrück gesprochen. »Wie sich herausstellen sollte, hatte ich mich nie davon erholt.« Seinerzeit sah Else Baker in England ein Plakat, mit dem auf die menschenfeindliche Politik der Apartheid in Südafrika aufmerksam gemacht werden sollte. »Dort stand, was den Schwarzen alles verboten war. Sie durften sich zum Beispiel nicht auf Bänke setzten, die waren allein für die ›Weißen‹. Und dann ›explodierte‹ es in meinem Herzen und in meinem Kopf. Genauso, nein, noch schlimmer war ich in den Lagern behandelt worden.« – »Mama, Mama«, habe sie geschrien, womit sie ihre Adoptivmutter gemeint hatte. Alles sei aus ihr herausgekommen, »all das, was ich so lange verdrängt hatte«.

Fast alle, die als Kinder und Jugendliche Auschwitz überlebt haben, quälte und quält die Frage, warum gerade sie überlebt haben, nicht ihre Eltern, Geschwister, Verwandten, Freunde. JÜRGEN LOEWENSTEIN war zeit seines Lebens überzeugt: »Das Überleben in Auschwitz war reine Glückssache«.[31] 1949 war er per Schiff nach Israel ausgewandert. Zusammen mit Freunden wollte er einen Kibbuz mit ausschließlich Gemeinschaftseigentum aufbauen. Die Gründerinnen und Gründer von Yad Hanna kamen größtenteils aus Ungarn und Österreich. Alle hatten die schrecklichen Erfahrungen der Deportationen und Konzentrationslager hinter sich. Und fast alle ihre Familienangehörigen waren von Deutschen ermordet worden. »Von der Vergangenheit sprachen wir, um uns gegenseitig näher kennenzulernen. Aber meistens sprachen wir von unseren Hoffnungen für die Zukunft. Wir wollten zusammen leben und etwas Gemeinsames aufbauen: einer für alle und alle für einen. Wir wollten ein völlig neues Land aufbauen und als Volk in einem eigenen Staat leben, in dem wir sicher sind, damit das, was mit uns und unseren Familien wenige Jahre zuvor geschehen war, nie mehr passieren konnte.« – In Israel wollte er nicht mehr mit seinen beiden deutschen Vornamen gerufen werden. »Die Deutschen hatten mir den Zusatznamen ›Israel‹ gegeben – damit jeder gleich wusste, dass ich Jude, dass ich etwas Anderes, nicht Erwünschtes bin.« Als er nach Israel kam, ließ er »Jürgen Rolf« in Deutschland zurück. Richtiger war »Israel« für ihn, der Name seiner neuen Heimat, Medinat Jisra'el wie das Land auf Hebräisch heißt.

Eduard Kornfeld erinnerte an diejenigen, die »trotz der Gespräche untereinander, trotz unseres Zusammengehörigkeitsgefühls unter den überlebenden Kindern und Jugendlichen« mit dieser Last, mit der Erinnerung an die ermordeten Familienangehörigen, mit der Erinnerung an Auschwitz und die anderen Lager, nicht weiterleben konnten. »Ja, es ist äußerst tragisch, viele begingen Selbstmord. Auch Freunde aus dem Sanatorium, in dem ich mich viele Jahre befand. Einer meiner Zimmerkollegen lebte später in einem Vorort von Zürich. Dort, in einem anderen Sanatorium, nahm er sich das Leben. Oder in Davos war ein gleichaltriges, sehr, sehr nettes Mädchen. Sie war schon aus dem Sanatorium entlassen worden und hatte sich in der Stadt eine kleine Wohnung gemietet. Sie war lustig, schlagfertig und immer gut gelaunt. Und doch, eines Tages erhängte sie sich. Dann war da eine andere junge Frau, mit der ich in Davos befreundet war. Sie war drei oder vier Jahre älter als ich. Plötzlich hat sie aufgehört zu reden. Keiner hat einen Zugang mehr zu ihr finden können. Auch wollte sie nicht mehr essen, nicht mehr trinken. Eine Zeit lang wurde sie künstlich ernährt. Aber das hat nichts genützt. Schließlich ist sie gestorben. Es ist ein weites Feld.«[32] – Eduard Kornfeld hat nie an Selbstmord gedacht. Er hatte nicht Auschwitz, Kaufering, Riederloh II, Augsburg-Pfersee und Dachau überlebt, um sich nach der Befreiung das Leben zu nehmen. »Mein Wille zu überleben war stärker als der Tod.« Er wollte gesund werden, wollte sich eine Existenz aufbauen, wollte eine Familie gründen.

»Zum Glück«, so Janek Manela Mandelbaum, »habe ich unseren Kindern meine Geschichte erst im Alter von 17, 18 Jahren erzählt. Ich habe ›ein richtiges American Girl‹ geheiratet. Das ist wahrscheinlich der Grund dafür, dass wir vor und zu den Kindern nicht eher darüber gesprochen haben. In Familien, in denen die Eltern beide Überlebende sind, wurden die eigenen Kinder, als sie noch sehr jung waren, manchmal zu sehr ›angesteckt‹ von den Erzählungen ihrer Eltern. Früh wussten sie wahrscheinlich zu viel. Mit diesem Wissen konnten sie nicht leben. Einige dieser Kinder begingen daraufhin Selbstmord.«

LUDMILA M. wurde mit drei Jahren aus Auschwitz befreit. Im Alter von 42 Jahren musste sie die Frührente beantragen: »Aus psychischen Gründen bin ich in ständiger Behandlung. Mit Auschwitz zu leben ist sehr schwer für mich. Seit vielen Jahren leidet auch meine Tochter. Wirklich helfen kann uns niemand. Diese ›Geschichte‹ würden wir gerne loswerden. Es geht nicht. Nie werden wir von Auschwitz befreit sein. In den letzten Jahren ist es sogar schlimmer geworden.«

Die Kinder und Enkelkinder der Überlebenden wissen in der Regel viel mehr, als ihre Eltern und Großeltern vermuten. Unausgesprochenes und Ausgesprochenes, Ahnungen und Andeutungen ließen sie die Wahrheit erkennen. Die Kinder von Auschwitz gaben ihre Verfolgungserfahrung an ihre Kinder und Enkelkinder weiter.[33] Auch wenn die Eltern und Großeltern alles versuchten, ihre Nachkommen vor den Folgen von Auschwitz zu schützen, gehören diese zu ihrer Familiengeschichte. Sie ließen und lassen sich nicht verheimlichen. Die Kinder spürten, wie ihre Eltern und Großeltern litten.

Für Noomi und Noga, die erstgeborenen Töchter von CHANNA und ISRAEL LOEWENSTEIN, war es »ganz normal«, dass sie keine Großeltern hatten. »Wir alle sind ja aus den Konzentrationslagern in den Kibbuz gekommen.« Sehr oft als einzige Überlebende von großen Familien. Da zuerst die älteren Menschen in den Lagern ermordet worden waren, hatte im Kibbuz kein Kind Großeltern. Das änderte sich, als eines Tages neue Mitglieder im Kibbuz Yad Hanna aufgenommen wurden, die nicht aus den Lagern kamen. Die dritte Tochter von Channa und Israel Loewenstein, Naawa, fragte ihre Mutter, als sie noch nicht zur Schule ging: »Wo sind die Großeltern?« – »Du hast keine, weil sie gestorben sind.« – Doch das beschäftigte das Mädchen so sehr, dass es immer öfter nach den Großeltern fragte. Channa Loewenstein wiederholte geduldig: »Du hast keine, weil sie gestorben sind.« Naawa gab sich damit nicht zufrieden und fragte immer wieder. Doch eines Tages kam sie »fast triumphierend« aus dem Kinderhaus im Kibbuz nach Hause und erklärte ihrer Mutter: »Was erzählst du immer, dass ich keine Großeltern habe? Ich habe doch Großeltern, die sind nur nicht mehr am Leben!«

Als Noga, die mittlere Tochter von Channa und Israel Loewenstein, das Gymnasium besuchte, wurde über einen Schüleraustausch mit einem Gymnasium in Siegen beraten. »Meine Tochter und noch ein Junge aus Yad Hanna waren gegen einen solchen Austausch mit Deutschland«, erinnerte sich Israel Loewenstein, »obwohl sie wussten, dass wir für solche Kontakte sind.« – Der Austausch zwischen den Schulen kam erst zustande, als Noga und Dror Feiler, der Nachbarsjunge, heute ein bekannter schwedisch-israelischer Musiker und Komponist, das Gymnasium beendet hatten.

Auch für Janek Mandelbaums Sohn Mark ist der Kontakt zu Deutschland und den Deutschen kompliziert geblieben. »Es war immer schwierig für mich. Es ist schwer für mich heute – weil ich all diese ›Dinge‹ weiß, die Vergangenheit mit allen Einzelheiten kenne. Ich weiß Bescheid über das Fürchterliche, das Deutsche meiner Familie und meinen Verwandten angetan haben.« Mark Mandelbaum und seine drei Geschwister wussten früh Bescheid, ohne dass die Eltern mit ihnen darüber sprechen mussten: »Wir wussten, dass wir keine Großeltern hatten, nur die Großmutter von meiner Mutters Seite. Ab meinem etwa fünften Lebensjahr ging ich zu Gedenkgottesdiensten in die Synagoge.« Bei diesen Anlässen wurde an die erinnert, »die während des Krieges nicht zurückgekommen waren«. Mark Mandelbaum: »Einfach war das nicht für mich.«

Die nachfolgenden Generationen der Überlebenden sind übermäßig einbezogen in die Verfolgungsgeschichte ihrer Eltern beziehungsweise Großeltern. Das mussten auch Yehuda Bacon und seine Frau Leah erfahren. Yehuda Bacon hatte sich vorgenommen, seinen Söhnen nicht zu verschweigen, dass er im Konzentrationslager gewesen war. »Meine Frau und ich hatten uns vorgenommen, ihnen alles zu erzählen, sobald sie fragen. Als sie noch klein waren, haben wir natürlich nichts erzählt. Danach gab es dann eine Zeit, in der sie sehr viel Interesse daran hatten.« Benjamin und Hannan, die beiden Söhne, waren viele Jahre krank. Ohne ersichtlichen Grund verstummte einer der Jungen eines Tages. Es dauerte Jahre, bis der Junge wieder zu sprechen begann. Einer seiner ersten Sätze war: »Wie wurden die Menschen verbrannt?« Yehuda Bacon: »Obwohl wir das immer vermieden haben, muss unser Sohn wohl in jungen Jahren schon etwas mitbekommen haben, wenn Freunde zu Besuch waren und wir über Auschwitz gesprochen haben.«

Yaakov Gilad ist ein bekannter israelischer Musiker. Seine Mutter ist Halina Birenbaum (geborene Grynsztein). Sie wurde im Alter von 13 Jahren zunächst im Warschauer Ghetto eingesperrt, danach über Majdanek nach Auschwitz deportiert. Ihr Vater wurde nach Treblinka verschleppt, ihre Mutter nach Majdanek und ihr jüngerer Bruder Chielek schließlich auch nach Auschwitz-Birkenau. Nur Halina und ihr älterer Bruder Marek, der sich während der deutschen Besatzungszeit in Warschau verstecken konnte, blieben am Leben. Befreit wurde Halina am 2. Mai 1945 in Neustadt-Glewe, einem Außenlager des Konzentrationslagers Ravensbrück, Marek in der polnischen Hauptstadt am 17. Januar. Seit 1947 lebt Halina Birenbaum in Israel und ist Mutter von zwei Söhnen.[34]

Yaakov Gilad und seine Mutter wurden von Orna Ben-Dor Niv für ihre Biofilmografie »Wegen dieses Krieges« befragt. Die israelische Regisseurin dokumentierte, welche Auswirkungen die Shoah auf die Kinder der Überlebenden haben kann. Yaakov Gilad: »Ich wollte sein wie alle anderen, aber es gelang nicht. Warum ich mich anders gefühlt habe? Erstens gehörte ich zu einer sehr kleinen Familie. Von Anfang an war klar, dass alle anderen Onkel und Tanten hatten und wir nur vier waren. Und vier waren wir erst, als ich fünf Jahre alt war. Bis dahin waren wir nur drei. Außerdem hatte meine Mutter eine Tätowierung, und die Kinder fragten mich ständig, was

Halina Birenbaum (geborene Grynsztein) wurde im Alter von 13 Jahren über das Warschauer Zwangsghetto und Majdanek nach Auschwitz-Birkenau verschleppt.

das ist.« Yaakov erinnerte sich aus der frühen Kindheit »an einfache Dinge, wie zum Beispiel Kinderspiele«. Seine Mutter »nahm ein Handtuch, verknotete es, und sagte: ›So haben wir im Ghetto Puppen gemacht.‹ Alles erinnerte sie an ihre Kindheit im Ghetto. Ihre Kindheitserlebnisse sind mit dem Ghetto verbunden. Meine Kindheitserlebnisse verbanden sich immer mit ihren Erlebnissen.«

Seine Mutter Halina Birenbaum: »Als er zwei Jahre alt war, dachte ich, er sei schon groß. Ein Kind, das schon allein geht und sitzt und steht und dem man schon alles erzählen kann. Ich wollte ihm so gern von meiner Familie erzählen. Von denen, die in der Shoah umkamen und nicht mehr da sind. Ich wollte dies alles schnell mit ihm teilen. Er sollte von meiner Mutter und meinem Bruder erfahren. Obwohl er noch so klein war, wollte ich seine Welt füllen mit meinen Erlebnissen von ›dort‹. Ich habe ihm nicht von den Gräueln erzählt, aber doch. Sobald er aufnahmefähig war, fragte er nach der Nummer. Ich sagte ihm, dass böse Menschen das im Krieg gemacht hatten. Er fragte noch mehr, und ich erzählte weiter. Ich wusste nicht, dass es für ihn so erschreckend sein würde.«

Yaakov Gilad: »Wenn ich schlechte Noten bekommen oder etwas ›verbrochen‹ hatte, sagte sie: ›Schade, dass ich aus Auschwitz herauskam, um das zu erleben.‹ Von ganz klein auf hörte ich diesen Text. Mit meinem Handeln musste ich immer ihr Leben rechtfertigen.«
Halina Birenbaum: »Ich wollte nicht, dass meine Kinder so werden wie die Kinder der deutschen Mütter. Vor dieser Möglichkeit hatte ich immer Angst. Dafür gab es zwar gar keine Anzeichen, aber das wollte ich durch meine Erziehung verhindern. Meine beiden Söhne waren nicht immer damit einverstanden. Und sie haben nicht immer mein Anderssein verstanden.«[35]

Diejenigen, die im Kindes- oder Jugendalter Auschwitz überlebt hatten, fragten und fragen sich, ob ihre Angehörigen tatsächlich in den Gaskammern umkamen – oder doch irgendwo überlebt haben. Lange Zeit, manche von ihnen bis heute, suchten und suchen sie – zumindest in ihren Träumen – nach den Eltern. Dasha Lewin (geborene Dáša Friedová) konnte zeit ihres Lebens nicht wirklich akzeptieren, dass ihre Mutter Káťa und ihre Schwester Sylva nie mehr zurückkommen würden. Mehrmals stieß sie auf Artikel in Tageszeitungen, die berichteten, dass Totgeglaubte plötzlich wieder auftauchten. »Meine Schwester oder meine Mutter mussten am Leben sein. Bei meinem Vater war ich mir aufgrund seines Alters nicht so sicher. Nie konnte ich mir eingestehen: ›Sylva ist tot‹. Obwohl ich wusste, dass sie im Lager gestorben war. Genauso verhielt es sich mit meiner Mutter. Es war mir egal, was andere Menschen sagten. Nicht einmal die in Funktion befindlichen Krematorien in Auschwitz-Birkenau, die ich mit eigenen Augen gesehen hatte, konnten mich überzeugen.« Die Hoffnung, dass doch noch jemand lebte, machte vielen – so wie Dasha – das Weiterleben erst möglich. »Es ist wie in einem Traum«, erzählte sie mehrmals, »aus dem ich nur erwachen musste. Dann würde alles wieder gut sein.« Aber niemand kam zurück.

Ihr Mann, Maury Špíra Lewin, war auch als Kind in Auschwitz eingesperrt. Bis zu seinem Tod konnte und wollte er nicht darüber

Maury Lewin konnte nicht über Auschwitz sprechen. Bekannt ist: Als Moshe Špíra wurde er in den Karpaten geboren.

sprechen. »Mir hat er doch«, so Dasha Lewin, »im Laufe der Jahrzehnte einiges anvertraut – wenn auch nicht viel«: Als Moshe Špíra verbrachte er die ersten 13 Jahre seines Lebens im damaligen tschechischen Mukačevo (ukrainisch Mukatschewe, ungarisch Munkács) in den Karpaten. 1944 wurde er nach Auschwitz verschleppt und 1945 irgendwo in Deutschland befreit. Er war krank und musste für zwei Jahre ins Krankenhaus. Seinerzeit ergaben Nachforschungen, dass niemand von seiner Familie nach Mukačevo zurückgekehrt war. Als »heimatloses Kind der Shoah« kam Maury 1947 in ein jüdisches Kinderheim in New York. Einige Monate später nahm er das Angebot einer jüdischen Organisation an und ging nach Kalifornien. In Los Angeles lernte er die Familie Lewin kennen, deren einziger Sohn bei einem Autounfall ums Leben gekommen war. Die Mutter, Elise Lewin, litt sehr unter dem Verlust ihres Sohnes. Viele ermutigten sie, einem anderen Kind zu helfen. Maury zog zu Howard und Elise Lewin, die ihn bald darauf adoptierten.

Jahre später stellte sich heraus, dass Maurys leiblicher Vater lebte. Er war 1946 von Russland irgendwie nach Prag gelangt und hatte dort noch einmal geheiratet. Maurys Mutter und Geschwister, bis auf eine Schwester, Sara Lipa, waren alle während der Shoah umgekommen. Sara ging nach Israel. Maury besuchte sie dort erstmals 1953, später mehrmals mit seiner Frau Dasha.

Maury Špíra Lewin trug immer einen kleinen cellophanierten Zettel in seiner Hosentasche mit sich. Darauf hatte er in Druckbuchstaben die Namen mehrerer Konzentrations- und Vernichtungslager in dieser Reihenfolge aufgeschrieben: »Auschwitz, Belzec, Bergen-Belsen, Birkenau, Buchenwald, Chelmo, Dachau, Emsland, Groß

Rosen.« Auch hatte er auf dem Stück Papier »Bullenhuser Damm« notiert. Hier wurden im Gebäude Nummer 92–94 in der Nacht vom 20. auf den 21. April 1945 zwanzig jüdische Kinder im Alter von fünf bis zwölf Jahren von SS-Männern ermordet: Zehn Mädchen und zehn Jungen, darunter zwei Geschwisterpaare. Als Häftlinge des Konzentrationslagers Neuengamme mussten sie vor ihrer Ermordung die Qualen medizinischer Experimente erleiden: Den Kindern waren lebende Tuberkelbazillen unter die Haut gespritzt und mit einem Gummischlauch durch die Luftröhre in die Lunge eingeführt worden. Die Kinder kamen aus Frankreich, Italien, Jugoslawien, den Niederlanden und Polen.[36]

»Forest of Below – Wald von Below« hatte Maury Lewin außerdem auf den Zettel geschrieben, den er immer bei sich trug. Hier, in der Nähe von Wittstock, hatte die SS Ende April 1945 mehr als 16.000 Häftlinge zusammengetrieben. Im Wald mussten sie ohne Unterkunft und Lebensmittel in einem umzäunten Areal zubringen. In Erdlöchern und selbstgebauten Unterständen suchten die Häftlinge Schutz vor der Witterung. Sie ernährten sich eine Zeitlang von Kräutern, Rinde und Wurzeln. Auf dem Friedhof in Grabow liegen 132 Häftlinge begraben, die »im Waldlager oder in einem Nothospital verstorben sind«.[37] – Warum Maury Lewin den Zettel mit den genannten Ortsbezeichnungen ständig bei sich hatte, ob er nach Auschwitz noch in einem anderen Lager war oder im Belower Wald befreit wurde, ist nicht bekannt. Auch Dasha Lewin konnte diese Fragen nicht beantworten.

Eduard Kornfeld und sein älterer Bruder Heinrich, der seit Ende der Vierzigerjahre in Israel lebte, sahen sich, so oft sie konnten, abwechselnd in der Schweiz und in Israel. Inzwischen ist auch Heinrich Kornfeld gestorben. Über das schlimme Gestern konnten die Brüder zeit ihres Lebens kaum sprechen. »Fast nichts über die Eltern, fast nichts über unsere Geschwister. Mein Bruder schämte sich vor mir und ich schämte mich vor ihm, dass wir zu weinen anfangen, dass wir uns mit unseren Erinnerungen gegenseitig wehtun könnten.« Ein paar Mal hatte sich Eduard Kornfeld zwar fest

Eva und Nora verspürten nach der Befreiung eine »große Leere«. Der Verlust war unverkennbar: Fuhren die Mitschülerinnen und Mitschüler in die Sommerferien, blieben die jüdischen Kinder zu Hause. »Wir hatten keine Verwandten, erst recht keine Großmütter.«

vorgenommen, darüber zu reden. Aber er brachte es nicht fertig. Die Brüder konnten »diesen einen Punkt« nicht überwinden. Es schmerzte zu sehr.

Von ihren Eltern und Geschwistern haben die Brüder nie wieder etwas gehört. Eine erhalten gebliebene »Transportliste« besagt, dass Mutter und Vater, die zwei Schwestern und die beiden Brüder am 4. Juni 1942 abtransportiert wurden, und zwar aus dem Zwangsarbeits- und Durchgangslager Patronka bei Bratislava.[38] Das Deportationsziel ist nicht aufgeführt. Der Gedenkstätte Yad Vashem in Jerusalem zufolge wurden von Juni bis September 1942 etwa 2.000 Juden vom Lager Patronka »in den Osten« transportiert. Die Männer, die »arbeitsfähig« waren, wurden nach Ostpolen und von da ins Lager Majdanek verschleppt. Die Kinder und Frauen kamen in die Todeslager Belzec und Sobibor.[39]

Auschwitz hat sich tief in die Seelen der Schwestern Eva Umlauf und Nora Sbornik (beide geborene Hecht) eingebrannt. Sie verspürten nach der Befreiung eine »große Leere«. Denn viele ihrer weitverzweigten Familienmitglieder »blieben für immer verschwunden«. Vor einigen Jahren forschte Eva Umlauf in der Gedenkstätte Yad Vashem in Jerusalem nach dem Verbleib von Verwandten. »Elf Namen standen auf meinem Zettel. Als ich am Abend die Gedenkstätte verließ, hatte ich zu fast allen Hinweise. Fest steht: Alle sind umgekommen.« Auch »alle Geschwister unserer Mutter«: Franziska, Leopold und Berta. – Der Verlust war unverkennbar: Fuhren die Mitschülerinnen und Mitschüler in den Sommerferien zu ihren Babičkas und Dedkos, den Großeltern, blieben die jüdischen Kinder zu Hause. Auch Eva und Nora. »Wir hatten keine Verwandten, erst recht keine Großmütter, zu denen wir abwechselnd hätten fahren können. Neidvoll sahen wir ihre Reisevorbereitungen und hörten bei ihrer Rückkehr von den Abenteuern und Erlebnissen.«

Gábor Hirsch verwendete seit seiner Pensionierung fast seine gesamte Zeit für persönliche Nachforschungen, um »Ordnung in seine chaotischen und bruchstückhaften Erinnerungen an die schlimmste Zeit meines Lebens« zu bekommen. Er, so wie seine auch inzwischen verstorbene Frau Margrit, äußerte in einem gemeinsamen Gespräch: »Mein Mann taucht tagelang ab, beschäftigt sich ausschließlich mit und ist gedanklich wieder in Auschwitz«. Dann sei er kaum ansprechbar gewesen. Gábor Hirsch suchte nach Menschen, die mit ihm zusammen in Auschwitz-Birkenau waren. Mosaikstein für Mosaikstein hat er so zusammengetragen. Margrit Hirsch war überzeugt, dass ihr Mann auf diese Weise einen Weg gefunden habe, die »Sache Auschwitz« für sich aufarbeiten zu können. Er habe trotz allem noch Glück gehabt. Gábor Hirsch ergänzte bei diesem Gespräch: »Ich wüsste nicht, wie ich als einer der Täter hätte weiterleben können. Ich bin froh, dass ich das Opfer und nicht der Täter bin.«

Weit über 20.000 jüdische Gemeinden wurden während der Nazizeit in Europa zerstört.[40] »Ich bin der letzte Jude im Dorf«, erzählte Adolph Smajovich-Goldenberg. Er lebte zeit seines Lebens in Bilky (Bilke) in den Karpaten. Der Ort gehört heute zur Ukraine und liegt im äußersten Südwesten des Landes. Bilky ist eine der vielen Ortschaften in Europa, in denen es seit der Nazi-Zeit kein jüdisches Leben mehr gibt. »Wären die Deutschen nicht gewesen, sähe es bei uns wahrscheinlich völlig anders aus. Ich kann mich noch gut an meine Kindheit erinnern: Wir waren um die 1.000 Juden, die hier gelebt haben. Wir hatten eine Synagoge, einen Rabbi, jüdische Schulen, und viele Geschäfte an der Hauptstraße gehörten Juden. Nach der Befreiung kamen nur etwa sechzig Juden zurück. Auch meine beiden Brüder.«

Sein Vater Samuel Goldenberg hatte Fenster, Türen und Wagenräder hergestellt. »Er war ein fleißiger, guter Mensch. Mein Vater ist, bevor wir wegkamen, gestorben.« Im Mai 1944 war Adolph Smajovich-Goldenberg im Alter von 16 Jahren zusammen mit seiner Mutter und seinen beiden Schwestern Mirjam und Helen nach Auschwitz deportiert worden. Die Brüder Mosche und Wilhelm mussten Zwangsarbeitdienst ohne Waffen in der ungarischen Armee leisten. In Wirklichkeit waren das Sklavenarbeitseinheiten, die nur ungefähr zwanzig Prozent der jüdischen Jungen und Männer überlebten.[41]

»Meine Schwester Mirjam, die zwölf Jahre war, und meine Mutter Frida sind in Auschwitz gleich vergast worden.« Der jüdische Friedhof von Bilky ist erhalten geblieben und wird ständig gepflegt. Dabei helfen vor allem Spenden der Überlebenden und ihrer Familien aus aller Welt.

Einst gab es auch im rund 45 Kilometer entfernten Mukačevo eine große jüdische Gemeinde. 1941 lebten 13.488 jüdische Kinder, Frauen und Männer in der Stadt. Das entsprach einem Bevölkerungsanteil von über vierzig Prozent. Im Mai 1944 wurden die Juden von Mukačevo nach Auschwitz transportiert. Nur ungefähr 2.000 blieben am Leben.[42] Heute leben um die 250 Juden oder sogar weniger in Mukačevo/Mukatschewe. Betreut wurden sie lange Zeit von Rabbiner Chaim Schlomo Hoffman. Er wurde 1938 im rund zweieinhalb Autostunden entfernten ungarischen Debrecen geboren. Seinen Vater hat er kaum gekannt. »Mit meiner Mutter und meinen drei Schwestern kamen wir 1944 ins Lager Bergen-Belsen. Ich war der

Jüngste in der Familie. Mit knapp sieben Jahren wurde ich befreit. Mein Vater ist aus Buchenwald nicht wiedergekommen. Zunächst waren wir in Ungarn. Dort konnte ich keine Nacht schlafen. Ich habe jede Nacht stark geweint. Vor meinen Augen habe ich alles Erlebte immer wieder noch einmal gesehen. Es ist nie ganz weggegangen. Es ist wie in einem Computer: Drin in meinem Kopf.«

Auch das über Jahrhunderte hinweg blühende jüdische Leben von Thessaloniki (Griechenland), um ein weiteres Beispiel zu nennen, existierte nach der Shoah in seiner Vielfalt nicht mehr. Heinz Salvator Kounio: »Von den 56.000 Juden, die hier gelebt haben, blieben nur 1.950 am Leben.«[43] – Viele Jahrhunderte waren über fünfzig Prozent der Einwohner Thessalonikis Juden.[44] Das entscheidende Ereignis für die Jüdische Gemeinde der Stadt war der Zuzug von 15.000 bis 20.000 jüdischen Kindern, Frauen und Männern. Sie waren ab 1492 zuerst aus Spanien, wo Juden seit der Antike gelebt hatten,[45] ein Jahr später aus dem Spanisch regierten Sizilien und Italien sowie 1497 aus Portugal vertrieben worden.[46] Die nach den Verfolgungen aus Spanien mitgebrachte Muttersprache blieb für mehr als 400 Jahre die Hauptverkehrssprache der nach Thessaloniki geflüchteten Juden. Wer von 1500 bis Anfang des 20. Jahrhunderts als Besucher nach Thessaloniki kam, sich irgendwo hinsetzte, seine Augen schloss, den ihrem Tagesgeschäft nachgehenden Menschen zuhörte, konnte glauben, in einer spanischen Stadt zu sein. Auch die griechischen Christen, Slawen, Muslime von Thessaloniki sprachen Spanisch, bedienten sich dieser Sprache im alltäglichen Miteinander.[47]

Als Heinz Salvator Kounio gemeinsam mit seinem Vater im Juli 1945 nach Thessaloniki zurückkehren konnte, war vieles in der Stadt völlig anders: Die vertrauten Geräusche, das Judeospanisch, die Gerüche, das jüdische Gepräge der Stadt – all das gab und gibt es auch heute noch, »aber es war und ist völlig anders«. In den Stadtteilen und Straßen, in denen früher vor allem jüdische Kinder, Frauen und Männer gelebt, gelernt, gelacht, gearbeitet, gebetet und sich geliebt hatten, war nach ihrer Rückkehr aus Auschwitz und den anderen Lagern Leere eingekehrt. In ihren Häusern wohnen heute Menschen,

Als Heinz Salvator Kounio gemeinsam mit seinem Vater nach Thessaloniki zurückkehren konnte, war vieles in der der einst vor allem jüdischen Stadt völlig anders: »Fast alle gleichaltrigen jüdischen Freunde sind nicht aus Auschwitz zurückgekommen.«

denen vielleicht nicht einmal bewusst ist, wer darin gelebt hat und wo die Vorbesitzer geblieben sind. Fast alle gleichaltrigen jüdischen Freunde von Heinz Kounio sind nicht aus Auschwitz zurückgekommen. Viele Familien bestanden 1945 nur noch aus einem einzigen Menschen: Ohne Mutter und Vater, ohne Schwester und Bruder, ohne Großvater und Großmutter, ohne Tante und Onkel. Sie waren einsam. Sie hatten nur sich selbst.

»Wir freuten uns zwar, dass wir, meine Eltern, meine Schwester und ich noch lebten und unsere Nähe spüren und uns gegenseitig helfen konnten.« Andererseits erfüllte die Familie Kounio mit unbeschreiblicher Traurigkeit, dass 22 Kinder, Frauen und Männer aus ihrer nahen Verwandtschaft tot waren. Sie wurden von Deutschen umgebracht, weil sie Juden waren. Jedwede Existenz wurde Juden verweigert. Juden sollten nicht mehr sein. Jeder Gedanke daran ist sowohl für die, die Auschwitz und andere deutsche Verbrechen erleiden mussten, als auch für die nachwachsenden jüdischen Generationen nicht nur der Familie Kounio unerträglich – und wird es für immer bleiben.

Janek Manela Mandelbaum in der Gedenkstätte Stutthof, wo sein Vater Majloch im Oktober 1944 an den Folgen des Lageraufenthaltes gestorben ist. Janek suchte ein neues Leben, gründete eine Familie in den USA. »Aber jetzt, da wir älter und älter werden, können wir die Erinnerungen nicht mehr bändigen.«

Trotz allem haben viele der wenigen Kinder und Jugendlichen, die befreit werden konnten, nach Auschwitz ein neues Leben begonnen, sind zur Schule gegangen, haben studiert, einen Beruf erlernt, Familien gegründet, Kinder bekommen, gefeiert und gelebt. Was für eine unvergleichbare Lebensleistung! Dass für viele dieser Kinder von Auschwitz und ihre Familien Zukunft trotz Erinnerung möglich war und ist. »Ja, das ist richtig«, so JANEK MANELA MANDELBAUM: »Wir gründeten Familien, suchten ein neues Leben, heirateten, hatten Kinder. Wir gingen unseren Berufen nach, schufen uns ein neues Zuhause. Das alles hielt uns von den schrecklichen Erinnerungen fern. Aber jetzt, da wir älter und älter werden, können wir die Erinnerungen nicht mehr bändigen. Wir müssen täglich mit ihnen leben. Es hilft nicht, uns, mir zu sagen: ›Das ist lange her‹, und einfach weiterzumachen. Das geht nicht. Jeden Tag, jede Stunde ist dieser Schmerz da. Ich stehe morgens auf, wasche und rasiere mich, sehe in den Spiegel und sage mir: ›Ich werde diesen Tag noch überstehen.‹ Andere Menschen, die nicht im Lager waren, können das überhaupt nicht verstehen.«

Große Sorgen machte Otto Klein, solange er lebte, der Antisemitismus vor allem in Europa. »Heute werden wieder vermehrt Synagogen und Friedhöfe beschädigt, wieder Juden auf der Straße bespuckt, geschlagen und getötet.« Er mochte kaum die Zeitung lesen noch die Fernsehnachrichten ansehen: Tag für Tag las und hörte er über Judenfeindschaft überall in Europa. Das war »schwer zu verdauen«. Otto Klein fragte sich: »Was wird die Zukunft für uns Juden bringen, wenn nicht bald etwas Wirksames dagegen unternommen wird?« – Er hat zeit seines Lebens jüdische und nichtjüdische Freunde gehabt. »Am wohlsten fühle ich mich jedoch unter Juden«, betonte er immer. »Die gemeinsamen Wurzeln und Ideen sind ein festes, verlässliches Band.« Er hatte es satt, Israel, dieses »kleine Stückchen Erde«, immer aufs Neue vor nichtjüdischen Freunden und Bekannten verteidigen zu müssen. Seiner Meinung nach »verstehen nur ganz wenige Menschen in Europa die Situation« in Israel, »wissen oft nichts«.

»Der Schrecken von Auschwitz wird mich den Rest meines Lebens begleiten«, so Angela Orosz-Richt. Große Sorgen macht auch ihr der Antisemitismus: »Deutschland, Europa, auch andere Erdteile sind wieder gefährliche Orte für Juden. Angst habe ich um meine Kinder, meine Enkel, meine Urenkel. Es gibt wieder verstärkt Antisemitismus. Überall und ganz offen. In meinen Augen schaut die Welt wieder zu. Das ist unerträglich für mich, meine Familie, für alle Juden in der Welt.« Deshalb klärt Angela Orosz-Richt unermüdlich über Auschwitz auf: in Jugendeinrichtungen, Schulen und im Musée de l'Holocauste Montreal. »Ich muss für die sprechen, die nicht mehr sprechen können. Ich muss die Geschichte meiner Mutter und die der ermordeten Juden erzählen.« Damit Auschwitz, »in welcher Form auch immer«, sich nie wiederholt.

Die Schwestern Nora Sbornik und Eva Umlauf haben jüdische und nicht-jüdische Freundinnen und Freunde. Was beiden seit vielen Jahren große Sorgen macht, ist der »nach wie vorhandene und wieder erstarkende alltägliche Antisemitismus«. Einer der Patienten von Nora Sbornik, ein Busfahrer, der »auch Reisegruppen aus Israel durch Deutschland fährt«, äußerte ihr gegenüber ohne jede Scham: »Ich erkenne Juden am Geruch.« Nora Sbornik antwortete ihm: »Dann haben Sie wahrscheinlich einen Schnupfen.« Der Mann fragte: »Warum?« – »Ja, weil ich Jüdin bin«, lautete ihre Antwort. Danach herrschte »peinliche Ruhe«.

Große Sorgen macht Angela Orosz-Richt der aktuelle Antisemitismus. »In meinen Augen schaut die Welt wieder zu.« Deshalb klärt sie unermüdlich über Auschwitz auf.

Eduard Kornfeld misstraute den Menschen auch noch viele Jahre nach seiner Befreiung. Er erinnerte an Anne Frank, an eine Stelle in ihrem Tagebuch – da heißt es: »Ich [glaube] noch immer an das innere Gute im Menschen.« Eduard Kornfeld hingegen sagte: »Ich glaube an das Schlechte im Menschen.« Seine Erfahrungen in Auschwitz, in Riederloh II und in den anderen Lagern, »auch meine Erfahrungen nach dem Krieg«, ließen eine andere Auffassung nicht zu. Zwar gab es für ihn »auch gute Menschen, die das Schlechte unterdrücken«, aber das änderte für ihn im Prinzip nichts. Er blieb misstrauisch, konnte aber auch vertrauen. Bis es so weit war, dauere es jedoch sehr, sehr lange. »Uneingeschränktes tiefes Vertrauen« hatte Eduard Kornfeld zu seiner Frau Ruth und zu seinen Kindern. Für die gab er alles.

Jeden Tag sah Eduard Kornfeld seine Eltern und Geschwister »noch immer vor sich«, konnte sich »ganz genau« an sie erinnern. »In allen Einzelheiten.« Er erinnerte sich an seinen Vater, Simon Kornfeld. Dieser war 43 Jahre alt, als er ermordet wurde. Seine Mutter Rosa war 37, als sie sterben musste. Nach Eduard wurde seine Schwester Mathilda im Alter von zwölf Jahren ermordet, sein Bruder Jozef mit neun. Alexander wurde mit acht Jahren umgebracht und Rachel (Renata), seine jüngste Schwester, mit sechs Jahren. – Eduard Kornfeld wünschte sich von den Deutschen auf dem Hintergrund »ihrer schlimmen Vergangenheit mehr Demut und Bescheidenheit« – auch von der jungen Generation.

Seit 1945 sucht Janek Manela Mandelbaum unermüdlich nach einem Foto seiner in Auschwitz ermordeten Mutter Cyrla. Nirgendwo auf der Welt hat er es finden können. In Israel, in Polen, in den USA, überall hat er immer wieder danach gefragt und gesucht. Janek Mandelbaum veröffentlichte vor Jahrzehnten eine Anzeige im Internet. Er versprach beziehungsweise verspricht demjenigen, der ihm ein Foto von seiner Mutter geben könnte, 10.000 US-Dollar. Doch bisher meldete sich niemand. »Wie gerne würde ich immer noch ein Foto von meiner Mutter in Händen haben. Darüber würde ich mich unbeschreiblich freuen. Das wäre mein größter Glückstag überhaupt!«

Wenn die heute noch lebenden Kinder von Auschwitz einen Wunsch frei hätten, würden sie gerne die Mutter, den Vater, die Schwester, den Bruder wiedersehen. Eine sagt stellvertretend für viele andere: »Sie fehlen mir noch immer – insbesondere meine Mutter!« Tagaus, tagein erinnern sie sich an deren Gesichter, an die Gesten, Gerüche, die Art zu sprechen, an die von ihren Müttern zubereiteten Lieblingsspeisen, das Streichen übers Haar, den Kuss auf die Wange. Wie gerne würden diese inzwischen betagten Frauen und Männer noch einmal die Mutter, den Vater umarmen, gemeinsam mit ihnen zu Abend essen, noch einmal deren Stimme hören, sie noch einmal zärtlich streicheln, einmal mit ihnen die Kinder und Enkelkinder besuchen. Wie gerne …

Anmerkungen

Die in diesem Buch veröffentlichten Aussagen von Kindern und Jugendlichen, die Auschwitz, Auschwitz-Birkenau und das Außenlager Blechhammer überlebt haben, sowie die der in Birkenau und Nováky geborenen Babys, beruhen in der Regel auf langen – oft mehrmaligen – Gesprächen mit ihnen, ihren Angehörigen und ihnen nahestehenden Menschen. Diese Interviews und persönlichen Mitteilungen sind überwiegend in den Anmerkungen nicht im Einzelnen aufgeführt. Die Gespräche fanden statt im Zeitraum 1972 bis 2020. Alle Befragten haben außerdem Aufzeichnungen, Briefe, Dokumente und Fotos zugänglich gemacht. Darüber hinaus wurden die folgenden Quellen verwendet:

Einleitung

1 Vgl. die Kapitel »Schwangere Frauen und Geburten in Auschwitz« sowie »Geboren in Auschwitz und Nováky«.

2 Franciszek Piper: »Vernichtung«, in: Długoborski/Piper (Hg.), *Auschwitz 1940–45 – Studien zur Geschichte des Konzentrations- und Vernichtungslagers Auschwitz*, Band I bis V, Band III, Oświęcim 1999, S. 9-59 und 245-257; Ders.: *Die Zahl der Opfer von Auschwitz*, Oświęcim 1993, S. 103, 151, 200, 202; Staatliches Museum Auschwitz-Birkenau (Teresa Świebocka / Jadwiga Pinderska-Lech/Jarko Mensfelt): *Auschwitz-Birkenau – Vergangenheit und Gegenwart*, Oświęcim 2010, S. 6-12.

3 Ebd. (Piper). – Juden wurden vom ersten Tag der Okkupation an in den von Nazi-Deutschland überfallenen Ländern rücksichtslos ermordet. Allein auf dem Gebiet der damaligen Sowjetunion, um nur ein Beispiel von sehr vielen zu nennen, wurden 1,3 Millionen Juden von Deutschen getötet. (Vgl. dazu United States Holocaust Museum: Documenting Numbers of Victims of the Holocaust and Nazi Persecution | The Holocaust Encyclopedia (ushmm.org), aufgerufen am 14. März 2021.)

4 Staatliches Museum Auschwitz-Birkenau: *Auschwitz-Birkenau*, S. 12 (erarbeitet von Franciszek Piper). Zu Sinti und Roma: Helena Kubica/Piotr Setkiewicz: »The last stage of the functioning of the Zigeunerlager in Birkenau camp (May–August 1944)«, in: Memoria, July 2018, S. 15.

5 Helena Kubica: *Odebrane Dzieciństwo – Dzieci Wyzwolone w Auschwitz* [Geraubte Kindheit – In Auschwitz befreite Kinder], Oświęcim 2020, S. 15 und 60. – Insgesamt wurden 400.000 Babys, Kinder und Frauen in Auschwitz registriert. Darunter waren etwas mehr als 23.500 Kinder und Jugendliche, die fast alle ermordet wurden.

6 Ebd.

7 Dies., *Pregnant Women and Children born in Auschwitz*, Oświęcim 2010, S. 13.

»Uns war sehr bange«

1 Ladislav Lipscher: *Die Juden im Slowakischen Staat,* München und Wien 1980, S. 64.

2 Yehoshua Robert Büchler: *The Jewish Community of Topoltschany,* Givat Haviva 1976, S. 126–129.

3 Vgl. auch: Danuta Czech: *Kalendarium der Ereignisse im Konzentrationslager Auschwitz-Birkenau,* Hamburg 1989, S. 445.

4 Vgl. auch Maichail Krausnick/Lukas Ruegenberg: *Elses Geschichte – Ein Mädchen überlebt Auschwitz*, Düsseldorf 2007.

5 Kubica/Setkiewicz: »The last stage«, S. 15.

6 »Inhaftierungs- und Aufenthaltsbescheinigung« des »Internationalen Suchdienstes Arolsen« vom 9. Januar 1970, ITS Arolsen 6.3.3.2/109536356. Danuta Czech: *Kalendarium der Ereignisse im Konzentrationslager Auschwitz-Birkenau 1939–1945*, Reinbek bei Hamburg 1989, S. 921. Vgl. auch Eva Umlauf mit Stefanie Oswalt: *Die Nummer auf deinem Unterarm ist blau wie deine Augen – Erinnerungen*, Hamburg 2016, S. 59–96.

»Der oberste Zweck war Vernichtung«

1 Lucyna Filip: *Juden in Oświęcim* 1918–1941, Oświęcim 2005, S. 107–112 und 168–169; Josef Jakubowicz: *Auschwitz ist auch eine Stadt, Durch acht Lager in die Freiheit – Ein Überlebender des Holocaust erzählt*, 2. Auflage, Nürnberg 2005, S. 41–48.

2 Filip, *Juden in Oświęcim*, S. 46–47, und Jakubowicz, *Auschwitz*, S. 16.

3 Ch. Wolnerman/A. Burstin/M. S. Geshuri (Hg.): *Oświęcim: Memorial Book*, Hektografiertes Exemplar, Jerusalem 1977, S. 141–144.

4 Filip: *Juden in Oświęcim*, S. 59 und 69; Josef Jakubowicz: »Jüdische Bürger in Auschwitz – Erinnerungen«, in: *Dachauer Hefte* 17, Dachau 2001, S. 148.

5 Danuta Czech: »Entstehungsgeschichte des KL Auschwitz«, in: Staatliches Museum Auschwitz-Birkenau (Hg.): *Auschwitz – Nationalsozialistisches Vernichtungslager*, Oświęcim 1997, S. 30–32.

6 Franciszek Piper: »Die Entstehungsgeschichte des KL Auschwitz«, in: Długoborski/Piper (Hg.): *Auschwitz 1940–1945*, Band I, S. 59–60; Sybille Steinbacher: *Auschwitz – Geschichte und Nachgeschichte*, zweite, durchgesehene Auflage, München 2007, S. 13–15.

7 Czech: *Entstehungsgeschichte*, S. 30–44.

8 Dies.: *Kalendarium*, S. 35–36.

9 Kazimierz Albin: *Steckbrieflich gesucht*, Oświęcim 2008, S. 12–61.

10 Zit. in: ebd., S. 60–62.

11 Czech: *Kalendarium*, S. 37, 38, 43, 51 und 54.

12 Yisrael Gutman: »Auschwitz – An Overview«, in: Yisrael Gutman/Michael Berenbaum (Hg.): *Anatomy of the Auschwitz Death Camp*, Bloomington und Indianapolis 1998, S. 10–16.

13 Państwowe Museum Auschwitz-Birkenau/Stiftung Neue Synagoge Berlin/Museumspädagogischer Dienst Berlin (Hg.): *Sztuka w Auschwitz 1940–1945 / Kunst in Auschwitz 1940–1945*, Bramsche 2005, S. 351–389.

14 Franciszek Piper: »Die Aufgaben und Ziele des KL Auschwitz im Verlauf seiner Geschichte«, in: Długoborski/Piper (Hg.): *Auschwitz 1940–1945*, Band I, S. 157.

15 Czech: *Entstehungsgeschichte*, S. 39 und 48.

16 Irena Strzelecka/Pitor Setkiewicz: »Bau und Entwicklung des KL Auschwitz«, in: Długoborski/ Piper (Hg.): *Auschwitz 1940–1945*, Band I, S. 81–86; Annabel Wahba: »›Mir gehört Auschwitz‹« – Die bedrückende Last einer Erbschaft: Die Israelin Zypora Frank hat ein Grundstück in Polen geerbt«, *Süddeutsche Zeitung*, 14. August 1998.

17 Jakubowicz: … *ist auch eine Stadt*, S. 47. Jakubowicz: »Jüdische Bürger«, S. 141–142.

18 Filip: *Juden in Oświęcim*, S. 180–202; Jakubowciz: … *ist auch eine Stadt*, S. 103 und 100–111.

19 Steinbacher: *Auschwitz*, S. 53–59; Strzelecka/Setkiewicz: »Bau und Entwicklung«, S. 82–86 und 99.

20 Jerzy Adam Brandhuber: »Die sowjetischen Kriegsgefangenen in Auschwitz«, in: *Hefte von Auschwitz*, Oświęcim 1961, S. 15–62; Piper: »Vernichtung«, S. 65–68, 110–111 und S. 137–158.

21 Helena Kubica: »Kinder und Jugendliche im KL Auschwitz«, in: Długoborski/Piper (Hg.): *Auschwitz 1940–1945*, Band II, S. 269.

22 Piper: »Vernichtung«, S. 158–169.

23 Ebd., S. 170–197; vgl. auch Annegret Schüle: *J.A. Topf & Söhne – Ein Erfurter Familienunternehmen und der Holocaust*, Erfurt 2014, S. 63–74.

24 Tadeusz Iwaszko: »Deportation ins KL Auschwitz«, in: Staatliches Museum Auschwitz-Birkenau (Hg.): *Auschwitz – Nationalsozialistisches Vernichtungslager*, S. 86.

25 Barbara Huber, *Der Regensburger SS-Zahnarzt Dr. Willy Frank*, Würzburg 2009, S. 108–129; Ernst Klee: *Auschwitz, die NS-Medizin und ihre Opfer*, 3. Auflage, Frankfurt am Main, September 2004, S. 15–59, S. 405–424 und S. 433–447.

26 Piper: »Vernichtung«, S. 137–169 und S. 189–208; Andrzej Strzelecki: »Der Raub der Habe der Opfer«, in: Długoborski/Piper (Hg.): *Auschwitz 1940–1945*, Band II, S. 184–190.

27 Erich Fiedler/Barbara Siebert/Andreas Kilian: *Zeugen aus der Todeszone – Das jüdische Sonderkommando in Auschwitz*, Lüneburg 2002, S. 76–194; Piper: »Vernichtung«, S. 110–208 und 213–236.

28 Jaacov Gabei: »Ich komme hier wieder heraus«, in: Gideon Greif, »Wir weinten tränenlos …« – Augenzeugenberichte des »Sonderkommandos« in Auschwitz, überarbeitete Ausgabe, 10. Auflage, Frankfurt am Main 2014, S. 204.

29 Rudolf Höß: *Kommandant in Auschwitz – Autobiographische Aufzeichnungen*, hrsg. und kommentiert von Martin Broszat, 24. Auflage, München 2013, S. 242.

30 Fiedler u.a.: *Todeszone*, S. 307.

31 Christoph Heuber/Alwin Meyer/Jürgen Pieplow: *Lebenszeichen – Gesehen in Auschwitz*, Bornheim-Merten 1979, S. 16–19; Strzelecki, »Der Raub«, S. 184–190.

32 Ebd. (Strzelecki: »Der Raub«), S. 190–195; Ders.: »Die Verwertung der Leichen der Opfer«, in: Długoborski/Piper (Hg.): *Auschwitz 1940–1945*, Band II, S. 483–492; Ders.: »Die Plünderung des Besitzes im KL Auschwitz ermordeten Juden«, in: ebd., S. 259–270; Strzelecki: »Die Verwertung«, S. 493–500; Esther Srul / Authors Unknown / Michael Bullock (1956): »One Hundred British Jews Gassed In Auschwitz«, in: *Jewish Quarterly*, 4/3, S. 31.

33 Jahn Sehn: *Konzentrationslager Auschwitz-Birkenau*, Warschau 1957, S. 148–149.

34 Andrzej Strzelecki: »Geschichte, Rolle und Betrieb der großen Entwesungs- und Desinfektionsanlage im Konzentrationslager Auschwitz-Birkenau«, in: Teresa Świebocka (Hg.), *Architektur des Verbrechens – Die Gebäude der »Zentralen Sauna« im KZ Auschwitz-Birkenau*, Oświęcim 2001, S. 11–26 und 33.

35 Ebd., S. 33–42, und Tadeusz Iwaszko: »Haftgründe und Häftlingskategorien«, in: Długoborski / Piper (Hg.): *Auschwitz 1940–1945*, Band II, S. 20–43.

36 Tadeusz Szymański: »Bericht seiner Verhaftung«, in: Heubner u.a.: *Lebenszeichen*, S. 45–46.

37 Iwaszko: »Haftgründe und Häftlingskategorien«, S. 22.

38 Sima Vaismann: *In Auschwitz*, Düsseldorf 2008, S. 44.

Kinder aus vielen Ländern

1 Irena Strzelecka: »Die ersten Polen im KL Auschwitz«, in: *Hefte von Auschwitz* 18, Oświęcim 1990, S. 21–36 und 68–110.

2 Czech: *Kalendarium*, S. 274.

3 Ebd., S. 328; Wolfgang Benz: »Theresienstadt: Ein vergessener Ort deutscher Geschichte?«, in: *Theresienstädter Studien und Dokumente 1996*, Prag 1996, S. 12.

4 Czech: *Kalendarium*, S. 328.

5 Roman Hrabar/Zofia Tokarz/Jacek E. Wilczur: *Kriegsschicksale polnischer Kinder*, Warschau 1981, S. 50–53; Helena Kubica: *The Extermination at KL Auschwitz of Poles evicted from Zamość Region in the years 1942–1943*, Oświęcim 2006, S. 24.

6 Czech: *Kalendarium*, S. 358–361 und 404; Kubica: *Zamość*, S. 26–39, 35–36, 43–78, 136–141, 154–184, 238–241.

7 Czech: *Kalendarium*, S. 358–359, 389, 420–421; Hrabar u.a., *Kriegsschicksale*, S. 64–65.

8 Czech: *Kalendarium*, S. 347 (spätere Recherchen haben ergeben: Die Juden aus Norwegen sind nicht aus der Hafenstadt Bergen nach Auschwitz verschleppt worden, sondern wurden im Lager Berg, rund 100 Kilometer südwestlich von Oslo »konzentriert«. Später wurden sie vom Hafen der norwegischen Hauptstadt über Stettin nach Auschwitz verschleppt. Vgl. Kai Feinberg: »Ich erkläre an Eides statt (Eidesstattliche Erklärung im Nürnberger Prozess)«, in: Gerhard Schoenberner (Hg.): *Wir haben es gesehen – Augenzeugenberichte über die Judenverfolgung im Dritten Reich*, München 1964, S. 266, und Hermann Sachnowitz (von Arnold Jacoby geschrieben): *Auschwitz – Ein norwegischer Jude überlebte*, Frankfurt am Main, Wien und Zürich 1981, S. 12–32, sowie Werner Renz: »Holocaust-Forschung«, in: *Newsletter des Fritz Bauer Instituts* 21, Herbst 2001.

9 Espen Søbye: *Kathe – Deportiert aus Norwegen*, Berlin und Hamburg 2008, S. 103–132.

10 Feinberg: »Ich erkläre«, S. 266.

11 Kai Feinberg, Aussage, zit. in: Søbye, *Kathe*, S. 133 und 184.

12 Feinberg: »Ich erkläre«, S. 267.

13 Kathe Lasnik: Abschiedsbrief, zit. in: Søbye, *Kathe*, S. 14.

14 Czech, *Kalendarium*, S. 445.

15 Ebd., S. 623; H.G. Adler: *Theresienstadt 1941–1945, Das Antlitz einer Zwangsgemeinschaft*, Tübingen 1955, S. 54 und 151; Bronka Klibanski, »Kinder aus dem Ghetto Bialystok in Theresienstadt«, in: *Theresienstädter Studien und Dokumente 1995*, Prag 1995, S. 93–94 und 102.

16 Adler: *Theresienstadt*, S. 151.

17 Lucie Ondrichová, *Fredy Hirsch – Von Aachen über Düsseldorf und Frankfurt am Main durch Theresienstadt nach Auschwitz, Eine jüdische Biographie 1916–1944*, Konstanz 2000, S. 66; Klibanski: »Bialystok«, S. 94–105.

18 Ebd. (Klibanski).

19 Schreiben des »Internationalen Suchdienstes Arolsen« an die Stadt Hamburg vom 27. März 1962 und vom 6. Juni 1969, ITS Arolsen, 6.3.3.2/101355135 und 6.3.3.2/101355134 sowie »Inhaftierungsbescheinigung« vom 28. April 1970, ITS Arolsen 6.3.3.2/101355138.

20 Dem Autor des Buches liegen mehrere dieser Postarten im Original vor.

21 Jürgen Pieplow: *Auschwitz, Majdanek, Stutthof, Gross-Rosen: Arbeitsmappe Polen, Blatt »Pferdestall«*, Berlin 1992.

22 Kubica/Setkiewicz: »The last stage«, S. 15.

23 Helena Kubica: *From the Warsaw Uprising to Auschwitz*, Oświęcim 2015, S. 7–28.

24 Heinrich Maier: »Initiative Eckerwald setzt in Schömberg Zeichen – Neue KZ-Gedenkstätte führt Besucher in die Wüste«, in: *Gedenkstätten-Rundschau* 2, April 2009; Walter Looser-Heidger, 1774 Tote der KZ Dautermengen und Schömberg erhalten ihre Namen wieder, in: ebd.

25 Gerhard Lempp: Warschau – Auschwitz – Dautmergen – Schömberg – Mittenwald: Acht Monate aus dem Leben des ehemaligen. KZ-Häftlings Jerzy Sztanka aus Warschau (Teil II), in: *Gedenkstätten-Rundschau*, Nummer 6, Mai 2011.

26 Jadwiga Matysiak: Zitate aus ihrem Brief vom 8. Oktober 1986.

27 Andrea Löw: »Das Warschauer Ghetto«, in: *Das Warschauer Ghetto*, bpb, aufgerufen am 8. Januar 2021.

28 Hilberg, *Vernichtung*, Band 1, S. 237–239; Gutman (Hg.): *Holocaust* S. 1.528; Gottwald/Schulle, »Judendeportationen«, zum Beispiel S. 168, 188, 190, 193 und 197.

29 Golczewski, »Polen«, in: Benz (Hg.), *Dimension des Völkermords*, S. 439.

30 Markus Roth/Andrea Löw, *Das Warschauer Ghetto – Alltag und Widerstand im Angesicht der Vernichtung*, München 2013, S. 113–124.

31 Beate Kosmala: »Ungleiche Opfer in extremer Situation – Die Schwierigkeiten der Solidarität im okkupierten Polen«, in: Benz u.a. (Hg.), *Solidarität*, Band I, Berlin 1996, S. 39, Löw, *Warschauer Ghetto*.

32 Wolfgang Benz: »Treblinka«, in: Benz/Distel (Hg.): *Der Ort des Terros*, Band 8, S. 409–417.

33 Hilberg, *Vernichtung*, Band 2, S. 524–539; Roth/Löw, *Warschauer Ghetto*, S. 187–208.

34 Jochen August: »Aufstand/Widerstand im Warschauer Ghetto – Emanuel Ringelblum und das Untergrundarchiv«, in: *Zeichen*, Nr. 1/März 1983.

35 Bericht der vereinten Untergrundorganisation des Warschauer Ghettos vom 15. November 1942, zit. in: ebd..

36 Gutman (Hg.), *Holocaust*, Band II, S. 1234.

37 Gerhard Hirschfeld, »Niederlande«, in: Wolfgang Benz (Hg.), *Dimension des Völkermords – Die Zahl der jüdischen Opfer des Nationalsozialismus*, München 1991, S. 146–151 und 153–157.

38 Gutman (Hg.): *Holocaust*, Band III, S. 1578.

39 Angelika Königseder: »Polizeihaftlager«, in: Benz/Distel (Hg.): *Der Ort des Terrors*, Band 9, S. 25–26; Hirschfeld: »Niederlande«, S. 154 und 162–165; vgl. auch Andreas Pflock: *Auf vergessenen Spuren – Ein Wegweiser zu Gedenkstätten in den Niederlanden, Belgien und Luxemburg*, Bonn 2006, S. 66.

40 Gerhard L. Durlacher, *Streifen am Himmel – Vom Anfang und Ende einer Reise*, Hamburg 1994, S. 47–48.

Mütter mit kleinen Kindern

1 Ralph Gross/Werner Renz (Hg.): *Der Frankfurter Auschwitz-Prozess (1963–1965) – Kommentierte Quellenedition*, Band 1, Frankfurt am Main 2013, S. 1318, Anm. 105; vgl. auch Irmtraud Wojak: »Der erste Frankfurter Auschwitz-Prozeß und die ›Bewältigung‹ der NS-Vergangenheit«, in: Irmtraud Wojak (Hg.) im Auftrag des Fritz Bauer Instituts: *Auschwitz-Prozeß 4 Ks 2/63 Frankfurt am Main*, Köln 2004, S. 63–64.

2 Sehn: *Auschwitz-Birkenau*, S. 157–160.

3 Siegbert Löffler: »Zeugenaussage beim Auschwitz-Prozess«, in: *Der Auschwitz-Prozeß – Tonbandmitschnitte, Protokolle, Dokumente*, hrsg. vom Fritz Bauer Institut und dem Staatlichen Museum Auschwitz-Birkenau, Digitale Bibliothek 101, Berlin 2004, S. 27.117–27.125.

4 Gedalia Ben Zvi: Zeugenaussage, Eichmann-Prozeß in Jerusalem, Session 71, 8. Juni 1961.

5 Lucie Adelsberger: *Auschwitz – Ein Tatsachenbericht*, Bonn 2001, S. 78, 148 und 219.

6 Simon Gotland: Biografische Angaben in der Anklageschrift, Auschwitz-Prozess, S. 2.785–2.786 und 43.776.

7 Simon Gotland: Aussage in der Anklageschrift des Auschwitz-Prozesses, S. 2.786.

8 Seweryna Szmaglewska: Zeugenaussage, *Der Nürnberger Prozess – Das Protokoll des Prozesses gegen die Hauptkriegsverbrecher vor dem Internationalen Militärgerichtshof, 14. November 1945 bis 1. Oktober 1946*, Digitale Bibliothek 20, 2. Ausgabe, Berlin 2004, S. 9.124. und 9.129.

9 Vgl. z.B. Czech: *Kalendarium*, S. 806; Henryk Szletynski: »Erinnerung eines Freundes«, in: *Maria Zarebinska-Broniewska, Auschwitzer Erzählungen*, Potsdam 1949, S. 5–11 und 45–46; Bernd Steger/Günter Thiele: *Der dunkle Schatten – Leben mit Auschwitz, Erinnerungen an Orli Reichert-Wald*, Marburg 1989, S. 12–84; Orli Reichert-Wald: Kinderwagenparade, in: ebd., S. 108.

10 Magda Szabo: Personenregister, *Auschwitz-Prozess*, S. 46.355.

11 Ebd., Zeugenaussage, S. 15.584–15.586.

12 Michael John: »Wien – Brüssel – St. Cyprien – Auschwitz, Erinnerungen eines Zeitzeugen (Norbert Lopper)«, in: *Auschwitz-Information* 71, Linz, März 2006.

13 Norbert Lopper: Aussage, zit. in: Margaretha Rebbeca Hopfner: *Kinder in Auschwitz*, Dissertation, Wien 1993, S. 70–71.

14 Rolf Weinstock: *Das wahre Gesicht Hitler-Deutschlands, Dachau – Auschwitz – Buchenwald*, Singen 1948, S. 3, 5 und 79.

15 Krystyna Oleksy: »Salmen Gradowski – ein Zeuge aus dem Sonderkommando«, in: *Theresienstädter Studien und Dokumente 1995*, Prag 1995, S. 125–126.

16 Henryk Porębski: Aussage, zit. in: ebd., S. 125.

17 Salmen (Zalmen) Gradowski, Handschrift, in: Staatliches Museum Auschwitz-Birkenau (Hg.): *Inmitten des grauenvollen Verbrechens – Handschriften von Mitgliedern des Sonderkommandos*, Oświęcim 1996, S. 140 und S. 156–158; vgl. auch Zalmen Gradowski: *Ich befinde mich im Herzen der Hölle – In Auschwitz wiedergefundene Handschriften eines Häftlings aus dem Sonderkomando*, Oświęcim 2017.

18 Otto Schwerdt/Mascha Schwerdt-Schneller: *Als Gott und die Welt schliefen*, 9.–11. Auflage, Viechtach 2000, S. 46–47.

19 Ebd., S. 5–109.

20 Janda Weiß: Erlebnisse einer 15-Jährigen in Birkenau, in: David A. Hackett (Hg.), *Der Buchenwald-Report, Bericht über das Konzentrationslager Buchenwald bei Weimar*, 2. Auflage, München 2010, S. 393–395.

21 Simon Gotland: Zeugenaussage, Auschwitz-Prozess, S. 13.319–13.320.

22 Dov Paisikovic: Zeugenaussage, Auschwitz-Prozess, S. 21.052 und 20.973–20.974; Dov Paisikovic, in: Vladimir Pozner: *Abstieg in die Hölle*, Berlin 1982, S. 59–60.

23 Vgl. Henryk Świebocki: Widerstand, in: Długoborski / Piper (Hg.), *Auschwitz 1940–1945*, Band IV, S. 62 und 139.

24 Nina Gusiewa: Aufzeichnung, zit. in: Hraber u.a., *Kriegsschicksale*, S. 66.

25 Zdzisław Soleski, in: Hamburger Institut für Sozialforschung (Hg.): *Die Auschwitz-Hefte – Texte der polnischen Zeitschrift »Przegląd Lekarski« über historische, psychische und medizinische Aspekte des Lebens und Sterbens in Auschwitz*, Band 1 und 2, Weinheim und Basel 1987, Textredaktion: Jochen August, Band 1, S. 315.

26 Hermann Reineck im Gespräch mit Neithard Dahlen, Butzbach, Juli 1984.

27 Piper: »Vernichtung«, S. 47–59 und S. 95–122; vgl. auch Pery Broad: Erinnerungen, in: Jadwiga Bezwińska/Danuta Czech (Hg.): *Auschwitz in den Augen der SS – Höss, Broad, Kremer, Katowice* 1981, S. 145–157.

28 Jan Szpalerski: Zeugenaussage, Auschwitz-Prozess, Mitschrift des beisitzenden Richters, S. 21.723–21.733.

29 Jan Szpalerski, Aussage, zit. in: Helena Kubica: *Man darf sie nie vergessen – Die jüngsten Opfer von Auschwitz*, Oświęcim 2002, S. 78.

30 Kalman Bar On, in: *The Human Spirit in the Shadow of Death*, https://www.yadvashem.org/remembrance/archive/2006/torchlighters/bar-on.html, aufgerufen am 11. August 2020.

31 Kalman Bar On: Aussage, zit. in: »Schreie, die nie verhallen«, *Stern*, 14. Februar 1985.

32 Hermann Langbein: Zeugenaussage und Personenregister, Auschwitz-Prozess, S. 5.501–5.503 und 44.836.

33 Hermann Langbein: *Die Stärkeren – Ein Bericht aus Auschwitz und anderen Konzentrationslagern*, zweite, überarbeitete Auflage, Köln 1982, S. 225.

34 Otto Wolken: Zeugenaussage und Personenregister, Auschwitz-Prozess, S. 5.066–5.067 und 46.733; vgl. auch Inge Deutschkron: *... denn ihrer war die Hölle – Kinder in Ghettos und Lagern*, Köln 1979, S. 35–37.

35 Marina Wolff: Persönliche Mitteilung, in: ebd. (Deutschkron), S. 105–106.

36 Maria Zarębińska-Broniewska: *Auschwitzer Erzählungen*, S. 5–11 und 44–45.

37 Krystyna Zywulska: *Wo vorher Birken waren – Überlebensbericht einer jungen Frau aus Auschwitz-Birkenau*, zweite, unveränderte Auflage, Darmstadt 1980, S. 199.

38 Dounia Zlata Wassterstrom: Zeugenaussage (Mitschrift des beisitzenden Richters) und Personenregister, Auschwitz-Prozess, S. 6495–6496 und 46.585.

Schwangere Frauen und Geburten in Auschwitz

1 Irena Strzelecka: »Frauen im KL Auschwitz«, in: Dlgoborski/Piper, *Auschwitz 1940–1945*, Band II, S. 215.

2 Janina Kościuszkowa: »Kinder im Konzentrationslager Auschwitz«, in: *In der Hölle retteten sie die Würde des Menschen* – Anthologie, Band II, Teil 2, hrsg. vom Internationalen Auschwitz Komitee, Warschau 1970, S. 208; Hermann Langbein: *Menschen in Auschwitz*, Wien 1972, S. 268; Helena Kubica: »Kinder und Jugendliche«, S. 324; Simon Gotland, Zeugenaussage, Auschwitz-Prozess, S. 13.333–13.334.

3 Eugen Kogon: *Der SS-Staat – Das System der deutschen Konzentrationslager*, Frankfurt am Main 1961, S. 262–263; Strzelecka: »Frauen im KL Auschwitz«, S. 215–216.

4 Jan Olbrycht: »The Nazi Health Office Actively Participated with the SS Administraion in Auschwitz«, in: *Auschwitz – Inhuman Medicine*, Volume I, Part 1, hrsg. vom Internationalen Auschwitz Komitee, Warschau 1970, S. 147–149 und 187; vgl. auch Langbein: *Menschen in Auschwitz*, S. 268.

5 Adelsberger: *Auschwitz*, S. 79, 148 und 219.

6 Andrzej Strzelecki: »Entwesungs- und Desinfektionsanlage im Konzentrationslager«, S. 11–26 und 33.

7 Éliane Neiman-Scali: »Sima Vaisman«, in: Sima Vaisman: *In Auschwitz*, Düsseldorf 2008, S. 93–94.

8 Ebd., S. 44.

9 Alter Feinsilber, Aussage, in: Staatliches Museum Auschwitz-Birkenau (Hg.): *Handschriften*, S. 23–38 und 40–41.

10 Simon Gotland: Biografische Angaben und Zeugenaussage, in: Der Auschwitz-Prozess, S. 2.785 und 13.333–13.334.

11 Julian Niewiarowski: Aussage, in: Zdzisław Ryn/Stanisław Kłodzinski: »Tod und Sterben im Konzentrationslager«, in: *Die Auschwitz-Hefte*, Band 1, S. 314.

12 Margrita Schwalbowá: *Elf Frauen – Leben in Wahrheit*, Annweiler und Essen 1994, die Erstausgabe des Buches erschien 1947 und wurde von Margrita Schwalbowá gleich nach ihrer Befreiung verfasst, S. 10.

13 Ernst Klee: *Auschwitz – Täter, Gehilfen, Opfer und was aus ihnen wurde, Ein Personenlexikon*, Frankfurt am Main 2013, S. 370; vgl. auch Anna Palarczyk: Zeugenaussage, Auschwitz-Prozess, S. 21.490–21.494.

14 Zu Tauber vgl. auch Kurt Knuth-Siebenlist: Vernehmungsprotokoll, Hamburg, den 3. Dezember 1959, eingebracht beim Auschwitz-Prozess am 8. Juni 1964, S. 10.201 und 10.218; Klee: Auschwitz, S. 399–400.

15 Judith Sternberg: Bericht, in: ebd. (Klee) S. 370; vgl. auch Adèlaïde Hautval: *Medizin gegen die Menschlichkeit – Die Weigerung einer nach Auschwitz deportierten Ärztin, an medizinischen Experimenten teilzunehmen*, Berlin 2008, S. 52–53.

16 Kościuszkowa: Kinder, S. 208; Langbein: *Menschen in Auschwitz*, S. 268; Hopfner: Kinder in Auschwitz, S. 175–176.

17 Leszczyńska: »Geburtshelferin«, S. 172–183.

18 Anne Hunger, »Der Weg einer Breslauer Antifaschistin – In Erinnerung an Irmgard Konrad 1915 bis 2003«, in: Cornelia Domaschke/Daniela Fuchs-Frotscher/Günter Wehner (Hg.), *Widerstand und Heimatverlust – Deutsche Antifaschisten in Schlesien*, Berlin 2012, S. 154–155.

19 Irmgard Konrad, Aussage, in: *Erinnern für Gegenwart und Zukunft – Überlebende des Holocaust berichten*, CD-Rom mit Begleitheft, Berlin 2000.

20 Kościuszkowa: Kinder, in: S. 209; Kubica: »Kinder und Jugendliche«, S. 306–307 und S. 325.

21 Kubica: *Pregnant Women*, S. 9–10.

22 Johnnes-Dieter Steinert: *Deportation und Zwangsarbeit – Polnische und sowjetische Kinder im nationalsozialistischen Deutschland und im besetzten Osteuropa 1939–1945*, Essen 2013, S. 234–247; Kubica: »Kinder und Jugendliche«, S. 308.

23 Topographie des Terrors Berlin: Ausstellung »Der Warschauer Aufstand 1944«, in Berlin gezeigt vom 26. Juli bis 15. Oktober 2019, Tafel »Deutsche Terrorpolitik«; vgl. auch Christoph Schwarz: *Geraubte Kinder – Vergessene Opfer*, Exposé zur gleichnamigen Ausstellung, 2. Auflage, Freiburg 2016, S. 4.

24 Seweryna Szmaglewska: Zeugenaussage, Nürnberger Prozess, S. 9.124–9.126. – Bereits 1945 hat Seweryna Szmaglewska ihren eindrücklichen Auschwitz-Bericht »Der Rauch über Birkenau« in Polen veröffentlicht. Er war wichtiges Beweisstück bei allen Nürnberger Prozessen, die bis zum 14. April 1949 gegen führende Repräsentanten des deutschen Nazi-Staates durchgeführt wurden. Das Buch von Seweryna Szmaglewska ist seit vielen Jahrzehnten Pflichtlektüre in polnischen Schulen. In Deutschland ist es erst im Juli 2020 unter dem Titel *Die Frauen von Birkenau* erschienen.

25 Marie-Claude Vaillant-Couturier: Zeugenaussage, in: Der Nürnberger Prozess, S. 6.397–6.406 und 6.419–6.420.

26 Leszczyńska: »Geburtshelferin«, S. 174–175.

27 Vaillant-Couturier: Zeugenaussage, S. 6.410; Maria Nowakowska: »Das ›Frauen-Revier‹ in Birkenau«, in: *In der Hölle*, Band II, Teil 2, S. 145.

28 Miroslav Kárný: »Theresienstädter Familienlager«, S. 224–237.

29 Ebd., S. 174.

30 Czech: *Kalendarium*, S. 735–737.

31 Ebd., S. 775–778 und 811.

32 Ruth Bondy: »Frauen in Theresienstadt und Auschwitz-Birkenau«, in: Barbara Distel (Hg.): *Frauen im Holocaust*, Gerlingen 2001, S. 138–139.

33 Czech: *Kalendarium*, S. 811 und 820; Kárný: »Familienlager«, S. 217–223.

34 Ebd. (Czech), S. 438, 802 und 803.

35 Kárný: »Familienlager«, S. 154–161; Anna Strzelecka-Jasiewicz: »Plan Auschwitz-Birkenau«, in: Staatliches Museum Auschwitz-Birkenau (Hg.): *Nationalsozialistisches Vernichtungslager*, S. 490–491.

36 Pieplow: *Auschwitz, Majdanek, Stutthof, Gross-Rosen:* Blatt »Pferdestall«; Romaní Rose: Der Nationalsozialistische Völkermord an den Sinti und Roma – Katalog zur ständigen Ausstellung im Staatlichen Museum Auschwitz, Heidelberg 1999, S. 241–247; vgl. auch Heubner u.a. (Hg.): *Lebenszeichen*, S. 51, und Vlasta Kladivová: »Sinti und Roma im ›Zigeunerlager‹ des KL Auschwitz 1.3.1943–2.8.1944«, in: Wacław Długoborski (Hg.): *Sinti und Roma in Auschwitz-Birkenau 1933–44*, Oświęcim 1988, S. 301.

37 Elisabeth Guttenberger: »Das Zigeunerlager«, in: H.G. Adler/Hermann Langbein/Ells Lingens-Reiner: *Auschwitz – Zeugnisse und Berichte*, dritte, überarbeitete Auflage, Frankfurt am Main 1984, S. 132.

38 Hermann Langbein: »Im Zigeunerlager von Auschwitz«, in: Tilman Zülch: *In Auschwitz vergast, bis heute vergessen – Zur Situation der Roma (Zigeuner) in Deutschland und Europa*, Reinbek bei Hamburg 1979, S. 134–135.

39 Czech: *Kalendarium*, S. 423.

40 Ebd., S. 448.

41 Michael Zimmermann: »Die Deportation der Sinti und Roma nach Auschwitz-Birkenau«, in: Verband der Roma in Polen (Hg.): *Das Schicksal der Sinti und Roma im KL Auschwitz-Birkenau*, Oświęcim 1994, S. 45–83; Kladivová: »Sinti und Roma«, S. 301; Kubica: *Odebrane Dzieciństwo*, S. 17; Central Council of German Sinti and Roma (Ed.): European Roma Holocaust Memorial Day, 2. August 2019, S. 16.

42 Czech: *Kalendarium*, S. 838 und 840.

43 Kladivová: »Sinti und Roma«, S. 314–315.

44 Adelsberger: *Auschwitz*, S. 70–71.

45 Alfred Fiderkiewicz in: »Chronicles of Terror«. Base of testimonies of the Witold Pilecki Institute of Solidarity and Valor – Fiderkiewicz Alfred (zapisyterroru.pl), aufgerufen am 17. Februar 2021.

46 Alfred Fiderkiewicz, zit. in: Kubica/Setkiewicz: »The last stage«, S. 12.

47 Rudolf Weisskopf: Aussage, zit. in: Kladivová: »Sinti und Roma«, S. 314–315.

48 Kubica/Setkiewicz: »The last stage«, S. 15.

49 Kladivová: »Sinti und Roma«, S. 317.

50 Vlastimila Kladivová: *Tschechische Zigeuner-Kinder im KL Auschwitz 1943–44*, Manuskript, 1985 vom Tschechischen ins Deutsche übertragen von Marta Palczewska, S. 11.

51 Piper: »Vernichtung«, S. 256.

52 Fritz Bauer Institut (Hg.), Materialmappe: Das Konzentrationslager Buna Monowitz, Frankfurt am Main, S. 6; Kubica: »Kinder und Jugendliche«, S. 294.

53 Piper: »Vernichtung«, S. 43.

54 Strzelecka/Setkiewicz: »Bau und Entwicklung«, S. 115–117.

55 Hopfner: *Kinder in Auschwitz*, S. 175–176; Kubica: »Kinder und Jugendliche«, S. 292–295 und 325–328; Leszczyńska: »Geburtshelferin«, S. 174–175.

56 Leszczyńska: »Geburtshelferin«, S. 179.

57 Kościuszkowa: »Kinder«, S. 209/210.

58 Leszczyńska: »Geburtshelferin«, S. 179 und 181–182.

59 Kubica: *Pregnant Women*, S. 11.

60 Zit. nach Dietrich Strothmann, »Der Mörder mit dem Lächeln«, in: *Die Zeit*, 15. Februar 1985.

61 Ruth Elias (alias Ruth Iliav): »Nur Gott und Dr. Mengele wissen es«, in: *Der Spiegel*, 5. August 1964; vgl. auch Ruth Elias, *Die Hoffnung erhielt mich am Leben – Mein Weg von Theresienstadt und Auschwitz nach Israel*, München 1988, S. 178–191.

62 Lilli Segal, *Vom Widerspruch zum Widerstand – Erinnerungen einer Tochter aus gutem Hause*, Berlin und Weimar 1986; Anni und Heinrich Sussmann: »Macht's den Mund auf und red's«, in: Monika Horsky (Hg.): *Man muss darüber reden – Schüler fragen KZ-Häftlinge*, Wien 1988, S. 130–182.

63 Ebd. (Segal), S. 196–210.

64 Hopfner: *Kinder in Auschwitz*, S. 177–178; Kubica: »Kinder und Jugendliche«, S. 326–328; Kubica: *Pregnant Women*, S. 11–12.

65 Janina Kościuszkowa, »Kinderschicksale im KZ-Lager Auschwitz«, in: Przegląd Lekarski, XVIII Jahrgang, II. Serie, Kraków 1962, S. 37; vgl. auch Vaillant-Couturier: Zeugenaussage, Nürnberger Prozess, S. 6.418.

66 Adelsberger: *Auschwitz*, S. 78–79.

67 Nadine Brozan: »Out of death – A zest of life«, in: *New York Times*, 15. November 1982.

68 Gisella Perl: Aussage, zit. in: *Stern*, 14. Februar 1985.

69 Perl: Aussage, in: Langbein: *Menschen in Auschwitz*, S. 270.

70 Gisella Perl: *I was a Doctor in Auschwitz*, Reprinted Edition der Erstveröffentlichung aus dem Jahre 1948, North Stratford 2009, S. 71 und 81–86.

71 Olga Lengyel: *Five Chimneys – A woman survior's true story of Auschwitz*, Reprinted Edition, London 1984, S. 5, 13–17, 110–113.

72 Adelsberger: *Auschwitz*, S. 79, 148 und 219.

73 Kubica, *Pregnant Women*, S. 11.

74 Dies., »Kinder und Jugendliche im KL Auschwitz«, S. 293–294.

75 Ebenda, S. 334–335; vgl. auch: Anna Polschtschikowa, *Deti Osventsima* [Kinder von Auschwitz], Jalta 1993, S. 57–67.

76 Stanisława Leszczyńska, »Bericht einer Geburtshelferin aus Auschwitz«, in: *In der Hölle*, Band II, Teil 2, S. 172–178.

77 Langbein: *Menschen in Auschwitz*, S. 268.

78 Julian Kiwała: »An der Jahreswende 1942–1943«, in: *In der Hölle*, Band II, Teil 2, S. 167–168.

79 Państwowe Muzeum Oświęcim/Stiftung Neue Synagoge Berlin/Museumspädagogischer Dienst Berlin (Hg.): *Sztuka w Auschwitz 1940–1945 – Kunst in Auschwitz 1940–1945*, Bramsche 2005, S. 382–383.

80 Zofia Stępień-Bator: Aussage, zit. in: Kubica: *Man darf sie nicht vergessen*, S. 328.

81 Zywulska: *Wo vorher Birken waren*, S. 102–103.

82 Vgl. zum Beispiel Anna Fefferling (nach Heirat Gomez): Eidesstattliche Versicherung, Paris, den 5. April 1954. Archiv des Staatlichen Museums Auschwitz-Birkenau, Archiv-Nummer 25982.

83 Daniel Blatman, *Die Todesmärsche 1944/45 – Das letzte Kapitel des nationalsozialistischen Massenmords*, Reinbek bei Hamburg 2011, S. 122–124, 132–160.

84 Alina Cielemięcka-Naciążek: Erklärung, Archiv des Staatlichen Museums Auschwitz-Birkenau.

85 Kubica: *Pregnant Women*, S. 13.

Geboren in Auschwitz und Nováky

1 Anna Fefferling (nach Heirat Gomez): Eidesstattliche Versicherung, Paris, den 5. April 1954. Archiv des Staatlichen Museums Auschwitz-Birkenau, Archiv-Nummer 25982.

2 »*Sarospatak*« - *Encyclopedia of Jewish Communities in Hungary*, Edited by Theodore Lavi, in: https://www.jewishgen.org/yizkor/pinkas_hungary/hun523.html, aufgerufen am 28. September 2020; Sárospatak, Edited by Ferenc Miller, Avraham Andi Goldstein, Ze'ev Spitzer and Yehudah Landau, in: https://www.jewishgen.org/yizkor/Sarospatak/sarospatak.html, aufgerufen am 14. Mai 2020; Sandor Feinberg: Sárospatak, in: https://sanderfeinberg.com/sarospatak-history/, aufgerufen am 28. September 2020.

3 Raul Hilberg: *Die Vernichtung der europäischen Juden*, Bände 1–3, 10. Auflage, Frankfurt am Main 2007, Band 2, S. 859; Christian Gerlach/Götz Aly: *Das letzte Kapitel - Der Mord an den ungarischen Juden 1944–45*, Frankfurt am Main 2004, S. 132–148.

4 Vgl. zum Beispiel Lifton: *Ärzte*, S. 307–319, und Hans-Joachim Lang: *Die Frauen von Block 10 - Medizinische Versuche in Auschwitz*, überarbeitete Neuauflage, Augsburg 2018, S. 99–156.

5 Vgl. auch Peter Huth (Hg.): *Die letzten Zeugen. Der Auschwitz-Prozess von Lüneburg 2015 - Eine Dokumentation*, Stuttgart 2015, S. 9 und S. 118–128.

6 Vgl. auch Angela Orosz-Richt: »Berlin speech« zur Eröffnung der Ausstellung »Geboren in Auschwitz« von Alwin Meyer am 23. Januar 2020 im Hotel Maritim und in der Gedenkstätte Deutscher Widerstand in Berlin.

7 Vgl. auch Knut Elstermann: *Gerdas Schweigen*, Berlin 2007, S. 157.

8 Polschtschikowa: *Deti Osventsima*, S. 57–67.

9 Elstermann: *Gerdas Schweigen*, S. 157–162.

10 Agnieszka Hreczuk: »Weltkriegsbeginn: ›Flugzeuge, Papa, Flugzeuge!‹«, in: *Der Tagesspiegel*, 30. August 2009.

11 Jochen Böhler: »Traumatische Erinnerungen hier - vergessene Taten dort. Überfall und Besatzung in Polen 1939–1945«, in: Dieter Bingen/Simon Lengemann (Hg.): *Deutsche Besatzungspolitik in Polen 1939–1945*, Bonn 2019, S. 16–34; Götz Aly: »Berlin braucht ein Denkmal für verfolgte und vertriebene Polen«, in: *Berliner Zeitung*, 23. November 2017.

12 Robert Kuwalek: Bełżec, in: Benz/Distel (Hg.), *Der Ort des Terrors*, Band 9, S. 331–371; Yasemin Shooman: »Die Rotunde von Zamość«, in: ebd., S. 498–505.

13 Kuwalek: Bełżec, S. 331–371.

14 Zygmunt Klukowski: *Tagebuch aus den Jahren der Okkupation 1939–1944*, Berlin 2017, S. 376–377.

15 Kubica: *Extermination*, S. 26–27.

16 Czech: *Kalendarium*, S. 358–359.

17 Polnisches Rotes Kreuz: Bescheinigung B. Inf. 88386/Z, 4. April 1991.

18 Andrzej Strzelecki: »Die Plünderung des Besitzes im KL Auschwitz ermordeter Juden«, in: Staatliches Museum Auschwitz-Birkenau (Hg.): *Nationalsozialistisches Vernichtungslager*, S. 259–270; Andrzej Strzelecki: Verwertung, S. 493–500.

19 Alwin Meyer, *Vergiss deinen Namen nicht - Die Kinder von Auschwitz*, zweite, durchgesehene Auflage, Göttingen 2016, S. 312–313 und S. 352.

20 Fundaja Sue Ryder: http://fundacjasueryder.pl/sue-ryder/?lang=en, aufgerufen am 7. August 2020.

21 Sowjetskaja Sibir, 26. September 1967; Interview mit Tadeusz Szymański, 1. Dezember 1989; Edmund Polak: *Kim jesteś, Basiu?* [Wer bis du, Basia?], Kraków 1974; Kubica: Man darf sie nie vergessen, S. 332.

22 Vgl. auch Stadt Witebsk: Bescheinigung für Barbara Wesołowska vom 20. August 1961.

23 Czech: *Kalendarium*, S. 602.

24 Steinert, *Deportation*, S. 234–247.

25 Ebd. und Kubica: »Kinder und Jugendliche«, S. 308.

26 Leszczyńska: »Geburtshelferin«, S. 180.

27 Barbara Bromberger/Hans Mausbach: *Feinde des Lebens – NS-Verbrechen an Kindern*, Köln 1987, S. 204.

28 Władysława Wesołowska: Erklärung, aufgezeichnet von Izabela Smoleń im Staatliches Museum Auschwitz-Birkenau, 28. Juli 1961. Vgl. auch Dziennik Zachodni, Nummer 28, 8. März 1945.

29 Wesołowska: Erklärung.

30 Helena Kubica: *From the Warsaw Uprising to Auschwitz*, Oświęcim 2015, S. 7–28.

31 Auschwitz-Birkenau State Museum (Jacek Lachendro): *Auschwitz after Liberation*, Oświęcim 2018, S. 48–57 und S. 146–159; Dr. Józef Bellert (ehemaliger Chefarzt des »Lagerkrankenbaus« des Polnischen Roten Kreuzes [PCK] in Auschwitz nach der Befreiung des Lagers): »›Lagerkrankenbau‹ nach der Befreiung in Auschwitz«, in: *In der Hölle*, Band II, Teil 2, S. 116–135.

32 History of Janów Lubelsky, https://www.janowlubelski.pl/en/node/2603, aufgerufen am 23. April 2020; Shmuel Spector (Editor in Chief): *The Encyclopedia of Jewish Live before and during the Holocaust*, Volume I bis III, New York 2001, Volume I, S. 560–562.

33 Vgl. auch: Czech: *Kalendarium*, S. 864–865.

34 *Kurier Lubelski*, 23. September 1974.

35 Ebd., 4. Oktober 1974.

36 Kubica: *Extermination*, S. 13–24.

37 Ebd., S. 25–39.

38 Vgl. zu den Lebenswegen von Eva Umlauf und Nora Sborik insbesondere: Umlauf mit Oswalt: *Die Nummer.*

39 Spector (Ed.): *Jewish Life*, Volume III, S. 1321.

40 Ladislav Lipscher: *Die Juden im slowakischen Staat*, München und Wien 1980, S. 11–36 und 90–93.

41 Vgl. zum Beispiel Wolfgang Benz: »Nationalsozialistische Zwangslager – Ein Überblick«, in: Benz/Distel: *Der Ort des Terrors*, Band 1: Die Organisation des Terrors, 2. Auflage, München 2006, S. 12–29.

42 Zum Beispiel in Kaufering I, einem Außenlager von Dachau: vgl. dazu Eva Gruberová/Helmut Zeller: *Geboren im KZ – Sieben Mütter, sieben Kinder und das Wunder von Kaufering I*, dritte, durchgesehene Auflage, München 2015; vgl. auch Wendy Holden: *Born Survivors – Three young mothers and their extraordinary story of courage, defiance and survival*, London 2015.

43 Vgl. zum Beispiel David Grossman: Besonderer Begleittext zu den »›Spuren des Lebens‹: Die Welt der Kinder« in der Dauerausstellung im Block 27 im Staatlichen Museum Auschwitz-Birkenau, Konzeption und Umsetzung: Gedenkstätte Yad Vashem, Jerusalem (Israel). In David Grossmans Begleittext heißt es: »In der Shoah wurden

1,5 Millionen jüdische Kinder ermordet. Der Mensch wird nie in der Lage sein, diese Tatsache voll und ganz zu verstehen. Jedes Kind stand am Anfang seines Lebens. Jedes einzelne war eine ganze Welt.«

44 Kubica: *Man darf sie nicht vergessen*, S. 35.

45 Czech: *Kalendarium*, S. 921/922.

46 Vgl. auch »Bestandsliste« befreiter Häftlinge des Lagers Auschwitz, aufgeführt sind auch Eva und Agnes (Agi) Hecht, angefertigt von Dr. Józef Bellert vom Polnischen Roten Kreuz, Februar 1945. Das Dokument befindet sich im Archiv des Staatlichen Museums Auschwitz-Birkenau.

47 Klee: *Auschwitz*, S. 109.

48 Untersuchungskommission unter Leitung des Untersuchungsrichters Jahn Sehn, »Mitglied der Hauptuntersuchungskommission für die in Polen begangenen deutschen Verbrechen« im Beisein und unter Mitwirkung des Staatsanwaltes Eduard Pechalski, gleichfalls Mitglied der Untersuchungskommission, die sich in der Zeit vom 11. bis zum 25. Mai 1945 in den Blöcken des provisorischen Krankenhauses des ehemaligen Lagers aufhielten und sich ein Bild von »dem Zustand und dem Aussehen der Kranken« machten. Protokoll vom 25. Mai 1945 – Protokollantin: Stefania Setmajer. ITS Arolsen 1.1.2.1 / 506703 bis 506707. Vgl. auch Andrzej Strzelecki: *Ostatnie dni obozu Auschwitz* [In den letzten Tagen des Konzentrationslagers Auschwitz], Oświęcim 1995, S. 35, und »The Polish Red Cross Hospitals«, in: http://auschwitz.org/en/museum/history-of-the-memorial/from-liberation-to-the-opening-of-the-memorial/the-polish-red-cross-hospitals, aufgerufen am 20. Juli 2020.

49 Ebd. (Kommission unter Leitung von Jahn Sehn).

50 Liste (Seite 11) des provisorischen Krankenhauses (Block 22) im ehemaligen Lager Auschwitz vom 25. Mai 1945, ITS Arolsen 1.1.2.1 / 506779.

51 Auschwitz-Birkenau State Museum (Jacek Lachendro): *Auschwitz after Liberation*, S. 48–57 und S. 146–159; Bellert, »Lagerkrankenbau«, S. 123; Alwin Meyer, *Geboren in Auschwitz*, Berlin 2020, S. 135; Helena Kubica: *Pregnant Women*, S. 13.

52 Eva Umlauf: Rede bei der jährlich stattfindenden Gedenkfeier in Melk, 7. Mai 2018.

53 Umlauf mit Oswalt: *Die Nummer*, S. 172.

54 *Süddeutsche Zeitung*, 28. September 2017.

55 Pawiak, in: https://warszawa.wikia.org/wiki/Pawiak, aufgerufen am 4. Oktober 2020.

56 Bellert: »Lagerkrankenbau«, S. 123.

57 Spector (Editor in Chief): *Jewish Live*, Volume III, S. 1192–1193.

58 Böhler: »Traumatische Erinnerungen«, S. 16–18.

59 Czech: *Kalendarium*, S. 847–848, 868, 876 und 880.

60 Zu Kochendorf vgl. Klaus Riexinger: »Kochendorf«, in: Benz/Distel, *Der Ort des Terrors*, Band 6, München 2007, S. 117–121.

61 Spector (Ed.): *Jewish Life*, Volume II, S. 831–832.

62 Guy Miron (Ed. in Chief): *The Yad Vashem Encyclopedia of the Ghettos during the Holocaust*, Volume I und II, Jerusalem 2009, Volume I, S. 485–486.

63 Erzsébet Faludi: Brief vom 20. Oktober 1963.

»Zwillinge raus!«

1 Udo Benzenhöfer: »Bemerkungen zum Lebenslauf von Josef Mengele unter besonderer Berücksichtigung seiner Frankfurter Zeit«, in: *Hessisches Ärzteblatt*, Nr. 4/2011, S. 228–229.

2 Helena Kubica: »Dr. Mengele und seine Verbrechen im KL Auschwitz-Birkenau«, in: *Hefte von Auschwitz* 20, S. 376–455.

3 Robert Jay Lifton: *Ärzte im Dritten Reich*, Stuttgart 1988, S. 399.

4 Ebd., S. 393–449; Ulrich Völklein, *Josef Mengele – Der Arzt von Auschwitz*, Göttingen 1999, S. 111–186; Klee: *NS-Medizin*, S. 449–491.

5 Ebd. (Klee); Barbara Huber: *Der Regensburger SS-Zahnarzt Dr. Willy Frank*, Würzburg 2009, S. 108–129.

6 Völklein: *Der Arzt von Auschwitz*, S. 144–174; Lifton: *Ärzte*, S. 393–449.

7 Elżbieta Piekut-Warszwaska, »Kinder in Auschwitz – Erinnerungen einer Krankenschwester«, in: *Die Auschwitz-Hefte*, Band 1, S. 227–228.

8 Ebd.; Kubica, »Mengele«, S. 384–390.

9 Piekut-Warszwaska: »Kinder in Auschwitz«, S. 227–228.

10 Vera Alexander, Personenregister, Auschwitz-Prozess, S. 42.688.

11 Vera Alexander: Aussage, zit. in: *Stern*, 14. Februar 1985.

12 Klee, *NS-Medizin*, S. 424–432; Lifton, *Ärzte*, S. 249–290.

13 Friedrich Herber: »Der Lebensweg des Dr. Miklós Nyiszli«, in: Miklós Nyiszli: *Im Jenseits der Menschlichkeit – Ein Gerichtsmediziner in Auschwitz*, Berlin 1992, S. 176–181.

14 Miklós Nyiszli: Zeugenaussage vom 28. Juli 1945, zit. in: Klee, *Auschwitz*, S. 302.

15 Nyiszli: *Im Jenseits*, S. 153–154.

16 Lifton: *Ärzte*, S. 416–420; Klee: *NS-Medizin*, S. 488–489; vgl. auch Peter-Ferdinand Koch: *Menschenversuche – Die tödlichen Experiment deutscher Ärzte*, München und Zürich 1996, S. 173–180.

17 Nyiszli: Im Jenseits, S. 46.

18 Miklós Nyiszli: Aussage, zit. in: *Lifton*: Ärzte, S. 418.

19 Ella Lingens: Zeugenaussage, zit. in: Bernd Naumann: »Lebende Kinder in die Flammen geworfen – Eine frühere Häftlingsärztin im Auschwitz-Prozess«, in: *Frankfurter Allgemeine Zeitung*, 3. März 1964; vgl. auch Ella Lingens: *Gefangene der Angst – Ein Leben im Zeichen des Widerstandes*, Berlin 2005, S. 155–156.

20 Vgl. auch Martina Schneibergová: *Hagibor – ein Ort mit lehrreicher Geschichte*, www.radio.cz/de/rubrik/spazier/hagibor-ein-ort-mit-lehrreicher-geschichte-1, aufgerufen am 14. August 2020.

21 Vgl. auch Ondrichová, *Fredy Hirsch*, S. 82–83.

22 Kubica/Setkiewicz: »The last stage«, S. 15.

23 Andrzej Strzelecki: »Die Liquidation des KL Auschwitz«, in: Długoborski/Piper (Hg.), *Auschwitz 1940–1945*, Band V, S. 11–33 und S. 46–54; Andrzej Strzelecki: »Evakuierung, Auflösung und Befreiung des KL Auschwitz«, in: Staatliches Museum Auschwitz-Birkenau (Hg.): *Nationalsozialistisches Vernichtungslager*, S. 400–413; Czech: *Kalendarium*, S. 989.

24 Czech: *Kalendarium*, S. 986–987.

25 Ebd., S. 989–990.

Todesmärsche und andere Lager

1 Blatman: Die Todesmärsche 1944/45, S. 122–124 und 132–160.

2 KZ Dachau, Registrierformular mit dem Namen Ede (Eduard) Kornfeld, »Einlieferungsdatum« 29. September 1944, ITS Arolsen 1.1.6.2/10146355.

3 Stanislav Zámečnik: *Das war Dachau*, 2. Auflage, Frankfurt am Main 2010, S. 23 und 303–305.

4 Edith Raim, »Kaufering«, in: Benz/Distel (Hg.), *Der Ort des Terrors*, Band 2, S. 360–373; zum zeitlichen Ablauf der Inhaftierungen vgl. auch »Allied High Commission for Germany, International Tracing Service, Inhaftierungsbescheinigung No. 51467« für Eduard Kornfeld, Arolsen, den 29. April 1955, ITS Arolsen 6.3.3.2/99209067.

5 Ebd. (Raim), S. 470–472.

6 Ebd., S. 471; vgl. auch »Allied High Commission, Inhaftierungsbescheinigung«, siehe Anmerkung 4.

Vom Leben danach

1 Strzelecki: »Die Liquidation«, S. 11–33 und S. 46–54; Czech: *Kalendarium*, S. 989–990.

2 Vgl. zur Lebensgeschichte von Kola Klimczyk auch: Adam Kliemczyk: Erklärung, aufgezeichnet von Tadeusz Szymański, Jawiszowice, 27. August 1960; Emilia Klimczyk: Erklärung, aufgezeichnet von Tadeusz Szymański, Jawiszowice, 2. August 1960, Mikołaj (Kola) Kliemczyk: Erklärung, ohne Datum (wahrscheinlich Herbst 1960). Diese drei Erklärungen befinden sich im Archiv des Staatlichen Museums Auschwitz-Birkenau.

3 Vgl. zur Lebensgeschichte von Ewa Krcz auch: Ewa Krcz: Erklärung, aufgezeichnet von Tadeusz Szymański, 29. August 1960; Karolina Krcz: Erklärung, aufgezeichnet von Tadeusz Szymański, 20. September 1960; Stanisław Krcz: Aussage, aufgezeichnet von Tadeusz Szymański, 16. Mai 1963. Alle Erklärungen befinden sich im Archiv des Staatlichen Museums Auschwitz-Birkenau.

4 Vgl. zum Lebensweg von Lidia Rydzikowska auch: Lida Rydzikowska: Erklärung, aufgezeichnet von Tadeusz Szymański, Oświęcim, 27. Dezember 1960; Ryszard Rydzikowski: Erklärung, aufgezeichnet von Anna Zięba, Oświęcim, 4. November 1961. Beide Erklärungen befinden sich im Archiv des Staatlichen Museums Auschwitz-Birkenau.

5 Vgl. zum Beispiel Marina Weisband: Rede im Deutschen Bundestag anlässlich des Holocaust-Gedenktages, 27. Januar 2021.

6 Hanka Paszko: Lebenslauf, 17. November 1986.

7 Interview mit Tadeusz Szymanski, Lankum, 1. Dezember 1989.

8 Zit. in: Wanda Półtawaska/Andrzej Jakubik/Józef Sarnecki/Julian Gątarski: »Ergebnisse der Untersuchungen der in den nazistischen Konzentrationslagern geborenen oder in den Kinderjahren inhaftierten Personen«, in: *In der Hölle retteten sie*, Band II, Teil 3, S. 57–59.

9 Jewish History | About Us | World Jewish Relief, aufgerufen am 27. Januar 2021; The Boys - Child Holocaust Survivors | World Jewish Relief, aufgerufen am 27. Januar. Vgl. auch Martin Gilbert: *Sie waren die Boys – Die Geschichte von 732 jungen Holocaust-Überlebenden*, Berlin 2007, S. 377–423.

10 Zit. in: Nelly Wolffheim: »Kinder aus Konzentrationslagern – Mitteilungen über die Nachwirkungen des KZ-Aufenthaltes auf Kinder und Jugendliche, I. Teil«, in: *Praxis der Kinderpsychologie und Kinderpsychiatrie*, Heft 11/12, November/Dezember 1958; II. Teil in: ebd., Heft 1, Januar 1959; III. Teil (Schluss), in: ebd., Heft 2, Februar/März 1959, S. 59–71.

11 Mick Zwirek: '45 Aid Society, aufgerufen am 28. Januar 2021.

12 Zit. in: World Jewish Relief: The Boys.

13 Póltawska u.a.: Ergebnisse der Untersuchungen, S. 41–47; vgl. auch zum Beispiel Antoni Kępinski: »Das sogenannte KZ-Syndrom – Versuch einer Synthese«, in: *Auschwitz-Hefte*, Band 2, S. 7–13, oder Wanda Półtawaska: *Und ich*

fürchte meine Träume, aus dem Polnischen von Eva Luhn-Geiger, Abendsberg 1994 (polnisch 1962), 2. Auflage, und Wanda Półtawaska: »Die ›Kinder von Auschwitz‹ – Das Syndrom der paroxysmalen Hypermnsie«, in: *Die Verbindung nach Auschwitz – Biowissenschaften und Menschenversuche an Kaiser-Wilhelm-Instituten,* Dokumentation eines Symposiums, hrsg. von Carola Sachse, Göttingen 2003, S. 285–305 (polnisch 1965 und 1967).

14 Póltawska u.a.: Ergebnisse der Untersuchungen, S. 57–64, 80–84, 85–88.

15 Litauisches Jerusalem, Nummer 3–4 (134–135), April-Juni 2004.

16 »Häftlingspersonalkarte« mit dem Namen Joschna Konvoj des KZ Dachau, 26. Juli 1944, IST Arolsen 1.1.6.2/10144575; »Überstellungsliste« mit dem Namen Joschna Konvoj des KZ Dachau, »Überstellt 26.7.44 Auschwitz«, ITS Arolsen 1.1.6.1/9920501 und 1.1.6.1/9920759; »Transportliste« des KZ Dachau mit dem Namen Joschna Konvoj vom 26. Juli 1944, ITS Arolsen 1.1.6.1/9914105.

17 »Effektenkarte« mit dem Namen Jehsua Konvoj des KZ Buchenwald, ITS Arolsen 1.1.5.3/6324622 und »Arbeitskarte« mit dem Namen Jehsua Konvoj des KZ Buchenwald, ITS Arolsen 1.1.5.3/6324624.

18 Jerry Zalman Konvoj: Testimony, Toronto, o. J. (2005).

19 Póltawska u.a.: Ergebnisse der Untersuchungen, S. 114–115.

20 Thomas Buergenthal: *Ein Glückskind: Wie ein kleiner Junge zwei Ghettos, Auschwitz und den Todesmarsch überlebte und ein neues Leben fand,* Frankfurt am Main 2000, S. 82–106.

21 Thomas Buergenthal: »Meine KZ-Nummer ist wie eine Medaille«, in: *Der Tagesspiegel,* 14. Mai 2007.

22 Um die gewünschte und versprochene Anonymität wahren zu können, wird an dieser Stelle bewusst auf eine genaue Quellenangabe mit Aktenzeichen verzichtet.

23 Leo Eitinger: »Die Traumatisierungen der KZ-Gefangenen und deren heutige Probleme«, in: Beratungsstelle für NS-Verfolgte und deren Kinder (Hg.): *Spätfolgen bei NS-Verfolgten und deren Kindern,* Berlin 1991, S. 20; Stanisław Kłodziński: »Das KZ-Syndrom«, in: *Auschwitz 1940–1945,* Band 5, S. 70–86.

24 Leo Eitinger: Aussage, zit. in: Internationale Förderation der Widerstandskämpfer (Hg.): *Ermüdung und vorzeitiges Altern – Folgen von Extrembelastungen,* Leipzig 1973, S. 98.

25 Vgl. zum Beispiel Eitinger: »Die Traumatisierungen«, S. 16–21.

26 Christian Pross: *Wiedergutmachung – Der Kleinkrieg gegen die Opfer,* Frankfurt am Main 1988, S. 150 und 187–190.

27 Raul Teitelbaum: *Die biologische Lösung – Wie die Schoah »wiedergutgemacht« wurde,* Springe 2008, S. 45–47, 328 und 350; Pross: Wiedergutmachung, S. 286–290 und 341–346.

28 Verband ehemaliger Kinderhäftlinge in Nazi-Konzentrationslagern: Schreiben, Warschau, 15. Oktober 1990.

29 Hans Günter Hockerts: »Die Entschädigung für NS-Verfolgte in West- und Osteuropa«, in: Hans Günter Hockerts/Claudia Moisel/Tobias Winstel (Hg.): *Grenzen der Wiedergutmachung – Die Entschädigung für NS-Verfolgte in West- und Osteuropa 1945–2000,* Göttingen 2006, S. 7–58.

30 Deutsche Rentenversicherung Nord (Neubrandenburg), Rentenbescheid vom 29. August 2011.

31 Vgl. auch zum Beispiel Bruno Bettelheim: *Erziehung zum Überleben – Zur Psychologie der Extremsituation,* 2. Auflage, München 1985, S. 34–39.

32 Vgl. auch Yoram Bark/Dov Aizenberg/Henry Szor/Marnina Swartz/Rachel Maor/Haim Knobler: »Increased Risk of Attempted Suicide Among Aging Holocaust

Survivors«, in: *American Journal of Geriatric Psychiatry,* Volume 13, August 2005, S. 701–704. Die Studie der israelischen Psychiater kommt zu dem Ergebnis: Mit dem Älterwerden verdreifacht sich das Risiko bei Überlebenden der Shoah, einen Selbstmordversuch zu unternehmen.

33 Vgl. zum Beispiel Helen Epstein: *Die Kinder des Holocaust – Gespräche mit Söhnen und Töchtern von Überlebenden,* München 1990.

34 Vgl. auch: Halina Birenbaum: *Die Hoffnung stirbt zuletzt – Aufbruch in die Vergangenheit,* Oświęcim 1993, und Halina Birenbaum: *Rückkehr in das Land der Väter,* Frankfurt am Main 1998.

35 Halina Birenbaum und Yaakov Gilad: Aussagen, in: Orna Ben-Dor Niv, *Biglal Ha'Milchama Hahi* [Wegen dieses Krieges], Biofilmographie, Israel 1988; vgl. auch Interview mit Halina Birenbaum, Berlin, 13. Juni 1989.

36 Vgl. zu »Bullenhuser Damm« Günther Schwarberg: *Der SS-Arzt und die Kinder vom Bullenhuser Damm,* Göttingen 1998, S. 38–110, 169–170.

37 Gedenkstätte Todesmarsch im Belower Wald, in: http://www.stiftung-bg.de/below/, aufgerufen am 13. August 2020; vgl. auch Carmen Lange: »Gedenkstätte Todesmarsch im Belower Wald nach umfassender Neugestaltung wiedereröffnet«, in: *Gedenkstättenrundbrief* 156, 1. August 2010, S. 3–13.

38 Patronka-»Transportliste« vom 4. Juni 1942. Aufgeführt sind darin unter anderem die Namen Simon (geboren 1898), Rosalia (geboren 1905), Matilda (geboren 1930), Jozef (geboren 1932), Alexander (geboren 1934) und Renata [Rachel] (geboren 1937) Kornfeld, ITS Arolsen 1.1.47.1/5166943 und 1.1.47.1/5166955.

39 https://www.yadvashem.org/yv/en/exhibitions/communities/bratislava/deportations.asp, aufgerufen am 4. September 2020.

40 Martin Gilbert: *Nie wieder! – Die Geschichte des Holocaust,* Berlin und München 2000, S. 6.

41 Conscripted Slaves: »Hungarian Jewish Forced Lavorers on the Eastern Front during World War II«, in: https://www.yadvashem.org/articles/general/conscripted-slaves-hungarian-jewish-forced-laborers.html, aufgerufen am 1. Oktober 2020.

42 Raz Segal: *Days of Ruin – The Jews of Munkács during the Holocaust,* Jerusalem 2013, S. 73–110 und 133–136.

43 Vgl. auch Rena Molho: *Der Holocaust der griechischen Juden – Studien zur Geschichte und Erinnerung,* Bonn 2016, S. 50.

44 Albertos Nar: »Die Juden von Thessaloniki«, in: Niki und Hans Eideneier (Hg.): *Thessaloniki – Bilder einer Stadt,* Köln 1992, S. 78–81; vgl. auch: »Die Juden von Saloniki – Eine Reiseerinnerung«, in: *Im Deutschen Reich,* hrsg. vom Central-Verein deutscher Staatsbürger jüdischen Glaubens, Heft 1, Januar 1917, S. 12–17.

45 Nar: »Thessaloniki«, S. 73–77; vgl. auch M. Atlas: »Was sah ich nach 500 Jahren von der Goldenen Zeit des Judentums in Spanien«, in*: Zeitschrift für die Geschichte der Juden,* Nummer 3–4, Tel Aviv 1965, S. 175–182.

46 Georg Bossong: *Die Sepharden – Geschichte und Kultur der spanischen Juden,* München 2008, S. 45–58 und 92–94; Aron Rodrigue: »Der Balkan vom 15. bis 20. Jahrhundert«, in: Elke-Vera Kotowski/Julius Schoeps/Hiltrud Wallenborn (Hg.): *Handbuch zur Geschichte der Juden in Europa,* Sonderausgabe (unveränderter Nachdruck in einem Band der 1. Auflage 2001), Darmstadt 2012, S. 296–299.

47 Elke Sturm-Trigonakis: »Jüdisches Leben in Thessalonki – Ein Gespräch mit Andreas Sefiha«, in: *Tranvia – Revue der Iberischen Halbinsel,* Heft 55, Juni 1999, S. 5–7; M. Ehrenpreis: »Saloniki, das Zentrum der Sephardim«, in: *Menorah,* Heft 11, November 1926, S. 626.

Abbildungsverzeichnis

Danksagung

Ohne ihre Bereitschaft, Auskunft zu geben, ohne ihre Offenheit, ohne ihre Gastfreundschaft und ihren Vertrauensvorschuss wäre dieses Buch nie entstanden:

Herbert Adler, Frankfurt am Main.
Yehuda Bacon, Jerusalem, Israel.
Else Baker, Borehamwood, Großbritannien.
Halina Birenbaum, Herzliya, Israel.
Robert Joschua Büchler, Lahavot Haviva, Israel.
Bogdan Chrześciański, Warschau, Polen.
György Faludi, Miskolc, Ungarn.
Gábor Hirsch, Esslingen, Schweiz.
Lydia Holznerová, Prag, Tschechien.
Otto Klein, Genf, Schweiz.
Kola Klimczyk, Krakau, Polen.
Josif Konvoj, Vilnius, Litauen.
Eduard Kornfeld, Zürich, Schweiz.
Heinz Salvator Kounio, Thessaloniki, Griechenland.
Géza Kozma, Budapest, Ungarn.
Ewa Krcz, Lubin, Polen.
Vera Kriegel, Dimona, Israel.
Dasha Lewin, Los Angeles, USA.
Maury Spira Lewin, Los Angeles, USA.
Dagmar Lieblová, Prag, Tschechien.
Channa Loewenstein, Yad Hanna, Israel.
Israel Loewenstein, Yad Hanna, Israel.
Mirjam M., Tel Aviv, Israel.
Janek Manela Mandelbaum, Naples, USA.
Maciej Niewiadomski, Guzów, Polen.
Angela Orosz-Richt, Montreal, Kanada.
Władyslaw Osik, Legionowo, Polen.
Hanka Paszko, Katowice, Polen.
Lidia Rydzikowska-Maksymowicz, Krakau, Polen.
Nora Sbornik, Deggendorf.
Adolph Smajovich-Goldenberg, Bilky, Ukraine.
Olga Solomon, Haifa, Israel.
Jiří Steiner, Prag, Tschechien.
Eva Umlauf, München.
Jadwiga Teresa Wakulska, Lublin, Polen.
Zofia Wareluk, Warschau, Polen.
Barbara Wesołowska, Będzin, Polen.

Zum Entstehen dieses Buches haben mit ihrer unverzichtbaren Hilfe und ihren Informationen beigetragen

Jochen August, Berlin und Oświęcim, Polen. / Leah Bacon, Jerusalem, Israel. / Jörn Böhme, Berlin. / Esther Büchler, Lahavot Haviva, Israel. / Rahel Bünter, Göttingen. / Neithard Dahlen, Butzbach. / Sabine Dille, Berlin. / Fred Frenkel, München. / Daniel Frisch, Göttingen. / Ulla Gorges, Berlin. / Krzysia Gacka, Warschau, Polen. / Christoph Heubner, Berlin. / Margrit Hirsch, Esslingen, Schweiz. / Chaim Schlomo Hoffman, Mukatchewo, Ukraine. / Anne Huhn, Berlin. / Internationale Gedenkstätte Yad Vashem, Jerusalem, Israel. / Internationaler Suchdienst, Bad Arolsen. / Stanisława Iwaszko, Kęty, Polen. / Tadeusz Iwaszko, Oświęcim und Kęty, Polen. / Tobijas Jafetas, Vilnius, Litauen. / Věra Jilková-Holznerová, Prag, Tschechien. / Beata Kamińska, Lublin, Polen. / Miroslav Kárný, Prag, Tschechien. / Adam Klimczyk, Jawiszowice, Polen. / Dorota Klimczyk, Krakau, Polen. / Emilia Klimczyk, Jawiszowice, Polen. / Ewa Klimczyk, Krakau, Polen. / Richard Kornfeld, Los Angeles, USA. / Ruth Kornfeld, Zürich, Schweiz. / Zoltan Kozma, Budapest, Ungarn. / Helena Kubica, Oświęcim, Polen. / Christoph Kulessa, Freiburg. / Erich Kulka, Jerusalem, Israel. / Richard Levinsohn, Ben Shemen, Israel. / Petr Liebl, Prag, Tschechien. / Dietrich Lückoff, Berlin. / Mark Mandelbaum, Naples, USA. / Rita McLeod, Saskatoon, Kanada. / Alan Meyer, Cloppenburg. / Janna Meyer, Paris, Frankreich. / Moreshet Archives, Givat Haviva, Israel. / Musée de l'Holocauste Montréal, Kanada. / Jolanta Niewiadomska, Guzów, Polen. / Irena Osik, Legionowo, Polen. / Wojciech Płosa, Oświęcim, Polen. / Karl-Klaus Rabe, Göttingen. / Frank Reuter, Heidelberg / Bronisława und Ryszard Rydzikowska, Czaniec, Polen. / Aryeh Simon, Tel Aviv, Israel. / Maryna Smajovich-Goldenberg, Bilky, Ukraine. / Staatliches Museum Auschwitz-Birkenau, Oświęcim, Polen. / Stadtarchiv Jenakiejewe, Ukraine. / Gerhard Steidl, Göttingen. / Ewa Steinerová, Prag, Tschechien. / Irena und Tadeusz Szymańska, Oświęcim, Polen. / United States Holocaust Memorial Museum / Czesław Wakulskie, Lublin, Polen.

Erste Auflage 2021

Buch- und Umschlaggestaltung: Rahel Bünter / Steidl Design
Fotografie auf dem Umschlag: Kola Klimczyk um 1947.
Mit diesem Foto begann er Ende der 1950er Jahre, nach seinen Eltern zu suchen. © Archiv Alwin Meyer
Gesamtherstellung und Druck: Steidl Verlag, Göttingen

Steidl
Düstere Str. 4, 37073 Göttingen
Tel. +49 551 49 60 60
mail@steidl.de
steidl.de

ISBN 978-3-95829-938-2
Printed in Germany by Steidl

Auch als eBook erhältlich